Presence
Collected Stories

阿瑟·米勒短篇小说集

Arthur Miller

[美] 阿瑟·米勒 著
宋怡秋 译

上海译文出版社

图书在版编目（CIP）数据
阿瑟·米勒短篇小说集／（美）阿瑟·米勒
（Arthur Miller）著；宋怡秋译. -- 上海：上海译文
出版社，2025. 4. --（阿瑟·米勒作品系列）. -- ISBN
978-7-5327-9782-0
Ⅰ. I712.45
中国国家版本馆 CIP 数据核字第 20254KV938 号

阿瑟·米勒短篇小说集
Presence: Collected Stories

Arthur Miller
［美］阿瑟·米勒　著
宋怡秋　译

出版统筹　赵武平
责任编辑　王　源
装帧设计　汐和 at compus studio

上海译文出版社有限公司出版、发行
网址：www.yiwen.com.cn
201101　上海市闵行区号景路 159 弄 B 座
上海景条印刷有限公司印刷

开本 890×1240　1/32　印张 11.75　插页 2　字数 238,000
2025 年 4 月第 1 版　2025 年 4 月第 1 次印刷

ISBN 978－7－5327－9782－0
定价：89.00 元

献给帕斯卡尔·科维奇[1]

① Pascal Covici（1885—1964），罗马尼亚裔美国作家、编辑、出版商。

目　录

前言：关于距离 / I

我不再需要你 / 1

- 我不再需要你 / 3
- 圣安杰洛山 / 46
- 请勿杀生 / 62
- 不合时宜的人 / 68
- 骑师掠影 / 99
- 预言 / 103
- 名 / 146
- 装配工的夜晚 / 154
- 寻找未来 / 197

其貌不扬女孩的一生 / 213

- 其貌不扬女孩的一生 / 215

存在 / 251

- 斗牛犬 / 253
- 演出 / 263
- 河狸 / 283
- 赤裸的手稿 / 291
- 松节油蒸馏器 / 315
- 存在 / 362

前言：关于距离

这些短篇故事是在过去的十五年里创作完成的，除了在本书中首次问世的一篇外，其余各篇均在杂志上发表过。当然，它们并不是作为一个系列来构思的（尽管现在读起来，它们之间的某种连续性令我颇感惊讶）。我写这些短篇是为了自娱自乐，如果对于打算发表的作品，“自娱”这一说法真的可能成立的话。不过，如果将“愉快”一词与主要为其自身服务的事物联系在一起的话，那么相较于戏剧创作，写短篇小说无疑更令人愉快。毕竟，在这个国家，我们很少关注短篇小说，它们被塞在杂志广告的夹缝之中，或多或少地被归入最不具重要性的休闲读物之列，在文学界的地位与平房在建筑界的地位相差无几。

但我宁愿看到人们继续保持这样的态度。对宏大作品的推崇将这样一种艺术形式留给了我们，在这种艺术形式中，作家仍然可以根据题材的实际需要做到言简意赅，而不必为了形式的需要说他不了解的东西。短篇小说有一种特有的口吻，在当下盛行的夸夸其谈的豪言壮语的包围中，依然吸引着那些希望直抒胸臆、一吐为快的人。对于剧作家而言，它有一定的吸引力，它的简练和形式上的庄重——至少它可以拥有这些品质——为那些未经雕琢、更加真实，却由于种种原因不适合搬上舞台的情感和故事提供了一个载体。

当然，剧作家应该说，喜欢写短篇小说是因为摆脱了演员、导演和舞台装置的烦扰，但事实上，我很喜欢与演员和导演合作。不过，我时而感到一种冲动，不想像戏剧中通常所做的那样，加速和浓缩事件与人物的发展，而是将其定格，静态地观察这些孤立的事物，我认为这是优秀的短篇小说的优势所在。物品、场所、天气、人物的神态变化——在舞台上，这些东西可能只是次要的，因为演员的行动使剧情一目了然。然而在生活中，以及在短篇小说里，地点本身和周围的景物、瞬间的情绪、飘忽不定而徒劳无益的忧虑，都是重要的，并且能给人留下深刻的印象。

这些短篇有的注定无法写成剧本，有的则也许可以。后者之所以没有被写成剧本，部分原因是在我看来，戏剧的腔调不适合它们，因为这种腔调本质上是浮夸的。剧作家终究是一个未能如愿当上演员的人，极度害羞和谦逊的哲学家是不会写剧本的——至少不会写能演出的剧本。这或许就是剧作家人到中年往往转向小说创作、远离不相宜的假面舞会的原因。世界是个舞台，但总有一个时刻，人们更想要真实和自在。就我而言，这些年我发现自己每周都会经历一两次这样的时刻（虽然并不总能幸运地在时机成熟时抓住一个主题），正是在那时，我发现写短篇小说特别合适。简而言之，当一个人坐下来写故事时，他会戴上另一副面具，让他的对手——观众和评论家——在牙医候诊室、火车、飞机或者洗手间里猝不及防。他们的抱怨会少一些。至少对我来说，矛盾但真实的是，虽然短篇小说一经发表便如投入沉默之井般无声无息，而戏剧总是伴随着各种人声喧哗，但让我感到与读者、与陌生人建立了某种联系的却是前者。戏剧创作具有某种攻击性，如果说有一种亲切友好的艺术形式，那就是短篇小说。我觉得契诃夫的短篇比他的戏剧让我对他有更深的了解，同样的情况也适用于莎士比亚和他的十四行诗——这些诗作在某种程度上可以类比为他的短篇小说。海明威在他的短篇小说中无疑比在他的长篇小说中更真实可感，更少掩饰和职业的冷漠。诚然，《哥萨克》或《伊凡·伊里奇之死》不像《战争与和平》那样令人心醉神迷，但也少了一些让人无法相信的东西。也许这就是短篇小说的魅力所在——人们在短篇小说里更少夸大事实，即使只是因为理解的连接弧更短，离具体的事物更近；人们可以更快地捕捉到惊喜，毕竟这就是一个人写作或阅读的原因。

这并不是在贬低戏剧或戏剧界，只是指出它们的一些区别。例如，我一直觉得难以理解的是，我发现短篇小说中的对话竟然比戏剧中的对话难写得多，对这种奇怪现象，我想出过各种各样的解释。也许，我想，因为我知道不会有演员念出这些对话，所以把它们写出来是件荒谬的事。而且，我似乎有点下意识地反对将对话放进它们并非绝对必要的体裁中，并由此产生一种武断的感觉。但我现在认为，这是一种面具的冲突，腔调的冲突。戏剧的台词是面向观众的，因此必须格外清晰有力，而且必须含有要求回应的意味；舞台上的每一句对白都是辩证冲突的一部分。但是如果将这种舞台对白照搬到小说里，感觉就会很怪异。这就好像你的朋友在讲述一件事时突然站起来，目光越过房间，通过模仿同伴的声音继续他的讲述。这种突然注入的仪式感，这种正式感，就是演员即将登场的征兆。这或许就是为什么无法将对话场景直接搬上舞台的原因。它们在纸面上看起来也许非常适合舞台，有时也的确如此，但大多数情况下，小说家的对话是写给眼睛而不是写给耳朵的，听起来往往淡而无味。小说中的对话需要牺牲声音才能让眼睛信服。这是小说对剧作家的另一重诱惑——当你为眼睛写那些无声的对话时，舞台重新变得美妙起来，你会再次燃起对戏剧创作和用声音讲故事的权利的渴望。对我来说，这既奇怪又讽刺，因为在我的学童时代，一本书最初吸引我的程度与快速翻页时看到的对话数量成正比。我当时认为，一本书就是为了书中的对话而写的，当然也是为了对话而读的；对话的部分就是作者停止喋喋不休、不再碍事的时候，他自己的评论是观点，而不是事实。

虽然是一点粗浅的想法，但未尝不能映照出一些真相。我们继承的所有这些文学形式——故事、小说、戏剧——代表着作家需要在自己和危险的观众之间保持的不同程度的距离，他们必须哄骗、威胁并以某种方式驯服这些观众。剧作家几乎亲自站在舞台上，与怪物面对面，而小说家，无论他的遮掩多么单薄，在这个意义上都是最安全的，可是他不能亲耳听到掌声，不能亲眼看到一群陌生人被他的想象摄去魂魄、入迷地坐在剧院里。因此，当一个小说家开始写剧本，或者一个剧作家开始写小说时，他就是在改变他与舞台中央那令人生畏的压力之间的距离，靠近或远离。有时，像狄更斯和马克·吐温这样力图摘下所有面具的人会亲自走上演讲台，辛克莱·刘易斯则是演员协会的会员，而海明威在他的作品之外，也以其独特的个性而闻名。但面具是无穷无尽的，我们摘下一个，只会露出戴着的另一个。因此，问题不在于真诚与否——谁能知道自己是否真诚？而在于能否以适当的距离再现一个特定的景象，发现与自己对一个事物、一个人或一件事的感受相适应的腔调。没有一种体裁是万能的，这些故事不过是我在另一个距离之所见。

阿瑟·米勒

一九六六年十一月

我不再需要你

我不再需要你

前几天他曾被反复叮嘱——虽然算不上警告，但同样没有商量的余地——上帝禁止他们在这个星期五游泳，而今天就是星期五了。他每天都会观察大海很多次，果不其然，大海正变得越来越狂暴，海水的颜色也变得奇怪起来：不绿不蓝，而是发灰，有的地方甚至发黑；现在，海水中涌动着罪恶，海浪猛烈地拍打着沙滩，以至于他身下坐着的路牙，连带他的脊柱都在微微颤抖。在海滩和这街道的尽头之间一定有着某种秘密的联系。

海浪像喝醉酒的大房子一样跌跌撞撞地扑过来，迎面栽倒在坚硬的沙滩上，浪花四溅。他仔细观察那些碎浪的弧形表面，寻找留着胡子的罪恶的踪迹，他知道它们就像海草一样在那里漂荡，偶尔有几个瞬间，他瞥见了它们。它们就像人的胡子，但有好几码长，而且看不到长着胡子的那张脸。那里似乎有好些胡子，但它们都属于同一张脸。就像有一个人浮在水面下一英尺许的地方，偶尔像鱼一样快速游动，继而又在另一个地方继续漂浮。因为今天和明天是阿布月斋日、犹太新年、赎罪日或者别的什么节日——不知为什么，爷爷和其他老人总是知道这些节日何时到来——每逢这种日子，大家都会盛装打扮，他也不得不穿上这套花呢西装，打领带，穿新鞋，而且所有人都一整天不许吃东西，只有他例外，因为他才五岁，还没有上过希伯来语课。等到他六岁时，他也会上钢琴或小提琴课，而一旦开始学琴，他在节日这天也不许吃东西了，就像他哥哥那样。不过，在此期间，他可以去犹太会堂探望他的哥哥和父亲，但不是必须去。最好去，但如果他不耐烦了，想去外面透透气，也不会有人批评，甚至不会有人注意到他。他几乎可以做任何事，因为他还只有五岁。

这天早上，父亲和哥哥出门去祈祷了，他独自一人在铺着油布的厨房桌子上吃了早餐，而后决定今天一天不再吃任何东西。然而，上午十一点钟，妈妈和往常一样，拿着一块涂了果酱的黑麦面包从小屋里出来找他，起初他拒绝了，可是当她说“明年……”，为了她，他妥协了。面包味道还好，但算不上美味，过了一会儿，想起她是如何硬要他吃东西的，他生起气来。午餐时间，她又出来找他，他怀着同样的不满吃了午饭。现在，当他坐在这里凝望大海，凝听浪涛的轰鸣，他真希望父亲或哥哥能明确禁止他吃东西。他可以忍住的。有他了不起的父亲和他的好哥哥同他在一起，他甚至可以一整天不喝水。比如，就像现在，尽管这套花呢西装蹭得他的脖子和大腿痒痒的，尽管他无法阻止自己想象海水触碰皮肤的美妙感觉，他也决不会想要下海。妈妈说他换上棉布短裤也没关系，可他才不想脱下这身痒痒的衣服。节日就要有节日的样子。他现在想努力将自己吃过午饭的记忆从脑海中抹去。他想让自己感到饥饿，但他已无法确切地回忆起饥饿的感觉。不过，至少午饭后他没有回屋喝过一杯牛奶。他数了数，将信将疑地向自己保证，他今天已经禁食了三次。他拂去鞋面上的沙子，让自己看上去更完美。可是没过一会儿，一种隐隐的不安重上心头；他无法独自相信任何事情，他希望他的哥哥或父亲能在这里见证他的完美。他忽然意识到，他一整天都没有挖鼻孔，甚至连想都没有想过，这让他非常得意。只可惜周围没有一个人看到。

大海波涛汹涌。洁白如盐的海滩上冷冷清清。现在已经是九月，冰淇淋小贩的铃铛不再丁零作响，平房林立的街道上鲜有汽车停放，那些式样相同的小小的门廊全都空荡荡的，也几乎不再有垃圾桶立在路旁。他感到兜里那把生锈的小折叠刀紧贴着他的大腿，那是上周在莱文家腾空的平房里找到的，是他在夏季结束时跟随其他男孩去寻宝时发现的最好的宝物。他漫不经心地想，为什么妈妈们总是留下那么多发卡和毛茸茸的肥皂片；父亲们则会留下剃须刀片，而且它们并非遗落在抽屉缝隙里和床垫下面。他想知道为什么每当他走进房间，妈妈们就会停止交谈或改变话题。她们的裙子下面光线昏暗。父亲们则继续交谈，几乎没有注意到进来了一个小男孩，而且他们那边的光线也总是更明亮。

大海上一幕新奇又陌生的景象驱散了他的回忆。他看到海面向上倾斜。在很远很远的地方，一个和大海一样宽的浪头正在升起，发出比他听到过的所有声音都要低沉的雷鸣般的轰响。他吓得站起来，准备逃跑，心里既害怕又兴奋。浪头越涨越高，直到变成一堵直立的黑色水墙。他知道，除了他和沙滩和空荡荡的门廊，没有人看到这幅景象。现在，像石头一样坚硬致密的水墙开始向前倾倒，他听到它尖叫着一头撞向海面，飞溅的浪花好像五十根花园浇水管同时开动。他很高兴自己死里逃生，转身回家去讲述这段经历。喜悦的话语已经在他的嘴里成形。“海水变硬了，像街道那样硬，它站在半空中，把天都遮得看不见了，后来你猜怎么着？我看见胡子了！”他停了下来。

他突然拿不准自己是否看见了胡子。他记得看见了，但不确定是否真的看见了。他想象着妈妈的反应；如果他告诉她，她会相信的，因为她相信他说的发生在他身上的任何事。可是当他想到近来她对他告诉她的事情不再像过去那样兴奋时，他心里泛起一丝忧伤，他犹豫了。当然，她不会像哥哥那样说他在撒谎，也不会像本那样质疑他，使他最后无法自圆其说。但她现在似乎不像过去那样听得那么用心了。因此，即便是讲给她听，他发现自己也不得不常常添枝加叶来吸引她的注意。比如送奶工的马踩苍蝇那件事。它真的踩了那只苍蝇，可是当她听到这则新闻只是点点头时，他开始继续讲述那匹马如何抬起蹄子，低头看着地面，等待着，继而重重地踩住第二只、第三只苍蝇。他那张黄黄的小脸皱了起来。如果他现在去向她报告他在海边的见闻，也许他将不得不说，他不仅看见了胡子，还看见了水下的那张脸，甚至还得说出它的眼睛是什么样子。他在脑海中可以清晰地看到那双眼睛——它们是蓝色的，有着厚厚的白色眼睑，在海水中一眨不眨地盯着水面；但这并不等于他确信自己真的看到了那双眼睛。如果她相信，那么他也许真的看到了，但如果她只是像最近那样仅仅点点头，而不是发出一声低低的惊呼，他就会觉得自己说了谎而感到难过和不安。这就和讲给哥哥听没有什么区别了。他停在那里，对她的愤怒在心中滋长，他犹豫着，渴望至少能把海浪的事告诉她。对他来说，不能讲给别人听的事就等于没有发生，而最近这一阵，要讲点什么实在太难了。

他走到家门前，走进小客厅，那种不确定的感觉让他十分痛苦。他从厨房门口看到她正在锅碗瓢盆间忙碌。她瞥了他一眼，说："来喝杯牛奶。"

牛奶！他的父亲和哥哥现在正口干舌燥、饥肠辘辘地站在犹太会堂里向上帝祈祷。他没有答话。他甚至没有心情走进厨房——那个他喜欢用下巴抵着凉凉的油布桌布、坐在那儿一边看她做饭、一边把他在外面的世界看到的所有奇妙的事物讲给她听的幸福的地方。他爬上客厅桌子旁边的一把椅子，以前他从未独自坐在那里。

一阵沉默之后，她转过身看见他在那里。她扬起眉毛，好像发现他正悬在天花板上似的。"你在那里做什么？"她问。

好像她不知道似的！他愤懑地垂下眼睛看着桌面。她从厨房里出来，站在几步之外困惑地看着他。他不看她，但能看到她，他又一次想起，她最近的样子很奇怪，脸不知怎么变得肿肿的。是的，她走路的姿势也变了，就像是走在一支缓慢移动的队伍里。

她皱着眉头，一言不发地低头看着他，他忽然意识到他是全家，包括表亲们在内，唯一一个长着招风耳的人。“把耳朵收一收，马丁，我们要进隧道了！”叔父们笑嘻嘻地低头看着他——“他是哪里来的？他像谁呢？”此时他坐在妈妈面前回想着，他长得不像任何人。他现在越来越感觉到，他和妈妈始终隔着一段距离看着对方，他不记得以前有过这种感觉。“你生病了？”她终于问道，伸手去探他的额头。

他拂开她的手，手指背轻轻地擦过她的肚子。他的手指顿时感觉火辣辣的，惊恐像碎玻璃片一样刺戳着他的胃。她捂着肚子无声地喘息着，身体深处的收缩他几乎能听到。她转身回厨房。他趁她转身的时候抬头看她的脸。她默默地回到炉灶旁边，沉默的脸上没有表情。他意识到，她最近甚至不再对他大喊大叫，也不再当着他的面在卧室里换衣服，而是走进衣帽间，隔着虚掩的门和他说话。他知道他不该察觉到这一点，就像爸爸和本那样。现在他知道他不应该察觉到她不再对他大喊大叫，他从椅子上滑下来，不知道接下来该去哪里，他知晓的秘密在他的皮肤上结成了霜。

“你为什么不换上短裤呢？”她在厨房里对他说。

他的胃像哭泣一样抽搐起来。现在穿短裤！在本和爸爸不得不穿着羊毛套装在犹太会堂里无数次起立坐下的时候！如果由她做主，放任人们为所欲为——长长的胡子就会漂在水面上，大海也会掀起惊涛骇浪！他真想问她敢不敢去叫爸爸和本也换上短裤！

“去吧，亲爱的，”她说，“在最上面的抽屉里。”

他刚才坐的那把椅子在地板上滑动着，发出刺耳的嘎吱声。意识到是自己踢了它，他朝厨房门口瞥了一眼；她转过身，眼神中带着惊讶和笑意。

“怎么了？”她问。她的虚伪像飞虫一样在他脸边嗡嗡作响。

他猛地推开前门走了出去，门上的弹簧发出“吱扭”的声响。

“马丁？”她穿过客厅的速度比他预想的要快，他想跑，但出于自尊，仍保持着从容的姿态，不慌不忙地走过门廊。他觉得以自己的方式对她施以惩戒是公正的。他正坚定地走下门廊的台阶，身后的门弹簧“吱扭”一声响，她伸手抓住了他的肩膀。“马丁！”她的声音是抱怨，也是指责，直抵他最隐秘的思绪，攻击他的正直。他扭动身体，想从她手里挣脱出来，但她紧紧拽住他的衣服，拽得他的上衣扣子都抵到了下巴上。“马丁！”她对着他的脸喊道。

他心中腾起屈辱的火焰，她竟然对他如此爱惜的衣服这般不敬，他用尽全力捶打她的手臂，尖叫着：“放开我！”

他的举动激怒了她。她抓起他的手腕，一下下地打那只犯错的手，打得它火辣辣地疼，他试图挣脱，却绊了一跤，跌坐在门廊上。“爸爸会用皮带抽你的！”她冲他大喊，眼里含着泪水。

爸爸！她要告诉爸爸！他鄙夷地将她那张大喊大叫的扭曲的脸推到一英里之外，他感到一条平静的光明之路在他面前展开。他的下巴颤抖着，黑眼睛闪着仇恨的光，他尖叫道：“我不再需要你！”

她瞪大了双眼，似乎感到震惊。他吃了一惊；他并不觉得这是坏话，他只是说出了事实；既然她不需要他，那么他也不需要她了。但她张着嘴，一只手扶着脸颊，用一种他做梦也想象不到的惊恐表情低头看着他。他不理解；只有谎言才是可怕的。她像看一个怪物那样看着他，从他身边走开，打开房门，悄无声息地走进屋去。

他听到身后的大海发出哗啦啦的巨响，海浪声亲切地拍打着他的后背。他站起来，感到异常疲惫。他侧耳倾听，听不到她的一点动静。他走下台阶，沿着人行道走向几码外的沙滩，他犹豫了一下，担心弄脏他光亮的鞋面，随后继续向沙滩走去。他知道他是坏孩子，但不知道为什么。他走近禁止触碰的大海。它似乎在看着他。

他在这里可以独处。如果她叫他，强劲的海风可以阻隔她的声音，而且他知道，她再也不会追着他跑了。就像她不再和他一起围着桌子跳舞，也不再允许他早晨跳上他们的床，如果他从身后抱住她，她会迅速从他的怀抱中溜走。除了他，没有人注意到这些变化，而知道这些变化似乎是一件危险的事。爸爸不知道，本也不知道。走在潮湿的沙滩边缘，滚滚的涛声包围着他，他把一只耳朵压平在脑袋上，默默许下愿望。要是他长得像父亲和哥哥一样就好了！那样他就不会知道他不该知道的事。都是这对耳朵的错。就是因为他的样子如此不同，他看到的东西也和他们不一样，他知道一个好孩子永远不会知道的事。比如那个牙医。

在他试图避开那一天的可怕回忆时，他的呼吸像鹅卵石一样哽在他的喉咙里。一朵浪花突然涌上来，拍打着他的鞋子，他急忙跳开去。他弯下腰，努力集中精神用手把鞋擦干。突然，他意识到自己碰到了那邪恶的水。他闻了闻自己的手，没有腐烂的味道。也许今天在水里的是上帝，而你不能和他一起下水，因此，虽然禁止触碰，这水并不会发臭。他向后退了几码，坐在沙地上，那个牙医的形象与他碰到水的恐惧感交织在一起，使他陷入某种可怕的快感中。

他清楚地看到他们城里寓所前的人行道——妈妈走在回家的路上，他跟在她腿边，听着她手里提着的牛皮纸购物袋簌簌作响。他还记得和她一起走在路上的感觉，不用考虑该在哪里转弯，什么时候停下，什么时候紧走几步，什么时候慢下来。他们仿佛心有灵犀，他只要跟着她就好。突然，他们停了下来。他抬起头，看见一个陌生男人的脸和她挨得很近。一滴眼泪流过男人的脸颊，从马丁的鼻子旁边滴落。和那人说话时，她非常兴奋，站得笔直，她的笑声听起来十分陌生。那个陌生人对她直呼其名。后来，他们在大厅里等电梯时，她依然兴奋地笑着，说：“啊，他非常爱我，我差点嫁给他，你能想象吗？但外公把他赶走了。他那时还只是个学生。啊，他总是带书给我看！”

在海浪的咆哮声中，他仍然能听到她兴奋的声音从他头顶传来，就像那天在大厅里时一样。他又一次难堪地涨红了脸，这种屈辱感并非来自任何想法，甚至不是来自事件本身。他无法想象她真的嫁给那个牙医，因为她是爸爸的妻子，他的妈妈。事实上，他几乎不记得那天她说过什么，只记得她在跟牙医分手后，走进公寓大楼时的笑声和呼吸中的那份兴奋。他从没听过她用这种声音说话，他立刻下定决心，决不能让人知道他注意到了这种新的语气和这个有些陌生的女人。在他的局促不安背后有这样一种恐惧：她有爸爸没有的想法。从那天起，他觉得自己就像一个小小牧羊人，守护着那些绝对不能让他们了解自己真实力量的大家伙，即使他会在他们的视线之外玩耍片刻，甚至与他们玩笑或争吵，他也从不会忘记，一旦他们意识到他们并非一体而是两个独立的人，并非像他们以为的那样心灵相通，而是能够在脱离对方视线的时候以另一种方式说话和呼吸，他那支牧笛是无法与他们那尚未觉醒的狂暴力量相抗衡的。只有他知道这一点，也只有他负责守护他们，不让他们知道：他们之间的关系已经不再像妈妈在街上遇到那个牙医之前那样了。

正如他每次想起那个陌生人时都会发生的那样，他现在想起了第二天，一个星期天，全家一起去散步的情景。当他们走近人行道上那个特定的方格时，他屏住呼吸，确信爸爸的鞋一踏上去，咆哮声和破裂声便会划破平静的空气。但爸爸从那块水泥地上走过去，什么都没有察觉，妈妈也和他一样，于是马丁就在那一刻清楚地认识到自己的职责：他要独自承担起监护的责任。因为妈妈似乎并没有意识到她对待那个陌生人的态度究竟意味着什么，而他意识到了。他必须想尽一切办法，决不能让她知道她的行为的真正含义；当她说“他非常爱我，我差点嫁给他”时，她应当感到恐惧，应当号啕大哭，惊声尖叫，而不是笑得那么神采飞扬。不过，他是不会告诉她这些的。

当他来到最后的部分，想象着如果爸爸得知当天发生了什么，而且发现他知道这个秘密，会有什么反应时，他的心一如既往地颤抖着，渐渐暗淡下去。爸爸会从高处俯视着他，痛心又震惊地吼道："妈妈差点嫁给牙医？你是个什么样的孩子，竟然编造出这种事！哇啊啊啊！"而他将被这吼声吞没，痛苦使他站了起来。

他走在海边，捡起小小的蜗牛壳，把它们碾成粉末；他扔石子，折断地上的枯枝，仍无法驱散笼罩心头的阴影。慢慢地，他又想起，他从未见过妈妈像他刚才离开她时那样惊恐。他曾多少次气得她发疯，但都不像这样，不是这种眼神。刚才打他的时候，她是那么严厉。这是从来没有过的——没有这么严厉过。

她的严厉和她圆睁的双眼……他看着大海。也许这和今天是圣日有关？他已经相信，他的顽劣会发出一种看不见的射线，越过他的家人，向远方的黑暗传递讯息；这不是他想出来的，而是他一直都知道的。惩罚将从那片黑暗中降临，就像来自一份不可改变的判决，无法阻止，无法转圜，无法一笑置之。现在看来，她震惊的双眼似乎是在为他，为他从黑暗中为自己招致的一切担惊受怕。刚才在门廊上，她不仅仅是在生他的气，还在为他担心。他一定对她说了什么，不仅是对她的冒犯，更是一种罪过。但他不记得自己说了什么。这种忘记本身就让他感到害怕，它开启了一些可怕的可能性。

那个牙医！他心头一紧；他是不是不小心告诉了她，他知道她在那个陌生男人面前的表现？还是她认为他已经告诉了爸爸？他想跑回家告诉她："妈妈，我从来没跟爸爸说过牙医的事！"但这个念头刚一出来就被他打消了，因为他意识到他同样不能对她说他知道这件事。如果他告诉本，本一定会为他说出这样的话感到震惊。他沿着空荡荡的海滩踽踽独行，不知不觉中与长着胡子的大海分享着他的秘密，在那禁忌的大海深处有着洞察的眼睛，看到他，看到他的所思所想。走着走着，他想起来，如果他能隐形会怎样。如果爸爸发现了他知道的事，并为此大发雷霆，他可以渐渐消失。但那并不是真的消失。实际上他还在那里，能够一直看到他们，听到他们说话，只是他们看不见他。他突然想哭，为他们失去他而难过，于是他迅速修正了自己的想象。事实上，如果他们看他，就能看到他，但只要他们一转身，他就会消失。这样很好。比如，他可以半夜溜下床，隐身进入他们的卧室，舒舒服服地坐在那里，他们永远也不会发现。如果夜深了，他坐累了，他还可以上床躺在他们中间，大家一起睡个好觉。只是——他细心地修正着——他必须记住不要尿床，否则当他们早上醒来看到床上的尿渍，就会互相指责，吵起架来。

他发现自己正面朝大海，一动不动地站在那里。他知道他可以走进海里溺水，这似乎是一个由来已久、从未消失的想法。此刻，这个想法中没有恐惧，也没有希望，只有无所求的快乐。他想起夏天的时候，有一次他和哥哥趁早餐前海滩上没人的时候下水游泳。他们在水里玩了一会儿，到了该回去的时候，他却回不去了。他努力向岸上游，水下的暗流却将他推离岸边。于是，已经开始呕吐的他在水里掉了个头，顺着水流的方向游去。好轻松，好快啊！用不了多久，他就能游到欧洲了。当他再次醒来时，发现自己已经躺在床上，浑身裹得严严实实的，大夫也来了，大家都在说，要不是送奶工碰巧看见他，他就淹死了。

他从来没有公开否认过他们的说法。可是，现在站在这里，他知道他根本没有差点淹死。他可以游到欧洲的，因为他有一种不为人知的秘密力量。他忽然想起刚才他愤怒地涨红了脸尖叫着喊出的那句“我不再需要你！”这有什么可怕的？他不需要她了。他现在会自己系鞋带，他可以一直走也不觉得累……她不需要他了，他为什么还要假装需要她？他感受不到这句话的可怕之处。当然，它可能的确是可怕的，只是他不明白为什么。要是他能知道什么是可怕，什么只是糟糕就好了！他想，现在沉入大海该有多好。面对着他毫无生气双目紧闭的脸，她会怎样苦苦哀求他开口说话。本也会急得发狂，还有爸爸……爸爸大概会在后面等待消息，以免妨碍大夫。这时他的嘴唇就会微微动一动，他们全都惊呼起来。“他要说话了！”她激动地喊道。他睁开眼睛，说：“我在海边散步，看到一个海浪，在海浪中我看见了胡子。它有一整条街那么长。全都是花白的。然后我看到了那张脸。它有一双蓝色的眼睛，和爷爷一样，只是要大得多。它的声音非常非常低沉，就像鲸鱼在海底鸣叫。那是上帝。”

“是上帝。”妈妈低声惊呼，像过去那样合上双手。

“怎么会是上帝？”本问道，对他的谎言感到厌恶。

“因为他吻了我。”

“拿出证据来！”本兴奋地笑着说。

他张开嘴巴，他们都往里看，就像那次他除夕夜牙痛，不得不给好多牙医打去电话时一样。在他的嘴里，他们看到了整个海洋，就在海面之下，他们看到了蓝色的眼睛和漂浮的胡子，随后从他的嘴里传来低沉巨大的吼声，就像大海在咆哮。他的眼角瞥见一丝动静。一个黑衣男子出现在海滩上。

他不敢完全转过身去，但就在那最初的一瞥中，他看到那人穿着黑亮的皮鞋，肩上披着白缎祈祷披巾，头顶上戴着一顶黑色小帽。

他强迫自己面对那个人；恐惧使他的舌头向喉咙口缩进去，但很快他就松了口气——那个人真的在那里，因为他身后还站着一小群人。他们和他隔着抛一颗球的距离。风吹动着他们祈祷披巾上的白色流苏。他们面朝大海，手捧黑色的祈祷书大声祈祷，他们的身体前后摇晃着，他觉得比他在犹太会堂里看到的还要急切，他在人群中看到了他的父亲和哥哥。他们知道他站在这里吗？没有人看他一眼，他们一直对着海上的空气讲话。

他从没有在海滩上见过这么多穿着锃亮的黑皮鞋的人。他从没有在阳光下见过祈祷披巾。在他看来，这是不恰当的，让他隐隐感到心慌。他为他们担心，这样做，就好像犹太会堂的屋顶被掀开了，不只是约柜中的经卷，上帝本人可能也会现身。他们正面对着祂，祂一定离他们很近，这太可怕了。看着他们目不斜视的样子，他想，也许他们并没有意识到自己正在海滩上，离波涛汹涌的大海只有咫尺之遥。也许他应该悄悄溜过去告诉爸爸，爸爸就会从他的书里抬起头来，看看他身在何处，随即大声喊道："我们做了什么！我们是怎么走出会堂的！"他们就全都转过身，祈祷披巾飘扬着，跑回犹太会堂，之后感谢他拯救了他们，使他们免于直视上帝的真容。

也许他连眼前这一幕也不该看到，就像去年在犹太会堂里那次，爷爷叫他捂住眼睛，说："你现在不能看。"但他从指缝里偷偷看了一眼，看到了前面高台上可怕的一幕。一个蓄着长长的胡须，不知是领唱还是拉比或者什么的人，和其他三四个老人一起，用丝绸祈祷披巾遮住自己的脸。他没有穿鞋，只穿着白色的袜子。他们全都穿着白色的袜子。他们开始狂热地吟唱，继而开始跳舞！那不是什么优美的舞蹈，而是老人的舞蹈，基本上就是一起一落，身体僵硬地左右摇摆，像一组移动的帐篷，从披巾下面不时传来尖叫、哭泣和突然的喊叫声。接着，他们面向存放经卷的壁橱，单膝跪地，接着跪下另一个膝盖，然后像房屋倾倒一样，面朝下躺着，全身伸展开来。这一切就发生在祭坛上，发生在那个拉比或领唱或不知是什么的人平时总是那样笔直地站着，甚至不直视台下任何人的地方。一想到那些严肃的老人跳舞，他就觉得难为情。

那一小群人里没有人看他，就连本都没有看他一眼，爸爸也没有。“他们知道我那次偷看领唱跳舞了。”马丁想，他们知道他已经无可救药；现在他看与不看都无所谓了，因为他不是好孩子。事实上，他们可能都是来为他哀悼的，因为他是这样一个坏蛋。如果现在在这里的是他表兄弟那样的长着正常耳朵的好孩子，他们很可能会冲过来，叫他闭上眼睛不要看。他转过脸去不看那些人，凝神倾听大海的咆哮，努力不去听他们祈祷。但没有效果，还是没有效果，突然，他最先看到的那个领唱的声音在风中越扬越高，直到变得像是女孩的声音，马丁不得不转头看去。

他们现在都在更大声地祈祷，对着海浪发出可怕的呼喊，领唱带头，其他人跟随他一起用拳头捶打胸口。捶打声就像地面上擂响的一面面鼓的声音，促使他们一次又一次地向着水面呢喃或呐喊，马丁看到一个闪闪发光的东西从领唱手中飞出，划出一道弧线落入波浪中。是一条死沙丁鱼？还是一滴晶莹闪亮的水花？四周安静了下来。众人停止了动作。他们的嘴唇翕动着，却只发出低沉的嗡嗡声，与海浪的咆哮声融为一体。

马丁等待着，忽然想到领唱会像上周在犹太会堂里那样，抽出弯弯的牡羊角吹起来，不由得一阵心惊。“啊呜——呀！”想起那原始的、野兽般的叫声，马丁就浑身发抖，他祈祷现在不要发生这种事，现在上帝离他们如此之近，那声音会直接传入祂的耳中，迫使祂从海里升上来，用祂蓝眼睛的凝视把他们全都烧成灰烬。哦，一个气势多么磅礴的泡沫柱将会冲破海面，让绿色的河流从胡须的大瀑布上倾泻而下！

毫无征兆地，大家开始握手。每个人都如释重负，像邻居一样亲热地交谈起来，大笑，点头，叠起缎子祈祷披巾，合上祈祷书。马丁感到心儿在歌唱，上帝留在了属于祂的地方。感谢上帝，祂没有现身！他急忙跑过去，从人群中朝父亲身边挤去，完全忘记了自己是否应该观看刚才的一幕。他先看到本，一边兴奋地叫他，一边奋力穿过人群。本看见他，拉了拉父亲的袖子，父亲转过身来看到他，他觉得他们两个都在骄傲地对他微笑。他来不及想就大声喊道："本！我看见了！我看见他把它扔进水里了！"看到奇迹，而且不是一个人看到的，真是太好了！"我看见它飞进波浪里！"他感觉自己和本一样清澈、美好，心里没有任何秘密。

"什么，在水里？"本一脸困惑。

恐怖的指甲轻轻地弹在马丁的眼睛上。本的反应让他涨红了脸，但他不会就此放弃。"领唱——他刚才扔了什么。"他连忙抬头向父亲求证，父亲慈爱地对他笑笑，有些吃惊，不甚明了，但充满爱意。

本对父亲摇了摇头。"瞧他，"他说，"又开始编故事了！"

爸爸笑了，但马丁觉得爸爸有几分相信他，在和父兄一起穿过海滩走回家的路上，他为这份信任高兴了好一会儿。至少他让爸爸笑了。但他真的看见有什么东西飞到海里去了——他们为什么不承认呢？他的小脸逐渐变得苍白起来。他感觉自己的耳朵越来越向外突出，他无法忍受被重新抛回秘密的怀抱，无法忍受这种孤独。"我看见了，本。"他坚持道，试图用手拦住本。"爸？我看见他扔了，我发誓！"他突然喊道。

父亲似乎吃了一惊，带着善意的不解和对得体行为的期望低头看着他。"他只是在甩手，马蒂[1]。他在捶打自己的胸膛。"

这倒也算是种解释。"可是他手里拿的什么？他扔了，我看见了。"

"他扔的是他的罪过，傻瓜。"本说。

"是的，"爸爸说，"罪过会被扔进海里。"

---

① Marty，马丁（Martin）的昵称。

马丁从父亲的语气中觉察到一丝顾虑。他想，会不会是因为不该谈论这个话题。他又想，会不会是因为爸爸并不完全相信领唱手中有罪过。

“它们闪闪发亮，是不是，爸？”他急切地问。他非常希望爸爸说是，这样，那个东西就不再只有他一个人知道，而是他们一同看见的了。

“嗯——”爸爸突然打住，叹了口气。他没有笑，但也不很严肃。

“它们不闪闪发亮吗？”马丁焦急地重复着。

爸爸似乎要回答，但并未作声，马丁无法忍受这件事在沉默中结束。“我看到——”他的内心拉响了警报，但他停不下来——“好像有一条沙丁鱼飞进了海里。”

“一条沙丁鱼！”父亲哈哈大笑起来。

“哦，上帝！”本咕哝着，用拳头敲着自己的脑袋。

“嗯，不是活的！我是说一条死鱼！”马丁拼命修正道。

“死鱼！”本笑了，“您知道他上周说了什么吗，爸？”

“闭嘴！”马丁大叫，他很清楚哥哥接下来要说什么。

“送奶工的马——”

马丁抓住哥哥的袖子，把他往沙地上拖，但本继续说：“——用脚踩死苍蝇！”

马丁使出全身的力气，用拳头捶哥哥的后背。

“嘿，嘿！”爸爸用和本一样尖细的声音叫他。

“我看见了！”马丁撕扯着哥哥的胳膊，踢他的腿，父亲则试图把他们分开。

“好吧，你看见了，你看见了！”本大声叫着。

爸爸温和地把马丁从哥哥身边拉开。“好啦，别闹了。做个男子汉。”说着便放开了他。马丁在父亲放手后打了他的胳膊，但父亲什么也没说。

他们继续穿过海滩。马丁努力往下压自己的喉咙，喉咙却不断向上挤压，想要大声喊出来。他还没有反应过来，就已经在抽泣着说："马身上有很多苍蝇。"

"好吧。"本感到厌恶，但没再多说什么。

马丁走在他身边，怒火在心中翻腾。一个穿围裙的女人站在街道尽头，望着散开的人群，大概是在寻找她的丈夫。看到她，马丁朝父亲靠近了一些，好让她认为他也和其他人一样，在犹太会堂里斋戒了一整天，而且和他们一起在海滩上祈祷。他们走近碎石路时，她看他们一眼，恭敬地问候道："节日好。"

"节日好。"爸爸和本一起庄重地说。马丁再想说时，为时已晚；只有他一个人的声音的话，听起来会很单薄，甚至有些可笑。因为他今天吃了那么多次东西，他们走上家门前的台阶，他忽然为自己不是他们中的一员而感到沮丧和不安。

门上的弹簧"吱扭"一声响，父亲打开门让本进去，然后用一只大手揽住马丁的后背，让他感到温暖和骄傲。直到门在身后砰的一声关上，他才想起妈妈生气的表情和震惊的眼睛。

"妈？"本叫了一声。

无人应答。

炉子上冒着热气，没有人照看。父亲走进厨房，疑惑地呼唤母亲的名字，旋即回到客厅，马丁从他的脸上看到了困惑和一丝惊慌。马丁脸红了，害怕自己知道了父亲不知道的事。他想象她已经永远离开了，消失了，这样他们三个男人就可以安静地坐下来，平静地吃饭了。之后本也会离开，只剩下他和爸爸，那时他会多么听话！和父亲在一起时，他会变得多么稳重，父亲会像对本那样认真地和他讨论，让他像本那样每周六都把鞋擦亮，还会和他谈论节日的事，让他能够提前很久，而不是直到节日前一天才突然知道犹太新年、阿布月斋日或别的什么节日的到来，还会同他分享关于犹太律法的知识。

浴室门打开，妈妈走了出来。他立刻看出她并没有释怀。她的眼睛红红的，就像在卡尔舅舅弯腰捡电话簿故去时一样。她此刻的难以化解的悲伤让马丁感到脖子一阵刺痛。他看得出，这不是闹着玩的——爸爸真的很担心，本也瞪大了眼睛。

“出什么事了？”他们吃惊地问。

她的目光从他们身上落到马丁身上，无力的茫然和干涸的悲伤使她的眼神变得呆滞。“我不该听到这种话。”她回头看着马丁的父亲。

即使是现在，马丁仍无法相信她会向父亲告状。虽然他想不起自己究竟做错了什么，但她把他们之间发生的任何事透露出去都会让他感到隐隐的恐惧，他将不得不独自面对父亲和本觉醒的目光，以及将会把他碾得粉碎的碰撞和尖叫。

“你知道他对我说了什么？”

“什么？”

“‘我不再需要你！’他这么对我说！”

空气仿佛凝固了。本的脸上写满了伤心和惊讶，他似乎快要晕厥了。马丁等着她继续说下去，说出关于他的某个终极真相，这个真相会像一块石头或一只小动物那样从她口中落下；看着它，他们都会知道，他也会知道，他是个怎样的人。

但她没有继续说下去。就只有这样！马丁并不清楚她还能说什么，但那终极的、山呼海啸般的罪恶没有被带进房间，他的心顿时轻松起来。她又开口了，说的不过是他怎么打她的事。虽然父亲站在那里边听边摇头，但马丁看得出，他已经心不在焉了。

“你不该说那种话，马蒂。”他说着走进卧室，脱下外套。“咱们吃饭吧。”他在屋里说。

他想跑过去亲吻他的父亲，但有什么东西阻住了他的脚步：那是一种失望，一种对最后决战的渴望与恐惧。

他的母亲突然喊道："你没听到我说的话吗？他每天都把我气得半死！"

父亲的脚步声从卧室里走近。现在，也许现在就要来了，他那雷霆般的怒吼和看向他的厌恶表情。他穿着衬衫出现在门口，巨人一般，不可撼动。"我要把皮带抽出来了，年轻人。"说着，他摸了摸皮带扣。

马丁紧张地绕着桌子跑了起来。爸爸有时会解下皮带，马丁就不得不闪身躲开，让餐桌挡在他们中间，同他相持一两分钟。不过爸爸从来没有真的打过他，有一次他跑着跑着裤子掉了，把大家都逗乐了，包括妈妈和爸爸自己。

父亲现在正在解皮带，对父亲的怜悯让马丁热泪盈眶。他同情父亲有这样一个不肖子，他知道他为什么要挨打，他认为这是应该的，因为一个男孩知道他知道的那些事是令人厌恶的。他从父亲身边躲开，不是因为他怕疼，而是为了让父亲免于不得不狠下心来的痛苦。

"我不是故意的，妈妈！"他向妈妈求饶。也许她能制止爸爸，他这样希望着。

"你会气死我的！"她叫道。

但马丁立刻明白他得到了宽恕。对她而言，爸爸解开皮带做做姿态就已经足够了，她用手扶着肚子走进厨房，让锅盖不再乒乓作响。

"你要懂事一点。"爸爸说着重新扣上皮带，走到餐具柜前，斟满一小杯威士忌，走到窗边的摇椅旁，叹一口气，坐下。

桌布和银餐具闪闪发亮。马丁忽然发现本不在房间里，他不知道他是不是到外面哭去了。他知道，事情还没有结束。

爸爸朝厨房举起酒杯，说："怎么样？又是新的一年！"

妈妈在炉子旁喊道：“好运常在！”她闭上眼睛待了片刻。马丁在这种时候从不发出声音，因为知道他们正在对着一只看不见的耳朵说话。

爸爸将杯中的酒一饮而尽，长吁了一口气。“我跟你说，”他对着厨房门口说，“那个领唱简直像马一样强壮。”马丁眼前浮现出那个长胡子领唱被套在送奶工的马车上的画面。“一整天都没坐下。连五分钟都没停下来过。”

“因为他不是那些冒牌货。他是个虔诚的人。”

“嗯，好吧，”爸爸勉强同意，“他有一整年的时间可以休息。”

“哦，别说了。”

“如果我一年只工作两天，我也能站那么久。”马丁看到父亲眼中温暖的幽默，父亲平和地眨着眼睛。

“你在说什么？”妈妈说，“他们那样不吃不喝地唱一整天，很可能会倒下的。”

“他不会倒下的。”爸爸说。马丁觉得，他总是了解事物的真相，了解事情的真实走向，他祈祷自己做个好孩子。“他的老板把他照顾得很好。”

“别这么油腔滑调。”妈妈说，她扬起眉毛，闭上眼睛，请求上帝不要理会祂刚刚听到的话。

“我也不介意——一年两天。”

“够了。”妈妈勉强挤出一点微笑。她端来爸爸的金边大汤盘，里面盛满了黄色的鸡汤，上面漂浮着无酵饼丸子。“吃吧。”她说着转身回了厨房。

爸爸起身提了提裤子，把他那条棕色的皮带放松了两个扣眼。马丁快步走到自己的座位，爬上椅子，把小帽戴好。爸爸坐在桌子上首，也把帽子戴上。妈妈把本的汤端出来，然后又回了厨房。

“他的老板是谁？”马丁问。

“谁的老板？”

“领唱。”

爸爸耸耸肩。“上帝。谁知道呢？”他把勺子伸进汤里搅拌，嘴里喃喃祈祷。

“他能看见上帝吗？”马丁问。他的心里闪过一丝希望，或许领唱和爸爸也看到了海里的胡子，这样他就能说出他也看到了漂在那里的胡子，而随着这个秘密被抹去，也许所有秘密都会消失。

“本呢？”爸爸问。勺子还没有送到嘴边。

妈妈立刻从厨房里出来。“怎么了？本去哪儿了？”她警觉地看着马丁，马丁张着嘴，脸红了。

“我不知道。我什么都没做。”他说。

“本？”妈妈呼唤着，匆忙走到卧室向里张望，“本？”

爸爸看着她，举起的勺子往下滴着汤水。“哎呀，别着急。”他恼火地说。但他也意识到了麻烦，马丁有些心慌，是不是他对本做了什么，而他已经忘记了。

“你什么意思？”她忿忿地说，“他不在这里！”她急忙走去浴室，发现门锁着。“本？本！”她惊恐地叫门，马丁震惊地意识到本对她有多重要。

听到门锁转动声，门打开了。本走了出来，他的头发湿漉漉的，刚刚梳理过，爸爸的领带已经摘了下来，他的蓝领带还系在胸前。马丁在哥哥脸上看到伤心的表情，他仍然不看他，而且一直在为妈妈哭泣，像一个好儿子应该做的那样。

“好啦！”爸爸说，“这次又是为什么哭啊？”他开始大口大口地喝汤，一勺接着一勺。

“我以为出什么事了。”她对本说。

“我去洗手间了。”本声音沙哑地说。

“你去洗手间为什么不向她报告一声？”爸爸说。

“好啦，好啦。”妈妈警告他。

本勉强地笑笑，在他的位子上坐下。

“如果你不报告，”爸爸继续说，“你可能已经被杀——”

“别闹了。”妈妈又气又笑。

“你可能已经被车撞了。毕竟，这房子里车来车往。”

“别说了好不好？”她收起了笑容。

“这里到处是卡车。”爸爸边喝汤边继续，“去洗手间之前应该先征得她的同意。”他抬头看着她，摇了摇头，就要笑出来了。“我告诉你，年轻女士——”他疲惫地笑笑，低下头继续喝汤。

本正了正头上的缎帽，意味深长地盯着餐桌中央那只盛满水果的银饰盘，爸爸暂停了进餐。房间里一片安静。“主啊，你是有福的……”本语调平稳地开始做饭前祷告，没有颤抖，也没有动摇。妈妈被他庄严的语调吸引，站在门口凝听，她双手紧握，脸庞向空中仰起，马丁知道她的秘密愿望就在那里飘扬，被本祈祷的力量和他完美的记忆力唤醒——他没有遗漏一个神圣的字眼。马丁假装有点痒，把一只耳朵压平在脑袋上，本则心无旁骛地继续把祷告做完。直到这时，爸爸才重新开始吃饭，本却并不急于打破那令人敬畏的斋戒，他拿起勺子，在汤里搅拌了很久，似乎完全不想进食，过了好一会终于痛苦地吃了起来。妈妈这才像是得到了行动许可似的，默默地走进厨房，不一会儿，她端着自己的盘子出来，在爸爸对面坐下。

马丁的手仍然因为之前清理鞋子时沾到了海水而黏糊糊的，但他知道那是看不出痕迹的，于是他放心地喝汤，他的下巴齐着碗沿。房间里很安静。他把汤吸进嘴里，发出和父亲一样的轻柔的声音，每咽一口，他都像父亲那样吸吸鼻子。他打量着那些无酵饼丸子。勺子的边缘必须从正中间切下去，否则丸子就会从下面滑脱，从碗里蹦出去，他的手则会猛地落下，把汤弄洒。他用勺子边缘按住丸子，他知道妈妈正在桌子那头看着他。他左手扶着碗，用勺子向下一压。无酵饼丸子在压力下开始打滑。

“马丁，”他的妈妈开口了，“让我——”

“我能行！”他对自己的暴躁感到惊讶。本似乎被刺痛了，但什么都没说。爸爸抬头看了一眼，继续吃饭。

他抬起勺子，稍稍调整了一下位置，再次用它的边缘按住紧实的丸子。他知道爸爸和本现在也在看，虽然他们并没有抬头。他的脸变得僵硬而通红，他用力向下切那个丸子，抬起的手肘因为用力而颤抖。丸子又开始打滑，但他知道，有时赶在它飞出去之前，用勺子猛地向下一按就能把它切开，尽管有时这只会让它旋转着落在桌上或他的腿上。他犹豫了，在他的尊严面前挣扎着，如果他再切第三次，他的尊严可能会崩溃，他正要举起勺子再试一次，看到妈妈的手伸过来，要把勺子从他手里拿走。

他用尽全力，愤怒地把勺子往下一按，他将自己的神秘力量汇聚起来，命令那个无酵饼丸子像在爸爸和本手下一样待在原地乖乖听话，就在同一时刻，妈妈的手抓住了他的手。丸子从碗里飞了出去，他的手也撞在了碗沿上。汤洒在他的大腿上，隔着他上好的花呢裤子，先是温热的，然后突然烫了起来，湿羊毛的烟熏味刺激着他的鼻孔。在尖叫声中，他听到了本的惊呼——飞出去的丸子把一支蜡烛打翻在本的酒杯里，他去扶它的时候把酒杯打翻了。桌布从中间裂开一道红色的伤口，血流不止。马丁跳了起来，双手拍打着发烫的大腿，同时尽力不让妈妈的手碰他，因为她正试图解开他的皮带，好把他的裤子脱下来。

“都是你害的！”他冲她尖叫。

“他被烫着了！把裤子脱掉！”她急得大喊。

本来到他身前，拽着他的裤子要把它拉下来。这种进一步的羞辱激怒了他。“住手！”他尖叫着，但他能感觉到他的裤子被拉到了臀部以下，于是他踢了一脚。妈妈惊叫一声，本朝后跌坐在地上。房间里安静下来。他听到高处传来爸爸尖细的问话声。

妈妈直起身来，用手托着一侧的乳房，惊恐的眼睛越过马丁的头顶望向未来。他听到大海在轰鸣，仿佛就在地板下面，他感到房子在海浪的冲击下瑟瑟发抖。爸爸低声问着什么，跟着妈妈走进他们的卧室。她的呼吸急促。门关上了。

本站在紧闭的卧室门前，眼里满是惊恐和关切。

“她为什么会那样？”马丁轻声问。

“你踢了她！”本低声喊道，他鄙夷地瞥了马丁一眼，转身回到门边听里面的声音。

马丁不记得自己踢过她。他知道他踢了一脚，但他认为他没有踢到任何东西。可这是无法解释的，他感到羞愧，他看到一片黑暗的天空。

“爸？”本隔着门轻轻叫了一声。没有人回答，本的呼吸急促起来，几乎像是在抽泣。他转身看着弟弟，露出无法置信和厌恶的表情。“你怎么能对她说这种话？”

“什么？”

“你说的话。你不再需要她了。对自己的母亲说这种话！”

马丁站在那里轻声抽泣。

“你必须去向她道歉，请求她的原谅。”本说，仿佛马丁一点规矩都不懂似的。“你道歉了吗？”

马丁抽泣着摇摇头。

“你连道歉都没说？”

马丁捂着脸哭了。他哭是因为他伤害了妈妈，因为他什么都不懂，因为他一个人孤零零地作为这个美好家庭的局外人。他的裤子慢慢变凉了。

“爸？”本又叫了一声，语气更加坚决。随后他小心翼翼地转动门把手，探头往里看。“爸？”他请示着。屋里响起爸爸低沉的声音，本走进房间，关上身后的门。马丁等待着听到窗户被打开，他们全都爬出窗外，永远离开他的声音。但他们还在说话。

他等待着。他的汤碗打翻在地板上，一片狼藉的餐桌似乎在向他发出嘈杂的尖叫；一支蜡烛仍然燃烧着圣洁的光芒，另一支蜡烛的烛芯却躺在本翻倒的杯子里，所有的椅子都朝向各自不同的方向。他朝地上的碗走了一步，想把它捡起来，但他的大腿碰到了湿冷的裤子，于是他停下来，设法将消失的裤线恢复原样。他再次举步，可是湿冷的花呢紧贴在他的皮肤上，让他感到厌恶，他的泪水在眼眶里打转。这种感觉就像在湿床单中醒来一样，给他的内心带来同样的怨恨和困惑。他隐约觉得这是妈妈的错，把责任推给她之后，他感觉自己变坚强了一些，于是直着腿走进他和本的房间。

他用指尖解开裤子的纽扣，把裤子褪到脚边，然后坐在地板上把它从鞋子上脱下来。它闻起来像条浑身湿透的狗。他站起来，想要决定如何处理它，却忍不住哭了起来。他轻声哭泣着在房间里转了一圈，裤子在他的指尖上沉沉下坠。他把它搭在房间里唯一的一把椅子的靠背上，但他刚一走开，裤子就因为自身的重量滑落到地板上。他正要把它放到床上，又担心会弄湿毛毯；他已经很久，大概两周、一个月或三个月没有尿床了，他不希望他们又想到这上面去。他穿过房间来到衣柜前，但那些衣架太高，他够不着；而且，他似乎记得有一次，他因为把湿泳衣放进衣柜而挨了一顿训斥。他轻声抽噎着环顾四周，想找个地方把裤子放下，就在这时，似乎有一只手伸进来捏住了他的胃。“妈！”他轻轻地叫了一声，小心不让自己的叫声穿透墙壁传到她的房间。但他现在哭得更厉害了，抬手抹眼泪的时候，他把裤子掉在了地板上；他看看它，决定接受命运的安排，走出房间来到客厅。

卧室的门依然关着。他抽噎着走过去，唤了一声“妈”，努力忍住抽泣，听门内的声音。但房间里悄无声息。他们丢下他走了！“妈妈！”他跺着脚提高了音量。也许他们弄湿他的裤子，为的就是让他回自己的房间，好让他们有时间逃跑。这是他平生第一次不敢未经允许就转动门把手，他害怕开门进去发现房间里空无一人。他敲打房门，呼唤着妈妈，在叫喊声中渐渐失去理智。一股怒火突然涌上他的头顶，就像大海有时会将浪花喷向海滩深处。“我没有踢那个宝宝！”他大叫着，太阳穴上的皮肤在蠕动，“我不是故意的！”

仿佛是作为回应，房间里响起椅子愤怒地刮擦地板的声音，门开时，马丁已经逃到了客厅中间。爸爸出现在门口，白皙的面庞比之前任何时候都要阴沉。他皱着眉头，眼里没有一丝笑意。这不是在开玩笑。他低头看着马丁。他要说：“在这个家里，没有人像你一样是招风耳！没有人像你一样无所事事去看海里的胡子！没有人从手指缝里偷看领唱穿着白袜子跳舞！没有人整天鞋带散开着到处乱跑，把无酵饼丸子扔得满桌都是，弄脏干净的桌布，弄湿从麦克里里商店买来的裤子，还编造出牙医的故事！没有人知道什么宝宝的事！这个家没有发生任何事，马丁！”

然后马丁就会消失。他如释重负地看着自己将如何消失，就像那次他不小心让电风扇吹到妈妈打发的蛋清上，蛋清从盘子里飞到空中就再也不见了。他会一直在旁边看着他们，但他们看不到他，他可以和爸爸妈妈坐在一起，或者像过去那样在周日的早晨躺在他们中间，而他们不会知晓。

“去坐下。”父亲对他和刚从卧室里红着眼睛走出来的本说。

马丁走过去把他的碗从地上捡起来，小心翼翼地避开地上的汤水，把碗端正地放在他的位子上，然后爬上椅子。所有的事都过去了。本坐在自己的位子上，扶正酒杯，把翻倒的蜡烛小心地放回银烛台上，仿佛它代表着他的哀思。爸爸没有坐下，而是走进了厨房。马丁听到厨房里传来碗碟的声音。本低头盯着桌布上的红色伤口。妈妈空着的椅子让马丁心烦意乱，他又开始低声啜泣，尽量不引起别人的同情、责备或注意。爸爸从厨房出来，给他们每人端来一盘配有豌豆和胡萝卜的鸡肉。马丁从来不吃白肉，但他没有抱怨。不一会儿，爸爸端着自己的盘子出来坐下了。

马丁啜泣着吃了起来，但鸡肉被他的眼泪、冰凉的鼻水和嘴里的唾液打湿了。爸爸把手伸进后裤兜，掏出一块大手帕，伸到马丁鼻子下面。手帕暖暖的。他擤了擤鼻子。“再来一下。”爸爸说。马丁又高兴得开始抽泣，但他坚强地控制住自己，为了爸爸又擤了一下。

“需要我帮你把鸡肉切开吗？”爸爸问。

马丁犹豫了；爸爸语气中的尊重让他想到自己带给他的痛苦，想到自己的背叛，他不想现在更进一步，拒绝他的好意。可是他不能忍受这种不公平，本正在轻松自如地自己切鸡肉，他却要爸爸帮忙。“我自己能行，爸爸。”他抱歉地低声说。

“好的。做个男子汉。”

爸爸飞快地吃了几分钟，一边在思考着什么。本始终盯着自己的盘子。餐桌上看起来比之前更糟了，就像是对节日的亵渎。卧室里依然没有动静。最后，爸爸放下刀叉，喝了一些酒，把身子歪向一边，一只手紧握着椅子扶手。他要说话了。他眼神清澈地看着马丁，带着些羞涩和难以言喻的骄傲。“你马上就要上学了，嗯？”

“我想是下个星期。”马丁说着看了本一眼，等待纠正。但本没有抬头，也没有向爸爸的轻快让步。

“你会和这位先生一起去吗？”爸爸问本。

“最开始的时候会带他一起去。”本过了一会儿说。

爸爸点点头。马丁不知道本会带他去学校。他再次意识到，本和妈妈一定背着他秘密交谈过——也许是趁他睡觉的时候。想到这里，他感受到了被关爱的温暖，同时又为自己事后才知情而感到不安。

“那么，以后你每天早上都要洗脸，还要把自己的鞋子擦亮。你要开始学会照顾自己了。”

“好的，爸爸。”马丁兴奋地说，希望爸爸继续下达更多的指示。但爸爸没有再说下去。“我想我应该有一支自己的钢笔。”他建议道，他知道钢笔需要小心爱护。哦，他一定会好好爱惜自己的钢笔！

“一年级不需要钢笔。”本说。

“那，我说的是二年级。”马丁脸红了。

“只要你不需要秘书就行。”爸爸说。他又补充道：“三年级你可以有一个秘书。”他笑了，但本不会上当，马丁和父亲一起笑了，觉得要是能让父亲一直这样笑下去该有多好。看着本不为所动的样子，他脑子里飞快地搜寻着能够扰乱哥哥判断力的奇闻异事。“你们知道吗？”他热切地说，棕色的眼睛来回瞟着他们。他还没想好要说什么，但他很坚定——就算本不肯忘记他的罪过，他也要逗爸爸开心。

“知道什么？”爸爸问。

“他们要过印第安人的夏天①！”

“不会吧！谁说的？”

他看到本涨红着脸努力忍住笑，感到自己对哥哥有一种奇特的影响力，可以让他不再闷闷不乐，这种力量是邪恶的，因为它会让本正义的谴责黯然失色。他目不转睛地看着父亲，感觉他和自己很亲近，因为他在倾听，然而不知何故，他又觉得他靠不住，因为感觉他将会让自己大吃一惊。“我想是在旅馆里。”他说。

---

① 这里是小阳春天气（Indian summer）被马丁误当成印第安人的夏天（Indian’s summer）。

“哦，”爸爸把头仰得很高，“他们要在旅馆里过印第安人的夏天？”

马丁忙不迭地点头。现在他只感到幻想的愉快。“送奶工告诉我的。”

本“切”了一声，把头转开。

“就是他说的！”马丁愤怒地喊道，同时又很高兴本站出来公开反对他，而不是继续暗自神伤。

“每次他想不出要说什么，就把责任推给送奶工。”本嘲笑地说，但他眼里有了笑意和兴致，想听他继续讲下去。

马丁涨红了脸。“他告诉我了！他们去年没过，但今年要过。所以他们需要准备更多牛奶。”

“给印第安人喝。”爸爸说。

“他是这么说的。”马丁说。

“哦，当然。”爸爸转向本，“大概会来很多印第安人吧。”

“从乡下来。”马丁补充道，他清楚地看到一队戴着羽毛装饰的印第安人从火车站附近的树林里走出来。

“换句话说，”爸爸说，“他们是乡村印第安人。”

本忍不住放声大笑，嘴里喷出了唾沫星子。

“那，他们就是！”马丁气愤地喊道，同时又感到莫名的高兴，他让他们嘲笑的是他的谎言，而不是更糟的东西。

“嘿，嘿！”爸爸朝本皱皱眉头，但眼里含着笑意，“好啦，别笑了。”

“乡村印第——”本笑得喘不过气来。

马丁受到感染，也咯咯地笑了起来。“是在大家都回城的时候，”他极其严谨地解释说，“所以没人看见他们。”

本突然两手一扬，从椅子上滑了下去，他的跌倒让马丁爆发出清脆的、胜利的笑声。他跳到地上，怀着对哥哥的笑声的热爱，兴奋地绕过桌子扑到本身上，使出浑身解数在他腋下呵痒。本无力地躺倒在地板上，向马丁求饶，但他那上气不接下气的笑声就像细软湿润的沙子，让人忍不住去刨挖，马丁骑在哥哥身上，两只手从他的肋骨到肚子再到脖子，不停地胳肢，直到本再也笑不出声来。但马丁仍不肯罢手，他感到一种令人愉悦的复仇的狂热和胜利的力量。本的脖子伸长了，面孔扭曲着，泪水布满脸颊，无法呼吸。马丁挣扎着被拎到半空，听到父亲在呼唤："本？本？"然后是更急切的"本！"本终于缓过一口气，躺在那里喘息着，笑着，眼里闪着泪花，他没有死。

爸爸放下马丁。"好啦，小印第安人，闹够了。去和妈妈道晚安，然后上床睡觉。咱们明天一早就得开始收拾行李。本，你也是。"

本喘着粗气从地上站起来，拍了拍屁股上的灰尘，检查了一下自己的鞋子，脸上又恢复了严肃的表情。马丁高高兴兴地正要像哥哥一样拍拍裤子，却发现自己只穿着内裤，想到他的湿裤子还在他和本的卧室中间的地板上，他的心情沮丧起来。爸爸此时已经走进了妈妈躺着的那间卧室。

"你必须向她道歉。"本小声说。

"为什么？"马丁一脸无辜地问。心中的愤怒再次被唤醒，他感觉自己又退回了之前的状态。

"为你之前的所作所为，傻瓜。"本低声说，随后走进了父母的房间。他总是清楚地知道哪些事必须道歉。

马丁磨磨蹭蹭地跟在后面，朝父母的房间走去。他在脑海中搜索着让自己难过的事，因为此时他的内心仍然很快乐。他想到了卡尔舅舅的死，表情凝重了一些，可是他记不清他要为什么事道歉了，而这种遗忘留下了令他恐惧的空白。他知道不是关于他把裤子丢在房间中央的事，因为还没有人看到它，而妈妈扶着胸口站起来的记忆在他的脑海中已经支离破碎，他能看到她那样做，看到她在喘息，但他已不大记得是什么导致了她的痛苦。在他走近她的卧室敞开的门口时，他感到恐惧，他做了一些自己都不知道的事，而他遗忘的事别人总是记得。只有本从不遗忘，本什么都记得。

他走进卧室，感觉自己的耳朵傻里傻气地变得更大更重了；妈妈从枕上看着他，爸爸和本站在床的两侧，转头看着他，好像他们已经讨论他一个小时了，知道他应该做什么。

他在床脚停下，尽量不让自己的目光被她腹部隆起的小山吸引。在一片寂静中，忽然传来大海的嘶啸和轰鸣声，让他吃了一惊。他能闻到海水的味道，看到那长着胡子的东西像海草一样在起伏的水面下漂荡。

妈妈疲惫地对他笑笑，他怯怯地张了张嘴作为回应。他看见父亲背过手，双手撑在后腰上，胳膊肘向外张开。马丁尝试这个动作时，手从屁股上滑了下来，于是他把手放下，一只手放在柔软的黄色毛毯上。

“那么，”她没有转过头去，仍然看着他，微笑着，“他吃饭了——我的小坏蛋？”

“当然吃了，”爸爸说，“他是个大人了。不用管他，他会吃的。”

听到她把他叫作她的小坏蛋——她从没这样称呼过本，他快活地垂下眼睛，因为他做过的坏事让他变得与众不同。他清楚地知道自己现在在哪里，他爱他们所有人。

“你的豌豆也吃了？”

“嗯。”

“胡萝卜呢？”

“吃了。”在这份期待中，他看到了对他的认可，看到他的独特性在妈妈和爸爸面前展开，就连本似乎也大度地败下阵来，愿意做他的陪衬。但他的眼睛一直盯着毛毯，不知为什么开始难为情起来。

“你现在会好好听话了，是吗？”她说。

“嗯嗯。”他抬头看她一眼；她表情严肃，仍然很受伤。他又低下头去，用手揪着毛毯，对接下来的五分钟渐渐警惕起来，因为他再次意识到，事情还没有结束。

“你管他管得太多了。”爸爸说，“他都快成教授了，你还——”

“他要自己切无酵饼丸子？你疯了吗？”

“一个人有权自己切丸子。”

“哦，闭嘴。”

“尤其是一个有自己的钢笔的教授。”

“你懂什么？”她说。马丁看了她一眼，发现她虽然生气，却面带微笑。恐惧感向他袭来。“我整天累死累活的，你一回来，他就能为所欲为！”爸爸仰头看天，不作理会，她却不依不饶，继续朝着潜在的黑暗走去，恐惧涌入马丁的胸膛，他害怕地咧着嘴。“我不是管他，”她否认道，“我只是想帮助他。一个五岁的孩子不能——”

“一个五岁的孩子！我六岁就上街卖报了。”

“当然，”她说，“所以你才受过这么好的教育！”就像事情每次发展到这一步时一样，她转头对本说：“连男孩子都不让去上学，好让他这辈子也能读上一本书。”

爸爸坐在那里，为他的成长环境和他的家庭而有些赧然，马丁痛苦地咧着嘴，不停地揪着毛毯。他从眼角的余光看到她床头柜上的三本书，心里一阵发凉；这就是那个流泪的牙医送给她的书吗？“啊，他带给我的那些书！”他的头顶又响起了她在大厅里的充满向往的声音，这段回忆让他红了脸颊。哦，一定不能让爸爸知道！“等我长大了——”他说。

他的突然发言让他们转过身来，微笑地看着他，“什么，等你长大了？”妈妈问他，她的脸仍然激动得发红。

他垂下眼睛看着毛毯；他没想到自己会说出声来，羞得脸上直发烧。“怎么呢，亲爱的？”妈妈追问着。他不知道他是想说他会教爸爸识字，让他可以像她一样坐在椅子上看书，还是他长大后会自己带书给她，让她忘掉那个牙医，这样她和爸爸就不会再争吵了。他唯一确定的是，他希望她永远不要让爸爸感到难堪。

她不停追问他长大后会怎样，他知道他必须尽快说点什么。“爸爸给我们吃了鸡肉。”他说。他们全都惊讶地笑了，他松了口气，也跟着笑起来，虽然并不知道有什么好笑。“就放在豌豆和胡萝卜上面！”他补充道。

“真是个称职的招待！”妈妈笑了。大家的笑声更加热烈，可是爸爸脸红了，马丁真想跑过去和他道歉。

她为马丁感到骄傲，他知道她不该这样。“来，亲我一下。”她向他伸出双臂。他在原地磨蹭着，脚趾在鞋里嘎吱作响。“来呀！”她微笑着说。

害怕再次忤逆她，他朝她伸出的双臂挪动了一英寸，然后扭动着身子停了下来，用指尖拉扯着毛毯。“本要带我去学校。”他说，停留在她够不着的地方。

“看到了吗？他等不及要去上学了。”她冲爸爸炫耀着，为马丁像她而骄傲，马丁一时间感到心里热乎乎的。可是当他看到爸爸那么高兴、那么纯真地点头时，心情随即暗淡下来；他只知道她不可以在爸爸面前这么明目张胆地将他据为己有，在妈妈和他之间的空气中，他感到一种邪恶的默契，一种心照不宣正在滋长，让他既渴望又无法忍受。

“我会拼写‘海滩’！”他突然冒出一句，又立刻担心起来。

“哟，你呀！你将来能拼出所有字！”她向他挥舞着那些字，“来——拼吧，‘海滩’。”

"海滩。"他按照惯例在拼字前先念了一遍这个词。他看见本笑嘻嘻的，他是在为他骄傲，还是在怀疑他是否真的能拼出这个词？每一个字母的轮廓在马丁的记忆中都清晰可见。"B——"

"对！"她满意地点头。

"e——"

"很好！"她骄傲地看了爸爸一眼。

"a——"他的声音没有那么响亮了。

她似乎察觉到了他的动摇，于是不再出声。他看着父亲，看着他温暖宽厚的笑容和全然无私的目光——就在那一瞬间，他意识到爸爸不知道如何拼写"海滩"。他和本还有妈妈都知道怎么拼，只有爸爸一个人坐在那里，独自忍受着他的无知。

"'B－e－a'，然后呢？"妈妈催促道。他能感觉到她的要求带着裹挟的力量，像一阵风在背后推着他，他则用脚跟顶住地面，努力抵挡。但爸爸什么也没看到，他的眼中只有即将从他儿子口中说出的奇迹。背叛的感觉烧灼着他的心。

"然后呢，亲爱的？'B－e－a'——"

"B——e——a……"马丁从头开始，慢慢地拼着，以争取更多时间。他低垂着眼睛，似乎在寻找后面的字母，但他突然意识到，他正在教父亲。他怎么敢教爸爸！他必须住口，否则会有可怕的事降临到他们头上。因为……他不知道为什么，但他不想站在爸爸面前，教他他从妈妈那里学到的东西，否则……他的思绪淹没在这样做的后果中，就像淹没在来袭的海浪的谷底。"我会拼'电话'。"他说。大家都笑了。不知为什么，"海滩"现在似乎成了禁忌。他忽然记起，他曾经把电话簿封面上的"电话"一词拼给爸爸听。他很想再为他拼一次"电话"，并抹去关于"海滩"的记忆。

"先拼'海滩'。"她轻声抱怨道，"你会拼的。"

本开口了。"拼法和'教书'一样。"

“我知道！”马丁没好气地对哥哥说。他心跳加速，担心本会直接把“海滩”拼出来。

“和‘到达’也一样。”本又说。

“闭嘴！”马丁大喊，爸爸妈妈都笑了。

“我会拼！”他冲爸爸妈妈嚷道。

“好啊，拼吧。”妈妈说。

他定了定神，他现在反倒成了孤身一人，向他们三人恳求，恳求他们允许他展示自己会拼的单词。他无法忍受不得不拿出什么来换取他们给予他的一席之地，他无法忍受这种屈辱和威胁。金色的光环从他的头上消失了；他只是一个被剥夺了自己位置的人，他开始抽泣，他不知道为什么，只知道他恨他们所有人，仿佛他们全都背叛了他，全都在嘲笑他。

“怎么了，亲爱的？”妈妈朝他伸过手来。他抬手去打那只虚情假意的手，她把手收了回去。

“来吧，咱们去睡觉了。”父亲走过来对他说。

他推开父亲的肚子，但没有使出全力。“我不想睡觉！”有些事情还没有解决，有些战斗还没有打响，他现在渴望它，就像渴望和平。

父亲的皮带扣的触感清晰地留在他的手上。他抬头看着爸爸在困惑中渐渐消失的笑容。现在，现在他要解下皮带来抽他了！透过愤怒的红网，马丁看到了结束的希望，和平的希望。他很快意识到他真的要挨一顿抽打了，这样一来，关于那个牙医的回忆将会被赶出他的脑海，他将不再听到妈妈那天的兴奋高昂的笑声。哦，是的——这一切都会被皮革的噼啪声和爸爸“我……我……我……我！”的怒吼声击碎。现在，现在他就要动手了！然后爸爸会转过身去把妈妈撞到墙上，这样她就再也不敢让他教爸爸任何东西了。

但爸爸只是弯下腰，拍拍他的后背说：“来吧，教授，时候不早了。”马丁感到父亲的大手搂住了他的后颈，顺从地让他把自己送到门口。就在他要走进客厅时，听到哥哥的声音在充满责任感地教导他：“是‘b-e-a-c-h’，马蒂。”

不平像钉子雨一样浇在他的头上。只听得哗啦一声，桌布像瀑布般落向他的脚面，桌上的碗碟向他冲过来，砸在地板上，水果滚落了一地，燃烧的蜡烛划出一道下落的弧线，一只手掌拍在他脑门上，另一只打在他屁股上，他拔腿跑开，先撞到本身上，躲过他的拦截，又撞到妈妈的大腿上，然后便来到了空中，他两腿乱蹬，脸朝着天花板，那里还残留着父亲打死的三只苍蝇的印迹。所有东西都是红色的，仿佛他是透过自己的血看着眼前的一切，当他的脚踢到父亲身上时，他能感觉到脚趾在鞋里咚咚作响。“嘿！”他被放了下来，他看见父亲用手捂着肚子，好像很疼的样子，他带给父亲的痛苦哽住了他的喉咙，但他感到莫名的自由，充满了自我——顽劣，敏捷，像困兽一样迅速扫视着他们，知道只要他不想被抓，就永远不会被抓住。一时间谁都没动，他只能听到自己的喘息声。

他跑进自己的房间，捡起皱巴巴的裤子冲回客厅，当着家人的面把裤子扔在地上。接下来要做的就是冲出家门，跑到街上，永远不再回来。不——他修正着，他会跑过海滩去游泳！进入属于他的长着胡须的海洋——他不像他们那样害怕！妈妈朝他走近一步，他浑身僵硬，喘着粗气，从肚子里蹦出一句话——我不再需要你了！他张开嘴巴大喊，却发不出声音，因为他的舌头蜷缩在了喉咙后面。

“马丁！”

他又喊了一次，却只发出“啊——！”的一声。他感到舌根发凉。他感到惊恐万分。他们小心翼翼地靠近他。他咽了咽口水，舌头却无法回到原位。他感觉自己被抱了起来，他的头被放到了枕头上。

他的房间里黑着灯，窗外透进来的月光将他们的脸一分为二。

有很长一段时间，他没有看到他们，但能听到他们的谈话和担忧的低语。他无法将注意力从嘴里移开，摸索着寻找自己的舌头。他感觉有一只手搭在他的手臂上，便转头看向床边，本以为会是妈妈，却看到父亲坐在椅子上。他朝妈妈声音的来处看去，看到她和本一起站在床脚。这很不寻常，他生病时总是爸爸站在床脚，妈妈坐在身边。他回头看看父亲，心里既迷惑又感激，努力想要理解他们怎么新换了位置。

“说句话吧，马丁。”妈妈在远处担忧地说。

他盯着父亲半明半暗的脸，等待着。父亲虽然看起来很不安，却没有开口，只是握住马丁的手臂，向他传达着某种陌生难解的思绪。马丁默默地恳求父亲说点什么，但父亲什么都没说。

“怎么了，亲爱的？没事，什么都没发生。说点什么吧，说‘男孩’，你能说‘男孩’吗？”

他的舌根变得冰冷。他的思绪在嘴里摸索着，只能远远地听到她的声音，由于她离得远，他更可以不去回答她。他感到莫名的轻松，从所有的思虑与对策中解脱了出来。一种远离他们所有人、远离自己感受的感觉让他感到轻飘飘的，不知不觉中，他掌握了隐形的力量——毫无疑问他正躺在自己的床上，但当他不能回应他们的要求时，没有人会生他的气，而他迫不得已的沉默带给他一种全新的平和的视野，他不必再每时每刻都去思考接下来该说什么或者不该说什么。突然之间，他的生活中似乎什么都没有发生，又似乎一切都即将发生。美好似乎正在他的周围形成，所有人都在一种迫近的感觉中一起轻柔地起伏，就像是伴随着无人歌唱却清晰可闻的歌声。妈妈胆怯地与他保持距离，让他感到隐约的尊重，父亲的手握住他的手臂，蕴含着他无法理解的某种新的承诺。妈妈继续要他说话，本的声音也传入他的耳中，在他们的言语之下，是一种令人愉快的对他没有任何责备的冷静的惊讶。他想知道，他的舌头是不是断了？奇怪的是，这并没有吓到他，只是让他有些挂念，而且他也感觉不到疼痛。

他感到时间在不停流逝，他们仍然没有生气，只有忧虑和好奇，他感到这种好奇在逐渐拉近他和他们之间的距离——直到在这半明半暗之中，他有了新的发现，对自己的诚实有了新的认识。一个事实在他脑海中蔓延：这是他们和他同时发现的一个奇迹。这不是他半真半假地编造出来的东西，而是真实发生的事情，不仅令他深感意外，也让他们大吃一惊。他们现在有着同一个信念，这种突然的团结毫无征兆地将他们融合在一起，让他所有的秘密全都烟消云散。他感觉他们悬浮在他周围，让他在空间中获得了支撑，在这一刻，没有妈妈、爸爸和本，只有三股温暖的亲情无私地拥抱着他。他现在觉得，这就是他一直在努力寻找的东西，这才是真实和完美的，而其他的一切，过去的所有争吵、打斗、微笑和叫喊，都不过是一场梦。

她叫他试着闭上嘴唇，发出“b”这个音。但他的上唇似乎被一个隐秘的冬天冻住了，怎么也合不拢。月光下有什么奇怪的东西在动，他定睛细看，发现父亲正在咬下嘴唇。他从未见过父亲的脸这样扭曲。他静静地看着。爸爸的脸在月光下有些发青，他低头看着他，用力咬着嘴唇，那只被月光照亮的眼睛愤怒地睁大了。轻柔的起伏渐渐停息。马丁的舌头开始有了暖意，嘴唇也不再那么僵硬。他感到恐惧涌入胸膛。爸爸的手紧紧地抓住他的手臂，透过这只手，他能感觉到父亲高大的身躯中有一股力量在涌动。一声惊雷似乎正蓄势待发，父亲的怒气在积聚，在膨胀，就像整个天空突然在酝酿着一场风暴。马丁的嘴里忽然发出“噗”的一声，他的脖子上沁出了汗珠。他看到自己被卷走了，像一团布一样被抛入了黑夜。“爸爸！”他哭喊着，靠回枕头上。

“他没事了！”妈妈的尖叫声吓了他一跳。他听到她沿着床边向他匆匆走来，看到她向他伸出双臂，惊恐打破了他的沉默。“妈妈！”他泣不成声，她扑到他身上，疯狂地亲吻他，捧着他的脸呼唤：“好的，好的，说话，我的宝贝，说话！他没事了！”她的欣慰之情出乎意料地纯粹，为他免除了上一刻还在担心的惩罚；她与他的合而为一抹去了他最后的思绪，他似乎毫不费力地和她一起在光中畅游。她哭着站直了身子，低头看着他，双手虔诚地握在一起。

马丁再次看到了父亲，他看出父亲并不高兴，也不欣慰，而是和刚才一样。他先听到父亲的声音，然后才听到他的话语，就像先听到雷声隆隆，然后才会听到一声炸响。“该——死！”

妈妈转身看着他。

“你什么时候才能不再烦他！”他对着妈妈的脸吼道。

“我——”她开始为自己辩护。

“你一直烦他，烦他，直到把他逼疯！”隆隆声变得尖锐起来，形成炽烈的轰响，马丁紧张地等待它的爆发，黑暗的空气中似乎有狂风掠过，呼啸的风声震颤着他的大脑。“是的，他洒了一点汤！见鬼，如果他不弄洒点什么，他怎么能学会呢！”

“我只是——”她支吾着说。

“你‘只是’！”哦，他甚至不听她解释！他惊讶地发现，原来爸爸的愤怒并不是针对他的！她是多么地惊恐，站在那里面对着他，她的双手仍然虔诚地握在一起。父亲雷鸣般的斥责声敲击着大地，他听不见他说了什么，但妈妈的惊恐——她的惊恐和本低垂的眼睛——向他传递了讯息。他们两个正在挨骂，他们离爸爸的爱越来越远了。

“你不能这样对待一个男孩子。”他的语气变得更平静也更严厉，“如果他不会自己吃东西，就不要给他勺子；如果他会，就不要打扰他。”她现在不敢吱声了。爸爸来回踱了几步，巍然立在她面前。“我不是教授，但这样不行，”他说，“这样不行。你自己辛苦，别人也辛苦。”

“我只是想——”

“不要想那么多！”他咆哮着，月亮挂在他的耳朵上，“好了，让他睡觉吧。走了。”他气冲冲地张开手做出一个命令的手势，她朝门口走去，又犹豫了一下，马丁知道，她是想吻他，和他道晚安，但她还是顺从地从爸爸身前走过，走出了房间，在她默默地消失时，马丁感受到了她受到责备的幸福。

爸爸转向他，像以前一样严厉地说：“以后少要滑头。听她的话，听到了吗？”

“是的，爸爸。”马丁低声说，他的爱让他的声音哽住了。

爸爸伸过手来。马丁紧张地等待拳头落下，但父亲只是轻轻地把他的毯子拉拉直，然后便走出了房间。

一时间，马丁完全忘记了本还在床脚。他心中升起一股豪情，仿佛他已经跟在父亲身边禁食了一整天，那声破空而来的为他辩护的低吼在他耳边回荡，振奋着他的心灵。有一瞬间，他几乎相信自己就是那个怒吼的人，他在脑海中模仿着父亲愤怒的声音和表情，很快就将自己代入其中。他得到了净化，他要重新开始，他希望早晨快点到来，希望白天有机会走在父亲身边，听到父亲对遇到的人说：“这是我儿子。”他的儿子！有生以来，他第一次产生了不可磨灭的血统意识，并且和所有知道自己受到看顾的人一样，他在获得力量的同时也肩负起决不能辜负的信任。他的脑海中闪过了愤怒的父亲的形象，爸爸的身后是爷爷，爷爷的身后还有许多人，他们全都蓄着胡须，面容严肃，满含期待地注视着他，为他们的正直和勇敢在他身上得到延续而感到欣慰。在他们颔首称赞的融融暖意中，他滑入了睡乡。

一声啜泣惊醒了他。他马上坐了起来。本！他在黑暗中寻找被他遗忘的哥哥，想告诉他——告诉他什么并不重要——他只是不再有秘密可隐瞒了，他想向哥哥伸出手去。

“本？”本不知怎的已经不在床脚了。马丁等了一会，再次听到他的轻声哭泣。本为什么难过？他不明白。

“本？”他又叫了一声。哭泣声仍在继续，遥远而自足，传到马丁耳中，让他感觉自己被远远地推开了。他蓦地看到本就坐在他旁边，隔着两张床之间的过道面对着他，衣服还整齐地穿在身上。

“怎么了？”马丁问。

月光照亮了本的半边脸颊和眼角，其余的部分则隐没在了黑暗中。马丁看不出本的表情，他好奇地等着本开口。这时，他听到了哥哥不规则的呼吸声，虽然他不记得自己犯了什么错，但他感到对自己的谴责正在这漫长的沉默中酝酿。

“出什么事了？”他问。

本的声音因为悲伤而变得沙哑：“你怎么能说出那种话？”

“别哭了。”马丁恳求道。但本依然在掩面哭泣。“他们在睡觉！”他郑重地提醒哥哥。可是一提到父母，本哭得更厉害了，之前的恐惧再次向马丁袭来，那些他已经摆脱的秘密在他心里重新邪恶地复活了。

“别再哭了！”

他迅速滑下床，弯下腰仰头看着哥哥的脸。恐慌在他旁边打开了一个缺口。“我不是故意的，本，求你了！”他依然不知道自己说的话有什么可怕之处，而这种不知道本身就是他坏的一个标志。

他突然伸出手去想把本的手从脸上拉下来，但本挣开他，背对着他躺下了。翻卷的云、大海深处和留着胡子的秘密如旋涡般从本的后背涌出，在马丁的头上盘旋。他不声不响地爬回床上。“我再也不会那么说了，我保证。”他主动表示。

本没有回答。就连他的啜泣声也渐渐安静下来。他等待着，但本没有接受他的承诺。在哥哥的沉默中，他知道自己被抛弃了。躺在床上，在黑暗中睁着眼睛，他意识到爸爸之所以为他打抱不平，是因为爸爸不像本那样了解他有多坏。爸爸不知道，所以会为他辩护。但本知道。

他无法再继续躺着。他坐起来，大声吸了吸鼻子，看本会不会转过身来，但本一动不动，默然无声。他穿着衣服睡着了？这种不守规矩的行为扩展了马丁的视野，他想起餐厅里一定还是一片狼藉，如果他悄悄溜出去，不声不响地收拾干净，到了早上，他们将会多么惊喜，多么爱他！

他从床上下来。本仍然一动不动。他弯下身子蹑手蹑脚地走出卧室，伸出双手在黑暗中探路。

餐厅里没有月光，他一寸一寸地向前挪动，生怕弄出声响。他的手碰到了餐桌，伸手过去，桌上空空如也。直到这时，他才记起究竟发生了什么，也才第一次听到那阵哗啦啦的巨响，他的恶劣就像一记拳头打在他的脸上。他跪在地上，下定决心把房间打扫干净。他的膝盖压在一个梨上，把它压烂了，他感到一阵厌恶，坐下来清理膝盖时，又感到身下有一块冰冷的肉，他急忙跳起来，原来是一只鸡腿。他膝盖离地，手脚并用地从桌边爬开，逃离逐渐上涌的作呕的感觉。来到窗前，他站起来向外望去，看到一幅奇妙的景象。一片银绿色的光辉笼罩在碎石街道上空。

他从未见过如此明亮的月光。就连映在街对面窗户上的月影都在闪闪发光。在寂静中，他听到耳畔传来微弱尖细的虫鸣般的鸣响。他的眼睛汲取着窗外神秘的光辉，很快就忘记了自己怎么会来到这里。一种新奇感涌上心头，他要做以前从未做过的事。这是一个秘密的时刻，没有人观看，一切都由他做主。没有人知道他站在这里，他也从未在大家都睡着的时候四处走动。他甚至可以到外面去！这种不被许可的自由让他兴奋不已——走出去，成为世界上唯一一个醒着的人！他伸手转动前门的钥匙，门开了，让他有些惊讶。透过纱门向外望去，他感到空气如此温暖。他听到浪花温柔地拍打着海岸，他打开纱门，朝左边看看，然后走到门廊上，面对着大海。海面上风平浪静，前几天的汹涌狂暴全都消失不见了。上帝离开了？

大海神奇地恢复了平静，吸引着他的注意。在没人看见的时候，上帝带着翻涌的泡沫冲出水面；当海水退去，海浪平息时，大海平静了下来。上帝在那里一直等到他们将自己的罪过全部抛入大海，然后带着那些罪恶离开，留下洁净的、不再有胡子的大海。爸爸和那些人知道如何对待上帝，如何向祂祈祷，何时将罪过抛给祂，何时回家吃饭，这是多么奇妙！爸爸和本，还有其他人，与上帝达成了共识，知道接下来会发生什么，知道上帝希望他们做什么。

面对着银光闪闪的海滩，盐白色的沙地在他面前展开，好像一片可以漫步其上的天空，月光的绿色河流在海面上流淌，流向他的眼睛，他渴望能够像其他人那样，知道他应该为上帝做些什么。他伸展着身体，像是在发出一个无声的誓言，一个很快就会实现的纯粹的心愿；就像在犹太会堂里和会众一起起立和坐下时，虽然不知道为什么，但他满足于和别人一起无条件地服从，他现在发誓要服从大海、月亮、繁星点点的海滩和天空，还有在他周围弥漫着的空虚和寂静。黑夜向他发出了命令，他不知道那究竟是什么，但他心存感激，这让他感觉好些了，不再那么孤单。他朦朦胧胧地感觉到，他在暗中守护着本和爸爸妈妈的纯真，除了黑夜，无人知晓。他隐约感到，他的一句心里话险些让他们吵得不可开交，如果他把他知道的全都说出来，他们看见对方就会感到憎恶，后果更是不堪设想。他一定不能让他们知道这些，在他看来，这就像口渴时喝水一样自然，他眼神平静，内心专注而愉悦，带着一种超越知识的渴望。

他忽然感到非常疲惫。他扶着栏杆站在那里，睡意渐渐袭来。

他把手探出门廊的屋檐，触摸那月光。月光一点也不暖和！他的双手沐浴在月光中，感受它的温度和质地，但它的触感和黑暗并没有什么不同。他用摸过月光的手摸摸自己的脸，脸上感觉不到暖意。他踮起脚尖，想从栏杆上探出身子，把脸伸到月光下，但怎么也够不着。他眼皮沉重，踉踉跄跄地走下门廊的台阶，走到房子的拐角处，那里就是海滩的起点，他走出房子的阴影，来到开阔的月光下。抬头望去，月光晃得他睁不开眼睛，他突然坐下，用僵硬的手臂撑着地面，随后他胳膊肘一软，躺在了沙滩上。

他用最后一线模糊的意识试图感觉自己的脸变暖和了，慢慢地，他的脸真的变暖和了。先是眼皮，接着是鼻梁，然后是嘴巴，他感觉到了月亮散发出来的热量。他看到了哥哥，看到了爸爸和妈妈，他要告诉他们月光是多么温暖！他听到他们笑着说这不可能，他们的笑声就像一扇门，把他挡在他们的世界之外，尽管他感到愤怒、羞愧，感到自己的大耳朵和这个家格格不入，但他依然是他们的保护者。他会任他们笑，任他们不相信他，他仍会在暗中用他沉默的力量让他们远离邪恶和伤害，除了海里那双洞察一切的眼睛之外，谁都不会知道。与规则结盟、照管着动荡的和平的他在自己牧人的力量中睡去。

凉风吹拂着他的身体，沙子很快沁凉了他的后背，但他从月光中召唤出更多的热量，很快就暖和了起来。他沉下去，游过最深的海，长久地屏住呼吸，当他浮出水面，阳光从他的头发上迸射出来时，他知道他会让所有人都大吃一惊。

一九五九年

圣安杰洛山

汽车行驶在福贾平原单调的绿色原野上，坐在前面沉默了近一个小时的司机忽然开口了。阿佩洛急忙从后座上探过身去问他说了什么。“前面就是圣安杰洛山。”阿佩洛低下头，从格格作响的小菲亚特的挡风玻璃向外看。他推了推伯恩斯坦，伯恩斯坦愤愤地醒来，仿佛他的朋友打扰了他。“小镇就在那上面。”阿佩洛说。伯恩斯坦的怒气消散了，他也俯下身去，两个人就以这样的姿势坐了几分钟，看着小镇越来越近。在他们看来，小镇的位置很滑稽，甚至比他们在这个国家四处旅行的这四个星期里看到的任何一个小镇都滑稽：它就像一个小老太太，因为害怕小偷而住在了高高的屋顶上。

平原像桌面一样平坦地向前继续延伸了四分之一英里。然后，一座孤峰像柱子一样拔地而起，笔直地插向天空，直到山顶才逐渐收窄。小镇就坐落在山顶上，时而被白云遮住，时而露出小小的令人安心的身影，就像一个在大海尽头若隐若现的港口。他们远远地望去，几乎看不到小镇，也看不到上山的路，完全看不出如何登上这根柱子。

“建造它的人一定在恐惧着什么，”伯恩斯坦说着裹紧了身上的外套，“他们是怎么上去的？他们真的能上去吗？”

阿佩洛用意大利语向司机打听小镇的情况。司机虽然是卢切拉的居民——卢切拉离小镇不远，但他只去过小镇一次，而且也不认识其他去过那里的人，他饶有兴致地告诉阿佩洛，他们很快就会发现，很少有人出入圣安杰洛山。“咱们上山时，那些驴子会尥着蹶子跑开，等咱们到了镇上，所有人都会出来看热闹。他们与世隔绝。他们看起来都像是兄弟，而且他们都懂的不多。”他笑了。

“这位普林斯顿的老兄说了什么？”伯恩斯坦问。

司机梳平头，一张红润的圆脸，朝天鼻，蓝眼睛。他是这辆车的主人，虽然他平时说话和其他的意大利人没什么两样，可是当他手握方向盘，身后坐着两个美国人的时候，他对车窗外的一切就充满了戏谑和优越感。阿佩洛为伯恩斯坦翻译完毕，问司机上山需要多长时间。“也许要三刻钟——要看山路有多长。”他修正道。

伯恩斯坦和阿佩洛靠回座位上，看着孤峰向他们靠近。他们现在可以看到山坡上布满了白色的碎石。从这个更近的视角看去，这座山就像是被一把巨大的锤子狠狠砸了一下，裂出了数百万条缝隙。他们开始沿着一条布满锋利碎石的道路上山。

“这条路是罗马式的。”司机说。他知道美国人对罗马的东西有多看重。然后他补充道：“不过，这辆车来自米兰。”他和阿佩洛都笑了。

白色的粉尘开始飘进车里。他们已经来到了令人生畏的高处。路上没有护栏，每隔两百码就要拐一个弯继续爬升。菲亚特的车门在门框里来回摇晃，他们的座位也不断朝着地板的方向缓缓移动。他们的衣服和眉毛上落了薄薄的一层白色石粉。两个人一起咳嗽起来。咳嗽过后，伯恩斯坦说：“老兄，为了方便我理解，你能不能简单明了地再解释一遍，我们到底为什么要爬到这堆灰尘上来？”

阿佩洛哈哈大笑，假意朝他挥了一拳。

“我没开玩笑。”伯恩斯坦勉强挤出一个笑容。

“我想见见我的这位婶婶，就是这样。”阿佩洛的语气认真起来。

“你疯了，你知道吗，你有某种祖先情结。咱们在这个国家除了寻访你的亲戚别的什么都没做。”

“哦，拜托，我终于来到祖先的国度，我想去所有和我的来处有关的地方看看。你知道吗，我的两位祖先就葬在山上教堂的地下墓室里，那是在一一〇〇年左右。”

“哦，那些修道士就来自这里？”

“是的，阿佩洛两兄弟。他们帮助建造了那座教堂。那座教堂很有名。据说圣米迦勒曾经显过灵什么的。”

“我从没想过我会认识一个家族里有修道士的人。不过我还是认为你在这件事上有些过于狂热了。”

“那么，你对自己的祖先一点感觉都没有吗？难道你不想回奥地利或者别的什么地方看看祖先们生活过的地方吗？说不定还能找到你家族里的亲人呢？”

伯恩斯坦没有立刻作答。他不大清楚自己的感受，他隐隐怀疑自己是不是出于嫉妒才一直奚落自己的朋友。当他们在地方法院看到墙上挂着阿佩洛的祖父和曾祖父——他们都是声誉卓著的地方法官——的画像时，当他们在卢切拉过夜，他的朋友文尼因为阿佩洛这个在当地备受尊敬的名字而受到亲切问候时——每当这种时候，伯恩斯坦都感觉自己被冷落了，感觉自己似乎缺少了点什么。起初他认为人们这样大惊小怪非常幼稚，然而当他发现阿佩洛这个名字回响在一个又一个历史事件、一处又一处古老的地标中时，他逐渐感到他的朋友与这些历史结合在了一起，在他看来，这种结合似乎使文尼变得更加强大，使他在死亡来临时也不会完全从世上消失。

“据我所知，我在欧洲没有亲戚，”他对文尼说，“即使有，也已经被杀光了。”

“所以你才不喜欢我这样探亲访友？”

“我没说不喜欢。”伯恩斯坦挤出一个微笑。他希望自己也能像文尼那样敞开心扉，他觉得那会带给他从容和力量。他们望着下面的平原，不怎么说话了。

粉尘染白了阿佩洛乌黑的眉毛。有那么一瞬间，阿佩洛觉得他们两个很像。两人的身高都超过六英尺，肩膀宽阔，皮肤黝黑。伯恩斯坦瘦一些，有些憔悴，手臂很长。阿佩洛的手臂更粗壮，有些驼背，好像他并不想长得这么高似的。但他们的眼睛不一样。阿佩洛眉眼间有点像中国人，他的眼睛乌黑闪亮，目光直率，对女人充满热情。伯恩斯坦目光专注，在他看来，能够被人看透的眼睛是危险的，所以他经常把眼睛转开或者垂下，在这种防御性的姿态中似乎有某种既残忍又温柔的东西。

他们互相喜欢，与其说有什么理由，不如说是因为他们在对方身上看到了另外一种可能性，似乎他们都感到对方与自己截然相反。他们被对方的缺点所吸引。有伯恩斯坦在身边，阿佩洛感觉自己从不负责任的纵欲中转移了注意力，而在这次旅行中，伯恩斯坦也常常因为决心不再克制自己而快乐和痛苦着。

汽车转过一个右下方飘着云朵的 U 字形急转弯，小镇的主街赫然隆起在他们面前。街上空无一人。司机的预言部分应验了——在他们上山时路过的几块手帕大小的草地上，驴子一见他们就跑掉了；蓄着粗硬髭须，头戴黑色高筒军帽，身披黑色长斗篷的牧羊人像所有生活在偏远地区的人那样用审视的目光默默打量着他们。但小镇上空无一人。汽车爬上主街，道路变得平坦起来，忽然之间，人们纷纷走出家门，一边穿上外套戴上帽子，一边把他们围在中间。他们看起来确实像是有着某种亲缘关系，长得更像爱尔兰人而不是意大利人。

两人从菲亚特上下来，检查绑在车顶上的行李，司机绕着车子打转，挤开人群，保护自己的爱车。阿佩洛满面春风地和人们交谈起来，他们不停地问他，为什么大老远跑到这里来，他要卖什么还是想买点什么，直到他最后明确表示，他只是来探望他的婶婶。当他说出她的名字，男人们（女人们都留在家里，从窗户向外张望）全都一脸茫然，过了一会儿才有一个穿着麻绳凉鞋、头戴针织滑冰帽的老人站出来说，他记得有这么个女人。说罢，他转身带路，阿佩洛和伯恩斯坦跟着他走上主街，此时他们身后已经聚集了一百来人。

“为什么没人认识她？”伯恩斯坦问。

“她是个寡妇。我猜她大部分时间都待在家里。这个家族里的男人二十年前就都过世了，她丈夫是这里最后一个阿佩洛。他们不大称呼女人的名字；我敢打赌，这个老头之所以记得这个名字不是因为她，而是因为知道她丈夫叫这个名字。”

强风阵阵吹过，冲刷着小镇，将石头漂成白色。太阳像一颗清凉的柠檬，天空蔚蓝纯净，近在咫尺的云朵像一叶叶风帆驶过邻近的街道。两个美国人心旷神怡，轻快地迈着大步。他们来到一栋两层的石头房子前，走过昏暗的走廊去敲门。向导恭敬地站在人行道上。

门里没有动静，过了一会儿才传出一阵短促的刮擦声——就像一只老鼠受到惊吓，停下脚步，四处张望，然后再次上路。阿佩洛又敲了几下。球形门把手转动，门开了一英尺来宽的缝。一个苍白瘦小的妇人探出头来，她看上去并不很老，脸上带着忧虑的神色。

“哈？”她问。

“我是文森特·乔治。”

“哈？”她重复道。

“文森佐·乔吉奥·阿佩洛。”

她松开门把手，退回屋内。阿佩洛带着他惯有的亲切笑容走进房间，伯恩斯坦跟在后面把门关上。阳光透过一扇窗户倾泻进来，但房间里依旧冷得像石头一样。妇人张着嘴，双手像祈祷似的合在一起，指尖对着文尼。她蜷着身子像是要跪下，嘴里说不出话来。

文尼走过去，扶着她瘦骨嶙峋的肩膀，把她按在椅子上。他和伯恩斯坦也坐下。他告诉她他们之间的关系，报出一些男人和女人的名字，有的已经过世，还有一些，僻居在这天空之城的她只听说过，没有见过。她终于开口了，但阿佩洛听不懂她说了什么。她突然跑出房间。

“我猜她把我当成鬼或者什么的了。叔叔说她已经有二十到二十五年没有见过家族里的人了。我敢打赌，她一定以为大家都不在了。”

她拿着一个瓶底还有少量葡萄酒的瓶子回来了。她没有理会伯恩斯坦，把瓶子递给阿佩洛。他喝了下去。那是醋。她抽抽搭搭地哭了起来，不停地抹去眼泪，好看清阿佩洛。她没有说过一句完整的话，阿佩洛不停地问她说的是什么。她不停地从房间的一个角落跑到另一个角落。她离开和回到座位的节奏变得如此疯狂，阿佩洛不得不提高嗓音，命令她坐下。

“我不是鬼，婶婶。我从美国来——”他停住了。从她困惑惊恐的眼神中可以明显看出，她并没有把他当作鬼魂，但同样糟糕——如果近在卢切拉都没有人来看过她，远在美国又怎么会有人惦着她呢？她知道有美国这个地方，就像她知道有天堂，并且二者以同样的方式存在。完全无法和她交谈下去。

他们终于起身告辞，她语无伦次，只说出一句祝福的话，这是她对阿佩洛的离去表示欣慰的方式，因为尽管亲眼见到丈夫的又一位亲人带给她无以言表的喜悦，但随之而来的种种联想，以及落在她身上的款待他的责任都过于令人生畏。

他们朝教堂的方向走去。伯恩斯坦没有说话。那位妇人的情感如此纯粹、强烈和狂热，让他感到害怕。他瞅了一眼阿佩洛，惊讶地发现他的朋友从这次会面中得到的只有平静和满足，仿佛他的婶婶只是做出了正常的反应。他依稀记得小时候去布朗克斯区探望过一位姑妈，那位姑妈与家人久未联系，也从未见过他。他记得她是如何起劲地喂他吃东西，捏他的脸，每次抬头看她时，她都对他笑吟吟的，但他知道，那次见面完全没有血浓于水的感觉；如果他在下一个路口遇到一个自称是他亲人的女人，他不但不会感到亲近，反而会想要逃开，尽管他和亲戚们一向相处融洽，甚至没有寻常人的那种势利眼光。走进教堂时，他对自己说，他在某些方面的感觉没有接通，但他为什么会为此烦恼让他困惑不解，甚至让他对阿佩洛感到恼火。阿佩洛正在问神父阿佩洛兄弟的坟墓在哪里。

他们来到教堂地下室，这里的石板地面有部分被积水覆盖。沿着墙壁和从中央拱形大厅延伸出来的曲折走廊，有许多古老的坟墓，铭文大多已被岁月侵蚀，没有蜡烛能将它们再次照亮。神父隐约记得有一个阿佩洛墓室，但不知道在哪里。文尼拿着从神父那里买来的蜡烛从一个墓室走到另一个墓室。伯恩斯坦在走廊入口处等他，他微微低着头，以免帽子碰到屋顶。阿佩洛的背比平时驼得更深，他看起来就像一个修道士，一个古文物收藏家，他那渐渐消失的身影透过岁月漫长的黑暗在石头上寻找自己的姓氏。他没有找到。他们的脚被积水浸湿了。半小时后，他们离开教堂，摆脱了外面那些卖宗教明信片的瑟瑟发抖的小男孩的纠缠，风不断地把那些脏兮兮的明信片从他们攥紧的拳头里夺走。

“我肯定它就在下面，”阿佩洛兴奋地说，“但你不想再等下去了，是吗？”他怀着希望问道。

“我不想在这种地方得肺炎。”伯恩斯坦说。

他们来到一条小街的尽头。在他们经过的几家商店前面头朝下地挂着一些粉红色的羔羊，羊腿僵硬地伸在人行道上。伯恩斯坦和其中的一只握了握手，并为文尼设想了一幕卓别林式的场景：主教大人在这里遇到他，伸出手来和他握手，却发现手里握着一只冰冷的羊蹄。在街道的尽头，他们眺望一望无际的天空，从悬崖上俯瞰下方的意大利。

“阿佩洛家族的人很可能曾经披盔戴甲，策马驰骋在下面的原野上。”文尼出神地说。

“是的，很有可能。”伯恩斯坦说。想到阿佩洛身着盔甲的样子，他打消了和朋友开玩笑的念头。他感到孤独，像他脚下这片干裂的白垩质山坡一样孤独。他的家族里显然没有出过骑士。

他回忆起父亲为他讲述过的故乡的欧洲小镇，普普通通的一潭水，镇上有一个傻子，附近有一位男爵。这就是他对故乡的全部印象，没有骄傲，没有自豪。而我是一个美国人，他对自己说。但这种身份并不会带给他阿佩洛那种狭隘而强烈的激情。他看着阿佩洛的侧影，感受着他凝望意大利的目光中的温情，他想知道美国人对美国是否也曾有过这样的感觉。他从未如此强烈地感受到，过去可以如此丰满而具体，如此鲜活地承载着一代又一代的人生，就像一个小时之前与文尼的婶婶会面时那样。一个普普通通的水潭，一个镇上的傻子，一位住在附近的男爵……这些和他全无关系。站在那里，他感到自己不再完整，他有些好笑地想，当一个孩子发现养育他的父母不是他的生身父母，他不是从温暖的地方，而是从大街上，从混乱的公共场所加入这个家庭时，他是否就是这种感觉……

他们找到一家餐厅吃午饭。餐厅位于小镇另一边的悬崖上方。里面是一个巨大的房间，摆放着十五、二十张桌子；正面的墙上有一排窗户，俯瞰着下面的平原。他们在桌旁坐下，等人过来。餐厅里很冷。他们能听到风拍打窗玻璃的声音，眼前的云朵却移动得平静而缓慢。一个年轻姑娘从厨房里出来，她是这家的女儿，阿佩洛正问她店里有什么吃食，通往街道的门开了，一个男人走了进来。

伯恩斯坦对那个人蓦然生出一种熟悉的感觉，虽然他不明白这种感觉究竟从何而来。那人的脸看起来像西西里人，圆圆的，泥土一样黝黑，高颧骨，宽下颌。他差点笑出声来，因为他忽然感觉他可以用意大利语和那个人交谈。女服务员走后，他把这个想法告诉文尼，文尼也和他一起观察起那个人来。

察觉到他们的目光，那人看着他们，脸上露出愉快的笑容，说："早上好。"

"早上好。"伯恩斯坦隔着四张桌子答道，然后对文尼说："我为什么会对他有这种感觉？"

"我怎么知道。"文尼说，他很高兴有这样一件他和朋友共同感兴趣的事情。

他们看着那个人，他显然经常来这里用餐。他把一个大包裹放在旁边的桌子上，把帽子放在一把椅子上，夹克放在一把椅子上，背心放在第三把椅子上，就像是在让它们为自己做伴。他正值壮年，强壮粗犷。在两个美国人看来，他的衣着有点像大杂烩。他的黑色紧身夹克像当地人穿的，皱巴巴的，落满了白灰。他的裤子是深棕色的，很厚，像农民的裤子，他的鞋两头上翘，用厚重的皮革制成。但他戴的黑色礼帽在这里很少见，因为这里的人都戴便帽，此外，他还打了领带。他擦了擦手，松开领带结；那是一条黄蓝相间的丝质条纹领带，不是在这个地方可以买到，也不是这里的人会系的那种领带。他的眼神不像农民那样内向，也不像在这里的街道上好奇地看着他们的那些人那样单纯。

女服务员端来两盘羔羊肉。那个人饶有兴趣地隔着桌子看着羊肉和两个陌生人。伯恩斯坦瞥了一眼几乎还生着的肉，说："上面有头发。"

女孩正要过去招呼新来的客人，文尼把她叫回来，指指那根头发。

"那是羊毛。"她简单地解释道。

他们“哦”了一声，假装开始切那淡粉色的肉。

“你应该知道，先生，今天不该点肉吃。”

那人看上去心情很好，但不清楚他是否感到了一丝不快。

“为什么？”文尼问。

“今天是星期五，先生。”那人同情地笑笑。

“对呀！”文尼说，虽然他一直都知道。

“给我来一份鱼。”那人对女孩说，随后亲热地问起她最近生病的母亲的情况。

伯恩斯坦无法将目光从那个人身上移开。他吃不下肉，坐在那里嚼着面包，越来越迫切地感到一种想要走过去和那人说话的冲动。他觉得这个想法很疯狂。整个地方——小镇，街道上的云彩，稀薄的空气——都在变成一场幻觉。他认识这个人。他确信自己认识他。这显然是不可能的。然而，抛开这种不可能，他恍惚相信只要他有足够的勇气，他就能用流利的意大利语同这个人交谈。自从离开美国，这是他第一次没有感到身在异乡的旅人的不安。他觉得自己现在就和文尼一样轻松自在。他可以在脑海中想象出厨房内部的景象，他能清晰地看到厨师的模样，还能看到脏围裙挂在什么地方。

“你怎么了？”阿佩洛问。

“什么？”

“你一直盯着他看。”

“我想和他谈谈。”

“好啊，那就和他谈谈。”文尼微笑着说。

“我不会说意大利语，这你知道。”

“那好，我去问他。你想和他说什么？”

“文尼——”伯恩斯坦欲言又止。

“嗯？”阿佩洛把头凑近了些，眼睛看着桌布。

“让他开口，说什么都行。去吧。”

文尼对朋友的心血来潮感到有趣，他看着对面的男人，那人正小心又无比满足地享用着午餐。“对不起，先生。”

那人抬起头来。

“我是从美国来的意大利人。我们在这儿人生地疏的，想和您说说话。”

那人津津有味地咀嚼着嘴里的食物，和颜悦色地微笑着点点头，调整了一下挂在旁边椅子上的夹克。

“您是这附近的人吗？”

“离得不是很远。”

“这里的情况怎么样？”

“很穷，一直都很穷。”

“请问您是做什么工作的？”

那人用餐完毕，将剩下的酒一饮而尽，起身穿好衣服，把领带向上拉紧。他走路时身体缓慢地左右摇摆着，好像每一步都要走得稳当。

“我卖布给这里的居民和商户，都是些小买卖。”说着，他走到包裹跟前，小心翼翼地把它放在桌上，解开。

“他是卖布的。”文尼告诉伯恩斯坦。

伯恩斯坦的脸颊开始泛红。从他坐着的地方可以看到那人宽阔的后背微微俯向桌上的包裹，看到他的手解开绳结，看到他左眼的一角。他把包着两匹布的纸摊开，细心地在桌面上抚平纸上的皱褶，仿佛那棕色的牛皮纸是贵重的皮革，不能有丝毫裂纹和折痕。女服务员把一个直径至少两英尺的大圆面包从厨房里拿出来交给他，他把它平放在布上。伯恩斯坦嘴角勾起一抹淡淡的微笑。现在那人重新把纸包好，用细绳捆住，打了个结，伯恩斯坦轻轻地笑出声来，那是释然的笑。

文尼微笑地看着他，准备跟他一起笑，又有些摸不着头脑，

“怎么了？”他问。

伯恩斯坦吸了一口气。他的脸上带着胜利的喜悦，声音中透着一份新的自信和优越感。“他是犹太人，文尼。”他说。

文尼转头看看那个人，“你怎么知道？”

“他捆包裹的方式。和我父亲——还有我祖父——捆包裹的方式一模一样。我们的整个历史就是打包离开。没有人能像我们一样温柔地对待包裹。那是一个犹太人在捆包裹。问他叫什么名字。”

文尼来了兴致。“先生。”他带着他天性中为家人，任何人的家人保留的那份温情喊道。

那人把绳子的末端塞进纸的边缘，微笑着转过身来。

“请问您叫什么名字，先生？”

“我的名字？毛罗·迪·贝内代托。”

“毛罗·迪·贝内代托。当然！”文尼笑了，看着伯恩斯坦，“那是‘享受神恩的莫里斯’。摩西。”

“告诉他我是犹太人。”伯恩斯坦说，他的眼神充满期待。

“我的朋友是犹太人。”文尼对那人说，他正要把包裹扛到肩上。

“哦？”那人问道，对他们突然的活跃感到困惑。他站在那里，礼貌而茫然地微笑着，似乎在疑惑自己是否错过了某个精妙的美国式笑点，并随时准备加入到这活跃的气氛中。

“犹太人，我的朋友。”

“犹太人？”那人重复道，脸上仍带着微笑，想要听懂他们的笑话。

看着他茫然不解的眼神，文尼有些犹豫。“犹太人。《圣经》的子民。”他说。

“哦，是的，是的！”那人点点头，松了一口气，他总算听明白了。“希伯来人。”他纠正道。他对伯恩斯坦友好地点点头，似乎仍有些迷茫，不知道他们接下来要他做什么。

“他明白你的意思吗？”伯恩斯坦问。

“明白，他说‘希伯来人’，但似乎那和他毫不相干。先生，”他对那人说，“和我们一起喝杯酒好吗？来，坐下。”

“谢谢你，先生，”那人感激地回答，“但我必须在日落前回家，我已经有点晚了。”

文尼做了翻译，伯恩斯坦让他问那人，为什么必须在日落前回家。

那人显然从未考虑过这个问题。他耸耸肩笑着说：“我不知道。我这辈子都是星期五晚上回家吃饭，我喜欢在日落前进屋。我想这是一种习惯；我父亲——你看，我有一条固定的线路，就是这条线路。最早是和我父亲一起走的，他也是和他父亲一起走的。许多世代以来，这里的人们都知道我们。我父亲就总是在星期五晚上日落前回家。我想这大概是我们的家族传统吧。”

“安息日从星期五晚上日落时开始。”伯恩斯坦听了文尼的翻译后说，“他甚至带了过安息日的新鲜面包回家。我告诉你，他是犹太人。问问他，好吗？”

“对不起，先生，”文尼微笑着说，“我的朋友想知道您是不是犹太人。”

那人扬起两道浓眉，惊讶之余，似乎还为被人认为具有某种异国情调而感到有些荣幸。“我吗？”他问。

“我说的不是美国人，”文尼说，他相信自己捕捉到了那人投向伯恩斯坦的一瞥中的含意，“我是说希伯来人。”他重复道。

那人摇摇头，似乎有些遗憾帮不上文尼的忙。“不是。”他说。他准备走了，但还想将这场显然是他几周以来最有趣的对话进行下去，“那些希伯来人，他们是天主教徒吗？”

“他问我犹太人是不是天主教徒。”文尼说。

伯恩斯坦靠回椅背上，眼神中满是疑惑。文尼回答后，那人又朝伯恩斯坦看看，似乎想进一步探讨这个陌生的话题，但他肩负的使命使他停了下来，他同他们道别并祝他们好运。他走到厨房门口，向里面的女孩道谢，说那个面包会在下山时一路温暖他的后背，他打开门，迎着街上的风和阳光走了出去，边走边向他们挥手。

在返回汽车的路上，他们仍惊讶不已，伯恩斯坦再次讲述了他父亲是如何打包裹的。“也许他不知道自己是犹太人，但他怎么可能不知道犹太人是什么呢？”他说。

“哦，还记得我在卢切拉的姑妈吗？”文尼问，“她是一名教师，可是她问我你信不信基督。她对这种事一无所知。我想这些小镇上的人即使听说过犹太人，也只会把他们当作基督教的一个派别。我过去认识的一个意大利老人认为，所有黑人都是犹太人，而白人犹太人是后来才皈依的。”

“但他的名字……”

“‘贝内代托’也是一个意大利名字。不过我从没听说过‘毛罗’。‘毛罗’肯定是从他的故乡带来的名字。”

“可是，如果他的名字这样特别，难道他从来不会怀疑……？”

“我想不会。‘萨尔瓦托雷’到了纽约就会变成‘萨姆’。意大利人喜欢用昵称，名字从来都没有那么重要。‘文森佐’又叫‘恩佐’、‘文尼’甚至‘奇科’。没有人会对‘毛罗’或者任何其他名字太过在意。他显然是犹太人，但我相信他并不知道。你能看出来，不是吗？他刚才一脸茫然。”

“可是，我的上帝，带着过安息日的面包回家！”伯恩斯坦瞪大眼睛，笑了。

他们来到车旁，伯恩斯坦把手放在车门上，但在开门前停了下来，转身看着文尼。他看起来很激动，眼皮好像有些肿，“天还早——如果你还想回教堂的话，我和你一起去。你可以去找那两兄弟。”

文尼绽开微笑，两个人一起笑了起来，文尼拍拍他的后背，握住他的肩膀，像是要给他一个拥抱，“该死的，现在你开始享受这次旅行了！”

在他们轻快地向教堂走去时，谈话总是回到同一个点上，伯恩斯坦会说：“不知道为什么，这件事让我很困惑。他的行为不仅像犹太人，而且像正统派犹太人，但他自己不知道——我是说，这简直太奇怪了。”

“你看起来不一样了，你知道吗？”文尼说。

“为什么？”

“就是不一样了。”

“你知道吗，”他们进入教堂，走入地下室时，伯恩斯坦轻声说，“我觉得——在这个地方就像在家一样。我无法形容这种感觉。”

来到教堂下面，他们走过石板地面上较浅的水坑，朝门厅里张望，打开一扇扇门，寻找神父的踪影。最后他不知从哪里冒了出来，阿佩洛又向他买了一支蜡烛，随后便消失在通往地下墓穴的幽暗的走廊上。

伯恩斯坦站在那里——到处都湿漉漉的，滴着水。在他身后，平坦宽阔的石阶被无数脚步踩得凹陷了下去。他的鼻孔里呼出白色的水汽。除了黑影，这里什么也看不见，潮湿，阴暗，低矮，犹如通往地狱的入口。偶尔听到远处有脚步声回响，接着又是一声，然后一切重归寂静。他一动不动，寻找某种他做梦也想不到的狂喜的根源，这是他天性的一部分；他看到那个和蔼可亲的男人沿着祖祖辈辈为他划定的路线跋涉下山，穿过平原，一个无名的旅行者在星期五晚上带着温暖的面包回家——星期天在教堂里跪拜①。这里面有一种无以名状的讽刺意味。然而骄傲在他心中涌动。为什么骄傲

① 犹太教的礼拜日即安息日，是星期六，基督教的礼拜日是星期天。

他并不清楚，也许只是因为在历史无情的挤压下，一个犹太人悄悄幸存了下来，他失去了身为犹太人的意识，却始终保留着在一个天主教国家守星期六安息日的最后的桀骜；因此，他的无意识本身就是证据，一个像石头一样沉默的证据，证明了过去的存在。那也是我的过去，伯恩斯坦想到，惊讶于它对他的重要性，因为事实上，他从未有过宗教信仰，而且他现在意识到，他甚至从未有过过去。

他看到文尼的身影从狭窄的墓室走廊上向他走来，蜡烛的火焰被穿堂的冷风吹得平伏着身子。他觉得他会以不同的心情重新面对文尼；他的优越感消失了，随之而去的还有某种局促感。他感到放松，感到和自己的朋友势均力敌——说起来是多么奇怪，他曾认为自己高人一等。文尼离他还有一码远的时候，他忽然发现他的人生蒙上了一层不为人知的遗憾。

“找到了！就在后面！”文尼指着身后漆黑的走廊，笑得像个孩子。

“太好了，文尼，”伯恩斯坦说，“真为你高兴。”

两人在低矮潮湿的天花板下微微躬着身子，说话的声音带着低低的回响。文尼静立片刻，感受着伯恩斯坦的敬意和喜悦，知道他的寻找在朋友眼中并非毫无价值的多愁善感。他举起蜡烛，想更清楚地看到伯恩斯坦的脸，然后他笑着握住伯恩斯坦的手腕，带他走上通往地面的台阶。伯恩斯坦向来不喜欢别人抓着他，但奇怪的是，黑暗中这只手的触碰并没有让他感觉到可恨的软弱的意味。

他们并肩走下教堂外陡峭的街道。小镇又变得空荡荡的。空气中飘散着燃烧的木炭和橄榄油的味道。天上亮起了几点苍白的星光。商店都关门了。伯恩斯坦想象着毛罗·迪·贝内代托沿着蜿蜒崎岖的山路，在夕阳下匆匆赶路的身影。

一九五一年

请勿杀生

日落时分，海滩上一片金黄。起风的时候，洗海水浴的人们都回家了。海鸥在碎浪间俯冲入水。在地平线上，他们可以看到四艘短而宽的渔船正在鱼贯而行。她转向右边，看到两辆停在岸上的卡车和正在拉网的渔民。“我们去看看他们有没有捕到什么。”她说，每当看到新鲜景象，她总是立刻充满好奇。

两辆敞篷卡车破破烂烂锈迹斑斑，他们走近的那辆车的后挡板上堆放着大约二十五条沾了沙子的大鲈鱼和小青鱼。一个六十多岁的男人坐在卡车上，手里握着一根缠绕在他身边绞车上的绳子。他愉快地朝他们点点头，拉动绳子，让它紧紧地缠在转动的绞车上。还有一个人在水边守着渔网，在渔网被拉上岸时将它堆成一堆。

他们来到卡车跟前，萨姆一看到那些鱼就知道她会被吓到。她看着它们，睁大了眼睛，不过她还是努力微笑着祝贺拉绳子的老人，她说：“这些都是你们捕到的？”

“是的。”他说，她的美丽让他的眼神变得温暖了。

“它们都死了，是吗？”她说。

“哦，是的。”老人说。

她兴奋地查看着每一条鱼，确定它没有在动弹。萨姆和老人谈论起现在拉上岸的这一网会不会有很多收获，她也被吸引到谈话中来，他松了口气，因为她那双海一样湛蓝的眼睛恢复了平静。

就在这时，老人扳动了一根操纵杆，绞车呜呜响着加快了转速，老人用力将绳子拉紧。另一辆卡车上的绞车也开始加速，两个负责在海滩上收网的人从卡车上快步来到水边，匆忙将拉上来的网堆在一起。现在他们可以看到几码外的水面上围成一道弧线的软木浮子。

“为什么拉得这么快？”萨姆问老人，“鱼会把网挣破吗？”

“不，”老人说，“只是想把网拉紧，免得它们跳出来跑掉。”

海浪冲刷着渔网，但他们还没有见到一条鱼。她双手捧着脸颊说：“哦，它们现在知道自己被抓住了！”她笑了，“它们都在想究竟发生了什么！”他很高兴她还能开玩笑，尽管她的眼睛正忐忑地盯着水下的渔网。她抬头看着丈夫，说：“哦，亲爱的，它们要被抓住了。”

他正要解释，她又接着说：“我明白，只要它们会被吃掉就好。他们会把它们吃掉的，是吗？”

“他们会把它们卖给鱼店。”他轻声说，以免被操作绞车的老人听到，“它们会被人们吃掉的。”

“好呀，”她说，像个受到安抚的孩子，“我会看着的。我在看着呢。”她像是在发表什么重要宣言。但在她心里，有什么东西屏住了呼吸。

一个浪头退去，网袋一下子被从浪里拉了出来。两辆卡车发出一阵响声；这一网收获不多。她看到小青鱼的尾巴在网里扭动（“它们在倒立呢！”），一条大鲈鱼在不停地扑腾，那些鲂鮄试图展开它们翅膀一样宽大的棕色胸鳍，还有一条比目鱼静静地躺在这片混乱的大海的瓦砾之中。她不停地指着那些突然抽动或扑腾一下的鱼叫道：“那里有一条！那里还有一条！”他明白，她的意思是它们还没死，必须救救它们。

渔民们打开渔网，拽出那条鲈鱼和几条青鱼，把鲂鮄、比目鱼和两条河豚扔在沙滩上，河豚的身体立刻鼓胀起来。她转身看着卡车上的老人，努力挤出一个微笑，近乎哀求地尖声喊道：“这些鱼你们不要吗？”

老人从她绯红的面庞以及条纹针织衫和米色休闲裤下令人惊叹的身材中感受着温暖和愉悦。“这些鱼不好，夫人。”他说。

“那么，你们不把它们放回海里吗？”

老人似乎犹豫了一下，好像脑海中闪过了什么内疚的记忆。“当然，我们会把它们放回去的。”他坐在那里看着他的搭档，后者正把好鱼从网里拣出来，把那些长着“翅膀”的鱼随手扔在沙地上。

海滩上这时已经有大约五十条鲂鮄，有的在大口喘气，有的一动不动。萨姆能感觉到她的情绪越来越激动，他走到最近的一条鱼旁边，强忍着厌恶把它拾起来扔进海里，然后回到她身边。它的生命的搏动还留在他的指尖。“如果我有东西拿着它们就好了。”她说。

“你不可能把这些鱼都扔回海里。”他说。

“可它们还活着！”她说，竭力想要挤出笑容，不让自己和他产生分歧。

“不，它们死了。大部分都死了，亲爱的。”

“它们死了吗？”她转身问老人。

“没死，大部分都没死。”

“如果有水，它们还能活过来吗？”

“哦，当然，会活过来的。”他想安慰她，但没有动窝。

她脱下一只凉鞋，走向一条正在扭动的鱼，想把它翻进水里，但它溜走了。萨姆过来将它捡起来扔进海里。他笑了起来，她则连声说道：“抱歉，可是如果它们还活着……！”

“没关系，”他说，“但它们现在基本上都死了。你看。”他拾起一条一动不动的鱼，它摸起来软塌塌的。他把它扔到海里，刚一碰到水面它就弓起了身子，她兴奋地叫着：“看啊！它游起来了！”

他笑嘻嘻地败下阵来，看到渔民们正微笑地看着他，于是开始把沙滩上所有鲂鮄都扔回水里。他感觉他们虽然面带微笑，却并不理解她的坚持，当他把那些黏滑的鱼一条一条地扔进水里时，他看到每条鱼都是一个独立的个体，每条鱼都在竭力争取自己那一夸脱海洋，他不再感到难为情。剩下的两条鱼都是鲂鮄，有着白色的腹部和坚硬的棕色翅膀，脖子两侧长着腿的雏形。它们肚皮朝天一动不动。他没有弯下腰去捡它们，因为她似乎已经准备好舍弃它们了，他回到她身边。不知怎地，他觉得如果他让这两条鱼死在沙滩上，她也许会慢慢接受这种浪费。有一次，他不得不打开家里的窗户放一只飞蛾出去，而通常情况下，他会拍死那只飞蛾，他心里一方面崇拜她对所有生命的强烈的柔情，另一方面知道她必须明白她不会随着那些飞蛾、蜘蛛、雏鸟，以及现在的这些鱼一起死去。同时他也希望那些渔民看到，她并没有狂热到要求给最后这两条显然已经死去的鲂鮄一个机会。

他再次站在她身旁，等待着。他微笑着说："你找到了一份适合自己的工作。这里有二十五英里的海滩供我们巡视，把鱼扔回海里。"她笑着把他的头拉低下来吻他，他拥抱着她，她说："就剩下两条了。去吧，萨姆，它们可能还活着。"

他知道，在救了那五十条鱼之后，如果放任这两条鱼死去，对它们就太不公平了，他笑着拾起其中的一条，就在他将它抛入大海时，一只狗出现了。这是一只棕色的大寻回犬，毛发被海水打湿乱作一团，它纵身跃入波浪，把头扎进水里，轻轻地叼着那条鲂鮄抬起头来，神气十足地回到岸上，小心翼翼地把它放在萨姆脚边。"天啊，你看它多么温柔地把它找回来了！"萨姆说。

"哦，亲爱的！"她笑着朝那只面容冷峻的狗俯下身去，它那双黄褐色的眼睛回应了她一个坚定的眼神。"你不能这么做！"她无助地看着萨姆，萨姆捡起鱼又扔了回去。那只狗再次跃入水中，叼起那条鱼，兴高采烈蹦蹦跳跳地回到萨姆身边，把鱼放在他脚下，等待他再扔一次，它的腿兴奋地颤抖着。

“怎么办？”他对她说，“你看见了。这两条鱼遇到大麻烦了。这家伙是被训练来帮助人类的；人要吃东西，有些东西就难免一死，小姑娘……”

正说话间，一条银色的小鱼从他脚边那条鲂鮄的嘴里滑了出来。“瞧！”他喊道，“看见了吗？那条小鱼怎么办？”

“看见了！”她像是承认了他的说法。

“你看到了吗？受害者也在制造新的受害者。”

“嗯，不管怎么说，快把它扔回去。”

“可是这家伙总是把它叼回来。这条鱼死定了。”他们都笑了，但她的头脑中有一个时钟，告诉她要争分夺秒，尽管很抵触用手碰它，她还是弯腰去拾他脚下的那条鱼。他把她的手拿开，捡起它扔了出去，当狗转身下海去追它时，他跑到几码之外的另一条鱼那里，把它也扔进了海里。

“现在，”当狗叼着第一条鱼回来时，他有些气喘吁吁地说，“现在就剩一条了。基于人类要吃东西，而这只狗要为这一目的服务的原则，这条鱼注定在劫难逃。”但现在，就连他也无法将目光从那条鱼身上移开了，由于一忽被抛入大海，一忽被狗叼起来，一忽又在清冽的风中飞行，在这样的反复刺激之下，它开始急促地喘息起来。“这条鱼希望你能让它平静地死去！”他笑着说。

她一边和他一起笑着，一边急切地四处张望，看到一根木棍便迈着舞蹈家的轻盈的步伐跑了过去，狗瞥了她一眼，看到她正挥舞着木棍呼唤它。她把木棍扔进海里，狗立刻追着它飞奔入水；萨姆迅速捡起最后一条鱼抛入大海，鱼儿充满活力地摆动着身体消失在波浪中。

海滩上已经清理干净了，渔民们正忙着把网收好，两人朝公路走去。“对不起，萨姆，但它们还活着，既然没有人吃它们……”

“哦，潮水会把它们的尸体带走，小姑娘，它们会被其他鱼吃掉的。它们不会被浪费的。”

“是啊。”她说。

他们手牵着手走着，她沉默不语。他感到巨大的快乐在心中绽放，因为她将他的手放在了那些鱼身上，而正是由于他出手相救，它们现在才能继续在海里畅游。她像个小女孩似的抬头看着他，脸上带着毫不掩饰的惊奇表情，尽管她的笑容很成熟，她说：“但它们中的一些也许能一直活到老。”

“然后死去。”他说。

“但至少它们可以活到生命的终点。”她笑了，她成熟的那一面知道世事的荒诞。

“是的，”他说，“它们会得享天年，过得富足而有尊严……”

她不禁哑然失笑：“还能看着它们的孩子长大！”

他亲吻她的嘴唇，祝福她和她的愿望。“哦，我是多么爱你！”她含着眼泪说。他们一起向家里走去。

一九六〇年

不合时宜的人

风从山上向下刮了一整夜。狂乱的气流打着旋儿掠过漆黑的天空，向这片蓝色沙漠席卷而来，又嗖嗖地呼啸着回到山里。三个牛仔睡在毯子下面，背靠着环绕的群山的山脚，面朝长满鼠尾草的沙漠。风如潮水一般冲刷扰动着他们的梦境，风停的时候，周围月球一般的静谧使得盖伊·朗兰睁开了眼睛。这是三个夜晚以来他第一次听到自己的呼吸声。在这新的寂静中，他仰望天上的星星，看到它们是那样的清澈明亮。和衣而眠的他高兴地钻出毯子站起身来。

在两条山脉之间的寂静高原上，盖伊·朗兰是唯一活动的生物。他抬头望着深蓝色的天空，身体随着视线转了一圈，寻找风暴的迹象。他看出今天将会是一个晴朗无风的日子。他从两个睡着的同伴身边走出去几码远，在沙地上解手。寂静的刺激唤醒了他的身体。他走回来，点燃他昨晚收集的那捆干鼠尾草，在迅速燃烧的火焰上添了几根木柴，把熏黑的咖啡壶放在围着火床垒起的石头上，然后踮起脚尖蹲在地上，定定地看着新鲜的橙色余烬。

盖伊·朗兰四十五岁了，身手依然和年轻时一样敏捷。有事做的时候，无论是把钉子敲直，还是鉴别牲畜，他总是容光焕发，而当他手头无事可做时，他脸上的光彩就会暗淡下去，眼睛也变得昏昏欲睡。一个地方有活儿干的时候他就留下，没活儿干的时候他就离开。他的妻子和两个孩子住在离这里不到一百英里的地方，他却已经三年多没有见过他们了。她背叛了他，不要他了，但孩子们自然还是跟着母亲生活的好。当他因为思念他们而感到孤独时，他渴望见到他们，而当这种感觉过去之后，他就不再去想如何才能让他们一家重新团聚。他在牧场上出生长大，他不知道已经做了的事还有挽回的余地，就像他不知道落下的雨还能停在半空。他的笑容和他的神情十分匹配。他的额头上均匀地分布着几道深深的皱纹，仿佛他总是带着几许期待、一点惊讶和几分愉悦扬起眉毛，他的嘴角也总是挂着亲切的微笑。他有一对招风耳，就像小男孩或小牛犊常有的那样，他还有一个孩子气的短平而上翘的鼻子。但他的皮肤被风吹得黝黑，不大的眼睛目光敏锐，更重要的是，这双眼睛训练有素，不会表现出恐惧。

盖伊·朗兰的视线从火堆转向天空，看到天边露出第一抹淡淡的粉红。他走到还在睡觉的同伴身边，摇了摇圭多·拉卡内利的胳膊。圭多嘟哝着打了声招呼，仍然侧身躺着，没有睁眼。“那该死的风停了。”盖伊对他说。圭多一动不动地听着，在火光中闭着眼睛，他的身体被脂肪包裹得暖暖和和。盖伊想再摇摇他，把他摇醒，但最近这两天，他开始怀疑圭多的心里是否已经不想飞了。飞机发动机的阀门咯咯作响，一个减震器也失效了。盖伊和这位飞行员相识多年，了解并尊重他的脾气。在距离岩壁仅有咫尺之遥的峡谷中飞上飞下是你无法勉强一个人去做的事情，但既然现在风停了，盖伊非常希望圭多能在今天早上起飞，让他们开始工作。

他站起来，再次朝天上看了一眼，然后站在那里想起了罗斯琳。他非常希望今晚去找她时，兜里能揣着自己挣来的钱。他一次又一次地感觉到，他已经不知不觉地过了玩乐的阶段，他必须重新工作，像遇到她之前那样自食其力。这并不是说他没有为她工作，但那是不一样的。为她开车、修理房屋，替她跑腿——所有这些都不是能称之为工作的工作。当然，那还是工作。但也不是。

他走到另一个睡觉的人身边，摇了摇他。珀斯·豪兰睁开眼睛。

“那该死的风停了，珀斯。”盖伊说。

珀斯抬眼望着天空，点了点头。他从毯子里爬起来，走过盖伊身边，站在沙地上解手，像睡着时一样沉沉地呼吸着。盖伊一直觉得珀斯刚睡醒的样子很滑稽。他会撞到东西，有时还会尿在自己的靴子上。他有点像刚刚醒来的孩子，此时他的眼神依然蒙眬而柔和。

盖伊冲他叫道：“比挣工资强，是吧，珀斯？”

“没错。”珀斯嘟囔着回到火边，用衣服蹭着身上的痒。

盖伊跪在火边，将火炭撮拢成一堆，把煎锅用石头架在火上。他可以拿起滚烫的东西而不觉得疼。他正用手指拨动一块余火未尽的木炭。

“你这么做让我紧张。”珀斯扭过头来看了一下。

“不过是火而已。”盖伊有些得意。

他们沉默片刻，享受渐明的晨光。“圭多飞吗？”珀斯问。

“没说。我猜他还在考虑。”

“天就快亮了。”珀斯提醒道。

他扫视一眼最近的山岭，看到紫色的山岩在寥落的晨星下渐渐显露出它们神秘的身影。珀斯·豪兰二十二岁，金发碧眼，个子很高，臀部很小。他轻松地站在那里，就像他望向的群山一样自如，仿佛他生来就这样站在那里似的。他穿着粗蓝布工装裤和袖口有三粒纽扣的紧身格子衬衫，一顶原色哔叽宽边帽戴在后脑勺上，他的拇指插在皮带里，这样他的手指就能摸到刻有图案的皮带扣，上面是浮雕的弓背跳跃的烈马，下面刻着他的名字。这是他第一次在骑野马比赛中获得的奖品，他喜欢在站着等待的时候抚摸这个皮带扣，他喜欢等待。

珀斯和盖伊·朗兰相识只有五个星期，认识圭多只有三天。他是在布伊的一家酒吧遇见盖伊的，盖伊问他从哪里来，在做什么，他就把自己的经历告诉了盖伊，那也是大多数牛仔竞技骑手的经历。他从内华达州过来参加本地的牛仔竞技表演，打算在骑野马比赛中赢点奖金，他从十六岁起就开始这样做了，但这一次有所不同，因为他不想再回去了。

那天晚上盖伊带他去罗斯琳家过夜，他们成了要好的朋友。早上醒来时他惊讶地发现，一个受过教育的东部女性竟然如此随和幽默，并且乐于倾听他的意见，于是他便一直跟罗斯琳和盖伊待在一起，和他们相处愉快，尤其是盖伊，因为盖伊从未想过对他说教，告诉他人生应当有所作为。盖伊让他觉得日复一日，周复一周，得过且过也没有什么不好。珀斯·豪兰从不过分相信别人，也不需要相信盖伊，因为盖伊对他一无所求，也不想操纵他，他只想找个搭档和他一起去捕捉野马。珀斯从来没有做过类似的事，想去见识见识。于是他便来到了这里，在这个离最近的镇子六十英里，离地面七千英尺的高原上等了两天。等风停了，飞行员才能起飞进入野马生活的山区。

珀斯朝沙漠望去，渐渐亮起的地平线上一片寂静。“我敢打赌，如果有人能到月亮上去的话，看到的就会是这幅景象。”

盖伊·朗兰没有回答。他心里能感觉到野马在附近的山里吃草，四处走动，他想找到它们。他指着圭多·拉卡内利说：“去摇醒他，珀斯，太阳快出来了。”

珀斯朝圭多走去，还没走到跟前，圭多就动了一下。“天亮了，圭多。”珀斯说。

圭多·拉卡内利一骨碌坐起来，他臀部肥大，肚子垂到了腰带外面；他观察着远处逐渐明亮的天空，仿佛那里有什么私人讯息要向他传递。粉红色的霞光照亮了他的脸。他的脸上除了眼睛周围有护目镜保护的地方还是白色的之外，其余的地方都被风吹成了棕色。他的沉默比其他人的更为深沉，因为他两颊深陷，像狒狒的半瓜形脸颊那样从嘴边弯下去。不过，他的脸颊很结实，和他的大肚子一样结实。他现在的样子就像一只丛林里的鸟，一只棕脸白睛的严肃的鸟，缓缓地转动头部观察遥远的天空。他的头已经完全秃了。他摘下卡其布军帽，用手指揉搓着头皮。

盖伊起身走过去，把盛着鸡蛋和厚培根的锡盘递给他。“风停了，圭多。”盖伊站在那里，低头看着飞行员。

“这里的风停了不算，”圭多用大拇指指着天空，“上面的风停了才行。”

“上面也没有风的迹象，”盖伊眼里带着笑意，他不想和他争论，“咱们没有鸡蛋了，圭多。”他警告说。

圭多吃了起来。

曙光乍现，天空中一片明亮，就像洇湿的纸突然燃起火光。珀斯和盖伊坐在圭多对面的地上，吃着各自的鸡蛋。

夜幕从停在几码外的红色卡车上迅速退去，在卡车后面，那架小飞机现出了身影。圭多·拉卡内利一边吃饭一边啜饮着咖啡，盖伊看着他没有说话，脸上挂着无奈的笑容。珀斯心满意足地眨眨眼睛，望着越来越亮的天空，不去管他们两人的事。他喝完咖啡，拿出一块嚼烟放在嘴里咂了起来。

现在整个天空都变成了粉红色。

盖伊在两腿之间的沙地上划了一条线，问：“你飞吗，圭多？”他直视圭多，仍然面带微笑。

圭多想了一会儿。他年纪较长，五十岁左右。他的发音不知怎地带着些东部口音，没有儿化音。他有时听起来像是受过良好的教育。他盯着那架矮小的飞机，说：“我有时想，这么做到底图什么？”

“图什么？”盖伊问。

珀斯看着圭多的脸，认真地听着。

圭多感觉自己引起了他们的注意，他仍然盯着他们身后的飞机，语气轻松地说："有一个阀门坏了，盖伊，我知道。"

"很久以前就这样了，圭多。"盖伊同情地说。

"我知道，"圭多说，他们现在不是在争论，而是在探讨，"而且咱们每个人可能连二十块钱都分不到——山里只有四五匹马。"

"我们知道，圭多。"盖伊说。他们都有同感。

"就为了二十块钱，我可能会送命。"

"见鬼，你熟悉这片山区。"盖伊说。

"你看不见风，盖伊。"飞行员说。

盖伊知道圭多马上就要起飞了。他知道圭多只是想把所有危险都在脑子里过一遍，这样就能做到心里有数，知道该如何应对了。

"你在山隘间飞进飞出，朝那些狗娘养的俯冲下去，就在你要向上拉升时，一阵该死的大风压过来，你就交代了。"

"我知道。"盖伊说。

一阵沉默。圭多呷着咖啡，眼睛盯着那架飞机。"我就是偶尔想想。"飞行员说。

"嗐，"珀斯说，"总比挣工资强。"

"你说的对，珀斯。"飞行员若有所思地说。

"我见过那些从来没离开过地面的人死于非命。"珀斯说。

两个年长的人知道他曾在多年前亲眼看见他的父亲被一头公牛杀死。他的两条胳膊都在牛仔竞技表演中折断过，他的胸膛还曾被一头公瘤牛踩踏过。

"在萨利纳斯附近的一场牛仔竞技会上，我看见一个家伙的脖子被一根突然断裂的缆绳折断了。他们正用那根缆绳把马拉上卡车。我看见他的头像个保龄球一样滚了出去，滚了准有二十五码才撞在栅栏柱上停下来。"他吐了口烟末，回头看着圭多。"那颗头上有胡子。真奇怪，我从来不知道那家伙留胡子，从来没注意过。直到他的头停止滚动，我才看见那胡子，胡子上满是尘土。”

“一副风尘仆仆的胡子。”盖伊咧嘴笑笑，对逐渐病态的话题走向不以为然。

他们都笑了。时间在他们的等待中一分一秒地流逝。最后，圭多抬起半边屁股，说：“好了，咱们去加油吧。”

圭多侧身用一只手撑着地面，拧转身子站起来。盖伊和珀斯已经起身朝卡车走去，珀斯把工装裤往装满早餐的肚子上提了提，年长的盖伊则干劲十足。圭多张开一只手站在火边，看他们把六个巨大的卡车轮胎装上车。每个轮胎上都绑着一根二十英尺长的绳子，绳子的末端是一个活套。在他们把轮胎推到卡车上之前，盖伊检查了绳子，确保它们都系牢在轮胎上，并且活套是打开的，随时可以使用。

圭多在渐暖的阳光下眨着眼睛，看着他们俩，然后转过头去看向右边山口的方向，记忆的手指越过那些山口，在山坳溪谷中四下摸索，上周他在那边发现了一小群正在吃草的野马。现在，他终于感受到了三天来一直期盼着的轻松感觉，一种想飞的冲动。三天来他始终远离那架飞机，因为一种漫不经心的感觉一直在烦扰着他，他知道这种感觉会将他引向死亡。大约五周前，他和盖伊·朗兰一起来到这片沙漠，从山里赶出了七匹野马。他曾一度俯冲到离山腰不到一英尺的地方，后来，当他们围坐在火边吃晚饭时，圭多感觉他之所以俯冲得那么深就是想去送死。他又想起了去世的妻子，随之而来的还有那个总是伴随着她逝去的面容一起出现在他脑海中的念头。那是一种惊讶，一种悄然袭上心头的意识，自从妻子和躺在她身边的死产儿在布伊郊外的墓地一同下葬后，他就再也没有动过要女人的心思。七年过去了，他等待着重新燃起对女人的渴望，却始终心如止水。他很高兴知道自己已经不再为情爱所累，这让他在飞行时有时会变得漫不经心，仿佛一声巨响，一次失事就能让他找回原来的自己。如今，他可以在布伊的大街小巷转上一个星期都不去瞅一眼从身边走过的女孩，甚至很少意识到这一点，他身上有一种漫不经心的感觉，一种轻松愉快，仿佛一切都滑稽可笑。直到他做了那个俯冲动作，在机头几乎擦着草地时才把飞机拉起来，在爬升的过程中他的嘴一直张着，出了一身冷汗。因此，在过去的三天里，在风完全停息之前，他一直拒绝起飞，而且一直闷闷不乐。他希望在自己能够完全掌控的情况下起飞，而不是抱有任何侥幸之心。现在风完全停了，他觉得自己已经将那种不祥的快乐从心里赶了出去。他离开渐渐熄灭的火堆，走过盖伊和珀斯，走下缓坡朝飞机走去，就像一个敦实严肃的橄榄球教练在开球前走向球场。

他扫视了一眼机身和磨平的轮胎，对这架飞机充满了喜爱。他和往常一样又看了一下右舷那个失灵的减震器，它不再保持伸展状态，因此飞机有点向一侧倾斜，不过他告诉自己问题并不严重。听到卡车马达启动的声音，他解开将飞机固定在楔入沙漠地面的大钉上的绳子。卡车开过来停下，年轻的珀斯·豪兰下车走到机尾把手旁，握住把手，将机尾抬离地面，让飞机掉了个头，面向一望无际的沙漠，背对着群山。然后他们解开卡车油桶上的橡胶软管，将管嘴插入发动机后面的油箱，珀斯转动油泵曲柄为飞机加油。

圭多绕过机翼走到驾驶舱，右侧的舱门向下翻开着，舱内的东西一览无遗。他从里面拿出他那件破旧的飞行皮夹克穿在身上。

珀斯靠在卡车挡泥板上，笑嘻嘻地说："这件夹克肯定透气，圭多。"

圭多说："买不到我穿的尺码了。"夹克的一只袖子断了半截，后背上的皮革干燥开裂，露出里面的羔羊毛衬里。很久以前，他曾穿着这件夹克轰炸过德国。他从座位后面拿出一个护目镜盒，取出护目镜戴好，然后把盒子放回去，又从座位旁边的一个小木箱里取出一把霰弹手枪和四发子弹。他给手枪装上子弹，小心地放在座位下面，然后坐进驾驶舱，把安全带拉到肚子上扣好。与此同时，盖伊已经在螺旋桨前就位了。

圭多透过敞开的舱门向外喊道："让它转起来，盖伊老弟！"

盖伊走到螺旋桨前，朝脚后的地上看了一眼，确定那里不会有石头在他后退时把他绊倒，然后转动螺旋桨叶并小心地向后跳开。

没有动静。圭多喊道："再来一下！"

盖伊再次上前，将脚下扫视一遍后再次向下转动桨叶。发动机呼吸起来，他们听到它的内轴懒洋洋地转动时发出油腻的当啷声。

"加把劲儿，盖伊老弟！"圭多喊道，扳动了开关。

这一次，盖伊更加仔细地检查了一下周围的地面，并向下拉紧了帽檐。珀斯靠在卡车的前挡泥板上，边嚼边吐出嚼剩的烟末，微微眯起眼睛躲避刺眼的阳光。盖伊握住螺旋桨的叶片用力往下一拉，随即向后跳开。发动机排气口冒起一股青烟。

"该死的车用汽油，"圭多抱怨道，"加把劲儿，盖伊老弟，再来一次！"为了省钱，他们买的是低标号汽油。

盖伊再次走上前去转动螺旋桨，发动机"嚓——"的一声向清晨的空气中喷出一阵白烟。盖伊走到珀斯身旁，站在那里观看。机身颤抖着，螺旋桨旋转成一个风轮，将飞机后面的尘土轻快地吹向群山。圭多加大油门，飞机跌跌撞撞地驶向空旷的沙漠，在鼠尾草丛中颠簸前进，碾过死于寒冬的牛的白骨。飞机在崎岖的地面上艰难前行，渐渐远去，变得越来越小，随后机头向上拉起，轮胎离开地面，飞机开始缓慢爬升，然后掉头飞了回来，从珀斯和盖伊的头顶上飞过；他们能看到圭多露出的上半身，戴着护目镜、裹着皮衣的他看上去像个陌生人，他朝他们挥了挥手便转过头去，透过挡风玻璃看着前面的群山。飞机平稳地爬升，越飞越远，消失在橙紫交错的岩壁间，这些从沙漠中拔地而起的岩壁挡住了牛仔们的视线，将他们和他们的猎物分隔开来。

至少还有两个小时，飞机才能将野马从山里赶出来。他们将三个锡盘和杯子清洗干净，收进铝制食品箱里。如果圭多真的能找到野马，他们今晚就可以拔营返回布伊；他们像水手一样整齐地收拾好铺盖，并排放在地上。六个硕大的卡车轮胎分成两堆装在车斗上，套索全都卷好了塞在里面。盖伊看了看，又用手摸了摸，站在原地想了一会儿，是否落下了什么。他跳上卡车，检查绑在驾驶室后面的油桶的盖子是否拧紧了，然后跳下来，钻进驾驶室发动了引擎。珀斯已经坐在那里，压低了帽檐，挡住从挡风玻璃照射进来的黄色阳光。盖伊正要关上车门，一条细瘦的边境牧羊犬不安地跑过来，他叫它上车，让它趴在离合器踏板左边的空当里。“差点把贝尔忘了。”他说，然后他们就出发了。

这辆卡车是盖伊的，他不想让车头在崎岖的地面上磕碰变形，因此开得很慢。他们能听到汽油在后面的油桶里来回晃荡的声音。天气渐渐暖和起来。他们默默注视着前方的道路，沿着这条有两道辙印的小道驶过散落着动物骨头的鼠尾草丛。矗立在前方三十英里处的熔岩山脉是这片沙漠的北部边界，这个沙漠盆地海拔七千英尺，除了几个牛仔每隔几个月过来寻找他们走失的牛之外，没有人来过这里。在六十英里外的布伊，人们对这个地方一无所知。现在这里只有他们两人、一车和一条狗，行进在这茫茫的沙漠中，他们感受到行动的慰藉和他们的与世隔绝。珀斯窝在座位上，昏昏欲睡地眨着眼睛，盖伊抽着烟，任身体随着卡车的颠簸左右摇晃。

远处，一团尘烟正在向左边移动，盖伊说了声“羚羊”，珀斯把帽子向后推了推，抬眼望去。“准有六十迈。”他说。盖伊说：“不止。有一次我追过一只，我已经开到六十多迈了，还是没追上。”珀斯惊奇地摇摇头，两人又转回头继续看着前方。

珀斯想了一会儿，说："如果要参加牛仔竞技表演，最好明天就赶到拉戈。会有很多人报名参加的。"

"我们明天早上就开车过去。"盖伊说。

"我得去看看能不能弄到些牲口。"

"我们明天一早就过去，去得早就能弄到。"

"我想赢点钱，"珀斯说，"我希望能在那边骑到一匹好马。"

"他们会乐意为你安排的，珀斯。你现在在那一带很出名。他们会给你安排一匹好马的。"盖伊说。珀斯是最好的野马骑手之一，那些牛仔竞技表演都喜欢用他的出场来招徕观众。

接下来又是沉默。盖伊不得不握住变速杆，把它挂在高速挡上，否则一遇到颠簸它就会滑到空挡。他知道变速箱拨叉已经磨损，前轮胎也快不行了。他用手摸摸裤兜里的几枚银币，几天前他们出发时罗斯琳给他的十块银元就只剩下四块了。

珀斯仿佛看出了他的心思似的说："罗斯琳肯定喜欢这里。我敢打赌，她看见那只羚羊一定很高兴。"珀斯咧着嘴笑了，平时他们看到罗斯琳这个东部女人对他们所做所见所说的一切表现出的惊奇，总是这样咧嘴笑笑。

"是啊，"盖伊说，"她喜欢看这些东西。"他用眼角余光看着那个年轻人，见他正面带微笑看着前方。"罗斯琳真的很棒。"盖伊说。

"当然。"珀斯说。盖伊注视着他，看他是否别有用心，但珀斯的脸上只有欣赏的表情。"我头一次遇见这样的女人。"年轻的珀斯说。

"还不止呢，"盖伊说，"她们有时能骗过你的眼睛。她们受过教育，但待人友善。她们中的一些人真是很好的女人。"

沉默了一阵，年轻的珀斯开口问道："你认识很多东部来的女人？"

"啊，偶尔能认识一个。"盖伊说。

“我认识的受过教育的女人就只有家乡师范学院的那些，都是学生。你知道吗，”他愉快地回忆着往事，“我曾经以为，教育就是一切。可是当我看到她们中的一些人嫁的那些丈夫——学校老师什么的，我就不大相信她们了。她们就是爬到男人身上也不会和他说早安。我在家附近教过她们骑马。”

“女人受过教育并不代表什么。女人就是女人。”盖伊说。他眼前浮现出妻子的模样。有那么一瞬间，他想知道她是否还在跟那个男人一起生活，六年前，当他在一辆停着的汽车里发现他们两个在一起时，曾经痛揍了那人一顿。

“你离婚了吗？”珀斯问。

“没有，我嫌麻烦。”盖伊说。珀斯的话有时会正中他的心事，这让他感到惊讶。“你怎么知道我在想这个？”他尴尬地笑着问道。他实在好奇，忍不住发问。

“见鬼，我不知道。”珀斯说。

“你总是这样。我刚想到什么，你就说出来了。”

“有意思。”珀斯说。

他们继续开车，不再说话。他们正接近沙漠中央，将要在那里向东转。盖伊加快了速度，因为他想早点赶到会合地点，安安闲闲地坐等飞机出现。他握住变速杆，感觉它正试图从高速挡跳到空挡。必须得修修了。他需要在短时间内搞到五十块钱，否则就得卖掉卡车，因为再不修车子就没法开了。没有卡车也没有马，他就只能靠兜里这几个钱度日了。

珀斯打破了沉默：“如果周六赢不了，我就得想办法挣点钱了。”

“见鬼，你总能说中我的心思。”

珀斯笑了。他面色红润，看着非常年轻。“真的吗？”

“我刚在想，”盖伊说，“我要干点什么来挣钱呢。”

“哦，罗斯琳会给你钱的。”珀斯说。

他说得很坦然，盖伊也知道他没有恶意，但依然感到怒血冲上了脖颈。这五个星期里发生了些什么，虽然盖伊并不确切知道那究竟是什么。罗斯琳已经习惯称珀斯可爱，当他坐在客厅的椅子上和他们一起喝酒时，她会不时弯下腰亲吻他的后颈。

这事本身并没有什么，因为他以前认识的东部女人也会做这样的事，这不过是她们的习惯。尤其是大学毕业的离婚女人。令他不解的是珀斯淡然的态度，他似乎并没有注意到她的亲昵举动。有时他表现得就好像已经得到她，可以忽略她了，就像一个知道自己说了算的男人那样。但盖伊转念一想，也许他真的对她不感兴趣，或者因为顾及自己的感受而保持冷淡。

盖伊再次感受到对工作赚钱的强烈渴望。他感觉如果罗斯琳真的爱上了他身边的这个男孩，他的人生将会失去依托。这样的事曾经在他和妻子身上发生过一次，但不知为什么，这一次更让他感到害怕。倒不是说他离不开罗斯琳。没有什么人或事是他离不开的。她和他年龄相仿，总是乐呵呵的，充满冒险精神，但她的笑声并不欢畅，她的快乐并不由衷，她的冒险精神也是勉力为之，即使在和她一起大笑，一起在酒吧和牛仔竞技会上狂欢时，他对此也是一清二楚。他只有过一次真正的生活，那是在他还拥有自己的家，拥有他的妻子和孩子的时候。他知道其中的差别，但你留不住任何东西，他也从来没有特别想过要留住什么或失去什么。他这辈子都像现在坐在他身边的珀斯·豪兰一样，漂泊不定。直到他发现妻子和一个陌生男人在一起时，才意识到自己曾经有过一个幸福的羁绊。他已经几年没有见过她和孩子们了，也很少想起他们，就像十四岁那年他骑上自己的小马离开牧场后，父亲就很少想他一样。他先是去了镇上，又一路前往蒙大拿州，在那里待了三年。他和父亲一样生活在这片土地上，无论他走到哪里，都是同样的一望无际的山脉，将他和父亲、妻儿充分地联结在一起。也许某一天他们会出现在某个城镇或某场牛仔竞技会上，他一回头就刚好见到他的女儿或儿子，也许他们永远不会出现。只要他们都还生活在这片区域，他就没有真正地离开，因为这里的一切都相隔遥远、在目力所及的范围之外，无论他离开与否，大多数时候他都是独自一人或与一两个同伴来往于远山之间工作，没有陪伴在他们身边。

现在他可以看到远处一道波光粼粼的热浪墙从他们要去的黏土平原上升起。随着他们渐行渐近，热浪后面的广阔平原展现在他们眼前，这是一个长三十英里、宽十七英里的史前湖床，坐落在两座山脉之间。这片平坦的米色荒原上没有草木也没有石头，即使把车开到一百迈，双手离开方向盘，也不会撞到任何东西。他们在沉默中继续向前。鼠尾草丛变得稀疏了，卡车行驶在更为坚硬的地面上，不再颠簸。前方的热浪浓稠得几乎可以触摸得到。卡车在黏土湖床上平稳地行驶了几百码后，盖伊把车停下，关闭了引擎。阳光普照，空气寂静无风。打开车门时，他听到铰链吱呀作响，这是他以前从未注意到的。他们走动时，可以听到衬衫摩擦后背和袖子拂过裤腿的窸窣声。

他们站在水泥般坚硬的黏土地上，转身望着来时的路，望着他们曾露宿其下的群山，在山脊间寻找圭多的飞机的踪影。时间还早，他不会这么快出现。他们把油桶从卡车上卸下来，放在几码外的地上，免得等会儿追赶野马的时候，它在车斗里碍事。然后他们爬上车斗，坐在轮胎里，脖子枕着胎圈，腿垂在外面。

珀斯说："我希望那里有五匹马。"

"圭多说他看见了五匹。"

"他说他不确定里面是不是有一头小马驹。"珀斯说。

盖伊没吱声。他不想和珀斯争论。他用眼角打量着珀斯，看着他平整白皙的脸颊和精瘦强壮的脖子，感觉有些不好对付。"你打算在这边待多久，珀斯？"他问。

他们注视着远处的山脊，寻找飞机的踪迹。

“不知道，”珀斯说着朝车旁吐了口烟末，“不过我对这种生活已经有点厌倦了。”

“嗐，总比给别人打工强，珀斯。”

“那是当然，什么都比打工强。”

盖伊眯起眼睛：“你真是个不合时宜的人，老弟。”

“我觉得很好，”珀斯说，他们经常进行这样的对话，并乐在其中，“总比给那些可恶的牧场主当牛仔，让他们有钱开凯迪拉克强。”

“没错。”盖伊说。

“见鬼，盖伊，你是我见过的最不合时宜的人，还过得挺好。”

“我没有什么好抱怨的。”盖伊说。

“我什么都不想要，也不想什么都不要。”

“就是这样，老弟。”

盖伊觉得又和他亲近了些，心里很高兴。他凝望着远处的山脊。阳光洒在他肩上，感觉很是惬意。“我猜他在上面遇到麻烦了。”

珀斯望着那些山脊。“还不到两个小时呢，”他转头看着盖伊，“这些山里的野马已经被清理干净了，是吗？”

“差不多吧，”盖伊说，“只剩下几小群了。这边已经没什么可做的了。”

“等你把这些都清理完，你打算做什么？”

“可能会去北边。据说在赛博恩山和那边的山脉附近有大群的野马。”

“那边有多远？”

“向北大约一百英里。如果我能说动圭多的话，就去那边。”

珀斯笑了，“他不大喜欢到处跑，是吗？”

“他和咱们一样，都是不合时宜的人，”盖伊说，“他什么都不想要。”然后他又补充道：“航空公司想让他去飞蒙大拿航线，报酬很不错。”

“他不愿意，是吗？”

“愿意就不是圭多了，”盖伊咧嘴笑笑，“他告诉他们，他可能不喜欢其中的一些乘客。”

两人都笑了，珀斯摇摇头，对圭多表示钦佩。然后他说：“他们想让我接管家乡的骑术学校。我考虑了一下。一个月两百块，还包食宿。工作也轻松，基本上不用你亲自骑马，只要站在旁边，扶那些女孩上马下马，保证让顾客满意就行。”

他沉默了。盖伊知道余下的部分。同样的故事总是一再上演。这让他对珀斯又多了一分亲近，这也正是他最初喜欢珀斯的原因。珀斯也不喜欢给别人打工。他是在一家酒吧里遇见珀斯的，当时这个年轻人正用他在牛仔竞技会上赢得的奖金请大家喝酒，他的头发上还凝着一小时前被烈马踢伤时流的血。罗斯琳提出给他找个医生，他说：“谢谢你的好意。但我伤得不重。如果伤势严重，医生也救不了，如果伤得不重，不用看医生也能好。”

盖伊突然想到，在那次酒吧相遇之前，珀斯就已经认识罗斯琳了。他盯着年轻人的侧脸。“如果我去北边的话，你要和我一起去吗？”他问。

珀斯想了一会儿，“我想我会留在这里。北边没有多少牛仔竞技表演。”

“也许我可以在那边找个飞行员。罗斯琳用她的车载我们过去。”

珀斯有些惊讶地转过头来，“她也去？”

“当然。她是个很棒的伙伴。”盖伊说。他看着珀斯的眼睛，看到他眼中有了兴趣和热情。

珀斯说：“那——也许吧。不过说实话，盖伊，把这些马抓去做成鸡饲料，我始终觉得心里不安。”

“我们不干别人也会干。”

"我知道，"珀斯说，他回过头去望着远处的山脊，"只是我觉得它们属于那里。"

"它们在那里什么也不做，只会吃光上好的草场。牧场上的人看到它们就会开枪。"

"我知道。"珀斯说。

"他们甚至懒得把它们送去屠宰，而是任它们在那里腐烂。"

"我知道。"珀斯说。

一阵沉默。在他们周围的大盆地上，虫子、蜥蜴和兔子都没有出动，阳光温暖地照在他们的脖子和大腿上。盖伊说："我也愿意把它们卖去给人骑，但它们个头太小，只有孩子骑得了，而且运费比它们自身的价值还高。你也看到了，它们不过是些劣马。"

"我只是不知道我是否愿意看到一百匹马被拿去喂鸡，我是说，五六匹还行，一百匹就太多了。我不知道。"

盖伊想了想："如果不干这个，就得去打工。至少在这一带别无选择。"他是在说自己，也是在为自己辩解。

"我宁愿靠骑野马养活自己，盖伊，"珀斯转头看着他，"不过我也许会跟你一起北上。我不知道。"

"罗斯琳起初也不愿意来，"盖伊说，"可是她一看到它们的样子就不再抱怨了。你没听她抱怨过，对吧？"

"我不是在抱怨，盖伊。我只是没想好。我觉得上帝把它们放在那里，它们就属于那里。但我会干的，而且我想我会继续干下去。我不知道。"

"你的话听起来就像那些报纸上的调调。那些城里人既想吃牛排，又不希望给牛阉割或打上烙印，或者把野马从牧场上清走。"

"见鬼，老兄，我骗过的公牛比我的头发还多。"珀斯说。

"我还是去把望远镜拿来吧。"盖伊说着从他躺着的轮胎里爬起来，跳下车斗，走到驾驶室，探身从里面拿出一副双筒望远镜，吹了吹镜片，拿着它回到车上，在轮胎上坐好，胳膊肘支在膝盖上。他举起望远镜，调整好焦距。群山迎面而来，蓝色的山坳尽收眼底。他找到他认为飞机将会出现的那个山口，在山坡和空中细细查找，心里仍愤愤不已。“上帝把它们放在那里！”老天，这世上哪样东西不是上帝放在那里的？难道这就表示你不能吃鸡肉或牛肉了吗？他又开始讨厌起珀斯来。

天空中传来一声枪响，两个人停下动作。盖伊眯起眼睛，一动不动地举着望远镜。

“看到什么了吗？”珀斯问。

“我想他还没出山口。”盖伊说。

他们静静地坐着，望着山口上方的天空。时间一分一秒地过去。太阳晒得他们出汗了，盖伊用手背擦拭一下汗湿的眉毛。他们听到空中又传来一声枪响。盖伊举着望远镜说：“他可能是要把它们从角落里赶出来。”

珀斯一挺身从轮胎里坐起来。“我看见他了，”他急切地说，“我看见反光，我看见飞机了。”

珀斯不用望远镜就先看到了飞机，这让盖伊感到恼火。从望远镜里，他现在也清楚地看到了。只见它飞出山口又盘旋回去，再次消失在山口。“他已经把它们赶到山口了，现在要去把它们赶出来。”

“你能看到它们吗？”珀斯问。

“他还没把它们赶出来。他回去找它们了。”

透过望远镜，他看到山口外的沙漠台地上出现了几个移动的小点。“我看见它们了。”他说。他嘴唇微动，数着：“一，二，三，四。四匹马和一匹小马驹。”

“我们要把小马驹也抓走吗？”珀斯问。

“见鬼，不抓它就抓不住母马。”

珀斯没有作声。盖伊把望远镜递给他，“你看一下”。

盖伊利落地从车上下来，走到驾驶室，把门打开。他的狗正趴在踏板下面瑟瑟发抖。他打了个响指，它警惕地站起来，跳到地上，站在那里不停颤抖，像每次野马到来前一样。他看着它蹲在地上撒尿，看着它轻手轻脚放慢动作，小心翼翼惴惴不安地在地面上嗅来嗅去，仿佛地上到处都藏着炸药。他把它留在那儿，爬上卡车，坐在珀斯旁边的轮胎上，珀斯仍举着望远镜看着远方。

"他朝它们俯冲下去了。天啊，它们跑得真快！"

"让我看看。"盖伊伸过手去，珀斯把望远镜递给他，说："它们就快过来了。"

盖伊透过望远镜望着远处的奔马。飞机正划过上升的弧线向它们俯冲下来。当轰鸣的马达声从它们头顶上逼近时，它们突然改变了方向，昂着头加速飞奔，而当飞机在俯冲后重新拉升，马达声离远一些时，已经奔跑一个多小时的它们便会放慢脚步。圭多再次向上拉升时，盖伊和珀斯远远地听到一声枪响，枪声促使野马加速奔跑起来，等它们再次放慢速度，飞机已经转个弯飞回它们头顶，从它们背后俯冲下来，它们再次昂首飞奔，直到发动机的轰鸣声又一次远去。太阳温暖，天空明净，沙漠上空只有这架小飞机在来回飞舞，像魔杖闪闪发光的杖尖，指挥着这群野马朝卡车所在的广阔而荒凉的黏土湖床跑来。

卡车上的两人不时把望远镜递给对方。他们在轮胎上坐直了身子，等待野马到达湖床边缘，等圭多把飞机停好，他们就可以驾车出发了。就在这时，野马停了下来。

"它们看见热浪了。"盖伊举着望远镜说。他看到野马警觉地抬起头，在荒芜的湖床边缘徘徊，它们害怕这片湖床，因为湖床上升腾的热浪像水波一样在空气中荡漾，它们的鼻孔却闻不到水的气息，它们不敢贸然向前，踏上未知的土地。飞机朝它们俯冲下来，它们被冲散了，却仍不肯从身后点缀着鼠尾草的凉爽的沙漠向湖床前进。飞机斜着身子飞到高空，在它们身后的沙漠上空盘旋一周，又斜着身子俯冲到离地面只有几码的高度，几乎擦着它们的头顶呼啸而过。就在飞机再度拉升时，卡车上的两人听到一声枪响。受惊的野马纵身跃上湖床，四散逃开，它们并没有跑得很快，而是谨慎地探索着脚下的地面和涌入鼻孔的陌生的炙热空气。当飞机在空中盘旋，准备再次俯冲时，它们慢慢聚拢起来，并肩驰骋在无边无际的湖床上。小马驹紧跟在母马身后，鼻子几乎碰到了母马长而柔滑的尾丝。

“这匹母马可真不小。”珀斯说。他依然眼神柔和，面容平静，但他的皮肤已有些泛红。

“是啊，它比这边寻常的野马都要大。”盖伊说。

他们在卡车上站起身，目光仍注视着这一小群野马。那匹母马身材高大，不输任何一匹成年家马，两人看到它都吃了一惊。他们知道野马群生活在完全与世隔绝的环境中，近亲繁殖使它们的体形缩小到和大矮种马相当。马群突然转向，他们看到了那匹公马。它的体形比母马小，但仍然比盖伊从前捉到的那些都大。另外两匹马都不大，就是野马正常的大小。

飞机要降落了。盖伊和珀斯·豪兰走到车斗的前端，那里的两根插入式立柱中间绑着一条白色的带子，与臀部齐高。他们在两根立柱间又拉起一条带子，两人就站在两条带子中间。珀斯将后面的带子在他那边的立柱上绑好，两人转过身来，各自从身后的轮胎里抽出一卷绳子，绳子的末端垂着一个活套。他们抬头看一眼湖床，见圭多正朝他们滑行过来，便站在那里等他。圭多在离卡车二十码处关闭发动机，不等飞机停稳就从敞开的驾驶舱里跳出来。他用绳子将机尾绑在楔入地面的大钉上，然后快步走向卡车，摘下护目镜，塞进破旧的夹克口袋里。珀斯和盖伊笑着大声招呼他，但他似乎没有看见他们。他若有所思地鼓着双颊，跳进卡车驾驶室，牧羊犬也跟着跳进去，坐在地板上抖个不停。他发动引擎，卡车轰鸣着穿过平坦的黏土地，驶入滚滚热浪中。

野马群静静地站在两英里开外的湖床上，看上去就像聚在一起的几个小点。卡车行驶平稳，圭多瞥了一眼仪表盘，发现车速已经超过六十迈。为了避免翻车，他把速度降回到五十五迈。盖伊站在车斗的右前角，珀斯·豪兰在左前角，他们把帽子压到眉心，手里掂着快要被风吹乱的绳子。圭多知道盖伊·朗兰是个套马的好手，对珀斯则没有太大把握，因此他把车开向马群的左侧，以便尽可能从盖伊的一侧接近它们。这整套办法——从卡车、轮胎、绳子到飞机——都是圭多的发明，他又一次为自己想出这一切而感到喜悦。他双手紧握方向盘，左脚在刹车踏板上随时准备着。他伸手摸了摸变速杆，看它会不会跳回空挡，但感觉它挂得很紧，只要不遇到颠簸，完全可以信赖。马群本已开始走动，现在又停了下来，它们竖起耳朵伸长脖子看着卡车。圭多微微一笑。他觉得它们站在那儿的样子看起来很傻，但他理解并同情它们的无知。

风拍打着珀斯和盖伊的脸颊，掀起他们的帽檐，把他们的脸吹成了暗红色。他们看到马群正静静地注视着他们到来。随着卡车轰鸣着向它们靠近，他们发现这群野马长得非常漂亮。

珀斯和盖伊不约而同地对视了一眼。今年春天雨水丰沛，这群野马一定找到了水草丰美的去处。它们体态匀称，毛色光亮。母马的毛色近乎黑色，公马和另外两匹马是深棕色的，小马驹毛发鬈曲，泛着灰色的光泽。公马突然把头一低，转身向远处奔去，其他马也转过身，嗒嗒嗒地跟在后面，小马驹跟在母马身旁。圭多踩下油门，卡车呜呜响着向前冲去。他们现在已经追到野马身后几码远的地方，可以看到它们扬起的蹄子下面从未钉过马掌，看到它们从未修剪过的鬃毛在风中飞扬，看到它们又密又长的黑尾巴，在它们站立时能一直垂到脚踝。

卡车现在追上了母马，其余的马都在母马身旁飞快地奔跑，只在黏土地上留下一串嘀嗒嘀嗒的蹄声。由于它们步态轻盈，而且没有钉马掌，所以蹄声甚是轻柔。这些腿部纤细的马儿在惊恐中奔跑了近两个小时，浑身湿透。可是当卡车与母马并排行驶，盖伊开始在头顶上挥动手中的套索时，马群突然向右转弯。圭多猛踩油门，跟着它们一起右转，但它们一直在转圈，他跟不上它们的速度，于是他放慢车速，和它们拉开几码的距离，等待它们重新沿直线奔跑。它们像马戏团的马一样转着圈子，现在速度慢了一些，因为它们的力气已经快用尽。圭多忽然看到公马和两匹棕马之间有一段空当，便加速开过去，将母马和小马驹拦在左边。马群奋力奔跑，蹄声越发急促。它们的后腿腾空而起，脖子低低地向前伸着。盖伊在头顶上挥动套索。卡车来到公马旁边，它的肺部因为力竭而发出嘶哑的啸叫声。盖伊抛出套索，正中公马的头顶，盖伊将绳子一抖，套索就套在了它的脖子上。公马猛地向右边跑开，绳子被拉紧了，轮胎也从车斗上被拉了下来，在坚硬的黏土地面上拖行。卡车放慢速度，车上的三个人看着公马吃惊地瞪大眼睛，拖着硕大的轮胎又跑了几码，两条前腿腾空跃起，面对着轮胎落下，想要躲开它的纠缠。然后它站住了，费力地喘息着，摇动着被无情的套索套住的头，后腿在原地打转，从右到左，再从左到右，划出一道弧线。

在确定公马不会逃脱后，圭多扫视了一下湖床，没有片刻停留便向左急转，朝正在慢跑的母马和小马驹追去。那两匹棕马已经向北走远，就要消失在视线之外了，但圭多知道它们累了，很快就会停下，那匹母马却可能会继续跑到湖床边缘，回到它熟悉的山里，那样的话卡车就无法追赶了。他打正方向，猛踩油门，很快就来到母马身后，他从左边跟上它，因为小马驹跑在它的右边。看着母马魁梧的身材，他不由得怀疑它到底是不是野马。当他和它并排行驶时，他的目光扫过它的侧面，寻找它身上的烙印，但它身上似乎没有任何标记。透过右边的车窗，他看到套索飞了出去，落在母马头上，他看到它猛地仰起头，随后便落在了后面。他向右打方向，左脚踩下刹车，看到它拖着一个轮胎慢慢停下，小马驹看着母马，小跑着跟在它身边。然后他径直穿过平坦的湖床，朝远处的两个小点驶去，那两个小点迅速变大，正是那两匹棕马，它们站在那里，看着迎面而来的卡车。他从它们中间开过去，它们奔跑起来，珀斯和盖伊几乎同时出手，分别套住了它们。圭多把头探出窗外，冲站在他那边的珀斯喊了一声："好样的！"珀斯兴奋地对他咧嘴笑笑，眼神中却似乎有些不安。

圭多轻松地兜了半圈，掉转车头向野马母子驶去。几分钟后，他在离它们大约二十码的地方减速停车，走出驾驶室。那只狗仍然蹲在驾驶室的地板上，全身抖个不停。

三人走近母马。它从来没见过人，害怕地瞪大了眼睛。它的胸膛急遽地起伏着，鲜血从它的鼻孔滴落。它有着浓密的深棕色鬃毛，尾巴几乎碰到了地面。小马驹睁着惊恐的眼睛，弯着腿笨拙地躲闪着，想要躲到母马身后，母马也不停地挪动身躯，保护小马驹不受他们伤害。

他们打算把母马脖子上的套索往上挪一挪，因为套索从后面落下的时候勒在了它的脖子中间，如果它继续用力拉扯那个笨重的轮胎，很可能会窒息。他们从之前的行动中认识到，不能任由它们被那样勒着，否则会有窒息的危险，在他们从布伊开一辆更大的卡车过来将这些野马运走之前，他们希望它们都活着。

盖伊套马的技术最好，所以就由他出手，珀斯和圭多站在一旁观看，只见他挥动套索在头上转了几圈，撒手甩出，套索就轻轻地落在母马的前脚后面。他们等了一下，然后走近母马，母马向后退了一步，盖伊猛地一拉绳子，它的前脚就被捆在了一起。盖伊用另一根绳子将它的后脚也捆住，它趔趄了一下，侧身倒在地上。它的身体剧烈地起伏着，但它似乎已经放弃抵抗。小马驹把鼻子伸到母马的尾巴上，站在那里，看着他们走到母马跟前轻声安抚它。圭多弯下腰松开套索，移到它的下颌下面。他们检查它身上是否有烙印，但它身上没有任何印记。

“从没在这边见过这么大的野马。”盖伊对圭多说。

圭多低头看着这匹高大的母马。

珀斯说：“也许野马过去都长这么大。”他看着圭多，向他寻求确认。

圭多弯腰蹲下，掰开母马的嘴，三个人一起往里看。“它至少有十五岁了，”盖伊说，然后又对珀斯说，“反正它也活不了多久了。”

“是啊，它已经老了。”珀斯表示赞同，他的眼睛若有所思。

圭多站起来，三个人回到卡车上。珀斯轻轻一跳坐在车斗上，双腿垂在车外，盖伊和圭多一起坐进驾驶室。他们驾车穿过湖床，来到那匹公马旁边停下，三个人下车朝它走去。

“这匹马长得不错。”珀斯说。

他们站在原地打量了它一会儿。它静静地站在那里喘着粗气，鼻孔里流着血。它低着头，将绳子绷得紧紧的，用那双好像巨大的双筒望远镜镜头一样的深褐色眼睛看着他们。盖伊准备好手中的绳子。“把它放在哪儿都派不上用场，”他说，“只能哄小孩子玩玩。你没法骑着它去放牛，它太小了，不适合骑行。”

“它是很小，”珀斯承认，“不过它的脖子很好看。”

“哦，有些马确实长得不赖，”圭多说，“可是你要拿它们做什么用呢？运费都比它们值钱。”

他们分散开来，将公马围在中间，盖伊在头顶上挥动着套索，说：“它们都是不中用的老马，就是这样。”他将套索抛到公马的前腿后面，公马后退一步，他拉动绳子，套索勒住马的小腿，将它们拉在一起，公马趔趄着不肯倒下。

“拿着。”盖伊招呼珀斯，珀斯跑过来接过绳子，把它拉紧。盖伊回车上又拿了一根绳子，然后来到公马身后，把它的后腿也套了起来。但公马还是不肯倒下。

圭多走上前去，想把它推倒，但公马甩甩头，冲他龇着牙齿，圭多退了回来。“把绳子拉紧！”他对盖伊和珀斯喊道，他们拉动绳索，想把公马绊倒。尽管头被绑在轮胎上，脚被他们手中的两根绳索绑住，它仍努力保持平衡，站在那里没有倒下。圭多快步走到珀斯身边，从他手里拿过绳子，转到公马身后，用力一拽。马的前脚向后一滑，跪了下来，它的鼻子磕在黏土地上，打了个响鼻儿，但它还是不肯翻倒，而是像在拜别什么似的跪在那里，它的鼻子抵住地面，支撑着它的头部，它急促的呼吸在它的鼻孔下方吹起一团团尘土。

圭多把绳子还给年轻的珀斯·豪兰，叫他拉紧，然后走到公马旁边，双手放在它的颈侧用力一推，公马侧身倒下躺在地上；和母马一样，当它感觉到地面紧贴着自己的身体时，似乎也不再抵抗了，它的眼睛第一次眨了眨，它的呼吸也不再剧烈，而是变成了平静的叹息。圭多把套索移到它的下颌下面，接着他们松开了捆在马蹄上的绳索，当马感到它的腿恢复了自由时，先是好奇地抬起头，然后咔嗒一声爬起来，站在那儿挨个儿看着他们，它的鼻孔在滴血，两个满是灰尘的膝盖上染着深红色的印迹。

三个人站在原地观察了片刻，以确定马脖子上的套索不会松脱。在群山之间这片辽阔的平地上，传入耳中的只有卡车引擎的嗒嗒声和马呼哧呼哧的喘息声。几个人不慌不忙地走向卡车，盖伊把剩余的两根绳子收在驾驶室的座位后面，然后坐在驾驶座上，圭多坐在他旁边，珀斯爬到卡车后面，仰面朝天躺下，双手枕在脑后。

盖伊驾驶卡车向南行驶，他们知道飞机就停在那边，尽管现在还看不到它的影子。圭多的呼吸慢慢平缓下来，他点燃一根烟，吸了一口，然后用左手摩挲着光秃的头皮，凝望着窗外。“我困了。”他说。

“你觉得怎么样？”盖伊问。

“你呢？”圭多说。他喉咙里进了灰尘，说话时声调变高了，几乎像个女孩。

“那匹母马可能有六百磅。”

“我想也是。”圭多表示赞同。

“那两匹棕马大约能有四百磅，公马还要再重一些。”

“和我想的差不多。”

“总共是多少？”

圭多想了一下，说：“一千九，也许两千磅。”

他们在心里默默地算了一笔账。两千磅，每磅六美分，一共是一百二十美元。算上那匹小马驹，也许还能再添几块，但不会太多。刨去飞机和卡车的油钱，再刨去十二块钱的食杂费用，他们仨一共挣了一百美元。圭多可以分到四十五块，因为用了他的飞机。盖伊可以拿三十五块，因为卡车是他出的。至于珀斯·豪兰，如果他同意的话——他肯定会同意，将拿到剩下的二十美元。

报出这些数字后，他们陷入了沉默，盖伊若有所思地开着车。过了一会儿，他说：“咱们上次应该给那些马喂水。如果让它们喝饱了，能长不少分量。”

“是啊，这次一定要记得。”圭多说。

他们知道，在把这些马送到布伊的经销商那里之前，他们很可能还是会忘记给它们喝水。他们会忙着卸车，忙着将它们脱手，直到事后才像现在这样想起来，如果让马喝饱了水，增加的体重能为他们额外带来十五到二十美元的收入。把钱算好之后，他们就不再去想它了，如果珀斯嫌自己分得少，只要他提出来，他们都会再给他五块十块，或者更多。

盖伊把卡车开到湖床边缘，停在飞机旁边。视野中清晰可见的只有母马和小马驹，站在离他们不到半英里的地方，另外几匹被拴住的马已经离得远了。圭多打开车门，对盖伊说："城里见。明天早上咱们开那辆卡车过来。"

"珀斯明天要去拉戈报名参加牛仔竞技比赛，"盖伊说，"跟你说——我们可能今天下午就去把车开过来。也许今晚就把它们运回城里。"

"行，你们自己定吧。明天见。"圭多说完便下车，去后面找珀斯说一会儿话。

"珀斯？"他叫了一声。珀斯用一只胳膊肘撑起身子，低头看着他。见他满面睡容，圭多笑了，"你睡着了？"

珀斯的眼皮似乎有些浮肿，表情也有些闷闷不乐。"我正要睡呢。"他说。

圭多没有在意。"我们估计能净赚一百块。分你二十块，你觉得可以吗？"

"行，二十块挺好。"珀斯困倦地眨着眼睛。他似乎根本没在听。

"城里见。"圭多说着转过身去，摇摇摆摆地走向飞机，盖伊已经站在那里，双手放在螺旋桨叶上。圭多坐进飞机，盖伊将螺旋桨叶用力一转，发动机立即启动了。圭多向盖伊和珀斯挥手道别，珀斯在车斗上微微抬了抬手。圭多加大油门，飞机腾空而起，飞向天空，地面上的两个人目送着飞机飞向群山，飞向远方。

盖伊回到卡车旁，正要爬上驾驶座，看到珀斯仍然用一只胳膊肘支着身体躺在那里，便问了一句："二十块钱没问题吗？"之所以这么问是因为他觉得珀斯看起来有些受伤。

"嗯？哦，没问题。"珀斯答道。他从车斗上下来，站在卡车旁边解手，盖伊坐在方向盘后面等他。等他坐进驾驶室，他们便开车出发了。

母马和小马驹站在他们和前方的鼠尾草沙漠之间。珀斯望着窗外的母马，看到它正忐忑地看着他们，但并没有惊慌失措。小马驹直挺挺地躺在黏土地上，头微微点着，好像马上就要睡着。他们驶近时，珀斯久久地注视着小马驹，想到来去自由的它是如何心甘情愿地守在被俘获的母马身边的，他问盖伊："听说过有小马驹会离开母马吗？"

"这么小的马驹不会，"盖伊说，"它哪儿都不会去。"他看了珀斯一眼。

他们从母马和小马驹旁边驶过，将它们抛在身后，珀斯向后一仰，闭上眼睛。他的左颊被含在那里的烟草撑得鼓了起来。

卡车离开黏土湖床，颠簸着驶入鼠尾草沙漠。他们要先回营地去取铺盖和炊具，然后还要在沙漠里再开大约十五英里才能开到公路上。

"我想我今晚会回罗斯琳那儿。"盖伊说。

"好的。"珀斯没有睁眼。

"我们可以早上来接它们，然后送你去拉戈。"

"好的。"珀斯说。

盖伊想到罗斯琳。她可能会笑话他们，花了那么多工夫就只挣到几块钱，说他们太笨了，没有把劳动时间和其他隐性开支算进去。听她说，有时他们根本就没赚到钱。"罗斯琳会为那匹小马驹难过的，"盖伊说，"所以还是不提为好。"

珀斯睁开眼睛，头还靠在椅背上，他望着窗外的群山，"见鬼，她给她的狗喂的是狗粮罐头，不是吗？"

盖伊感觉又和珀斯亲近了一些，他笑着说："没错。"

"那么，她以为罐头里装的是什么？"

"她知道罐头里是什么。"

"罐头里有野马肉。"珀斯几乎是自言自语地说。

他们沉默了一阵。然后珀斯说："这就是让我困惑的地方。"

过了一会儿，盖伊说："你是跟我回罗斯琳那儿还是留在城里？"

"我还是和你一起回去吧。"

"好的。"盖伊说。他现在很想回到她的那间小屋。那里有她的书，放在他为她做的书架上，他们会一起喝几杯，珀斯会在沙发上睡着，然后他们会一起进卧室。他喜欢在工作后回到她身边，而不是像从前那样只是给她当当司机或者无所事事地待在她家里。他喜欢兜里装着自己的钱。他努力想象着和她的未来，想到自己就要满四十六岁，很快就奔着五十岁去了。他知道，总有一天她会回东部去，也许今年，也许明年。他又一次感到好奇，他的头发什么时候开始变白，头发花白的他又会是什么样子，想到自己白发苍苍的样子，他不由得咬紧了牙关。

珀斯坐直了身子："我想给我妈打个电话。该死，我已经一年没给她打电话了。"他望着窗外的群山，想起那匹小马驹的模样，他希望等他们明早回来时，它已经离开了。他说："我明天必须去拉戈报名。"

"我们会去的。"盖伊说。

"我想好好赢一场。"他说。他想到那五百美元奖金，想到他曾多次赢得这样一笔奖金。"你知道吗，盖伊？"他说。

"嗯？"

"我这辈子都不会有什么出息。"他笑了。他肚子饿了，在放声大笑了一阵之后，他把头往后一仰，闭上了眼睛。

"第一次见面时我就跟你说过，对不对？"盖伊笑嘻嘻地说。他感觉来了兴致，想去罗斯琳那儿喝几杯。

这时珀斯又开口了："反正那匹小马驹也值不了几个钱，你说咱们把它留在那儿怎么样？"

"嗨，你知道它会怎么做吗？"盖伊说，"它会跟着卡车一路跑进城里。”

“我想它会的。”珀斯说。他朝窗外吐出一口烟汁。

二十分钟后，他们到达了营地，把三个铺盖卷、铝制食品箱和汽油桶先后装上卡车，然后向布伊方向驶去。他们一言不发地开了十五分钟后，盖伊说他想尽快北上，因为据说那边的山里生活着数百匹野马。珀斯·豪兰已经在他旁边睡熟。盖伊再次提起这次远行是因为随着他们离布伊越来越近，他仿佛又看到罗斯琳在嘲笑他们，而且他清楚地意识到，他似乎并没有为自己解决任何问题；他为三十五美元付出了三天的时间，这种事根本没法解释清楚，而且令人尴尬。然而他知道事情本该如此，即使他永远无法向她或其他任何人解释。他用胳膊肘轻轻碰了碰珀斯，珀斯睁开眼睛，歪头看着他。“和我一起去赛博恩，好不好？”

“好的。”珀斯说完又继续睡觉了。

盖伊感觉心里安定了许多，这个年轻人不会撇下他了。他心满意足地开着车。

太阳在这片米黄色的平原上炙烤了一整天。苍蝇、虫子和蛇都不敢到荒原上去骚扰拴在那里的四匹马和那头小马驹。它们上午奔跑了近两个小时，下午来临的时候，它们用蹄子刨着坚硬的地面寻找水源，但一无所获。傍晚时分起风了，它们背对着风，面向来时的群山。公马不时闻到山上草场的气息，它举步走向那片它曾经生活过的山野；但轮胎牵住了它的脖子，走了几步之后，它转过身来面对那个轮胎，前腿腾空高高跃起，在落地之后就又站住不动了。

深蓝色的夜幕降下，风刮得更急了，疾风翻卷着野马的鬃毛，将它们长长的尾巴抛向两腿之间。夜晚的寒冷使得小马驹站起身来，偎在母马身边取暖。月亮升起来了，面朝南面的山脉，五匹马在绿色的月光下眨着眼睛，渐渐合眼睡去。小马驹再次躺在坚硬的地面上，睡在母马身下。

在高高的山坳里，它们今早啃食过的青草在黑暗中挺直了身子。在浸润着春雨的郁郁葱葱的草地上，它们的蹄印已经开始消失。当第一缕霞光映红天空时，小马驹站起身，像以往的每个黎明一样，一路走着去找水喝。母马移动脚步，淡灰色的蹄子踏在黏土地上发出嘚嘚嗒嗒的声音。小马驹转过头，回到母马这里，眼神茫然地站在母马身边，鼻孔嗅着温暖的空气。

一九五七年

骑师掠影

就像这家酒吧，这是纽约最好的酒吧，对吧？要是每只耳朵里没有一张百元大钞，你就是想坐到厕所去都办不到。看那边那个头发花白、带着个女人的浪荡子，把自己灌得酩酊大醉，把妻子抛在脑后，为了什么？这样他就能跟他花钱找来的那个女人寻快活了。我爱他们所有人。我把自己交付给这个世界，生活，所有这一切。

我很高兴在这儿跟你聊聊。为什么？谁知道人为什么会对一些人打开心扉，对另一些人就不会呢？我现在心情好极了。他们低估了男人之间的忠诚，那种挑战和男女之间的不一样。有的时候，我虽然赢了却感觉很丢脸，因为那该死的马在冲过终点时把我颠得来回晃荡，一点也不潇洒。其实我在马背上能比任何一个狗娘养的趴得都低，但有时你不巧抽到一匹跛脚马，就会像没有减震弹簧的卡车上一条被捆住的比目鱼那样一路颠簸到终点。赛马不只为输赢，还要骑得漂亮，骑得让其他骑师佩服。上一次在阿根廷比赛，我被甩出了围栏，又是钢丝加固，又是螺钉固定，一共被接起来二十二根骨头，在医院里住了三个月后，没人再送花来了。骑师就像电影明星，不分昼夜，处处受人追捧，女人们流着口水兴奋地喊着你的名字，就像你把名字印在脑门上了似的。没人再去看我。除了两个伙计，特别是维吉尔，那个忠诚的家伙，我愿意为他去死。

现在谁还能理解这些呢？去年我去看了这个叫哈皮克的医生，

真是个可爱的老古板，据说他是最厉害的。我在那张快散架的老破沙发上躺下，他却翻箱倒柜地找出一张马报来！我心想我是来看同性恋的，因为如果男人让你特别感动，那问题就出在这里，结果这位艾尔老兄一个劲儿地向我打探第六场比赛的消息，问我哪个赌注登记人可靠之类的一大堆问题。我在他那儿待了三个钟头，他取消了一个又一个预约，我走的时候，他收了我半个钟头的诊费！可是我怎么会知道谁赢呢？即使我参加比赛我也不知道。老天，就连那匹马自己都不知道！他们为什么就不能歇歇，别再分析来分析去了？我认识的每个去看过赛马的人出来后都成了该死的行家。我承认，这整件事就像雌蕊和雄蕊一样是明摆着的，好吧我投降。可是拜托，给我点空间，如果我要死的话，让我笑着死去。我准备好了。如果我从路边的雪堆上滑到一辆出租车底下，我会为死亡欢呼。我爱我的妻子，我们结婚十八年了，我爱我的孩子们，但是你得划出界线，在退到墙角退无可退之前给自己保留一点空间。男人们活得小心翼翼，你在你周围发现了吗？他们不断地标出小小的记号，却无法划出界线。再没有人知道他从哪里开始，到哪里结束，就像他们把地图弄乱了，把芝加哥放到了拉脱维亚。他们不再允许任何人为忠诚而死，那里没有他们可以偷的东西。

我懂什么呢，我无知的头脑就像手风琴的折页一样，但我懂什么叫格调。重要的不是获胜，而是骑别人骑不了的马。当其他骑师一看就知道那匹马想杀死你时，那就是你想骑的马。当信号旗展开，你身上的每个细胞都开始放声大笑。有一次我去看了我父亲。

这件事我从没跟人说过，你知道我多爱说话，可是真的，这件事我从来没说过。我做过一个电视节目，采访那些讨厌的作家，谈他们的作品，标题就是“骑师也识字”。节目大获成功，可是后来我再也受不了了，跳上我的捷豹去了墨西哥。我支持模仿，但不赞成剽窃，那些作家没有一个好的，可是每周你都得给他们涂脂抹粉，就像“斗士”[1] 驮着一个盲骑师，一路尿着跑完一英里。总之，电视台收到了一封从德卢斯寄来的信，问我是不是出生在肯塔基的法兰克福，我母亲的名字是不是什么什么，如果是的话，他可能是我老爸。信上的字迹歪歪扭扭，像是在拖拉机上写的。于是我跳上飞机，来到他门前。他是个房屋油漆工。

我就是想看看，你明白吗？我就想亲眼看看他。现在看到了，一个七十岁还是一百岁的老头子。我一岁那年他就离开了，我从没见过他。我总幻想着，他是个挥金如土的赌场豪客，或是个风度翩翩的妙手空空，要么就是肯塔基的卢梭，或者是讨女人喜欢的时髦人物，离开家去寻找发迹的机会。总之得是个有意思的人。可结果呢，就是个油漆工，而且住在黑人区。我是个老脑筋，我受不了他们。但他隔壁的邻居人很好，那人的妻子也很好。看得出来他们很喜欢他。我站在那儿，心想，我来干什么？他是谁？如果他是我父亲，那我是谁？但不可思议的是，我知道我属于他。就像你说的，我是我父亲的儿子。即使他完全是个陌生人，我也知道这一点。我只想为他做点什么，什么都行。我愿意把我的命给他。毕竟，谁知道当初是什么情况？也许是我老妈把他赶走的。谁知道当时的内情呢？于是我问他，你想要什么？

要什么我都给你，我说，只要在我能力范围之内，其实我当时很有钱，因为刚赢了一场赛马。他个子也很小，虽然没我这么小，我个子小得简直都不像美国人了，但他个子也很小。他说：“后院的草长得又高又密，割草机都推不进去了。要是有一台带马达的割草机就好了。”

我拿起电话，叫他们送了一卡车各式各样的割草机过来。他挨个研究了整整一下午，最后选中了一台马达比这该死的桌子还大

---

① Man O'War，美国赛马史上最伟大的赛马之一。

的，我给他买了下来。我不得不离开他去赶回程的飞机了，因为我答应维吉尔，我会去圣佩德罗帮他看着一个他留在那里一整晚的女人。于是我去后院跟他道别。他甚至不愿意关上马达，好让我们安静地说说话。我留下他一个人乐颠颠地推着那台该死的割草机在院子里转悠。

天哪，我怎么会醉成这样！那边那两个女人一直在看咱们。你觉得怎么样？她们长什么样有什么区别，都一样，每一个我都爱。

一九六二年

预　言

虽然并非全部如此，但这些地区的一些冬天几乎让人无法忍受。十一月底，一场大雾开始在老荷兰山谷中弥漫开来，直到来年四月才完全消散。有些夜晚，雾会突然出现在山脊顶端，下面的低地则一片清朗，没有人知道它为什么会四处游荡，但它的确行踪不定，有时在一所房子附近停留几天都不去别的地方，然后又会忽然离开，出现在另一所房子周围。有的冬天一连两个月都不出太阳。灰蒙蒙的水汽笼罩着整个山谷，树枝没有被吱吱作响的冰冻住的时候，整天都在滴水。

冬天来临的时候，人们自然总是希望这会是一个体面的冬天。然而，当一成不变的风日复一日、周复一周地把屋里的热量吸走，铁灰色的天空没有一刻放晴的时候，先是老年人，然后是其他人，大家的性情逐渐起了变化。超市和加油站里有了无缘无故的争吵，有人结下一生的仇怨，有人决定搬走并付诸行动，永远离开了这里。不必要的交通事故同样层出不穷。有人撞在树上造成手臂骨折，而树的位置他们其实一清二楚；总会有一两个人被自己那从车道上溜回来的汽车撞倒；人们在绝望中做出决定，这些决定永久地改变了许多人的人生轨迹。

在这样一个冬天的十二月底，斯托伊·拉默尔决定前往佛罗里达州一所几年前由他设计校园的新的大学，亲自指导他的建筑图纸的悬挂以及建筑模型的陈列，为他的作品在那里永久展出做准备。这时的他已经五十多岁，成名既久，对人们的崇拜早已看淡，并且近十年前他就已经发誓不再走上讲台。他设计的建筑受人欢迎，这一点毋庸置疑；迄今为止，它们毫无例外全都大获成功。无论是宾夕法尼亚州的私人住宅还是巴西的教堂，他设计的任何东西都带有鲜明的个人特色，尽管人们有时批评他反复使用相同的浮夸技巧，但这些建筑是如此地富有想象力，有时甚至充满童趣，以至于一段时间过后，公众的认可压倒了对它们其他价值的争议。斯托伊·拉默尔在国际上享有盛名，他是外国人眼中真正的美国工匠，是一位具有独创性的设计师，他对钢筋和混凝土的充满童心的创造力因他的个性而变得更加真诚可信。

他和妻子在这栋石头农舍里生活了近三十年，这本身就是一件非常孩子气的事；他每天早上六点半起床，给自己煮一些法式咖啡，吃点玉米片，再喝点咖啡，一边读上周日的《先驱论坛报》和前一天的《匹兹堡报》，一边抽完四支香烟，然后穿上他的高帮农夫鞋，从葡萄藤凉亭下走到他的工作室。这是一座长条形建筑，墙壁由石头砌成，其中的一些岩石是他做石油地质学家的六年间从各大洲带回来的。他曾经的职业生涯的碎片堆放得到处都是：一摞他当遗传学家时使用过的铁丝鼠笼和一台侧放在窗台上的显微镜；几根用铁丝固定的钢质立柱支撑着天花板的开放式横梁，细长的钢质悬臂伸在空中；地板上几个砖砌的物件是他设计壁炉时留下的，那是一个灾难性的设计，烟会通过每层楼的金属格栅穿过整栋房子，一路都可以看到。他的文件柜、书桌、绘图板和高脚凳构成了这处杂乱环境中唯一的一方净土。其他地方到处都展示着他的创意——模型、素描、十英尺见方的单色油画，那是他绘画时期的产物。书脊开裂的旧书散落一地，书的内页看起来就像被疯子洗劫过一样。角落里的一根绳子上挂着一组自行车变速装置，他曾以此为基础完成了坎登自行车公司工厂的设计，在他的书桌上方，几顶落满灰尘的旧帽子旁边放着一双干净的旱冰鞋，他偶尔会穿上它们在房子前面滑上几个来回。他总是左手插兜站着工作，仿佛只是在这里稍作停留，画图的时候也总是带着诧异的目光，仿佛在看着别人的手握笔工作。有时他会对身边某个看不见的旁观者轻声咕哝几句；有时，当手中铅笔的表现令他不满意时，他会严肃地板起面孔。如果有人这时从窗外偷窥的话，也许会以为这个鼻梁歪斜、手臂强壮、脖子像摔跤手一样坚实的男人只是一个看门人，正在尝试做屋主的工作。这种漠不关心的感觉也延续到他对事业的表面态度上，人们常常误以为这是他对工作的厌倦，或是对重复的日常事务的屈服。但他一点也不感到厌倦；他在职业生涯的早期就找到了自己的风格，他认为这种风格得到世人欣赏是一件非常美妙的事，他想不出为什么要改变它。毕竟，这世上有一些幸运儿，他们在一切声音之中懂得如何只去倾听对自己有益的声音，就目前的情况看来，斯托伊就是这样一个幸运的人。

新年的第二天，他穿着双排扣厚呢短大衣，戴着羊皮连指手套离开了家，没有戴帽子。他在佛罗里达还是会穿这身衣服，因为尽管妻子克里奥塔过去五天来一直提醒他必须带几件凉快的衣服，但他忙得无暇听她说了什么。因此，在他们分别时，她显得有些不耐烦。当他坐在旅行车的方向盘后面，弯腰在裤脚的翻边里摸索刚才掉落的车钥匙时，她披着一条他们在罗马尼亚旅行时买的大披巾从屋里出来，从车窗外递给他一块干净手帕。在鞋子下面找到钥匙后，他发动了引擎，在引擎预热时，他转身对站在潮湿的雾气中的她说："给冰箱除霜。"

看到她一脸惊讶，他哈哈大笑，仿佛那是他见过的最好笑的表情。他笑个不停，直到她也跟着笑了起来。他的声音低沉爽朗，充满了从她烹饪的美食中汲取的力量，他的笑声极具爆发力和感染力。他靠在座位上放声大笑。他笑起来总是心无旁骛。在印着车辙印的泥土车道上，在寒冷的雾中，她又一次爱上了他，尽管她还在生气，气他这趟毫无必要的远行，气岁月太过匆匆，怎么好像时间才过去了不到一个星期，他们两个就已经老了。她这时已经四十九岁，是个身材瘦长、教养良好的女人，清瘦冷峻的面容与很久以前为执着的祈祷者设计的教堂尖顶一类的建筑有着相同的气质。她的眉毛上挑，浓密而分明，额头高耸，一头棕色的秀发披散在肩上。她那双灰色的眼睛里有一种漠然的神情，这种神情最终会出现在一些出生于一个早已脱离赚钱的行列而仍然保持社会地位不变的家族的女性身上。她本人有些不修边幅，感冒时会一整天用同一块手帕擤鼻涕，并把它湿漉漉地挂在腰间，从花园里干活回来，她会带着小腿上的泥土吃晚饭。然而，就在她看似已沦为一个邋遢的农妇时，她会突然消失，梳洗一番后神清气爽地重新现身。即使指甲断了，她也会不假思索地以一种浑然天成的优雅将手放在桌上或书页上，人们立刻便能看出她是多么地骄傲，在某些事关个人价值的问题上是多么坚定。她在梳洗干净的时候连说话的声音都不一样了，现在同他告别时就是这样，她的声音清晰而尖锐。

“看在上帝的分上，小心开车！”她喊道，试着用半带诙谐的口吻对他的离去表示不满。但他并未理会，而是继续把车倒到路上，在经过一个树桩时，他对着它发出“嘟嘟！”的声音。在过去的三十年间，这个树桩曾戳坏过许多客人的汽车，他却拒绝将它铲除。她紧紧地攥着肩上的披巾，直到他把车开上公路。在把车头对准下山的方向后，他停下来，隔着车窗望着她。她正要转身回屋，却被他的眼神吸引住，她站在原地等待着，看他的表情像是要认真地同她说一声再见。他出神地看着她，虽然这样的眼神总是一闪即逝，但即便是在他蓬乱的头发已有些泛黄、他的呼吸因肺里淤积的尼古丁而变得粗重的现在，这种眼神也总是让她怦然心动，因为这依然是多年前的一个星期四在卢浮宫里突然吸引了她的目光的那个瘦削青年的眼神。她准备好再次和他一起大笑，果然，他用食指指着她，再次发出“嘟！”的一声，汽车便向着雾中呼啸而去，他显然没有料到他的脚会这样突然地踩下油门，就像他工作时预料不到他的手会做什么。她回到屋里，感到她的自我正在回归，感到这空荡荡的房子里存在着某种机会。她知道，每一次离别都是一次死亡，但她立刻把这个想法从脑海中赶走了。

她喜欢热闹的聚会，可以整晚聊天、跳舞、喝酒，但她始终觉得，一个人独处，尤其是一个人待在家里，才是生活最真实的一面。现在她可以把那三只长尾小鹦鹉放出来，而不用担心它们会被踩到，或是担心斯托伊开门时把它们放走；她可以给花草除尘，可以随时停下，拿起一本旧小说从中间读起，可以用竖琴即兴弹奏恰恰；最棒的是，她可以拿上酒和报纸，坐在厨房的木板桌前，读新闻，读广告，把心放空，什么都不想，让她的灵魂飘浮在一切希求和欲望之上。她现在就处在这样的状态中，惬意地欣赏着窗外流淌的薄雾，感受屋外的寂静，迎接即将到来的昏暗的下午。

她手托着腮睡着了。睡梦中，她听到房子嘎吱作响——仿佛这两百年来它一直过着自己那份独立的生活，听到鸟儿在笼中窸窸窣窣，听到其中的一只呼呼地扇动着翅膀落在桌上，走过报纸，栖息在她的臂弯里。每隔几分钟她就会醒过来回想一下：是的，斯托伊正在南下的路上，两个儿子都在学校，炉子上没有烧着东西，卢克丽霞要带她的三位客人来吃晚饭。然后她又像发烧了似的昏昏沉沉地睡着了。当她再次醒来时，天已经黑了，她的眼神恢复了清澈。她站起来，捋了捋头发，整了整衣服，为夜幕的降临，更重要的是，为不需要回应，不需要作答，甚至不需要意识到斯托伊的进出而感到欣慰。然而，当她开始做饭时，她瞥见了一个没有他的未来，一个像现在一样孤单的未来，她痛苦地摇摇头，一时间，她迫不及待地希望卢克丽霞和她的客人早点到来。

她走进客厅，打开三盏灯，然后回到厨房，打开吸顶灯和谷仓上的泛光灯，把车道照亮。她知道自己在害怕，心里不禁有些好笑。毕竟，他们还这么年轻，还没有为最后的离别做好准备。怎么会已经过去了三十年呢？她感到诧异。可是没有错，十九加三十等于四十九，她十九岁结婚，现在已经四十九岁了。她正在往羊腿上抹香料，忽然感到胃里一阵恶心，突如其来的愤怒和暴躁让她浑身发抖。她听到后门开了，立刻穿过食品储藏室向后门走去，知道一定是爱丽丝来了。

老太太已经进了屋，正用苍白僵硬的手指解开身上的黄色雨衣。"我的电话出了点问题。"她说，表明她是有事前来，不是随意打扰。

"你想做什么？"克里奥塔站在储藏室的中央没有让开，挡住了通往厨房的路。她的愤怒连她自己都感到惊讶，如果斯托伊在家，她决不敢挡住他姐姐的去路，她为自己的咄咄逼人感到兴奋。

"我最好给电话公司打个电话，不是吗？"爱丽丝问，她的语气表明她已经意识到这个不寻常的障碍，但不打算马上离开。

"当然，你可以打个电话。"克里奥塔说完，转身回到厨房，继续处理桌上的羊腿。

爱丽丝穿着齐小腿肚的橡胶靴，戴一顶帽檐下垂的橡胶渔夫帽，走到电话机旁，把听筒举到远离耳朵的地方，眨着纸一样苍白的眼皮，热切地观察着厨房，等待接线员接通电话。在电话机旁边——在它和一个面粉罐之间——放着一个细长的面部雕刻，那是一个斐济面具。她心不在焉地转动着它。

"请不要动它，爱丽丝！"

老太太吓了一跳，急忙转过身来，她的渔夫帽滑落下来，歪戴在头上。克里奥塔生气地鼓着脸，弯腰把肉放进烤箱。

“它有点朝着墙了。”爱丽丝试图解释。

克里奥塔直起身来，脸颊变得通红。风拍打着房子，房子像被推了一下般颤抖起来。“我告诉过你不要碰我的东西，爱丽丝。我有客人要来，我有很多事要做。所以请你做你该做的事，也让我继续做我要做的事！”

她走过去打开冰箱，半弯着腰察看冰箱里面，努力将注意力集中在她想拿的东西上。

老太太放下电话。“我想你的电话也坏了。”

克里奥塔没有回答，站在打开的冰箱前，无法思考。

她们站在那里僵持了一会儿，自从九年前爱丽丝搬进路那头的房子以来，这样的情况就时有发生。老太太扣上雨衣，泪汪汪的眼睛贪婪地扫视着厨房，似乎在寻找之前遗漏的细节。她不打算问克里奥塔发生了什么，不是因为她确切地知道，而是她想当然地认为这个女人恨她，并且这种毫无来由的恨意是怎样都无法消除的。她每天都在厨房里写她的自传，天气好的时候就在屋后的苹果树下写。在自传中，她详尽阐述了“人的类型”的概念，原始的心灵创造出各种不可改变的个性，每一种个性都有测试其他同样不可改变的个性的功能。在她的笔下，克里奥塔是“永远不满意的人”。她并不责怪克里奥塔的个性，事实上，她同情她，她知道无论她说什么做什么都不会减轻她对一个对手或敌人的需求。克里奥塔就像其他许多令人费解的现象一样，是“必要的存在”。

爱丽丝在储藏室门口磨蹭着，并不急着离开。首先，她认为自己今晚有权受到邀请，如果斯托[①]在家，肯定会邀请她的；其次，她今天忘了吃午饭，现在已经饿了，而且她也吃不了几口，对众人的晚餐不会有什么影响。此外，如果客人中有男士的话，他们一定

---

① Stowe，斯托伊（Stowey）的昵称。

会像往常一样对她的见解感兴趣，就像弟弟的许多客人在见过她之后告诉他的那样。

她走到后门，回过身来对弟妹说：“晚安。”她的声音委屈地颤抖着，让克里奥塔很不自在，她几乎看都没看她就回了一句“晚安”。爱丽丝握着门把手，感觉问题已经到了嘴边，她想在它问出口之前逃走，但为时已晚。她听到自己问：“你请了谁来做客？”

克里奥塔手里的勺子碰在炉子上，滑落在地。“我不能允许被这样对待，爱丽丝。你很清楚我在说什么，所以什么都不要说了。”

老太太摇了一下头，转动门把手走了出去，轻轻关上身后的门。

克里奥塔捡起勺子，站在那里发抖。这所房子又一次不再属于她了。这次无礼的来访让她咬牙切齿；爱丽丝非常清楚，如果她的电话坏了，他们的电话也会是坏的，因为他们使用的是同一条线路。她来这里纯粹是为了证明她可以自由出入这所房子，为了再次表明，无论斯托变成什么样，无论他和谁结婚，他首先是她的小弟弟。

克里奥塔不相信神灵，但她不由自主地望着天花板，渴望有一只耳朵能够听到她的喃喃低语：“她为什么还不死？”爱丽丝毕竟已经七十三岁了，除了一股味道、一双泪汪汪的眼睛，更重要的是，一股隐伏在她丈夫去世后斯托在路的那头为她买的那所房子里的力量之外，她已经一无所有。克里奥塔现在觉得，就像她经常觉得的那样，这个老女人继续活在世上只是为了暗中嘲笑她。她知道这个想法是多么荒谬：去年冬天，老太太从冰上摔倒、髋部骨折、感冒和肺炎中挺了过来，只是因为她想活下去，但这种拒绝向死神低头的顽强的生命力在克里奥塔看来却有些可憎，仿佛在她对永无止境的生命的毫不掩饰的渴望中有着某种不正当的东西。

克里奥塔走到斐济面具那里，把它转回原先的角度，仿佛这样就能抵消爱丽丝对它的触碰。她抚摸着那坚硬的棕色木头，手指停留在下唇下面一个粗糙的地方。这里摸起来就像一颗疣，为面具增添了几分生气，抚摸着这个地方，她回想起把它交给她的父亲的手。像他这样一个愚蠢的人，却知道如何从那些他无力帮助的人的生活中消失。她现在越来越为父亲感到自豪；在奇异的自尊的驱使下，他组建了疯狂的探险队，阅读了错误的书籍，学习了过时的人类学理论，航行到毫无意义的岛屿，花费数年时间研究那些早已被前人研究透彻的部落，唯一的成就就是让孩子们的家里杂乱地堆满了他从南太平洋带回来的小摆设。然而如今，当他再也无法返航，她从他的人生历程中感受到某种潜在的目标，她相信他一定在暗中追随着这个目标。即使愚蠢，即使毫无意义，他也要表明自己的态度，并且一直坚持下去，直到那个愚蠢的结局——在旧金山港附近，他被人发现倒挂在他的单桅帆船的一侧，他的脚踝被绳子缠住，他的光头没在水中。多么奇怪啊，在她和其他许多人眼中，这个傻瓜竟然慢慢地变得令人肃然起敬了！她想，这并没有错。他有一腔激情，她现在觉得，这是最重要的东西。

回到炉子旁边，她意识到，与始终忠于自我的父亲不同，她并没有遵从自己的内心。斯托瘦削的面容出现在她眼前，令她怒火中烧，为什么她不能拥有他！他们就像两颗相互环绕的行星，被一股无形的力量束缚在各自的轨道上，阻止他们会合。这股力量来自那双泪汪汪的眼睛，那苍白的指爪，那故作的愚蠢和自私的傲慢。这股力量就安坐在路那头的房子里，高高在上，得意洋洋。一阵风拍打着房子，提醒她客人要来了。她把心思转回到晚餐上，将欲望暂时放到一边。一只小鹦鹉从地上飞起来，落在她的手腕上。她停下手里的活，把它送到唇边，亲了亲它闪闪发亮的小脑袋，它像往常一样低下头，用小爪子揪她的肉。

在克里奥塔看来，询问客人的个人信息多少有些不礼貌。人们以什么为生，已婚还是离异，是否有情人，进过监狱还是进过普林斯顿，是否参加过战争——她对这些通常用来使一个晚上的谈话平顺地进行下去的话题全无概念。在十六岁之前，她从未遇到过，或者至少从来不需要与那些出身和见解与她不同的人打交道。她的叔叔、婶婶和堂兄弟姐妹们也生活在同样的环境中，即使他们已经移居到世界各地，而那些与她念同一所学校的女孩也是，或者说似乎也是如此。她和斯托去过许多国家，到访过金融家的豪宅，艺术家的小屋，各地的贫民窟，新贵和大学董事的公寓，吸毒的音乐家的带家具出租的房间，但无论那些人富有还是贫穷，名闻遐迩还是声名狼藉，才华横溢还是半瓶子醋，她对他们全都一视同仁，用同样空茫的目光注视着他们，用同样不注重细节的态度听他们讲话。她似乎没有意识到人们通常会对别人有所臧否，并不是说她同等地喜欢每个人，但只要他们在一定程度上有趣、真诚，或者至少具有某种明确的特色，她都乐于让他们来家里做客。她不喜欢的是被人利用，或者被人指手画脚，告诉她该怎么想，怎么感受。任何人把自己的想法强加给别人都是荒谬的。除此之外——她的言谈举止使她不必经常强调这条禁令——她的心态总是平和的。不过出人意料的是，她并不反对道德家。因为在她看来，道德说教对他们而言似乎是一种必要，就像有些人讨厌户外活动，有些人从来不吃辛辣的食物。当然，她也有不赞成的事，对于政府拒绝向一些人发放护照，或者餐厅拒绝有色人种入内一类的事情，她也经常表现出近乎道德义愤的态度。但事实很快表明，她不是要谈论什么道德问题，而只是那种将盲目的共同意志强加于个人的想法激发了她的自我意识。而且，她感到的与其说是愤慨，不如说是困惑，一种与父亲当年的感受相似的不解，那时他三次自费环游世界，向国联递交请愿书，抗议对部落社会——包括一个差点把他吃掉的部落——的压迫，却没有得到任何回应。

卢克丽霞早上打来电话，说约翰·特鲁多前一天晚上在去纽约的路上顺路经过这里，在两个女人决定共进晚餐时，特鲁多和卢克丽霞的另一位客人，一位也来探望她的夫人，便不可避免地被一同邀请进来。克里奥塔认识特鲁多，尤其是他的妻子贝蒂，不过去年他辞去了在离她家几英里远的哈诺克的彭默顿学校教书的工作，去了巴尔的摩生活。她对他不如对他妻子印象深刻，那是一个年轻美丽又通情达理的高个子女孩。大约六年前，他们的婚礼派对延伸到了拉默尔家，直到现在，克里奥塔仍然将特鲁多和那个晚上联系在一起，那时的他在贝蒂身边，看上去是一个非常认真的有着大好前途的青年，她希望他能成为他一心想成为的诗人。他和贝蒂之间似乎有一种动人的信任，就像她和斯托年轻时一样。他们生了四个孩子，在学校附近一栋未经改造的农舍里过着清贫的生活，克里奥塔常去看望他们，希望能将他们从日渐封闭的隐居状态中拉出来，她觉得他们也许因为贫穷而羞于见人。每当家里有什么活动，她一定会邀请他们，他们也大都会前来。然而，在他们在这里生活的岁月接近尾声时，她不禁注意到，他们彼此变得冷淡了，特鲁多也陡然添了白发，她不知道为什么他们二人的失败让她感到愤怒沮丧，尤其是他们从来都不是亲密的朋友。

因此，当她看到特鲁多今晚和一个并非他妻子的女孩在一起时，她并不感到十分惊讶，但她没想到对方会是这样的一个女孩！他仍然是一个传统意义上的美男子，高高的个子，两鬓斑白，有一张长脸和一个拜伦式的鼻子，可是她现在觉得，他整体上给人一种意志薄弱的感觉。她现在发现，很久以前她曾在许多帆船上见过他这张脸——属于永远是普林斯顿男孩的运动员的脸。她怎么会如此错看他？不过，他的眼睛里依然有着某种严肃的东西，有着某种痛苦。她觉得他现在看她的眼神中带着一丝紧张和羞愧，而她很快得出结论，那是因为这个显然是他情妇的女孩的外貌。

在整个晚餐期间，克里奥塔既不能直视她，又无法将视线从她的侧脸上移开。女孩几乎不说话，只是蹙着眉头，眨动着棕色的大眼睛，目光越过其他人的头顶，似乎在批评他们的谈话不够精彩；她的眉毛几乎画到了鬓角，眼皮像跳女巫之舞的芭蕾舞演员那样涂成了黑色。她穿着黑色毛衣和黑色毡裙，丰满的胸部和浑圆的大腿将它们绷得紧紧的，脚下的细高跟鞋也是黑色的。她的皮肤是橄榄色的，没有化妆，连口红都没有涂。她手臂上戴满了叮当作响的镯子。她的名字是伊芙·圣·布勒，令人难以置信的是，特鲁多称她为"圣"，并时不时地想引她加入到谈话中来，但她只是将阴郁的目光从墙壁和窗户上暂时收回来，转头看他一眼。每当他低声下气地请求女孩加入他们时，克里奥塔都会迅速转过身去，想听听这位圣女饱满的双唇中会吐出怎样的话语，看看她什么时候改变这种让克里奥塔觉得极为失礼的试图对一切表现出厌烦和不以为然的态度。还是说，她只不过是和她的外表一样愚蠢？这样无声对抗了二十分钟后，克里奥塔放弃了对她的进一步的兴趣，就像平时一样，不去理会那些引不起她兴趣的人，只去关注她感兴趣的人。

卢克丽霞从学生时代起就是她的朋友，她一直很喜欢她，至于那位夫人……"我想我还不知道您的名字呢，夫人。"她对坐在她对面的女人说，那人正大口吃着羊肉，塞得满嘴都是。

"莱文。玛尼塞特·莱文。带一个'h'的。"夫人一边用力咽着嘴里的食物一边说。

克里奥塔被她的样子逗笑了，她喜欢这个个子小小的，必须坐在垫子上才能够到桌子的丑女人。她的脸长得像男人，肤色像黑白混血儿。她的鼻子像一个没有骨头支撑的肉团，软塌塌地挂在脸上。她的眼睛和头发都是黑色的，一头卷发剪得很短，露出一对男人似的招风耳。她的嘴很大，牙齿镶得很整齐。她的双手指节膨大，青筋明显。她经常笑，笑起来的时候，深深的皱纹便会在她紧绷的脸颊上荡开一道道涟漪。她已经征得许可，脱去了灰色的西装外套，露出枯瘦的手臂，它们像老苹果树扭曲的枝条一样从无袖上衣的袖口里伸出来。克里奥塔像是要为其他客人性感的身材对夫人做出补偿似的，在她们谈话时，不停地把新鲜的面包和肉放在她一个人面前。

“我想让夫人给你算一命。”卢克丽霞说，直到这时克里奥塔才想起她在电话里提到过这个女人会算命。克里奥塔转过身来，看到卢克丽霞脸上挂着奇怪的微笑。卢克丽霞坐在那里，像是要坦白一个令人尴尬的真相，因为她一直是一个非常务实的有科学头脑的女人，对任何形式的神秘主义都毫无耐心。在结婚后的头几年，她甚至回到学校攻读了细菌学硕士学位，并在实验室工作到孩子出生。她对每种食物含有多少卡路里、蛋白质和碳水化合物知道得一清二楚，她用高压锅保存食物中的维生素，在厨房里放置可以预测湿度和天气的仪器，对待每个人，包括自己的孩子，她都一板一眼，避免感情用事和陷入混乱。

但她坐在那里，并没有像克里奥塔以为的那样，因为承认自己对算命的浓厚兴趣而感到半点尴尬。克里奥塔无法理解老朋友性格中如此巨大的反差，她嘴角的微笑渐收，表情变得严肃，她不知道卢克丽霞是不是在作弄她。

“她棒极了，克里奥塔，”卢克丽霞坚持道，“我没和她说过你的任何事，你看她能不能算得出来。”

圣突然开口了。“我有个姨妈就是做这个的。”这是她第一次不经特鲁多提问就主动说话，大家都转向她，期待她的下文。这一刻，她看起来是那么急切地想告诉他们什么，那种目空一切的神气不见了，她似乎只是一个因为发现自己身处斯托伊·拉默尔这样一个名人家里而感到胆怯的害羞女孩。特鲁多第一次露出轻松的笑容，用愉快的眼神鼓励她说下去。她张开嘴准备说话。

"你的姨妈做不了这个，亲爱的。"莱文夫人重重地拍了一下桌子，显然有些不满地冲桌子对面的她咧嘴一笑。

圣露出受伤的表情，特鲁多在桌子下面用手抚摸着她的大腿，说："亲爱的……"但莱文夫人已经转向克里奥塔，用柔和的目光看着她，仿佛有一种独属于她们二人的默契。"没必要给你算命。"她说。

"为什么？"克里奥塔脸红了。

"你已经在那里了。"

克里奥塔尖声笑道："哪里？"

"一切开始的地方。"夫人说。她的镇定最初让克里奥塔觉得可笑，却赋予了她一种权威，现在所有人都在注视着她的一举一动。

克里奥塔发出一阵高亢的笑声，随后她喝了一口红酒，疑惑地看了卢克丽霞一眼，因为她突然意识到，她的多年好友一定是遇到了什么大麻烦才会与这个女人走得这样近。但她很快便转过头去对着莱文夫人。

"我不是在笑您，夫人。"她说，一边忙着用手将面包屑扫向自己，"我只是不知道任何事是从哪里开始，或是在哪里结束的。"她红着脸又笑了，"也许我什么都不知道。"

莱文夫人眼中毫无波澜。"我知道，亲爱的。"她说。

有什么东西击中了克里奥塔，她浑身一震，感觉自己被算命师那狂热又异常和善的目光穿透了。她蓦地感到一阵孤独，感到迫切需要这个女人的关心乃至照顾。她低下头看着最后的一点面包屑，说："不过，我想这和其他所有东西一样真实。"

"既不更多也不更少。"莱文夫人带着那些相信并得救的人的平静的喜悦说道。

克里奥塔再也坐不住了。"我去煮点咖啡。"她说着便起身去了厨房。

拿着水壶在龙头下接水时，她的手在莫名地颤抖。她的脸颊发烫。客厅里的一张张面孔在她眼前旋转，直到卢克丽霞的表情在她的脑海中定格，那对靠得很近的眼睛闪着奇异的光芒，渴望她接受莱文夫人。克里奥塔一下子明白了：卢克丽霞和丈夫分手了。

她静静地凝视着炉火。巴德·特拉瑟尔今年只有周末在家，但那不是因为他要去全州各地出差。他们事实上已经分居了。

她恍然大悟似的意识到这一点。她怎么会一直对如此明显的事情视而不见！她感到恐怖，厨房在她眼中也变得陌生起来。她想知道她的头脑中究竟还潜藏着哪些她不知道的事。她又想起卢克丽霞今晚那不同以往的近乎放荡的举止，而这同一个卢克丽霞过去坐下时总是两条腿并在一起，总是还没有笑出声脸就红了！现在却变得这样……堕落。但她做了什么不道德的事，说了什么不道德的话吗？一切都太荒唐了！

一股寒意传遍她的全身，她瞥了一眼储藏室，看门是否开了。她感觉到爱丽丝在外面，听了听，外面静悄悄的。尽管如此，从窗外偷看这种事斯托的姐姐是做得出的。她大步走到后门，猛地把门打开，怒气已经涌上心头。门外空无一人。疾风猛烈地摇撼着树木，透过摇曳的树枝，她看到远处一点不熟悉的灯光。她停下来，在脑海中勾画着道路的方位，认定那是约瑟夫的房子。这让她有些惊讶，因为他和妻子冬天很少到这里来，虽然他有时会一个人过来写作。如果早知道，她今晚就打电话给他了。

她想象着约瑟夫与莱文夫人会面的场景，回到炉边时，脸上已经泛起了笑容。“算什么？”他会不动声色地问——或者说些类似的半开玩笑的话，让她尴尬地笑起来。他说的话总是有些不太恰当，有些接近……真相。她走到电话旁，心不在焉地拿起听筒，等待提示音。她想象着他的样子，想到他也是个信仰者。她第一次想到，许多犹太人都是信仰者。她盯着电话旁边的面具，他的形象清晰地浮现在她眼前。他心里有一些令人痛苦的话，似乎总想说，但又从未真正说出来，在这方面和她父亲很像。斯托也是！她这时意识到听筒里没有声音，便生气地放下电话，似乎在责怪爱丽丝把它弄坏了。当她转身回到炉子旁边时，卢克丽霞走了进来，肩膀宽阔、身体颀长的她斜着胯站在厨房中央没有说话。克里奥塔看到她羞涩的脸上露出不自然的微笑。

“你不高兴了？”卢克丽霞声音低沉，她在必须履行职责时，似乎总要模仿男人。

“没有！”克里奥塔笑了，对自己声音的尖厉感到惊讶。她忽然觉得，不知为什么，卢克丽霞今晚看穿了她的心思——她带算命师来是有原因的。要是她们都离开就好了！在这种可怕的亲密关系加深之前，现在就离开！她们从来没有像现在这样过，即使在学校的床上聊到深夜也不像这样——从一开始她们就有默契，不去触碰彼此的私事。她们的关系不是通过言语建立的，而是像光从太阳到月亮的无声传递：克里奥塔不再剪短头发后，卢克丽霞也留长了头发；克里奥塔从墨西哥带回几个戒指后，卢克丽霞也戴起了戒指。现在，面对她一生的朋友，看着她脸上怪不自然的笑容——那是冷笑吗？——她感到一种恐惧：一个在不知不觉中行使了榜样力量的人如今必须面对无形中受到压制的人的反抗。她忽然想到，卢克丽霞之所以搬来乡下，只是因为她过去、现在和将来都不会理顺家里的混乱局面，因为那只是对这所房子的模仿，而她的一系列项目——从开始的灌木苗圃，到后来的鞋子设计，再到现在的养马——并不像她一直试图暗示的那样，是她快乐能量的自然绽放，而是她缺乏条理的生活中半途而废的消遣。这种生活，克里奥塔现在看到，一直笼罩在她和斯托伊的生活的阴影下。克里奥塔盯着那双看似内疚和危险的眼睛，感觉到——她一直都知道！——在过去的三十年间，一场灾难在她朋友的生活中生根发芽，如今已经使她的生活分崩离析。

卢克丽霞喝了一口酒，说："巴德离开我了，克里奥塔。"然后笑了。

克里奥塔背脊发凉，她的预言成真了。她歪着头，像一只被召唤来的小狗，不知该靠近还是逃离。"什么时候的事？"她问，只是为了填补沉默，思考接下来说什么。

"我也不知道。我想，他的心已经离开很久了。"她抬起双臂，搂住克里奥塔的脖子——因为她个子高得多，笨拙地将头靠在克里奥塔肩上。过了一会儿，克里奥塔轻轻推开她，她们彼此对视着，脸上变了颜色。

"你要离婚吗？"她问卢克丽霞。那个拥抱是多么的虚幻而冷淡！

"是的。"卢克丽霞红着脸笑了笑。

"有另一个……？"

"不，"卢克丽霞打断她，"至少我不觉得有其他人。"她瞥了一眼咖啡壶，说："咖啡要凉了吧？"

咖啡？克里奥塔这才想起自己为什么来厨房。她把杯子拿下来，放在托盘上。

"反正也不需要太多调整。"卢克丽霞在她身后说。

"你看起来不是很难过，是不是？"克里奥塔转向她，拿起托盘，心想她以前从未问过别人这样过于私人的问题。她感到某种危险可憎的东西侵入了她的人身和她的房子，必须予以制止。但卢克丽霞似乎并未觉察。克里奥塔忽然感觉斯托已经离开家好久了。

"我难过了很久，克里[1]。"卢克丽霞答道。

"我不知道。"

---

① Clee，克里奥塔（Cleota）的昵称。

“是的。”

她们站在厨房中央吊着的灯泡下面，看着对方。

“他真的搬走了？”

“是的。”

“你有什么打算？”

“找份工作吧，我想。反正我在这里也住厌了。”

“哦。”克里奥塔说。

“我很高兴可以和你一个人说，没有斯托在旁边。”

“是吗，为什么？”

“他很喜欢巴德，”卢克丽霞干笑了一下，“我不好意思告诉他。”

“哦，斯托不会介意的。我是说，”她纠正道，“他对任何事都不会感到惊讶。”她笑斯托像个孩子一样只活在自己的内心世界，笑他对人们的关系一无所觉，令人着恼。“你知道——”她说，当卢克丽霞微笑着，似乎在赞美斯托对烦恼视而不见的魅力时，她把话打住了。

克里奥塔端起盛满的托盘：“你认识夫人很久了？”

“昨天才认识。她来买马。她在哈里斯堡还是什么地方有一处房子。她真的很厉害，克里。让她给你看看吧。”

卢克丽霞坚持不懈地劝说着，像是需要克里奥塔做她的共犯。特鲁多走进来，向两位女士微微躬身，为打断她们表示歉意：“我们得走了，克里奥塔。”

他握住她从托盘下面伸出的手。他似乎正背负着某种巨大的压力，只有离开她家才能得以缓解。她觉得不方便问他原因，因为显然是那个女孩坚持要他带她离开，连餐后的咖啡都不要了。看到他的窘态，克里奥塔涨红了脸，对他说：“很高兴再次见到你，约翰。我想车道上的灯还亮着。”

特鲁多感激地点点头，感谢她没有追问他告辞的原因，但看着她一脸困惑的样子，他的荣誉感似乎不容许他立刻转身走开。

“请代我向斯托问好。”他说，放开了她的手。

“好的。”

他转过身去，眼神的细微变化向她承认了他的生活很失意。三个人一起回到客厅。

圣已经穿上她的黑色外套，头上戴着黑色的纱巾，正透过门上的窗格看着外面的车道。她转身看看特鲁多，特鲁多立即拿起外套走到她身边。她瞥了一眼克里奥塔，克里奥塔还来不及把托盘放到桌子上，他们两个就走了。

“咳！”她笑了，脸红了，但也松了口气，“发生什么事了？”

“她生我的气了。”莱文夫人说。

“为什么？”克里奥塔问，圣对她的敌意仍然刺痛着她。这真是个奇怪的夜晚！一个不知从哪里冒出来的陌生女孩没来由地恨她！然而，一切又似乎井然有序，顺理成章，在她周围，人们生活的断崖如此熟练地滑入大海。

“她的姨妈不可能是吉卜赛人。吉卜赛人就是吉卜赛人，不是一个随便的称呼。我告诉她，她的姨妈不是吉卜赛人。”

“哦，”克里奥塔眼睛睁得大大的，试图理解莱文夫人为什么对这个问题如此较真，“您是吉卜赛人吗？”她天真地问。

“我吗？不，我是犹太人。”

卢克丽霞点头确认。显然她也认为这些身份很重要。克里奥塔觉得她们两个掌握了某个封闭世界的秘密，这给了她们一些信心，一些归属感。她咽着威士忌。夫人点燃一根香烟，在烟雾中眯起眼睛。卢克丽霞看着桌子，摆弄一根火柴。她们就这样沉默了一会儿。克里奥塔意识到，她现在应当请夫人为她算命。她渐渐感到，她的请求事关她们的尊严，拒绝请夫人算命就等于质疑她们的可信度。克里奥塔再次感到自己正在被人利用，被迫成为某种信徒。

“我无法理解约翰，”她对卢克丽霞说，“你呢？”

“这不过是为了性。”卢克丽霞说，仿佛在这方面经验老到，而克里奥塔知道她其实并没有。还是说她有？

“可是那个女孩，”克里奥塔说，“并不是很漂亮，不是吗？”

卢克丽霞奇怪地激动起来，伸手从几乎隔着半个房间的地方把一张放着一包香烟的小桌子拖到自己身边。“漂亮和性有什么关系？”她说。

“嗯，我搞不懂。他一定有他的理由，但他的妻子比这个女孩漂亮多了。”

克里奥塔非常清楚，卢克丽霞是在莱文夫人面前故意表现出对堕落很熟悉的样子，但她还是不免感觉像个局外人，在望向一个水下世界。这个世界？她祈祷着，但愿斯托走的时候落下了什么东西，现在回来取。

莱文夫人说话时语气笃定，作为一位长者，她习惯于等待问题得到充分讨论，然后再出面按照正确的思路予以解决。“心灵并不总是爱肉体所爱的东西。”她说。

哦，这是多么千真万确！克里奥塔感到内心深处的一丝波动，一种心灵复苏的喜悦。

“这是一件困难事，”夫人继续说道，“没有多少人知道如何倾听内心的声音。所有事都会令我们分心，即使我们知道它是唯一能指引我们的东西。”

她眯着眼睛看着烟灰缸，认真听克里奥塔说话。“但如何才能听到呢？或者知道该相信什么？一个人感受着这么多的东西。”

“你如何了解自己的身体？你用手触摸它，你的眼睛每天从镜子里看到它。通过实践，如此而已。我们每天都会审视自己的身体，不是吗？但我们多久才会拨出时间来审视自己的灵魂？倾听它对我们说些什么？几乎从来没有。人们，”她抗议似的说，“对这种事嗤之以鼻，但他们承认一个人不可能第一次坐在钢琴前面就弹奏出美妙的音乐。尽管聆听自己内心的声音要困难得多，需要更多的技巧，理解它的种种征象也更加困难，但这是可以做到的，我向你保证。”

克里奥塔心中大为宽慰，莱文夫人是认真的，不是傻瓜。

“她棒极了。”卢克丽霞毫无保留地说，她看出克里奥塔被打动了。

“我不算命，”夫人继续说，“因为事实上并没有庸俗意义上的未来。”

她是多么善良！她的笃定甚至让她显得如此可爱！克里奥塔认为，与自己的内心失去联系是女人失去吸引力的原因。“我不了解，”克里奥塔说，“关于未来。”

“也许你可以具体说说你不了解的地方。”夫人说。

这一邀请打动了克里奥塔，她顿时感到被理解了，因为她的确想谈谈她对未来的看法。她在椅子上坐得更舒适一些，整理自己的思绪。“我也不是很清楚。我想我从来没有想过这个问题，不过——嗯，我想当一个人到达某个阶段，来日少而去日多的时候，不知为什么……似乎会感到一切都不太值得。我不是说，”她立刻补充道，因为她注意到卢克丽霞似乎从这些暗示她人生失败的话语中得到了某种奇怪的满足，“我不是说我过得不幸福，真的，我没有不幸福。在我看来，这与幸不幸福无关。更重要的是你……你想知道这一切是不是有些过于——”她红着脸笑了，“——渺小。”还没等夫人开口，她又轻描淡写地补充道：“我想当孩子们不在身边的时候，一个人就会想到这些。”她突然想到，如果斯托在身边，她决不会表现出这样的疑惑，他的不在场让她感到自由。

“这不仅仅是孩子们不在身边的问题。”卢克丽霞说。

“也有这个原因。”夫人提醒卢克丽霞，“我们不能低估有形的力量，但是——”她转向克里奥塔，“——也要重视内心的高潮。”

克里奥塔等待着。她觉得有人在观察她，但不再只是出于好奇。她觉得夫人看到了她内心某种与高潮一词相关的东西。

“当人们看到不会有狂喜时，”莱文夫人说，“就是危机来临的时候。你也可以说，当我们将未来看得太清楚，看到它只是一片平原，一望无际的平原，而不像我们想象的那样是一座山顶上闪耀着荣光的高山时，危机就到来了。”

“哦，我从来没想过什么荣光。”

“我说的不是成就。我说的是内心的和谐。当我们获得内心的和谐时，就能感受到荣光。”

死亡突然闯入克里奥塔的脑海，那是一种完整意义上的死亡；不是任何特定的人，不是她自己，而是某个面目模糊的人躺在那里死去。那样她就会得到内心的和谐、荣耀和仁慈的安宁了。

她高兴地站起来，走到餐具柜前拿了一瓶新的威士忌回到桌旁，没有问一声就把酒倒上了。然后她看着对面的莱文夫人，脸涨得通红。

“您要怎么做呢？”她问，避免说“现在”。她不想把任何刻板的常规，任何廉价的仪式加到夫人身上。一些真相正在逼近，一些奇特的消息正要宣布，她觉得不能让它们被破坏。

“如果你愿意，可以把手放在桌上。”

斯托会放声大笑，她的父亲会望一眼天花板，然后大步走出房间。她伸出双手放在桌上时，感觉就像将它们投入了冷风。夫人的手滑过来，中指和克里奥塔的中指碰在一起。夫人的手很苍老，比她的面容苍老得多。这四只手就像四只独立的动物，在桌上两两相对。

克里奥塔等待她的下一个指示，但没有等到。她抬眼看着夫人的眼睛。

夫人的苍老再次令她震惊。她的脸颊似乎已经凹陷，她现在看起来像斯拉夫人，她的皮肤像牛奶的浮皮一样布满细纹，眼球上的血管扭曲得像一张丛林河流的地图。

“请看着我的眼睛。”莱文夫人说。

克里奥塔颤抖了一下。“我在看呢。”她说。难道这个女人失明了？细看之下，克里奥塔发现夫人其实并没有看她，她的目光是凝固的、内视的。这可太恰当了，有一瞬间她想就此打住，但她有一种感觉，她会因为嘲笑对方而失去机会；无论她有多少怀疑，她觉得如果她还希望与自己再度建立连接，就必须继续看着这双黑眼睛。

莱文夫人抬起手来，拍了拍克里奥塔的手，喘了口气。克里奥塔把手放回腿上。莱文夫人眨着眼睛，似乎在整理她听到的或看到的东西。

“有没有一个比你——”夫人顿了一下，修正道，“是不是有一个老女人？”

“我丈夫有个姐姐，就住在附近。”

“哦，”夫人抬了抬下巴，似乎在下定决心，“她会比他长寿。”

克里奥塔的头一阵颤栗；她呆呆地看着莱文夫人，斯托躺在棺材里，爱丽丝站在棺材旁，而她必须永远独自在角落里等待，再次成为一个陌生人的画面冲击着她的心灵。这幅画面似乎一直存在于她的脑海中，唯一的不同是，现在别人也看到它了。

想到爱丽丝比斯托活得长久，克里奥塔感到释然，又为这种释然而痛苦万分。简而言之，这抹去了她和他共度的整个人生。她在画廊里第一次遇见他时，爱丽丝就在他身边，他们之间过于密集和严肃的交流使得他们之间的空气都变得浓稠了。她从来没有成功地打入其中，从来没有独自站在他视野的中心。三十年烟消云散，一切归零。如今她又回到了原点，两手空空。

“对不起，我只能——”夫人没有说下去，把手放在克里奥塔的手上。这一触摸将克里奥塔的思绪拉回房间，她意识到爱丽丝正逗留在房子附近的某个地方。她气得眼皮发胀。夫人和卢克丽霞看到她脸上掠过愤怒的表情。

一辆疾驰的汽车在车道上戛然停下。听到外面一个男人的脚步声越走越近，三个女人一齐转头看着门口。敲门声响起时，克里奥塔走过去把门打开。

“约瑟夫！”她差点叫起来。

那个年轻人假装害怕地举起双手。“我做什么了？”他喊道。

克里奥塔笑了。“进来吧！”

他走进门，笑嘻嘻地和她说着属于他们俩的玩笑话。“我是不是来晚了？”

“什么晚了！”克里奥塔听到自己声音中少女般的沙哑。

“随便什么，”他说着脱下拉链夹克，扔到一把椅子上，“我是说很晚了，我不想吵醒你。”

“我们显然都醒着呢。”她嘲弄地说，感到一种新的残忍从心底里释放出来。

看到房间里还有另外两个女人，他有些慌乱，急忙大声说：“我的意思是，如果我进来待几分钟会不会碍事，因为我还不准备睡觉，就想着过来打声招呼！没有别的意思！”

卢克丽霞也笑了。在她看来，他身上有一种原住民的气质，她曾经对克里奥塔说过。

“你们好！”他说着，拉过一把椅子坐到桌边，用手指梳理了一下浓密的棕色头发，然后点燃了一根雪茄。

“吃过晚饭了吗？”克里奥塔问他。

“五点吃过一次，九点又吃了一次。”他说。克里奥塔的情绪显得异常激动。他不知道这是因为他突然闯了进来，还是因为他作为唯一的男性很受欢迎。

他朝莱文夫人瞥了一眼，夫人对他点头微笑，克里奥塔这才想起来，为他们做了介绍。

“你要在这里待多久？”

“不知道。几天吧。”他喝了一口她放在他面前的酒，“斯托伊还好吗？”

“哦，很好。”她不以为然地笑笑。这总给他一种与她相互理解的模糊感觉，具体关于什么他并不清楚。但她认真地补充道：“他要在佛罗里达办一场展览。”

“哦，很好啊。”

她又笑了。

“喂，我是认真的！”他抗议道。

她立即正色道：“我知道你是认真的。”

他对莱文夫人和卢克丽霞说：“我们总是像傻瓜一样斗来斗去。”

她们的笑声让他松了口气。他比克里奥塔和卢克丽霞年轻十岁左右，是个走起路来摇摇晃晃、双手插在口袋里的小说家，与女性交往经验的极度缺乏让他对她们产生了近乎理解的强烈的好奇心。在女人面前，他常常发现自己根据情况的不同戴着种种不同的面具；此时此刻，他戴的是落拓青年、也许是年轻诗人的面具，因为他永远不可能以自己真实的面目出现——尤其是在克里奥塔面前。他总觉得她是个不快乐的女人。也许她自己都不知道自己不快乐，因此她总在寻找一些什么，一些感官上的安慰，而他可以用他扮演的这个无忧无虑的艺术家的戏谑来转移她的注意力。并不是克里奥塔本人对他有所吸引，她已为人妇的身份就足以将她置于一处神圣的净地。除非他能为自己开创出另一种生活和性格，一种他想象中建立在真诚关系上的生活——也就是说，一种人与人之间坦诚相待的生活。但他心里明白，真相只来自灾难，而他要竭尽全力避免生活中的一切灾难。他觉得，出于体面，他必须这么做。因为以虚假的身份生活的真正可怕之处在于，别人的爱会附着在这个假象上，当一个人开始寻求真相时，这些爱就会被背叛。而背叛他人——对约瑟夫·克什而言——是终极的毁灭，甚至比背叛自己，与一个他不爱的妻子生活在一起更可怕。

当他在桌边坐下时，他已经对克里奥塔在他们相识的这六七年间强加给他的孩子气的角色感到不满了。他摆出一副严肃的样子，甚至显得心事重重，由于在场的只有他一个男人，大家的注意力暂时都集中在他身上，他不得不说点什么，于是他直视着卢克丽霞的眼睛问道："你丈夫还好吗？"

卢克丽霞低头看着手上的香烟，不耐烦地弹了弹烟灰，说："他很好。"

他听到她的心门砰然关闭的声音。他认为，女人们聚在一起一定是在谈论性。他从小就相信这一点，因为只要他一出现，母亲的桥牌聚会就会立刻从尖叫欢闹变成主妇的沉默。他那时就知道，现在同样知道，这里有一些不被允许的东西，空气中弥漫着违禁的气息。对他来说，知道并不是问题，难的是承认自己知道。因为妻子对丈夫表现出的最轻微的不屑都会撕裂他对善、对正当和对事物本质的认识。然而他感到，这种不屑现在就充斥在这张桌子周围。他惊愕地发现，这让他颇为受用，并带给他一种胜任其事的快乐感觉。"半杯就好，"他对正在往他的杯子里倒威士忌的克里奥塔说，"我马上就要睡觉了。"

"哦，别走！"她强硬地说，他看到她已经喝得满脸酡红，"你是在这里写作吗？"

"不。"他欣慰地看到她对他工作上的消息抱有期待。卢克丽霞也很好奇。"我正发愁呢。"

"你？"

“不行吗？”他问，由衷地感到惊讶。

“可是你似乎做了所有你想做的事。”

他认为她所欣赏的是她以为他拥有的某种力量，他愉快地接受了下来。但他的心里隐隐响起了警钟，这里正在发生一些非常私人的事情，他今晚不该来。

“我不知道，”他回答克里奥塔，“也许我的确做了我想做的事，问题是我并不知道自己在这样做。”为了某种渺远的真诚，他决定透露一点自己的困惑：“我真的时常感到困惑，尽管表面上看不出来。我和其他人一样不知道自己在做什么。”

“啊，其实你知道，”莱文夫人眯着眼睛说，他惊讶地看着她，“我读过你的书。你确实知道，你在内心深处是知道的。”

他发现自己对这个丑妇人生出了好感。她的语气让他想起自己的母亲，在他打翻花瓶时，她会看着他对他说：“你会成为一个了不起的人。”

“遵从自己的内心，克什先生，”她继续说，“其他的事情就不需要了解更多。”

“我想我是这样做的，”他说，“但如果我能相信这一点，会省去很多烦恼。”

“但我相信你明白，”夫人继续说下去，“正是这种‘不知道’的感觉成就了你的艺术。当一个艺术家知道自己在做什么时，他就无法再创作了，你不这么认为吗？”

这一说法与约瑟夫私下里主张的不拘一格的创作方式和他渴望的免于责任的神圣自由如此吻合，以至于他无法心安理得地接受。“嗯，我不会说得这么绝对，”他说，“认为艺术家的创作是无意识的，这种想法太浪漫了。”他展了展肩膀，右手握成一个拳头，“一件作品必须发挥作用，就像一台好的机器——”

“但这台机器是盲人制造的。”夫人一副老练的口吻。

“不是这样的，”他摇摇头，无助地抵挡着这洪水般涌来的确凿语气，“我在动笔前必须先想好采用什么体裁，我必须设计一个结构，我必须知道自己在做什么。”

“当然，”夫人插话道，“但是在某个时刻，你必须变得一无所知，让自己只跟着感觉走。事实上，这就是——我对你作品的唯一一点保留意见。”

“是什么？”他问。他不喜欢她。女人不该指手画脚。她丑得令人生厌，像个侏儒。

“它们有点构思过度了，”她说，“希望你不会认为我冒昧，但我没有那种感觉，尽管我非常欣赏你所说的。”

他希望他感到脸上发热是那杯威士忌在起作用。他突然跷起二郎腿，把桌子撞向夫人那边，他立刻笑着把它拉回原位，对夫人说：“抱歉，我不是故意的。”

他惊讶地发现，克里奥塔正目不转睛地看着他——眼神中的仰慕之情毫不掩饰，引人注目。斯托怎么一个人走了？

卢克丽霞看着烟灰缸，轻轻地往里面弹着烟灰，沉浸在自己的思绪中。“可是说真的，乔[1]——”她抬起头，一脸困惑地看着他，“你不觉得人们实际上比你描写的要迷惘得多吗？我是说——”

“我笔下的人物都很迷惘，卢克丽霞。”他的话把克里奥塔逗笑了。

“不，说真的，你写的人物似乎总能学到些什么。”她抱怨道。

“你认为人们不会学到什么吗？”他问，不知道她们在暗中争论什么。事实上，他一直觉得卢克丽霞有些愚钝。他第一次见到她时，她刚给两匹马配完种，正为自己的成功兴奋不已。她自己显然也对这个过程产生了性趣，却并没有意识到，这让她在他眼中显得

---

① Joe，约瑟夫（Joseph）的昵称。

迟钝，同时又带着一种麝香般的气息。

“他们当然能学到，”她说——她显然在和他做智力上的较量，他觉得女人不该这么做——“但他们学的都是些无关痛痒的东西，无关……”她寻找着合适的词语，夫人替她说了出来。

“无关心灵。”

“对！”卢克丽霞表示赞同，但她没有继续说下去，而是让夫人接着说。

“我相信你也同意，”夫人说，“从本质上说，心灵很早就成形了。事实上，从一开始它就知道它所能知道的一切。”

“那活着还有什么意义？”

“因为我们必须活着。如此而已。”

“我认为那称不上什么意义。”约瑟夫说。

“也许根本就没有什么意义。”克里奥塔突然插话说。

约瑟夫被她忧伤凝重的语气触动了，转头看着她。他想知道斯托是否知道她如此绝望。但他克制住自己——她仍然是平日里那个宽容大度的她，她的话只是说说而已。这就是他永远无法理解的地方——她和斯托可以在对某个问题有明确态度的同时，仍然和那些与他们观点完全相反的人友好相处。生活对他们而言就像一场游戏，而一个人理应严肃对待自己相信的事物，甚至不惜为之承受痛苦。他希望现在就能找个理由告辞，而不是继续坐在这里和这三个喝醉的笨蛋争论什么心灵问题！

“不过我认为我们确实在学习，”克里奥塔接着说，她向约瑟夫投去支持的目光，“我不知道我们只是在学习潜意识中早已知道的东西，还是在不断学习新的东西，但我认为我们在学习。”

她是多么直率，令人钦佩！约瑟夫接住她出乎意料地抛给他的这朵花，向另外两个女人发起了冲锋。“一直令我不解的是，有些人对科学、知识和整个理性生活方式嗤之以鼻，但当他们前往更有

‘深度’的地方，比如墨西哥、西西里或其他一些富有灵性的国家时，他们从不会忘记打伤寒针！”

莱文夫人和卢克丽霞发出阵阵嘲笑，把他气得满脸通红。卢克丽霞嚷道：“你说的这些和——”

“就是同一个道理！如果你相信某样东西，就必须身体力行，否则就只是空谈！你不能既说我们学不到东西，又愉快地接受我们所学的成果。那是——是——”他想说“撒谎”。

“哦，行啦，乔，”卢克丽霞宽容地看着他，慢悠悠地拉长了声调——在他听来就像她丈夫在用工程学原理向她证明她并没有不快乐，“我们所说的完全不在一个层面上。你已经落后时代十年了。没有人低估科学和知识的力量，只是它不能提供一个内在的目标，一个生活的意义。它让人们在本质上仍然是孤独的。”

“但我见过的唯一感觉自己是国际社会一分子的人是科学家，他们是唯一不孤独的人。”

“好了，乔，说真的——这样的话是什么意思呢？”

他愤怒至极。“意思是，他们活着不只是为了自己，还为了更伟大的事业。”

“什么事业，看在上帝的分上？”

“什么事业？减轻人类的痛苦，消除世间的贫困。”

“我们不可能都去消除贫困，约瑟夫。我们该怎么办？我们谈论的根本不是同一个问题。”她转向克里奥塔，“你能感到其中的区别吗，克里？”

“当然有区别，”克里奥塔说，她避开卢克丽霞的目光，“但为什么你们不能都是正确的呢？”她向约瑟夫投去一瞥，寻求他的认可，而在他看来，这个说法纯属荒谬。

“我不在乎是否正确。”他现在平静了下来。但他对克里奥塔的希望再次消退了；她对他而言完全是个谜。没有任何事会被她放在心上。他忽然想到，每次来这里都是高兴而来扫兴而归。这就是为什么他在离开时总觉得自己浪费了时间——这些人只是在这长方形的房子里过着平淡乏味的生活，不去追求超凡入圣的至高境界，追求人生的高潮体验——无论是伟大的成就或发现，还是任何能将他们推向新的速度和更远轨道的光和声的爆炸。

然而，令人费解的是，当他因拒绝否认与左翼青年的关联而被大学开除时，她一连几个月都在愤愤不平地谈论此事，打电话问候他的情况，有一段时间甚至谈到要去国外生活，以抗议美国国内压抑的气氛。

夫人和卢克丽霞显然认为她们成功地击败了他，丑陋的老妇人宽宏大量地看了他一眼，说："不管怎么说，你是一位非常优秀的作家。"

这种居高临下的友好表示让约瑟夫和克里奥塔笑出声来，他说："我不是在批评直觉。"克里奥塔笑得更大声了，但他意在与夫人和解，于是对克里奥塔说："等等，我在跟她和好呢。"克里奥塔笑得更大声了。他的莽撞总能把她逗乐，但此时她有了更多的感受；在他对自己想法的热情中——她理解这些想法，但并不觉得无可取代——她感觉到一种与外部力量的血肉联系，一种无形的需要在指导着他的生活。他必须说他所说的，相信他所相信的，无法妥协，这说明他的奉献精神与爱并无二致。

她一口气喝了三英寸的威士忌，透过客人头顶上湿漉漉的窗户，她看到一抹明亮的绿色月光。仍在持续的争论似乎被无边的寂静包围了，她感到自己正飘向远方。她唯一担心的是谈话即将结束，他们很快就会离开。她给约瑟夫斟上威士忌，他正张开手拍打着桌子。"我不是在批判直觉，"他再次说道，"我用它工作，我靠它谋生。"一个念头不知从哪里冒了出来。"听我告诉您，莱文夫人。我家祖祖辈辈都是迷信的傻瓜。我有过一个姨妈，您知道吗，她会算命——”

克里奥塔放声大笑，她转过身去，双手扬在空中，笑得直不起腰来。卢克丽霞为了照顾夫人的感受，起初还在努力忍耐，随后也受到了感染，最后，夫人自己也不由自主地加入了进来，约瑟夫傻乎乎地笑着，看着身边歇斯底里大笑的三个女人，问道："怎么了？怎么了！"但没有人能够回答，直到他也被卷入这股浪潮之中；而且，正如在这种情况下经常发生的那样，她们中的一个人只要看另一个人一眼，就会再次疯狂地大笑起来。等她们笑声渐歇，可以听到他说话时，他向克里奥塔解释道："她真的会算命。事实上，她有部分吉卜赛血统！"

闻听此言，克里奥塔尖声大笑，她和卢克丽霞弯腰伏在桌子上，紧紧握住对方的手臂，埋下头去笑得喘不过气来，夫人不停地拍着桌子，摇着头发出"嗬，嗬，嗬"的笑声。

约瑟夫不明白究竟发生了什么，他不禁感到她们歇斯底里的笑声都是嘲笑他的。他率先恢复了冷静，耐心地微笑着坐在那里，几乎觉得自己像个傻瓜。他点上雪茄，喝了点酒，等待她们恢复理智。

终于，克里奥塔体贴地解释道，圣说过和他一模一样的话，而且……但现在已经很难再现当时的情形，尤其是当女孩冒昧地声称她的姨妈也能做到夫人所做的事时，夫人表现出的不满——至少，克里奥塔意识到，如果不把莱文夫人描述为对自己算命的天赋极为珍惜甚至有些小气的话，就无法解释这一点。此外，她还意识到，夫人并不喜欢算命师这个称谓，但除了灵媒或占卜师之类的称呼——这些字眼让克里奥塔感到尴尬，同时也可能再次冒犯夫人——她不知道还能怎么称呼她。她的解释混乱不清，这种混乱进一步证实了约瑟夫反复出现过的想法：拉默尔夫妇其实是琐碎浅薄的，他们的思想迷失了方向；而对克里奥塔来说——尽管她看起来仍然兴高采烈，她无法对夫人做出确切描述这件事让她觉得夫人可能是个骗子。这个想法并不令克里奥塔感到讨厌，这完全是夫人的性格使然。在她酡红的笑容下，真正让她心神不安的、让她在夫人说时候不早了时没有出言挽留的，是不受打扰地独处的想法。在她帮卢克丽霞穿上大衣时，斯托躺在棺材里的画面涌上心头，这让她对卢克丽霞的态度变得有些生硬，就好像在某种程度上，这个预言是卢克丽霞带给她的，是她从她自己那事事不顺的糟糕的家里带给她的。

克里奥塔从车道上回来，脱下她的罗马尼亚披巾，给自己新倒了一杯酒，她仍然处在一场酣畅淋漓的大笑过后的兴奋中，享受着笑声给健康人带来的身体上的洁净和力量，与此同时，她的眼神又因为那个令人不安的消息而显得沉默疏离，约瑟夫看着她，对她的情绪感到捉摸不透。

她没有问他就递给他一杯酒，他们面对面站在她刚刚扇旺的炉火旁。"我马上就走了，"他说，"我明天要工作。"

他看出她醉了，比那两个女人在场时醉得多。她盯着他的头顶，在椅子上坐下，双膝打开，然后吃力地弯下腰，把酒杯放在两腿之间的地板上，随后又倒在椅子上，喘着粗气，把脸转向炉火。她深沉地呼吸着，双手从柳条椅的扶手上无力地垂下来。起初他并不觉得她不加掩饰的醉态是一种性感的表示，他甚至觉得她是在表明对他的信任，在他面前她不需要保持镇静。

醉酒的女人让约瑟夫紧张。他试着拾起他们惯常的戏谑语气，笑着问道："刚才是怎么回事？"

她没有回答，好像没有听到。她凝滞的双眼显得心事重重，流露出一种他从未在她身上看到过的绝望。一场正面遭遇，一场人与人之间的短兵相接似乎即将到来，为了避免这种情况，约瑟夫说："我真的有这样一个姨妈。在我离家去上大学的前一天晚上，她给我看了手相，预言我一个学期后就会被退学。"

话刚一出口，他就感到不妥，这种琐事似乎并不适合当下的场合。克里奥塔头枕在椅背上，转过脸来看着他。他惊讶地感受到她眼中的挑衅意味。这是她第一次把他看作一个男人。这种挑衅在他心中不断滋长，为了摆脱她，他把胳膊慵懒地搭在椅背上，转身看着炉火，仿佛他也在想着自己的心事。这可能吗？克里奥塔·拉默尔？

“你还记得约翰·特鲁多吗？”她问。

他如释重负地转过身来；原来还是在聊这些家长里短。“我想是的。就是那个教过书的高个——”

“为什么——你知道为什么——？”她突然顿住，困惑地皱着脸。她凝视着他的身后和周围，“为什么到头来都是性？”

听到她真诚的询问语气，他松了口气，她不是在忸怩作态。他咒骂自己刚才的邪恶想法。“你是什么意思？”他问。

“他有一个非常漂亮的妻子，还有孩子。他今晚来过，和一个女孩，一个样子很吓人的女孩。”她接着又问，“你知道为什么会这样吗？每个人都是这样吗？”好像他身为男人一定知道似的。

她迫切需要一个答案，这让他深受触动，因为这个问题近来也一直在困扰着他。她似乎不可思议地深入到他的内心，准确地抓住了令他困惑的东西。

“在我看来，”她继续说道，“几乎我认识的每个人都疯了。他们似乎再没有别的话题。任何别的事情——”她再次停下，深吸一口气，拂开眼前的一缕头发，然后转身看着炉火，因为她一时间无法继续面对约瑟夫坚毅的面庞。她想哭，想笑，想跳舞——就是不想在这样脆弱的时候坐在这里。她忽然想起莱文夫人眼中的温暖，想起被一个比自己强大的人拥抱的感觉，她极度渴望被谁拥入怀中。

她恳求的语气告诉约瑟夫，他正在将自己置于被误解的境地，因为他不敢表现出他的困惑。如果他们全都感到迷惘，他们会一起陷入痛苦，而在更广泛的意义上，他不能说自己被生活弄得茫然无措。“我明白你的意思，”他说，小心翼翼地把伤感的语调指向其他不特定的人，而不是他自己和克里奥塔，“我也经常看到这种情况。”

她的目光从炉火转向他。“真的？”她问，要他继续说下去。

“我不知道答案，”直到这时他才向她投去一瞥，“我猜是因为生活中不再有更远大的目标，一切就只剩下人际关系，再没有别的什么了。”

她眼中迷离的性感消失了，她似乎又对他警惕起来。“还有别的什么吗？”

“当然。我是说，可能有。”

“什么呢？”

“嗯……”他觉得自己像个被提问的学生，不得不回答说人类的福祉、为正义而战、关心受压迫者就是那别的什么。但就在他开始唤起这些想法时，他意识到它们与他在这个躺在柳条椅上、膝盖倒向两边、脚下放着酒杯的女人身上看到的痛苦相去遥远，毫不相干，这让他一时语塞。她渴求的真相超越了他所掌握的范围，但他只能继续说下去：“这是历史规律。当一个社会失去目标时，当它不再被获得食物和安全的奋斗主导时，私人生活就成了一切。在没有更大的目标时，我们本质上都是无政府主义者。所以我们跳到彼此的床上。”天哪，所有的理念都是骗人的——人们想要的只是爱！

“约瑟夫，”她的眼睛望着炉火，声音非常温柔，“为什么会这样？”

他感到她有一个提议正展开双翼在空气中试探。他喝完杯里的酒，站起身来说：“我走了，克里奥塔。”

她抬头看着他，倦怠地眨眨眼睛。“那个女人说斯托会死在他姐姐前头。”

他说不出话来，看到她对这个预言信以为真，他既感震惊，又不免受到影响。他仿佛也看到斯托死去的样子。他笨拙地把手按在她的手上。“你不会相信那种鬼话吧？”

“为什么这就走了？”她问。

她的单纯让他害怕。“那我就再喝一杯。”他说着拿起酒瓶，放在椅子旁边的地板上，然后重新坐下，尽可能拖延地做着这一切。他再次咒骂自己的多疑——看在上帝的分上，她只是在为斯托担忧！他会一直待到她睡着或者从惊恐中平静下来为止。

透过笼罩在她身上的温暖的雾霭，约瑟夫在她眼中突然变得真切起来。他真的很年轻！他的头发还没有变白，他的皮肤依然紧致，他对她没有批评，没有命令，没有丈夫的不耐烦。她的身体感到新鲜和未知的感受。“更大的目标。”她的声音含混不清。

“什么？”他问。

她站起来，用手指拢着头发，深吸了一口气，向门口走去。他静静地坐在那里看着她。她停在窗格前，望着窗外的薄雾，如同一个囚犯，他想。他将杯中酒一饮而尽，决定离开。她站在离他十码远的地方，双手挽着头发，他欣赏着她隐藏在灰色羊毛连衣裙下的婀娜身姿，想象着床上的她，但他能感受到的只有她的痛苦。然后斯托不知什么时候就会回来，他们三人共处一室？那杂草丛生的泥沼般混乱狼狈的景象让他不寒而栗。

时间一分一秒地过去，她没有从门口转过身来。他意识到她在等他。该死！他为什么要留下？他发现自己错误地扮演了一个保护者的角色。在他和她的性格之下，在他们的语言能力之下，是不受一切管束的需要，是对遗忘及其慰藉的渴求。他面红耳赤地坐在那里，为误导了她而感到愧疚，他的男子气概在他看来就是一种假象。

她放下手臂转过身来，站在那里毫不掩饰地盯着他，她的诱惑笨拙得让他心疼。“你不喜欢我吗？”

“当然喜欢。”

她紧蹙着眉头走过来，站在他面前，她的双手垂在身体两侧，头微微前倾，说话时，张开的双手略微转向他。“你怎么了？”

他站起来面对她，看着她脸上野兽般的愤怒，说不出话来。

“你到底是怎么回事！”她尖叫道。

“晚安。”他绕过她向门口走去。

“你为什么要留下？”她冲他的背影喊道。

她踉跄着向他走来，脸上泛起嘲弄的微笑。她可以感觉到，几乎可以触摸到他的颤抖，她咬紧牙齿，恨不得用它们去撕咬。她感到自己的双手在一张一合，一股惊人的力量从后背涌上来，“你……！你……！”

她来到他面前，看到他惊恐地睁大了眼睛。胃里的味道涌进了她的嘴里；她因对他和他违背诺言的愤慨而眼里盈满了泪水，他却只是袖手旁观。他是如此无情，就像斯托透过她望着爱丽丝，就像爱丽丝在这所房子里进进出出，他们都把她当成了透明人。她哭了。

约瑟夫用手碰了碰她的肩膀，眼前立刻浮现出斯托的笑脸。对于他的触碰，她既没有接受，也没有拒绝，仿佛他对她已不再重要。他抬起沉重的双臂抱住她。通往二楼的楼梯就在几码之外，他几乎不得不抱着她上楼。她会昏昏沉沉地躺在枕头上；待到黎明时分，从卧室窗户望出去，乡间将会处处散落着头发、骨头和他探寻生活秩序的残骸。他把她揽在怀里，害怕她的献身是对他与她同谋关系的指控，是他们的生活同样不得要领的标志。但他将她搂得更紧一些，以消除她对他不愿与她的世界一同疯狂的任何一点疑虑。

她搂着他的腰，身子紧贴在他身上。去爱！去不顾一切地爱！

他抬起她的脸。她闭上眼睛，泪水从眼角滑落，她的皮肤在他手中热得发烫。克里奥塔！克里奥塔·拉默尔！但是没有爱？他想，甚至没有欲望？他又一次看到斯托在房间里，看到自己和他讨论问题，谈笑风生，感受着斯托笨拙的温情。毁掉一个人是多么容易啊！从明天开始，他只要若无其事地像平常一样和斯托握手、互相拍背问候就可以毁了斯托。毁灭的力量在他脑海中成形，像一枚直冲云霄的火箭，既可怕又美丽，令人震撼。这是一种自动赋予他的力量，就像一个全新的角色。这种新的力量将会以某种方式结束他对无意义的生活的抗争，让他轻松地加入那支乘坐火车、驾驶汽车、挤满餐馆的盲目的大军，成为他们中的一员，让他呼吸世间的罪恶，从而最终爱上生活。她的双唇贴上了他的喉咙，出奇柔软的双唇。如果他现在离开她，他将会受到极大的蔑视，而带她上楼——他务实的头脑看到那将带来怎样的一项工程，一场骨骼的剧烈震荡。他知道使他松开怀抱的并非美德，而是一种对问心无愧的高尚心灵的更古老的渴望，在他看来这是一种微薄的愿望，他鼓起勇气说："晚安，克里奥塔。"他的语气意在使她相信，他并不讨厌将她拥在怀中。

她睁开眼睛。上帝，他想，她会杀了他！"你到底怎么了？"她问他。

"没怎么。"他说，他垂下双手，脸红了。

"什么？"她摇晃着，用困惑的眼神盯着他，认真地问他，"你为什么要留下来？"

问得好，他想，怪自己太天真。"我以为你不想一个人待着。"他说。

"是的。你不喜欢我。我老了，越来越老了。"

他怕她摔倒，伸手去扶她，被她一掌拍开。她自己也向旁边趔趄了一下，撞在墙上。她挺起身子，头发散落下来遮住她的半边脸颊。“你们都怎么了！你们所有人！所有人！”她抽噎着，却似乎浑然不觉，“如果他死在她前面呢？难道不是……不是必须在结束之前获胜吗？”她弯下腰，伸出双手，做出一个异常戏剧化的祈求的姿势——她变得多么笨拙！所有的优雅都是假象！她从地板附近抬起手臂，张开十指，愤怒到狰狞的表情牵动着她喉咙两侧的筋腱，她哭泣着喊道：“难道你不该在结束前获胜吗？在……结束之前！”

他无法止住眼中的泪水。“是的。”他喃喃低语。说话的尝试使他胃部的肌肉松弛下来，他哭着逃离了这所房子。

嘭嘭声回荡在他无梦的梦乡。嘭，嘭，嘭。他睁开眼睛。嘭。又是一声。他从床上下来，脚步踉跄。昨晚的威士忌，他想。他头晕目眩地扶着窗台。下面再次传来一阵嘭嘭声。他拉起窗帘。太阳出来了！天终于晴了！太阳刚刚开始从山谷的边缘升起。嘭嘭声再次响起。他打开窗户，正要探出头去，却撞在了纱窗上。他看见克里奥塔的车歪歪斜斜地停在房子前面的路上，像是出了什么急事。嘭嘭声还在继续，并且变得暴躁起来。他应了一声：“来啦！”然后跑回床上，仿佛这只是一场梦，在他意识到这一点之后，就可以继续睡觉了。

但天真的亮了，那嘭嘭声是敲门声，敲得如此急切，令人心惊。他又应了一声“来啦！”然后从地上拾起裤子穿上，又费力地穿上衬衣，光着脚跑下楼梯，把门打开。

她站在那里，浑身散发着朝气，只是眼中有些疲惫。但她头发整齐，站姿挺拔，似乎又恢复了往日的神采——如果你不知道她一生中从未如此惊慌、如此恳求地看着一个人的话。他忽然觉得她很美，她头上的空气闪闪发光。他仍在睡眠的迷宫中徘徊，而她就像一个梦出现在他的门口，她身穿一件深棕色的狐狸领大衣，站在那里看着他，仿佛是从草地上冒出来的，除了身后的土地和路上的大树之外，没有任何历史。他伸出手，她握着他的手走进门厅。屋外寒气逼人，他正要关门，却被她拦住，她绝望地抬头看着他，想要回她给他的东西。

“昨晚的事请原谅。”她说。

与她设想的完全不同，他睡眼惺忪地站在那里，显然并未因为她做的事而受到干扰。她现在明白了，他显然有过很多女人，而她现在来到这里，对他来说简直幼稚得像个白痴。她为自己的幼稚深感羞耻，猛地转身拉开半掩的房门，但他抓住她的胳膊，把她转过来。

“克里奥塔……”

他把她拉到跟前，闻到她头发上樱桃的香气。她真的在他家里，这让他吃了一惊。直到这时他才感到心醉神驰。他低下头去吻她，却被她眼中的惊讶阻止了，她的惊讶中有一种不妥协，一种抗拒，一种他必须逾越的行为规范，而他突然觉得他想这样做。

他的迟疑像是尊重，让她感动；但她既然已经感受到他的需要，他对她就不再重要了。她抬起手温柔地摸摸他的胸膛，为他终究有点想要她而感到欣慰。他们现在成了共犯，她可以相信他会保持沉默。当她意识到他的需求时，她在他面前挺直了身子，脸上泛起柔和的笑容。

他看到她恢复了一点往日的姿态，恢复了她的自尊，但他不需要再去服从。他亲吻了她的脸颊。可是她在他眼中已经没有那么美丽了，因为她的绝望正在消退；她又变回了克里奥塔，妆容精致，眼神清澈，令人难以接近。

“多保重。”他说，仍然是他们熟悉的清脆语调和戏谑的口吻。但他们的伪装变得多么生动，同过去相比，这种礼貌现在变得多么有趣！

“你想吃早餐吗？”她问。

他说他还得回去再睡一会儿。他们终于安然无恙地抵达了岸边。

“那就晚些时候再来吧。”她热情地说，非常满意。

“好的。”

她回到车上，一只手脱下大衣，另一只手朝车窗外挥了挥就驾车离开了。他想，她很快又要去花园里干活了。

他后来没去找她。他在床上一直躺到将近中午，一会儿责备自己是个懦夫，一会儿又想，他是否应该为忠于自己而感到自豪——事实证明，这对她也是一种忠诚。

然而，有一个想法始终在他脑海中萦回不去——每一份对美德的宣称都多少有些虚妄：他的行为证明的是美德还是恐惧？抑或兼而有之！他非常愿意相信，生活可以有一个道德的中心，在那里，良心与肉欲可以和平共处，否则除了性优势一切都是骗局。他又听到她的声音在耳边回响：“你到底是怎么回事！”但她刚才邀请他吃早餐时的语气，那样文雅矜持，就真的没有一点真实可言吗？良好的秩序再次统治了这个乡村。在完成了一次征服之后，她也许会更加热情地欢迎斯托，想到这里，他笑了。他为她高兴。所以，那个夜晚也许还是带来了一些好结果的。上帝啊！真相的周围总是裹着一圈火焰！

他躺了很久，静静地聆听着这无爱的房子里的寂静。

爱丽丝在五月底去世了，在等待晚餐的时间，她看着山谷里的景色，在摇椅上睡着了。约瑟夫是在办完离婚手续回来时无意中听说这件事的。他准备出售自己的房子，却发现没有前门钥匙可以交给房产经纪人。他把锁拆下来，拿到五金店去配钥匙，店员提到了老夫人的葬礼。他本想问问斯托怎么样了，但还是忍住了。他拿着钥匙回来，把锁装好，把门锁上，然后驾车离开。不知不觉间，他已经在去拉默尔家的路上了。在斯托去佛罗里达之前，他已经有一阵子没见过他了，而自从克里奥塔算命后的那个早晨，他也没有再见过她。

当他发现自己正在他们的路上行驶，他放慢了车速。天气这么好，他们也许正待在屋外，抬头看见他经过。但他有什么可难为情的呢？这时他意识到他不愿面对斯托，便果断地恢复了车速。除非，他想——这可能吗？——斯托也死了？

汽车转过一个长长的弯道，拉默尔家的房子映入眼帘。斯托和克里奥塔正在路上悠闲地散步，他拿着一根手杖，每走几步就敲打一下路边的雏菊，向杂草丛中张望，她在他身边看着，气定神闲，不时越过他的头顶望向新绿的山谷。听到汽车的声音，他们转过身来，认出是他的车，便站定在原地。斯托隔着车窗看到约瑟夫，朝他点点头，像多年前他们第一次见面时那样，用冷静而敏锐的目光看着他。朋友的冷淡让约瑟夫感到恼火，但他还是微笑着点点头，对他们俩说："你们好吗？"

"很好。"克里奥塔说。

直到这时，他才得以直视她，斯托不公正的冷眼相待刺激了他，他大胆地盯着她。她怕他！

"卖出去了？"斯托的语气带着明显的轻蔑。

约瑟夫恍然大悟，原来斯托是在为离婚的事责备他——他一直很欣赏约瑟夫的妻子。约瑟夫现在才意识到，他对他们的判断是多么正确——他们的家庭骨子里是守旧的，斯托鄙视那些在最后关头未能遵守行为准则的人。

"正卖着呢，"约瑟夫说，在座位上放松下来，"不过我可能很快还会再来，也许我会顺道来看看。"

斯托勉强点了点头。

"再见。"约瑟夫说。但这次斯托只是看了他一眼。

“祝你们夏天愉快。”约瑟夫转向克里奥塔，他惊讶地发现，她现在也和斯托一样把他当作陌生人来看待。他们夫妇是一体的。

他驾车从他们身边驶过，心中升起一阵笑意，为看到秩序像大海吞没沉船一样重新压倒混乱而喜悦。从侧窗向外望去，丝毫看不出眼前的这片乡村曾经历了长达数月的寒冷、潮湿和难以忍受的黑暗，他深深地呼吸了一口五月的空气。

他的车开走了，路上恢复了寂静，斯托挥舞着手杖打落了一朵雏菊。走了几步，两人都没有说话，然后他擤了擤鼻子，说：“他这人不怎么样。”

“是的，”她说，“我想也是。”

“他总给人一种偷偷摸摸的感觉。”

“是的。”她挽着他的胳膊，两人一起走过他姐姐空荡荡的房子。她亲了亲他的肩膀，他看着她，惊讶地咧嘴笑笑，因为她很少做出这样的举动。他愉快地咕哝了一声，她把他挽得更紧一些，感觉背上的阳光就像一种祝福，让她再次意识到斯托和她自己是多么可靠。谢天谢地，她想，感谢上帝赐予我们理智！她记得，约瑟夫那天早上在他的门厅里非常想要她。她默默地走着，怀着狂喜，怀着抵御了世风侵袭的纯净的心灵。

“不过，”她觉得有必要说，“他们的事挺可惜的。”

他耸了耸肩，弯腰拨开路边的杂草，从草窠里抓出一只小蟾蜍，它的叫声逗得他哈哈大笑。他突然把它扔给她，她尖叫着，气得红了脸，但随即也笑了起来。就像有时会发生的那样，他们就这样面对面站着，四目相对，放声大笑。

一九六一年

名

七十五万美元——减去百分之十的佣金，还剩六十七万五，分十年付清。走出经纪人的大楼来到麦迪逊大街，他为自己还在计较不得不付给比利七万五千美元感到有些好笑。一个瘦削的漂亮女人走过时回了他一个微笑；他没有回头，担心她会停下来，开始那番如今已经让他吃不消的谈话。“我只想告诉你，这真的是我看过的最机智、最有趣的戏……”他紧贴着临街的店面，一边走一边再次下定决心，要想出一套大方得体的话答复这些人，毕竟他们——至少他们中的一些人——是真诚的。但他心里清楚，遇到这种情况，他永远只会像个笨伯那样，既羞愧又高兴地傻站在那里。

在一家珠宝店的橱窗里，一串珍珠静静地躺在黑色天鹅绒上，他停下脚步。天哪，他想，我能买下它！说不定我能买下整个橱窗，甚至整间商店！那些珍珠陡然失去了价值。他看着橱窗玻璃上映出的自己，猎犬般的眼睛，忧郁的圆脸和窄窄的胡须，低垂的肩膀和皱巴巴的灯芯绒翻领，心想，作为百老汇之王，你看起来依然像个失败者。他往前走了几步，一只手忽然抓住他的前臂，不容分说地拉着他转过身来，只见面前一堵宽大的胸膛，一张在游艇上晒黑的脸上方是一顶时髦的窄檐帽。

“你不会是迈尔·伯考维茨吧？”

“不是，虽然我长得很像他。”

那人晒得黝黑的脸上红了红，一脸不悦地走开了。

迈尔·伯考维茨怀着对报复的恐惧走近五十街的拐角处。我想让他们怎么做，恨我吗？他在路口站住，仔细看了看手表。现在才五点三刻，而晚餐定在七点一刻。他努力回忆着附近是否有电影院。但时间已经不够看完整场电影了，除非进去时刚好赶上片头。当然，花钱只看半场他也并不在意。他向西拐上五十街。一对夫妇在他经过时盯着他看了一眼。他的目光落在街角报摊旁边的杂志架上。《生活》杂志的下面露出《展望》的一角，想到在飞机上、餐桌旁、牙医诊所里和火车上，正有无数的人盯着封面上他的脸，他不由得又是一阵感慨。他想把胡子刮掉，但转念一想，那样他们就认不出我了。他笑了。我已经沉迷其中了。那就沉迷吧，他喃喃自语着挺直了腰板，决定下次再有人来问时，他就大方承认，他是迈尔·伯考维茨，他很高兴见到他的观众。他心潮澎湃，回忆起在伯恩赛德纪念教堂度过的岁月，坐在那些干尸旁边，笔记本摊开在软木地板上，他构思着一个又一个剧本；在男厕所的镜子里，他看着自己阴郁的双眼，想知道它们会不会终有一天像命运不断向他暗中许诺的那样绽放出独特的光彩，想知道那一天何时会到来。在整洁、富丽、庄严的第五大道上，他反剪着双手向市中心走去。在他右手边，向西两个路口，两家剧院的勤杂工正准备点亮他名字上方的灯光；两部戏的演员已经来到剧院，看着手表等候开场；包括舞台监督和助理在内，总共约有三十五个人因为他而联系在一起，他们的生活被他的文字改变，并且在某种意义上，受他的文字指挥。而在他心里，一个被掏空的地方，立着一个问号：他还能再创作出新的剧本吗？值得庆幸的是，他再次想到他的财富，从《你在我眼中》的电影版权收入中扣除百分之十的佣金，剩下的钱分十年给付……他气恼地将这些散发着铜臭气的想法从头脑中清除出去。一名出租车司机在他身边放慢速度，挥手喊道："嘿，迈尔！"两名乘客也向前探着身子看他。出租车一直跟在他旁边，他只好把左手抬起几英寸，微微挥了挥——就像一个职业拳击手，他想。一种莫名的厌恶促使他朝几码外一块悬在人行道上的招牌那里快步走去。

他依稀记得几年前和比利一起在丽芳餐厅吃过饭，比利一直想给他争取一个写电视脚本的工作，但没有成功（“迈尔，只要你能顺着情节主线……”）。这个时间餐厅可能还空着，而且这里也没有那么多讲究。他推开红漆店门，欣慰地看到吧台前空无一人，便拣了一张凳子坐下。就餐区只有两个女孩在喝茶聊天。酒保问他点什么酒，丝毫没有认出他来的迹象。他把两只胳膊放在吧台上，让自己放松。苏打威士忌上来了。他一边喝酒，一边端详镜中的自己，那张被镜子前面的酒瓶分割开来的脸。像一记轻拳打在他肩上，他忽然意识到，他已经越来越难以记起像去年那样，像在他的戏剧公演、在他进入公众视野之前那样与别人交谈的情景了。即使在现在这间空荡荡的餐厅里，他也已经在预期身后会响起陌生人的问候，甚至还有些期待。可恶。他心中腾起一种渴望，想要面对一个把心思放在别处、不会用那种炙热的目光看他的人——他知道，那种目光意味着他们看到的是叠加在他真实面孔之上的印在杂志上的他的脸。他再次打量着吧台后面镜中的自己：阴郁的迈尔，丑陋的萨姆，却是一个剧作正在五个国家上演的百万富翁。放下酒杯，他注意到他那件原本是棕黄色的灯芯绒夹克的袖口已经脏污磨损，衬衫的袖口露在外面，纽扣也脱落了。想到一会儿要去帕维隆餐厅和导演、制片人以及他们的夫人会面，他隐隐感到有些不安，他这副不修边幅的模样会让他这个正有两部热门剧作上演的作家看起来像个到处游荡的流浪汉。

无论如何，感谢上帝他未曾结婚！带着这张上了杂志的崭新面孔回家见糟糠之妻——他才不要。可如今，他要如何才能知道一个女人看着的是他还是杂志封面上那个全彩的“迈尔·伯考维茨”？

多么不可思议——在纪念教堂度过的那些漫漫长夜，他想象着当他的戏剧获得成功，会有满屋子的女孩向他拥来，而现在呢，想同他认识的任何女人建立真诚的关系几乎都是不可想象的。他回想着她们的脸，他在每张脸上都看到了算计和大功告成的表情。整件事让他精疲力尽。几个月过去了，他连一行字都没写。他需要的是一间本森赫斯特或上布朗克斯的公寓，那里的人……但在布朗克斯，人们也会认得他。他呷着第二杯酒。他的胃里空着，酒精很快就上头了，他感觉自己被举了起来，脖子轻飘飘地挂在吧台上。

站在他对面的酒保身材瘦削，留着细细的胡子，相貌中只能隐约看出一点中国人的特征。“请原谅，打扰一下。”

迈尔抬起眼睛，不等酒保开口便说：“我是迈尔·伯考维茨。”

“哈！”酒保用长长的指甲指着他的脸，“我就知道，我认出你了！你上过《今日秀》，对吧？”

“是的。”

酒保的目光越过迈尔的头顶，看向他身后的某个人，一边指着迈尔疯狂地点头。然后，不知出于什么原因，他对着迈尔的耳朵小声说：“老板请你免费喝点什么。”

迈尔转过身，看见一个戴墨镜的中国人站在收银台旁边，那人朝他躬了躬身，对着吧台慷慨地把手一挥。迈尔微微一笑，学着电影里的人那样，贵族般优雅地点点头，回过身来，又向酒保要了一杯苏格兰威士忌，并迅速喝完了手上的那杯。人们多么友好！多么热爱他们的艺术家！当然，老兄，这是世界上最伟大的国家。

他轻轻晃动着免费赠送的苏格兰威士忌，杯中的冰块似乎比他花钱买的那些更加晶莹剔透。他的冰箱怎么就冻不出这么清澈的冰块呢？他隐约听到身后有人走进餐厅。等他反应过来，酒吧里已经有三四对情侣坐在他旁边，就餐区也热闹了起来，餐盘、雪茄和人们用餐的手为白色亚麻桌布增添了生气。他把手表举到眼前，用大脑中仍然清醒的那部分读出了时间。喝完这杯酒，他就步行去帕维隆餐厅。要是有一枚别针把衬衫袖口别住就好了……

“对不起，打扰一下……”

他在凳子上转过身，面前是一个皮肤非常白皙的小个子男人，穿着灰色格子大衣，戴一顶灰色帽子，脚上的皮鞋乌黑锃亮。看着这个矮胖的男人，迈尔意识到自己和他身材一样，年龄也相仿，他忽然不确定自己能否再写出新的剧本来了。

矮个男人的举止做派显然表明他具有一定的财力。从他停顿的语气、合体的衣着，以及那双蓝眼睛里流露出的难以形容的居高临下的感觉，无不透出有钱人的味道。迈尔猜测，在吧台不远处的人群中等待着的一个裹着貂皮大衣，带着同样自鸣得意表情的矮个女人一定是他的妻子。

矮个男人等了一会儿，见迈尔没说话，便开口问道：“你是迈尔·伯考维茨吗？”

“是我。”迈尔说，在酒精的作用下叹了口气。

“你不记得我了？”矮个男人说，红润的嘴唇向左边微微上翘，露出一抹微笑。

迈尔清醒了。这张圆脸在他的记忆中没有任何印象，但他知道自己并没有醉到这个程度。“恐怕不记得了。你是哪位？”

“你不记得我了？”男人惊讶地问。

“嗯，你是哪位？”

那人向旁边扫视了一眼，与其说是尴尬，不如说是不习惯向别人解释自己的身份；但他忍住自己的骄傲，回过头来看着迈尔说：“你不记得伯尼·盖尔芬德了？”

迈尔的疑心一扫而空。他显然曾经在某个地方、某个时间认识过这个人。他为自己的健忘感到歉疚。“伯尼·盖尔芬德。非常抱歉，但我不记得是哪里了。我们是在哪里认识的？”

“英语课我和你坐了四年同桌，德威特·克林顿高中！”

迈尔早已将他的高中时代忘诸脑后。但盖尔芬德这个名字确实在他记忆的落叶中窸窣作响。“我记得你的名字，是的，我想我记得。”

“哦，拜托，伙计，你不记得有一头红色鬈发的伯尼·盖尔芬德了？”说着，他抬起灰色毡帽，露出光光的头顶。但他的眼神中没有丝毫的戏谑意味，他仿佛又看到了读高中时他那头著名的火红的头发和他与迈尔·伯考维茨相邻的座位。他把帽子重新戴回头上。

“请原谅，”迈尔说，“我记性不好。不过我记得你的名字。”

盖尔芬德显然有些不悦，甚至可能被激怒了，但他仍努力保持微笑，带着浓厚的怀旧的兴致说：“我们曾经是最好的朋友。”

迈尔恳求似的用手抚摸着盖尔芬德灰色大衣的袖子。“我不是怀疑你，我只是一时没想起你来。我是说，我相信你。”他笑了。

盖尔芬德似乎平静了一些，他点点头说：“你没怎么变样，你知道吗？我是说，要不是你留了胡子，我一眼就能认出你来。”

“哦，是啊……”迈尔说，仍然觉得刚才有所冒犯，于是他恭顺地问，“你是做什么的？”准备听他长篇大论讲自己的成功故事。

盖尔芬德显然很喜欢这个问题，他骄傲地扬起眉毛说：“我是做垫肩的。”

笑意开始在迈尔的胃里翻腾；盖尔芬德大衣的肩部的确加了硬挺的垫肩。但他立刻想起确乎有垫肩这一行业，而盖尔芬德对自己职业的重视使迈尔收起了脸上那抹淡淡的笑容。“千真万确？”他正色道。

“哦，是的。我是总经理，密西西比河以东的业务都归我管。”

“不会吧，那可真了不起。”迈尔如释重负。如果盖尔芬德是个失败者——或者只掌管着新英格兰地区的业务，那就糟了。“我很高兴你做得这么好。”

盖尔芬德把目光移向一旁，让他的成就深深地印在迈尔脑中。当他再次看向迈尔时，他的眼睛不时瞟向那件灯芯绒夹克磨破的袖口和耷拉在外面的松垂的衬衫袖口。“你是做什么的？”他问。

迈尔看着自己的酒杯，一时没有反应过来。他用手指摸摸红木吧台，仍然没能从震惊中恢复过来。愤懑在他的头脑中喧嚣，他缓过神来，直视着盖尔芬德。在这个停顿的间隙，盖尔芬德的脸上渐渐露出仁慈怜悯之色。“我是个作家。”迈尔说，等着看盖尔芬德被他的名声镇住的呆滞眼神。

“这样啊！”盖尔芬德愉快地说，“你都写些什么？”

如果我真的有格调的话，迈尔想，我应该耸耸肩说，我从邮局下班回家后业余写写诗，然后让伯尼愉快地享用他的晚餐。但事实上，我并不在邮局工作，而且一定有什么办法能让我甩掉名气这个包袱，回到像普通人一样和别人正常交谈的状态。“我写剧本。”他告诉盖尔芬德。

“这样啊！”盖尔芬德笑了笑，他的兴致逐渐发展为毫不掩饰的优越感，“有没有哪个是……我听说过的？”

“哦，事实上，其中一部正在百老汇上演。”

“真的？在百老汇？”盖尔芬德的表情变得支离破碎：他的嘴角仍然保持着微笑，眼神却变得惊慌失措。他的头突然抬得更直了，脖子向后缩着。

“我写了《你在我眼中》。”迈尔说，尝到了舌头上黏液的味道。

盖尔芬德张着嘴，他的皮肤涨红了。

“还有《相约佛罗伦萨》。”

这两部大获成功的戏剧像两面旗帜一样突然在盖尔芬德眼前展开。他抬起手指，指着迈尔的胸口。“你是……迈尔·伯考维茨？”他喃喃地说。

“是我。”

盖尔芬德怯生生地伸出手。“那个，很高兴见到你。”他非常拘谨地说。

迈尔看到他们之间拉开了距离，顿时希望能够把盖尔芬德抱在怀里，抹去这个可怜人对浮名的敬畏，消除他的挫败感，并以某种方式收回这份可恶的快乐，他现在知道他再也无法割舍这种快乐了。他握了握盖尔芬德的手，然后将左手盖在他的手背上。

“真的，”盖尔芬德一边说，一边把手收回去，仿佛它已经过于冒昧了，“我……我很喜欢你的——对不起。”迈尔厚实的脸颊隐约浮起一丝微笑。

盖尔芬德合拢大衣，迅速转身，快步走向在红色大门附近等位的一小群人，拉着一个穿貂皮大衣的矮个女人的胳膊，带她走向门口。在他匆匆带她走到街上，离开迈尔的视线时，她似乎露出了惊讶的表情。

一九六六年

装配工的夜晚

冬天下午四点天就要黑了，而这个一月是有记录以来最冷的一月之一，因此在海军造船厂入口的旋转栅门前排队的夜班工人全都阴沉着脸蜷缩在拉链夹克里，拉下帽子的护耳，双脚来回替换着，等待海军陆战队警卫依次检查他们的马口铁午餐盒，并将他们身份证上的照片与这些眯着眼睛、鼻子冻得发青的面孔逐一进行比对。这些人里有从前的食品杂货店店员、推销员、失业者、学生，还有不知何故无法加入陆军和海军的年轻人；退休后重新出山的技术熟练的老机械师、昔日的卡车司机、电梯操作员、泥瓦匠、被吊销资格的律师以及一些未来的诗人，在傍晚的蓝光中从公交车上下来，排在队伍后面，等候接受岗亭里面带稚气的海军陆战队员的检查，他们对人们的俏皮话不理不睬，只顾尽职尽责地在从蜡纸里漏出来的生菜番茄三明治的下面寻找炸弹和纵火铅笔，毫无道理地拧开保温杯查看里面的咖啡。三个班次的每一班都有万把名工人上工，概率法则自然要发挥作用，每隔几分钟就免不了会有人在把保温杯放回午餐盒时抱怨一句：“罗斯福和热咖啡有什么仇？”海军陆战队员们则眨眨眼睛，挥手放那发牢骚的家伙进去。

对于军舰设计师、工程师、造船厂厂长和他的员工们来说，纽约海军造船厂并不难定义；事实上，自十九世纪初创建以来，它几乎没有变化。面朝海湾的巨大的干船坞后面是迷宫般的弯曲街道，街道两旁是砖砌的单层机械加工车间和仓库。在昏暗的维多利亚风格的办公室里，票据仍然插在锋利的钢针上，文件柜是深色橡木做的。不论人们怎么说，军舰从来都不是完全一样的，锻工仍然在门口锤打着独一无二的铁制配件，火星溅落在他长及地面的围裙上；不管图纸上的曲线绘制得多么精心，钢制艏外板仍然要依靠目测对准，有人受伤时，人们会找来一辆两轮手推车，像运一扇牛肉一样将伤者沿着鹅卵石路一路颠簸着送去医务室。

肯定有人知道每样东西都在哪儿，每个新人都抱着这样的信念。船舶装配工的助手、气割工、风铲工、焊工、油漆工、木工、索具装配工、钻工、电工——数以百计的工人在上工后的头一个小时可能都在到处打听他应该去哪里报到，或者他前一天晚上在上面工作过的驱逐舰或航空母舰停在哪个干船坞；甚至有不少人把十二个小时的轮班时间全都花在了寻找某个特定的班组上，但这个信念从未动摇。一定有人知道应该做些什么，哪怕只是因为确实有来自各大洋的受损的船只被缓缓拖进船坞，经过几天、几周，有时甚至几个月后，它们确实从布鲁克林大桥下驶出，准备好再次与敌人战斗。目送这些舰船英勇地离去，自然会有一些感性的人摇头赞叹，惊讶于它们是如何被修复的，但绝大多数人都接受了这个事实，甚至觉得其中也有他们自己的一份功劳。这就像是一场有五百个外场手同时上场的棒球比赛，他们蜂拥着冲向高飞的弧线球，球在人群中的某个地方被接住了，没有人知道是谁接住的，只知道他们正在缓慢地、不可思议地赢得比赛。

一级船舶装配工托尼·卡拉布雷塞是船厂的骨干之一，下午四点一进厂门他就知道自己该去哪里报到。在“现实生活”中，他曾是布鲁克林的一名蒸汽装配工，这些乌合之众的队伍、海军陆战队员检查他的三明治，或者船厂里日常的无休止的等待并不会搅乱他的心情。通过旋转栅门后，他把饭盒重新夹在腋下，歪戴着帽子，用断裂的鼻梁迎着寒风，告诉迎面而来的人让路，他穿着暖和的绒毛拉链夹克和羊毛衬衫，走路时像熊一样用脚掌的外侧着地，两腿向外弯曲，胯部放低；他在摩天大楼的建筑工地上干过、在啤酒厂当过维修工，还在市供水局工作了八个月，直到被人发现他每周二、三、五都会找人顶班，自己却跑去赛马场赚外快为止。

直到一年半以前，托尼还从未近距离地看过一艘船，对船也毫无兴趣，就像他对供水、啤酒厂或摩天大楼毫无兴趣一样。工作是一种诅咒，是一个已婚男人不得不承受的不幸，就像他缺失的那颗门牙，那是在一次与赌注登记人的争执中被打掉的。美好生活是什么，答案并不神秘，他没有一天不在想这件事，却越想越绝望，因为他已经过了四十岁；美好的生活就是像辛纳特拉或卢西安诺[①]那样，甚至像附近的政客那样活着，那些政客整天穿着漂亮的西装，趾高气扬，手里有两套公寓，一套给家人住，另一套供他在外面金屋藏娇。他年轻时一直在争取过上这样的生活，但都失败了。他曾经为私酒贩子驾驶货车穿越加拿大边境，甚至给约翰尼·皮奇斯当过一阵打手，还为当地的码头工人协会收过两个月的账，他本可以更进一步，坐上一个有权有势的位置，从此退居到办公室和公寓里，在电话上或者在餐厅的餐桌上谈工作。但每到最后关头，他性格中的某种东西总会使他的愿望化为泡影，让他重新回到街头，回到工作和薪水中去，过着永远发不了财的生活。他知道他只是不够聪明。如果够聪明，他就不会在海军造船厂工作了。

他的脸圆得像个煎锅，破了一个洞的煎锅，被打扁的鼻子和豁着的门牙，再加上没有脖子，让这张脸显得非常滑稽。他用一年半的时间就晋升为一级装配工，一来是因为主管老查理·马德喜欢的电话号码托尼可以帮他搞到；二来是因为在查理·马德偶尔接到任

---

① Charles “Lucky” Luciano (1898—1962)，美国著名黑帮头目。

务，必须让一艘舰船重返战场时，托尼可以迅速看懂图纸，焊接、铲削、气割，推动工作尽快完成。作为一级船舶装配工，他经常接到困难复杂的工作，可以召集各个工种的工人，在他的指挥下进行气割和焊接工作。但他对自己的这点地位并不放在眼里，毕竟辛纳特拉张张嘴就能挣到一千块钱。更重要的是，他与查理·马德的伙伴关系让他可以在天冷的时候在甲板下工作，天晴的时候在甲板上工作。如果身体不舒服，他可以跟查理打个招呼，然后找个黑暗的角落消失一晚，好好睡上一觉。但大多数时候他都很享受工作，特别是在那些不会计算正确的角度或使用比“一半”更小的计量单位的“装配工”向他请教如何进行这样或那样的操作时。他总是以同样的方式开始他的教学，而那些向他寻求帮助的人对此早有预期。他会展开图纸，指着一条线或一个数字，用他那被瓶底的酒渣和意大利雪茄淤塞的声音说“注意看，笨蛋”。无法忍受这种侮辱的人不会向他求助，而那些前来求助的人事先就知道，他们一定会失去他们那自以为是的尊严。

但托尼还有另外一面，会在等待期间表现出来。在珍珠港事件之前，船厂有大约六千名职工，现在则有将近六万人。这样一来，聚集在同一个舱室的工人的数量有时就难免失控，而必须按照一定步骤进行的维修工作又使他们中的大多数人既无法开工又不能离开。于是等待开始了。焊工在风铲工把旧的焊点清除之前无法进行焊接，因此他得和助手或搭档一起等待；气割工在助手把排气软管拿来之前无法切割钢材，而在走廊那头的另一个气割工完工之前，他无法拿到排气软管，因此他得等待；钻工要等装配工将钻头敲进钢板才能开始打钻，而装配工必须等电工将需要打孔的舱壁另一侧的电缆移走才能动手，因此他们都在等待。唯有的能让大家解闷的东西除了掷双骰子游戏，就是托尼通过模仿或挑一个人侮辱来娱乐大家，他咧嘴笑时，牙齿的豁口让众人笑得前仰后合。在这样的表演之后，托尼总是变得很沮丧，再次想起他真正的失败就是缺乏威严、领导力和力量。卢西安诺可不会在巡洋舰的船舱里像个小丑似的和别人胡闹，展示自己缺了一颗牙的蠢相。

一月的这个下午，天已经很黑了，寒风吹得他眼睛生疼，托尼·卡拉布雷塞走在船厂老旧的街道上，决定今晚一定要在甲板下面工作。在有建筑物遮挡的船厂街道上，风尚且如此猛烈，在面向海湾的露天的主甲板上，风会刮成什么样子？而且，他今晚不想累着自己，因为他早上四点半还有个约会。他把第二天的安排在心里过了一遍：先去巴尔迪餐厅和多拉吃早餐；早上六点，回家换衣服、洗澡；七点，在孩子们上学前和他们一起喝咖啡，然后可以小睡一会儿，九点或九点半起来，接上多拉，去福克斯剧院看十点的早场电影；十二点去多拉的房间，亲热亲热，然后一觉睡到两点半或三点，回家一趟，换上工作服，如果孩子们回来早的话，还能和他们见上一面，然后坐地铁回船厂。在前面等待着他的是美好而简单的一天。

走到街道的尽头，他看到港口上空寒星点点，辽阔的天空向海湾和远处的大海延伸。布鲁克林大桥上一串串车灯闪烁，回家的车流越来越密，他们不知道自己正从造船厂和在战争中受损的舰船上方经过。他绕过到处堆放着的钢板和盖着防水油布的设备，有一个瞬间，他被一台移动式吊车顶上的弧光灯发出的白色强光刺得睁不开眼睛；这个四层楼高的庞然大物叉着双腿，一英尺一英尺地沿着轨道缓缓移动，一只手臂伸向星空，下面吊着一块和公交车一样宽的闪着微光的钢板，一个不比它的轮子高多少的装配工在前面为它带路，他倒退着走在轨道中间，在那只独眼的白炽目光的注视下伸手指向右边。仿佛有灵性一般，吊车顺从地转动巨大的吊臂，将轻微摇摆着的钢板降到装配工指定的地方，托尼看不清他的脸，因为他的帽舌遮住了从高处那只白色眼睛里倾泻而下的光线。托尼对吊车的缆绳和司机并不信任，他远远地绕开下降的钢板，在黑暗中朝前方的巡洋舰走去。它停在干船坞里，船头高高地翘在路面上方。他紧闭着嘴唇，不让冷风吹到他的牙齿。他转个弯，沿着船身前行，低头抵御迅疾的寒风，愉快地看着迎面走来的人群踏着重重的步子走上跳板——夜班工人上船了，夜晚刚刚开始，人们打招呼的声音还很有精神。他摇摇晃晃地登上跳板来到主甲板，在跳板尽头的临时岗亭里，一个竖起衣领、拍打着戴手套的双手取暖的年轻中尉正在站岗，他几乎头也不点地从他面前走过。走下一段陡直的楼梯，扑面而来的是令人愉快的烧灼钢铁和咖啡的味道、海军舰船的刺鼻气味以及蜂巢般热闹忙碌的感觉，黑色的焊工电缆和四英寸粗的排气软管把楼梯从上到下塞得满满当当，它们是跟随修理队进入患病船只的临时肠道。

他的助手卢伊·巴尔杜已经在走廊里等他了——一个意大利人怎么会有巴尔杜这种姓，托尼想不明白，除非有南斯拉夫人混进了他祖先的行列，或者他们把原先的姓氏缩短了。卢伊二十三岁，上过高中，有自尊心和优越感；他按照厂里的规定穿着托尼坚决拒绝穿的钢头鞋，坚定而戒备地和他打了声招呼。

“查理·马德在哪儿？”

“我还没见到他。”

“你瞎了吗？他就在那儿。”

托尼绕过惊讶的巴尔杜，走进一个舱室，六十岁的查理·马德正闭着眼睛半睡半醒地坐在三卷电缆上，一个写字夹板就要从他渐渐张开的手中滑落。托尼摸着老人的后背，弯下腰轻声细语地提出自己的请求。查理眼珠转动着点点头。托尼感激地拍拍他，回到走廊，走廊上已经挤满了人，拖着长长的软管、电缆、梯子和笨重的工具箱，试图从对面过来的人里挤过去，每个人都在找人，因此托尼不得不提高嗓门对巴尔杜说话。他和这位高中毕业生讲话时总是很小心，虽然他从来没有一下子就听懂过，但他是个好孩子，尽管他说他的妻子是个犹太人。巴尔杜反对种族偏见，不论那到底是什么意思，别人和他说话时，他像法官一样皱着眉头，仿佛有一层面纱罩在他的脸上，什么都无法清晰响亮地穿透进去。

“咱们去第三甲板给舱口做防水。”托尼说完转身就走，双手仍然紧握着插在兜里。

巴尔杜还来不及点头托尼就走开了，他感觉自己受到了冒犯，不由得竖起眉毛，但他还是紧紧地跟在师傅后面，以免再次因为迷路而不得不屈辱地面对托尼暗示他手淫过度的冷嘲热讽。

他们下到第三甲板，这是一个宽敞开阔的区域，摆满了上下铺，几个水兵躺在床上，有的在睡觉，有的在看书或写信。托尼高兴地闻着不远处飘来的咖啡的香气，因为平民几乎不可能买到每周超过一磅的咖啡，除非去黑市上买。他没有再看他的助手，径自拉开夹克的拉链，把饭盒放在一个空床铺下面的甲板上，然后掏出一块蓝色的手帕擤了擤鼻子，擦了擦泪汪汪的眼睛，又摘下帽子挠了挠头，最后蹲下身子，手指沿着甲板上一个舱口微微凸起的边缘摸索着，透过舱口可以看见一道梯子通向下方的黑暗。

“把那个盖子递过来，卢伊。”

巴尔杜手上拿着装得满满的牛皮纸午餐袋跑到平躺在甲板上的沉重的舱盖前，试图用一只手把没有铰链的那一端抬起来。他不愿承认自己力气不够，也不愿承认自己判断失误，只能硬撑着用一只手使劲往上抬。托尼沉下眼皮恼火地看着他把舱盖抬到半道，用膝盖顶住，然后才把午餐袋放在甲板上，用两只手把舱盖扳向托尼这边，托尼伸出双手，防止它落下来盖上。

“扶住喽，扶着它别动。”

“让它开着？”

“废话，你要把它关上吗？当然开着。你怎么回事？”

托尼用指尖沿着舱盖边缘的橡胶垫圈摸了一圈，然后接过舱盖，把它盖在舱口上。他弯下腰，脸颊紧贴着冰凉的甲板，眯着眼睛观察垫圈和钢板结合的紧密程度。然后他站起身，卢伊·巴尔杜站在那儿看着他。

“我给你个好差事，卢伊。找块大白，涂在垫圈上，然后把舱盖盖在甲板上，没有留下白印儿的地方就用焊料焊上，然后找个磨工来，让他把焊接处打磨一下，直到把周围都打磨平整为止。明白了吗？”

“当然，我会照做的。”

“别弄伤自己。今晚的活儿就是这些，好好干，别着急。”

巴尔杜怀着爱国热情专注地听着托尼的指示，露出近乎凶悍的表情，他严肃地点点头，向后退去。托尼在他被身后的舱盖绊倒之前拉住他，然后放开手，不再多说什么，循着咖啡的香气走开了。

这会是一个相当不错的夜晚。多拉是他在欣杜那里认识的，个子比他喜欢的要矮一些，但她的皮肤白皙漂亮，尤其是她的胸部，而且她独自住在一个供暖良好的房间——没有姊妹、姨妈、母亲和她同住，只有她一个人。这两次她都从梅西百货带了新鲜面包回家，她在那里做夜间包装工。他现在要做的就是尽量轻松地上完这个夜班，免得在巴尔迪餐厅和她一起吃早餐时犯困。他心情愉快地沿着一条过道朝越来越浓的咖啡味走去，看到一个喝醉的水兵正要从梯子上下来，他走过去用肩膀托住男孩的屁股，轻轻地把他放到甲板上，又扶着他走了几码，直到男孩一头睡倒在床铺上。他把男孩的腿抬到床上，给他翻了个身，解开他的外套和鞋带，然后回去继续寻找咖啡味的源头。

他早该猜到。欣杜站在一台由两个穿 T 恤的水兵照看的电咖啡壶旁边。欣杜身材高大，但站在他边上的工人比他还要高出一头，简直像个巨人。托尼不紧不慢地走过去，欣杜对水兵说：“这是我朋友，怎么样？”

附近的舱壁边立着十几个储物柜，水兵从其中一个柜子里拿出一个干净的杯子和一袋五磅重的糖。托尼接过满满一杯咖啡，向他道声谢，看见欣杜过来，他往旁边挪了一步。

“你在哪儿？”欣杜问。

“第三甲板，给舱盖做防水。你呢？”

“我溜了。他们还在主甲板上安装挡风墙呢。”

“见鬼。”

“你知道华盛顿在渡过特拉华河时说了什么吗？”

两人齐声说：“真他妈的冷。”

他们喝着咖啡。欣杜皮肤黝黑，时常被人当成印度人；他把浓密的波浪形鬈发梳得整整齐齐，青色的胡茬刮得干干净净，一双大手时刻保持清洁，以此作为补救。

“我得打个电话，”他俯身对托尼轻声说，“我留下她一个人在房间里痛哭。好险，我下楼时和他擦肩而过。”

“见鬼，你待了那么久？”

“我控制不住自己。”他的眼神变得柔和起来，嘴唇在愉悦的痛苦中颤动，“她让我神魂颠倒。我们甚至还一起去散步了。”

“你疯了？”

“我忍不住。如果你看见她，你也会被她迷死的。她美极了。真的，我简直为她疯狂。我在楼梯上和他擦身而过，我发誓！”

“你会把自己送进坟墓的，欣杜。”

“她一碰我，我就死了。我死了。死了，托尼。”欣杜闭上眼睛，摇着头回味着。

身后的动静让他们转过身来。那个身材高大的工人喝过咖啡，正拉着用钩子挂在头顶横梁上的一组滑车的链条，将一台巨大的电机从甲板上提起来。托尼、欣杜和两个水兵看着这位魁梧的索具装配工轻松地将电机拉升到滑车的位置，无法再上升为止，此时还差三英寸才能把它放到悬挂在头顶甲板下方的一个平台上。索具装配工把防护手套向上拉紧，来到电机下面，举起双手托住它，弯下膝盖用力向上推。电机不可思议地随着他的推动缓缓上升，在它的底座略微高出平台时，他用力一推，让它悬在半空，然后从它下面出来，把它推到属于它的那个平台上。他的脸涨得通红，因为用力，他的身形看起来也比之前更魁梧了。他脱下防护手套，低头看看仍坐在甲板上的水兵们。

“有谁读过《奥利弗・威斯沃尔》[①] 吗？”

“没有。”

“应该读读。让你有一个全新的视角认识美国独立战争。你知道，有一派人认为那场革命没有必要。”

托尼走开了，欣杜稍后跟上，在他耳边问道：“托尼，我今晚跟着你，好不好？我去跟查理说，好吗？”

“去吧。”

欣杜感激地拍拍托尼的后背，匆匆爬上梯子。

托尼看了一眼怀表。下午五点。已经上了一个小时的班。现在睡觉还为时过早。一种危险的感觉向他袭来，他望着前方的走廊，那里只有一个他不认识的黑人正在摆弄一把安不上凿子的除锈枪。他及时掉转方向，却看见一名海军上校和一个戴毡帽穿大衣的人朝这边走来，手里拿着展开了一半的图纸。他瞥见一根除锈枪的排气软管，连忙手脚并用地沿着它爬进一个隔间。两位大人物走过去之后，他才站起身来走出隔间。

这个夜晚过得很慢，时钟仿佛静止了一般。咖啡使他变得更加

---

① *Oliver Wiswell*，美国作家肯尼斯・罗伯茨（Kenneth Roberts，1885—1957）创作的美国独立战争题材小说。

清醒，觉是睡不成了。他步伐坚定地在走廊里穿行，上下梯子，寻找他可能认识的人，但今晚在船上干活的人不多；至于为什么，他不知道，也不关心。可能是昨晚来的两艘驱逐舰正在加紧抢修——一艘的船头被炸飞了，另一艘在进港时船身严重倾侧。驱逐舰上那些可怜的家伙，挤在狭小的空间里，有些孩子在天气恶劣时还会晕船。最糟的是那些进厂修理的英国军舰，好在他不在那些破船上：蟑螂多得让你没法坐，更别提躺下了，他们的水兵里还有好多同性恋。他第一次看到这种情形时感到难以置信——比如去年夏天停在干船坞的那艘英国巡洋舰，舰长在甲板上日夜踱步巡视。那是一个真正的英国乡巴佬，戴着单片眼镜，留着小胡子，戴一顶皱巴巴的军帽，双手背在身后，紧握一条短马鞭，对谁都怒目而视，即使在干船坞里也拒绝放松职守。每隔几小时，他都会吹哨召集水兵们到甲板上进行步枪操练，那群脸上长满青春痘的同性恋者戳着彼此的敏感部位，尖叫着拥出走廊。天哪，他恨英国人对待意大利的那种冷嘲热讽的轻蔑态度。还有那些愚蠢的军官，七月里还穿着厚厚的毛茸茸的蓝色制服走来走去，一个个汗流浃背，眼镜上都是汗水。你可以蒙上眼睛分辨出一艘美国船，船上有咖啡和清洁的味道，而且到处都有冰水。当然，他们说英国的炮手更好，但看在上帝的分上，谁在赢得这场战争？没有我们，他们就得承认失败，向该死的德国人敬礼。法国人有一艘好船，那艘被虏获的“黎塞留”号战列舰，军官休息室里的镶板装饰得像宫殿一样豪华，但他们说船上的炮有问题，什么都打不着。

他发现自己来到了轮机舱，透过铁桶般的黑暗，他从船腹向上望去。他知道那里有一个电缆通道，他可以躺在里面。在黑暗中，他勉强能看到有人在高处进行焊接作业，焊接电弧远离钢板，火花如雨点般落下；他竖起衣领，爬上梯子，走过狭窄的通道来到一扇低矮的门前，打开门，钻进一个铺有电缆的洞里，双手抱在脑后躺了下来。他现在能听到的只有电焊的嗞嗞声。有人走近时，钢制通道上会响起脚步声，向他发出警报。

他还不累。他闭上眼睛诅咒政府。即使在这黑暗中，他每分每秒都在挣钱。加上这周的工资，他的账户里可能有将近两千块钱，玛格丽特知道的那个账户里大概有一百二十块。老天，那真是个笨女人！笨，笨，笨。不过她是个好妈妈，这一点毋庸置疑。但有什么理由不是呢？只有两个孩子，她还能做什么？他不会再和她上床，也几乎不记得她身体的样子。事实上，这是他人生中第一千次意识到，他从未见过妻子的裸体，这也是理所当然的。你可以用她这十五年来流过的眼泪填满一个湖，一个海洋。很好。

他心中燃起了对妻子的怒火，这种怨恨支撑着他的生活。这是他的事业，他的痛苦，他的快乐；他放任自己的思绪，想象她十一年——不，是十二年，是的，去年春天就满十二年了——没有被自己的丈夫碰过是什么感受。到今年春天就十三年了，然后是十四年，二十年，直到她进坟墓，他都不会碰她。他决不会，决不会让步。在家里睡觉的时候，他背对着她躺在床上，舒展着身体酣然入睡，有时她在他身后无言的啜泣就像轻柔的雨点打在屋顶上，让他感到舒适惬意。这是她自找的。他当初已经警告过她。他也许看起来滑稽，但托尼·卡拉布雷塞可不是个滑稽的人。要想让自己让步，让自己再去碰她，他就必须原谅她对他做过的那些事。他闭着眼睛躺在电缆通道里，回想着她的所作所为；像往常一样，当他触及这部分记忆时，帕蒂·莫兰那张可爱的脸庞就会从黑暗中浮现出来，她有一头天然的红发，乳房下面没有一丝皱纹，嘴唇像口红一样鲜艳红润。哦，老天！他在黑暗中摇着头。她现在在哪里？他不敢恨他的外公；老人家就像一场风暴或一只动物，只是做了他该做的事。他回忆着那仿如电影一般的往事，他知道这电影的结局，不敢再看又忍不住想看。那是他人生中唯一一段不是随意度过的时光，那几个月里的每一天都在改变他的处境，直到最终将他的命运永远锁定。

在他记忆中，自打他出生那天起，他的母亲就一直拿外公来吓唬他。如果他偷东西、打架、撒谎、撕破好裤子，或是在警察那儿惹上麻烦，母亲都会向他做出同样的保证——如果外公来到美国，他会给托尼的每一项罪行算个总账，用为时一天乃至一周的一通好打，外加触及灵魂的严厉训斥，让托尼从此改邪归正。因为外公是个巨人，是这个矮小家族中的一个异类，是对家族中很久以前出现过的那些巨人祖先的一次回归，他们凭借机智和凶悍成为卡拉布里亚的领主、山地的首领、渔船的主管和矿山的主人。就连托尼懦弱的父亲也仰赖远方这位从未露面的老人在家中树立的权威，把从布鲁克林-曼哈顿地铁公司下班后的所有空闲时间全都花在了和朋友们下棋上，而不是去教训他的儿子们。外公总有一天会来和他们算账，让他们改过自新，而且，如果他真的来了，还会把他的钱一起带来。他有好几艘渔船，是整个家族的明星和白手起家的富翁，令人惊讶的是，他从未离开卡拉布里亚就获得了如此大的成功，这再次说明了他的狡猾和无情、勇敢和公正。

平常难以记起的那部分往事依然难以记起，托尼在电缆通道里睁开眼睛，直到他想起当初是怎么跟玛格丽特这样一个轻声细气，有着大大的眼睛，但全身都裹得严严实实、缺乏肉体吸引力的腼腆羞怯的女孩搅在一起的。那是因为他刚从纽约市监狱里出来，而老妈这一次可没有那么好糊弄了。他一进家门，她就勃然大怒，不愿再听他那从未兑现的承诺，也不愿再被他发誓自己无辜遭人陷害的说辞所迷惑。这一次，命运开始介入，那个故事，那个无形的存在进入了托尼的生活；他的好日子到头了，一切都不再能任意而为，每一天都在改变着他和他所要做的事。

家里收到了一封谁也看不懂的信。老妈、老爸和住在隔壁的西莉亚姨妈，还有两个已婚的表兄弟弗兰克和萨尔瓦托雷，大家一起围坐在桌旁。托尼缓慢地辨认着信上的意大利文字，大声拼读出来，这样老爸就可以跟着念一遍，从而弄懂其中的含义；信的内容让人难以相信，大家在惊讶之余都感到心头一凛。由于外婆已经去世，外公变卖了他的财产，准备乘船来美国探亲，如果他愿意的话，也许就在美国安度晚年。

为迎接外公到来而做的那些准备如闪电般一幕幕闪过，仿佛照亮了整个电缆通道——刷洗房屋、粉刷墙壁、擦亮家具、钉牢椅子，一切准备停当，要挟就开始了。老妈看着儿子脸上的神采和他眼中的热切希望，把他叫到厨房坐下。我要把你的事全都告诉外公，托尼，所有的事，除非你照我说的做——和玛格丽特结婚。

玛格丽特比托尼大一岁。他似乎已无法想象，当初他是如何开始时而去她家门前的台阶上小坐的；那时他刚从监狱里出来，在社会上谋得生计和一席之地的压力有时大得他喘不过气来，每当这种时候，对体面生活的憧憬就会疯狂地占据他的心灵，让他对正派、平静的生活充满渴望。在他靠近时，她就像一匹紧张的小马，容易安抚。那是二十年代末，他为哈里·奥克斯驾驶运酒的卡车穿越加拿大边境的时期，对出狱后的他来说，和玛格丽特一起望着街道静静地待上半个小时是很甜蜜的事，就像一只蛤蜊被暂时抛离了波涛汹涌的大海。他刚在奥尔巴尼附近经历了平生第一次枪战，被吓得不轻。这是他第一次说想带她去看电影。认识她这么多年，他从未想过要和她约会。当晚回家时，他已经听到母亲在谈论玛格丽特的家庭。命运的纱线开始将他缠绕，他没有反抗，也没有做出决定。他任由它到来，不去碰它，任由它像网一样将他裹住。他们订婚了，虽然没有人使用这个词，但每次见到玛格丽特，她都表现得好像一直在等他，好像他失踪了一样，他也就听之任之，和她一起上街时，他会用指尖轻轻地触碰她的胳膊肘，并且从不带她去那些声名狼藉的娱乐场所，说话也很注意。他上门的几次，她的家人都对他笑脸相迎，但他总是因为无聊，因为感受到那种图谋扼杀他生命的浓厚氛围而无法久留。

此时，被他视若生命的人是帕蒂·莫兰。一跨进她在奥克斯酒吧楼上的房间，眼前的一切令他目眩神迷。凌晨三点，他和她一起坐在奥克斯借来的别克车的后座上，她的脚踝扯掉了前排座椅背面的粗绳，她的大腿在前后座之间的空隙里舒展，在他的脑海中永远留下一抹乳白色的记忆。他心神恍惚地在附近走来走去，脑后仿佛有一根牵线一直连接到她坚实柔软的腹部。她甚至不是哈里·奥克斯的女朋友，而只是几个可以随意处置的女人中的一个，托尼从一开始就知道这一点，每天他都会爬上那段恼人的楼梯去一睹她的芳容，甚至差点儿想过要和她结婚。一想到别的男人和她在一起，哪怕他正独自坐着，也足以让他的拳头落在桌子上了。他的鼻梁那时还没被打断；他个子不高，但人长得机灵，体格健壮，眼睛黑亮。她最终说服了他，她没有别的男人，她喜欢他的脸、他的身体、他从别人那儿偷来的笑话。就在那两三个月里，他还在带玛格丽特一起去看电影，有时还会吻她。为什么？为什么！外公一处理好他的事务就会过来，而他与玛格丽特的交往起初只是一种别无所图的愉快的消遣，此时却变得有用起来，因为它能让老妈高兴并停止唠叨，还能保证他在外公眼中是个正派青年——反正只要坚持到能继承他的财产就行。

老人在信中只字未提继承财产的事，但大家先是猜测，后来不知怎么就认定了，托尼会得到继承权。等他拿到那笔钱，他就和他的美人儿去布法罗，也许还会在一个没人认识她的地方结婚，和她一起好好过日子。最妙的是，老妈对她的事一无所知。她现在把托尼当成了一家之主。他在码头上找了份工作，安安分分，许多个晚上就坐在家里，听着滴答滴答的钟声。

最后一封信来了。托尼先在浴室里独自读了一遍，然后宣布外公十号到，虽然信上说的是九号。九号早上，托尼说他今天不去上班了，他要穿戴整齐，上街去寻一份理想的礼物迎接外公明天的到来。在家人的赞扬、亲吻和挥手告别中，他绕过街区来到奥克斯酒吧，借了三百块钱，坐出租车去了曼哈顿码头。

外公的确是个巨人。托尼一眼就看见了这个身穿绿色西装，打着黑色厚领带，出奇地年轻的老人，旁边的搬运工拿着他的黑色浅顶软呢帽，他则亲自背着一个又小又重的行李箱走下舷梯。托尼立刻明白了——钱就在箱子里。在码头上，托尼付给那个拿着软呢帽的搬运工一笔小费，并在外公放下行李箱后亲吻了这位身高六英尺的老人。和他握手时，托尼感觉他的手像栏杆一样硬，并且充满力量。老人和托尼分别提着行李箱的一个把手，坐在出租车上，托尼提出了他的建议。与其急着回家，为什么不先在纽约城里逛逛呢?

好啊。但托尼想先给他换一身行头，因为这套移民穿的绿西装和笨重的劳动靴会给人们留下不好的印象。外公同意了，他站在那里看着托尼从一沓钞票中抽出几张来为他买新衣服、新鞋和一条美式领带，心里感到说不出的高兴。他们游览着这座城市，从市郊的中产阶级酒吧到运河街一带他常去的那些娱乐场所，随着托尼为这些地方一一打分，他们也越来越沉浸其中，直到后来，老人每小时都会亲吻他的外孙两三次，还会站起来向那些从伸展台上朝他仰起的脸俯下身来的明斯基歌舞女郎欢呼。凌晨四点，托尼背着死沉死沉的行李箱爬上公寓的楼梯，然后下楼把外公背回家，让他睡自己的床，自己则睡在地板上。他竭尽全力才克制住自己，没有跑去告诉帕蒂·莫兰，他大获成功，老人像爱儿子一样爱他，他们也许可以先在某个地方，比如皇后区，一起开一家店。但他保持克制，很快就睡着了，老人的手垂在床边，悬在他的脸上方。

在电缆通道里，凝视着黑暗，他无法清晰地回忆起自己的婚礼，就像婚礼刚结束时那样，因为婚礼上他一直心不在焉。第二天早上，看见外公搂着托尼的肩膀从卧室里出来，老妈的脸拉长了，仿佛上帝或死人走进了房间，因为她正穿戴整齐，准备去接他的船。叫喊、哭泣和亲吻一直持续到下午，这个具有男子气概的外孙让外公感到满意的同时，也让他感到人生有了新的使命，能够将财产传给一个继承了他的优良血统且很有气派的人，证明了他自己的伟大。

老爸一只眼睛瞟着那个箱子，不置可否地点点头，但到了晚上，托尼从老妈那双棕色的小眼睛里看出她心里另有打算。吃过晚饭，桌上的东西被收拾干净，外公眨着眼睛昏昏欲睡，老妈张开双手放在桌上，毕恭毕敬地笑着，说托尼从十二岁起就是监狱的常客了。

外公睡意顿消。

托尼一直跟私酒贩子混在一起，直到前几个月才同意找一份正经工作，他已经和玛格丽特订婚了，却还在和一个爱尔兰妓女厮混，玛格丽特是街区里一个卡拉布里亚正派人家的女儿，是个像鸽子一样纯洁、美丽、诚实的女孩，因为托尼避而不谈婚期，她的名声每天都在受损。她的兄弟们变得越来越焦躁，她的父亲眼里也有了血丝。只有玛格丽特能拯救托尼，否则他迟早会坐上电椅，因为他是个说谎成性的孩子，证据就是，他在家人得以将真相告诉外公之前先带着他在城里玩了一个晚上，显然是想要蒙蔽他。

二十分钟后，外公被说服了；他盯着托尼看了很久，仿佛要透过一个无法调节焦距的望远镜看清他。托尼压抑着怒火为自己的生活辩护，否认所有指控，做出种种承诺，甚至拿出他用自己的钱给家里买的新闹钟来证明自己，最后他面对外公坐了下来，在外公向他下达判决时，他的心一点点凉了下去。托尼，你要娶这个好姑娘，否则我一分钱也不会给你。我不会把我的劳动果实交给一个歹徒，不会把它交给一个年纪轻轻就要死在电椅上的罪犯。和这个姑娘结婚，我肯定会把我的财产都给你。

婚礼过去了几天，几周——还是几个月的时间？没有人再提钱的事。托尼现在乖乖地在码头上工作，只在有空的时候，在去挑选临时工的路上，或者在下雨天室外作业被叫停的时候，才会偶尔去见一下帕蒂·莫兰。他会偷偷溜进奥克斯酒吧旁边的门口，飞快地跑上楼梯，享受半个小时的人生，然后回家继续等待；他不敢当面向老人提出钱的问题，因为他知道他正在观察自己的一言一行。星期天，他像普通丈夫一样陪玛格丽特散步，和家人一起度过午后时光，装出幸福的样子。外公再也不像下船第一天晚上那样对他亲近、信任和友好了，但也没有表现出敌意。托尼知道，他在观察，在确认。

托尼会让他放心的。唯一的问题是，在他的公寓里和玛格丽特独处时该怎么办。他从来没有真正恨过她，也从来没有喜欢过她。这就像是独自面对一场意外，如此而已。他很少和她说话，说话时也总是和声细气的，他听她闲话当天发生的事情，读他的报纸。他没想到在婚后两个月左右，她会在电影院里突然站起来，哭着跑出去，也没想到会在一个春天的晚上下班回家时，看见外公和玛格丽特坐在客厅里，静静地看着他进门。

你从来不碰你妻子？

托尼一下子愣在了门口，不知如何应对。老人一头花白刚硬的短发像钢丝一样根根竖立，他又穿回了那双意大利劳动靴，一脚踢下去能让一头骡子痛得倒吸一口气。玛格丽特只敢偷眼瞟着托尼，但他现在意识到，这只温柔的鸽子已经用喙啄住了他的肚子，而且不打算松口。

你当我是傻瓜吗，托尼？一个嘴角流口水的傻子？一个斗鸡眼？你当我是什么人？

第一次重新证明自己的机会又是在电影院。外公坐在他们后面。几分钟后，玛格丽特转过头对老人说："他的手没有搂着我，看到了吗？"

用手搂着她。

托尼伸手搂住她。

过了几分钟，她又转过头去。他的手只碰到了座位，看到了吗？

外公抓住托尼的手，把它放在玛格丽特肩上。

另一个晚上，外公又在和玛格丽特一起等他。好吧——外公这时已经能偶尔蹦出几句英语来了——好吧，今天我来睡沙发。

托尼从来没有和她同床睡过。他怕外公，因为他知道自己绝不可能对他动手，而外公可以把他打得满地找牙；但他害怕的不是皮肉之苦，而是他一次又一次地犯下试图欺骗老人的罪过，老人对他的评价日益降低，总有一天，他预感到，外公会收拾行李，把那个箱子带回卡拉布里亚，从此和他说再见。纽约带给外公的震撼已经消退，他在意大利仍然拥有自己的房子，托尼想象着那所随时可以入住的房子，心里害怕起来。

他和玛格丽特一起走进卧室。她在他身边的枕头上哭了起来。外面的天还亮着，有着春日初夜的湛蓝。托尼隔着关闭的房门倾听外公的动静，但什么也没听到。他伸手摸到了她的臀部，然后向上滑进她的睡衣。她的身体柔软而松弛，但她正屏住呼吸。他伸长脖子，把嘴贴在她的肩膀上。她胸口起伏着，呼吸急促，不敢把手放在他身上，她的脸向上仰着，好像在祈祷。他抚摸着她的臀部，等待自己进入状态，却迟迟没有反应——直到她开始哭泣，她没有缩回身子，而是紧贴在他身上，哭泣。他的恨意随着她失望的哭声如同告密一般飘向另一个房间而愈益滋长，他突然感到自己的身体变硬了，他跪在她面前，把她按在床上，在窗外昏暗的光线中，他看到她的眼睛紧闭着，结出灰色的泪珠。后来，她睁开眼睛，露出惊恐的表情，似乎想叫停并乞求他的原谅，他冲她龇龇牙，压在她身上，他把脸埋进床垫，仿佛有石头从天而降砸在他身上。

“托尼？”

他在黑暗中坐起来，侧耳倾听。

“嘿，托尼。”

有人在电缆通道外低声呼唤。托尼等了一下，一时没有回过神来。玛格丽特的泪珠还在他眼前打转，外公正坐在外面的客厅里。突然，他听出了那个声音。那是巴尔杜。

他爬到过道上。几码外的一个黄色灯泡隐约照出助手的身影。“卢伊？”

巴尔杜吓了一跳，猛地转过身来，快步回到过道这边，眼神中充满急切。“查理·马德在找你。”

“有事吗？”

“不知道。他正在到处找你。你最好来一趟。”

这很罕见。查理布置完工作后从不来烦他。托尼匆匆走下环形铁楼梯，心想一定是来了不速之客，那群高级军官和穿大衣的大人物又从厂长办公室找到这里来了。去年夏天，他们突然叫停了工作，征集志愿者去一艘从太平洋拖回来的巡洋舰上，在船头的一侧切开一个洞口；船被鱼雷击中时，灌入的海水将前舱淹没了，九名水兵被困。托尼拒绝了，他不愿面对那些漂浮的尸体和势必将从舱室里奔涌而出的血水。

第二天早上，他看到了床单上的血迹，外公已经离开了。

在第二甲板，查理·马德已经完全醒了，他正一边在双排扣厚呢短大衣和黑色毛衣的下面抓搔着后背，一边和一个穿着大衣、没戴帽子的金发碧眼的新教徒交谈，那人看起来像是一个坐办公室的工程师。看见托尼过来，查理伸手抓住他，还不等他开口，托尼就知道自己无法脱身了，因为那个新教徒看着他的目光中有一种如释重负的感觉。

“他来了。你看，托尼，他们有艘驱逐舰在北河出了点事故。你找几个人，带上气瓶和大锤过去看看，好吗？”

“什么样的事故，查理？”

“我不知道。说是深水炸弹的滑轨被撞弯了。不是很严重，但他们必须在四点之前出发去和护航舰队会合。这个人会带你去卡车那儿。快去吧，带上几个帮手。”

“外面的温度肯定只有零度，我怎么把铁加热？”

“舰队在河上等着他们呢。尽你所能，好吗？拿上大锤，再多带几个气瓶。去吧。”

托尼看出查理是想在工程师面前表现表现，而他不能毁了自己和他的关系。于是他找到欣杜，又派巴尔杜去水兵床铺下面取回他的午餐，然后一边诅咒海军、诅咒玛格丽特、诅咒冬天和他的生活，一边来到主甲板，冰冷的风像鞭子一样抽打在他脸上。欣杜跟在后面，费力地抱着一个乙炔气瓶，巴尔杜帮他抬着气瓶的尾部。托尼大踏步走下跳板，走向停在下面的那辆敞篷皮卡。一名水兵坐在方向盘后面，开着引擎让加热器保持温度。托尼让欣杜和巴尔杜回去再拿两个备用的气瓶和喷嘴、一把大锤和一根撬棍，然后坐进驾驶室，把尚未冰冷的双手伸到加热器的热风下面。

“出什么事了？”他问水兵。

“别问我，我只负责开车。我就驻扎在船厂。”

托尼不愿被人发现他上班时的行踪，便问司机等了多久，司机说只等了十五分钟，这样说来，查理找他应该也没有找太久。欣杜上车坐在他旁边，卢伊·巴尔杜则按他的吩咐坐在后面敞开的车斗里。他们沿着辅助机车轨道行驶，穿过黑暗的街道驶出船厂大门，进入布鲁克林。

巴尔杜背靠着驾驶室缩成一团，感觉风穿透了他的针织滑冰帽，他的皮肤变得僵硬起来。他无法忍受坐在冰冷的车斗上，而坐在脚后跟上，膝盖又会抽筋。但他感受到的那份自豪足以战胜寒冷，他意识到他现在终于也在承受痛苦，也在对着墨索里尼的咽喉发出一记重击，也在分担着摩尔曼斯克航线的严寒，我们的舰船正在那里奋力突破敌军潜艇的重重封锁，向俄国人运送物资。战争爆发前，他是一名运输肉类的货车司机。他结婚的日子刚好是珍珠港遇袭的第二天，尽管他不断提醒自己，结婚日期在他得知美国将要参战之前早已定好，他仍像犯下无法饶恕的罪行一样痛苦不已。结婚使他暂时免于被征召入伍，而体检时查出的耳膜穿孔则让他彻底失去了上战场的可能。

如果按时薪计算，他来船厂后工资比原先略有降低，但这里一班工作十二小时，再加上加班费，他的收入反而增加了。这让他感到苦恼，更令他苦恼的是船厂里混乱的氛围，因为当他认真回顾在厂里工作的这五个月时，发现自己尽力工作的次数屈指可数。每次干活都是刚开始就停下，干一会儿，等很久，他真希望自己能够有足够的勇气去找厂长，告诉他厂里存在严重的问题。无所事事的无尽等待，更糟的是，他不得不为托尼上班睡觉打掩护，这些都让他在上班时间感到一种持续性的挫折感，而这种挫折感似乎正在对他的心理造成某种奇怪的影响。他从来没有这么多的时间无事可做，每次上班都好像没有尽头，而当他最终也和其他人一样，不得不时刻提防主管过来时，上班就变得像是在做什么违法的事一样。这与他之前的工作大不相同，那时他每天都匆匆忙忙地赶着把肉送去一家又一家商店，直到下班才勉强完成当天的任务。

他从没想过他会有那么多性方面的想法。他尊重甚至近乎崇拜他的妻子希尔达，然而在她和母亲去佛罗里达的这两周里，他却不可思议地屡屡受到那方面的刺激。隔壁的克里太太知道他吃早饭的时间，忽然之间，她开始每天早上六点穿着大衣出门倒垃圾，大衣下面什么都不穿，即使在非常寒冷的早晨，她也会在车道尽头逗留好几分钟，正对着他的厨房窗户弯腰站在那里，任由衣襟敞开着；而且每天，现在的每一天，在他出门上班时，她都刚好从家里出来，直到他开始怀疑……但这是不可能的，像她这样一个已婚的良家妇女很可能并没意识到自己在做什么，尤其是她的丈夫此时正在军队里参加反法西斯战争。他对着厚厚的羊毛手套呵气，眼前又浮现出她弯腰的身影，他愤怒地将那画面从脑海中推开，却又想起他做过的一个梦，在梦里，他走进自己的卧室，看见表妹露西一丝不挂地躺在床上，突然，他被地毯绊住，摔倒在她身上，随即醒了过来。露西怎么会躺在他房间里呢?

布鲁克林大桥的雄姿在车尾挡板上方徐徐展现，它是多么壮美；像这样疾驰在为国家执行任务的路上是多么美好，每个人，甚至包括托尼，都在为战争努力踊跃行动起来。巴尔杜摘下帽子，揉搓着冻僵的头皮以恢复血液循环，他的胸口已经冻得瑟瑟发抖，环顾四周，他发现角落里叠着一块防水油布，赶忙拉过来盖在身上。他坐在油布下面，在黑暗中向手套上呵气。

托尼吃着饭盒里的菠菜三明治，它们就像受潮的蔬菜饼干，他两口一个，很快就吞下去三个。欣杜看着托尼烦躁的表情，默不作声。托尼缩着脖子，一身火药味。穿过钱伯斯街时，他们看到高大的办公楼和银行大楼都黑着灯，在楼里工作的人已经回到了温暖舒适的家中。今晚出门的人不是警察就是笨蛋；除霜装置敌不过严寒，挡风玻璃上除了靠近空调出风口的一小块地方外都结了一层霜。托尼知道的每一句诅咒都涌到了嘴边。今晚在甲板上干活！而且船长和船员都在船上，他很可能无处躲藏。玛格丽特！她的名字让人憎恨，让人光火，她那张鬼鬼祟祟的脸，那张搬弄是非的嘴，那张毁掉他人生的嘴，在他面前的空气中盘旋。因为她让外公对他疑心重重，直到有证据表明玛格丽特怀孕了，外公仍拒绝打开那个箱子，甚至在她的肚子越来越大，只能蹒跚着勉强从小客厅的一角走到另一角时，他依然拒绝，说等孩子生下来再说。外公的名声不是白来的——在卡拉布里亚，愚蠢的人和那些自以为不会遭到报复的人是不会发财的。

随着产期的临近，三居室的公寓已经准备好迎接婴儿的到来，老人的行为开始变得古怪起来，晚饭后他总会过来坐坐，表面上是来和玛格丽特聊天，实际上三个人都心知肚明，他是来把托尼留在家里的。近一个月来，他每晚跟踪托尼从一家酒吧到另一家酒吧，把他手里的酒杯打掉，在奥克斯酒吧，他将吧台上的十几瓶酒扫落在地上，叫奥克斯再也不要为他的外孙服务。后来，托尼只好偷偷溜去他以前从来不去的那些地方。奈何老人家的名声总是先他一步，最后，从十四街到豪斯顿街的所有酒吧都再无他的容身之处。他终于放弃了，决定顺应风暴而不是与之抗争。现在，他每晚下班后都直接回家，沉默地坐在屋里，看着妻子日渐肿胀。还有八九天就要生产了，有一天晚上外公没有出现。第二天晚上他也没来，接着又是一天。

一天晚上，托尼顺道回了趟父母家，看家里是否出了什么新的变故，比如老人还来不及把钱交出来就生病去世了之类，但外公身体好得很。只是他的眼中不再有平日的严厉和猜疑。他现在只会偷偷瞄一眼托尼，对他的态度似乎也缓和了许多，就像一个正在懊悔的人。托尼感觉到某种胜利，感觉到原先的孝心温情的回归，因为老人似乎正蜷缩着等待某种神圣时刻的来临，托尼相信，那是一个超自然的神圣时刻，不仅会迎来老人第一个曾外孙的诞生，将他一生的成就传承下去，还会让他看到死亡的第一抹阴影。新的家庭氛围牵引着托尼每晚回来，在他起身离去时，老人总会把手放在他的手臂上，仿佛正在将自己的力量传递给这个虽然执拗但令他骄傲的后代。就连老妈和老爸也加入到了这种沉默而郑重的离别气氛中。

皮卡正在西区高架公路下面的河边转弯；水兵压低身子，从挡风玻璃底部手掌大小的没有结霜的地方看出去。他放慢车速，摇下车窗看他们经过的码头上的编号，随即关上车窗。驾驶室里温度骤降，欣杜咕哝着“我的妈呀”，把帽耳拉得更低。孩子出生那晚也是这样，也是在一月。他想在医院周围走走，打发一点时间，但外面天寒地冻，他只走到街角就放弃了。回到医院大厅，老妈朝他跑过来，像个小摔跤手似的紧紧抓住他，气喘吁吁地告诉他一个双重喜讯。生了一对双胞胎，两个男孩，都很健康，个头也很大；难怪她看起来那么臃肿，可怜的女人。托尼脚不点地地出了医院，在凛冽的寒风中行过第七大道，飘然走上楼梯，找到外公，只消一眼他就知道，他当时就知道，他已经知道，因为老人耷拉着脑袋，脖子仿佛折断了一样，看上去是那般惊恐，那般沮丧。但托尼还是伸出手来管他要箱子钥匙，直到外公跪下来抱住他的腿，不停地咳嗽着，痛苦地呻吟着，请求他原谅。

箱盖打开了，托尼看到一个用绳子捆着的牛皮纸包，纸包有半个床垫大小，和箱子一样深。扯开绳子，牛皮纸像木头碎裂一样噼啪作响，他看到了一捆捆的钞票——当然是意大利里拉，钞票上印着翅膀、墨索里尼画像、飞机和零、五、十等数字，他的手在这堆花花绿绿的钞票里翻找。他知道，他早就知道，他从出生那天起就知道了，但他还是跑回客厅去问外公。这是一个无心之失。你可以去卡拉布里亚问当地人，这些钱可以花，至少过去，曾经，几年以前，它们还能买东西，直到后来，全世界的钱都出了问题，就连美国也一样，问问罗斯福，为什么他在谈论关闭银行的事。钱生了病，意大利又怎么会例外？一出罗马就是穷乡僻壤。拿着吧，也许将来会升值的。我自己也是两周前去银行换钱时才知道的，你可以问你母亲。我满心欢喜地带着整包钱去了国民城市银行，因为我意识到你所有的过错都是年轻的错，是年轻人旺盛的精力使然，但这个年轻人会成长为父母和祖辈之福，以他的勇气和男子气概为祖先扬名。这里一共是一千七百三十九美元。折合成美元就是这么多。

我从前开货车从多伦多到纽约，四天就能挣三百块，外公。一千七——您知道一千七是什么概念吗？一千七，如果我买了一身好衣服和一辆别克车，我就没有钱买汽油了；一千七，如果我买下一家杂货店，一个星期生意不好我就得破产。一千七百美元可不是那种能够让您有权跑来对一个男人说，把那个女孩绑在你脖子上，跳进河里，你就能发财的数目。这点钱远远不够，何况您还给了我一对双胞胎。我有了一对双胞胎，外公！

起伏的思绪随着回忆画面的消退渐渐平息下来，卡车左转驶入码头，经过孤零零的一盏灯泡，灯光下的守夜人无精打采地挥挥手，回到小屋里的火炉旁边。在码头上一排工棚的中间，有一扇大门敞开着，水兵把卡车开到门前刹住时，车头向下一探，弹簧在寒冷中吱呀作响。

托尼跟着欣杜下了车，从他身边走过去，来到从驱逐舰甲板伸展到码头的跳板前，一边往上走，一边左右打量着整个船身。船身中部的舱室亮着温暖的灯光，当他踏上钢甲板时，他得出结论，这些人也许足够蠢到去参加海军，但还没有蠢到家——他们都舒舒服服地躲在屋里，没有人在甲板上站岗。但他很快就发现自己错了，一个肩上扛着步枪的水兵正在甲板两侧的护栏间巡逻，他的蓝色针织帽拉下来盖住耳朵，面罩遮着嘴和下巴，风雪大衣的领子高高竖在脑后。

托尼朝他走过去，但那名水兵在右舷转过身，直直地看着他，好像精神恍惚一样继续穿过甲板朝左舷走去。托尼等着他再次转身过来，直接挡住他的去路，水兵撞在他的拉链上，吓得跳了起来。

“我是船厂的。值班军官在哪里？”

水兵肩上的步枪开始向旁边倾斜，托尼伸手帮他扶正。

“是关于我的事吗？”

“哈？”

水兵拉下脸上的羊毛面罩。他的脸年轻而憔悴，一双凸出的眼睛瞪得大大的。“我不应该执行海上任务。我晕船。这艘船太可怕了，我吃不下任何东西。可他们告诉我，在我们回到这里之前，我都不能下船。你认识——”

“我是海军造船厂的。出了一起事故，对吧？”

水兵瞥了一眼站在托尼身后的欣杜，又看了看他们的工作服，似乎有些尴尬又有些发愁，他让他们稍等，然后转身离开，消失在一扇门后。

“要去看看那滑轨吗？”欣杜戏谑地模仿着他们的命令，两只脚来回替换着，俯身在托尼耳边说。

“去他的滑轨。这种天气什么也干不了。他们是不是疯了？你看这风。老天，它能钻进你的屁眼，把你的喉咙都冻上。不过你别开口，我来跟这个猴子谈。真是胡闹！”

卢伊·巴尔杜从码头的黑暗中走出来，手里提着两把大锤。“把它们放在哪儿，托尼？”

“放在你屁股里，卢伊。把它们放回车上。”

巴尔杜惊愕地站在原地。

“还要我给你叫出租车吗？快去！”

巴尔杜不明所以地转过身，拎着大锤咚咚地走下跳板。

水兵消失其中的那扇门打开了，诱人的暖黄色灯光漫过甲板，漫到托尼脚下，一个高个子男人走出来，低头躲避着寒风，扣上长大衣的扣子。他很可能是军士长，甚至可能是一名海军上尉，虽然那大学生一样笨拙的步姿和脚踝上高高翘起的裤脚让人把对他军衔的估计降低到海军少尉。走到近前，他竖起高高的衣领，拉下帽子，弯腰向托尼问好。

“哦，好的。非常感谢。我带你们过去。”

“等等，等一下，先生。”

已经朝船尾走了两步的军官又退了回来，红润的脸上露出礼貌的好奇表情。一阵狂风袭来，他用手扶住帽檐，朝新泽西的方向侧着头，风正从那边越过黑色的河流扑向他们。

“你知道这甲板上的温度是多少吗？”

“什么？哦。我有一会儿没出门了。天气变得很冷了。是的。”

欣杜本能地往后退了一步，用这段距离表明托尼和他的上下级关系，巴尔杜这时也从车上回来了，就站在欣杜旁边。

“我能请你帮个忙吗？”托尼说。他耸着肩膀，拳头在兜里握得紧紧的，眼睛在风里眯成一条线。“你能进去告诉船长外面的温度是多少吗？”

“我就是船长。斯蒂尔沃特。”

“你是船长。”托尼一时语塞，此前的所有估计都在他的脑中打转。他低头看了一眼甲板，一时有些不知所措。他以前从来没跟指挥官说过话；在船厂里，他和他们最近距离的接触也只是在走廊里偶尔遇到时，严肃地点一点头。这名指挥官来到甲板上与他交谈，这一事实本身就意味着这次修理工作至关重要，托尼发现自己的语气没有了平日的尖刻。

“我能提点建议吗，船长？”

“当然。什么建议？”

“这种天气我们什么也干不了。你也不想我们把活干坏了，对吧？不如把船开到船厂去，我们给你换一副全新的滑轨，保证好用。”

这个意想不到的误会让船长有些忍俊不禁。“哦，那可不行。我们四点就要加入护航舰队。今天凌晨四点。我不能耽误舰队启程。”

这种温和但不容置疑的态度令托尼深感不安。他的视线掠过船长的脸，试图寻找新的突破口，但船长又开口了。

“来，我带你过去。把手电给我，法罗。”

那个生病的哨兵把手电递过来，船长迈开大步朝船尾走去。托尼跟在后面。他被困住了。等他下次看见查理·马德……

手电筒射出的光束照亮了两根平行的钢轨，它们从甲板向水面上伸出去好几英尺。左舷一侧的钢轨末端两英尺处有一道弯。

“乖乖！出什么事了？”

“我们在那边的时候，”船长用手电照了一下码头外面的河道，“一艘英国船在排队时靠得太近了。”

“那些该死的英国人！”托尼勃然大怒，朝河上大声喊道，那些英国人一定还在那里。船长猝不及防，笑出声来，但托尼一脸正色地把手从衣兜里抽出来，做了一个恳求的手势。“为什么没有人告诉他们别再胡闹了，否则就退出战争！”

船长对托尼这一类人不大熟悉，他满怀期待饶有兴致地看着他。

“我是说真的！把蟑螂带进海军造船厂的只有他们！”

“蟑螂？怎么——”

“随便去问谁！我们修过法国的、挪威的、巴西的船，但你在那些船上看不到蟑螂。只有英国船会带来蟑螂。”

船长同情地摇摇头，收起脸上的笑容。“他们的船有的已经在海上待了很久很久了，你知道。”

托尼感到心里涌起了一点希望。“嗯嗯。”他喃喃着皱起眉头，对英国人表示关切。他和船长之间似乎开始有了某种相互理解，这是他始料未及的；这个人如此认真地对待他，愿意费心解释为什么会有蟑螂，甚至愿意将注意力从滑轨的问题上暂时移开十秒钟，而且，更让他感到希望的是，他似乎正在听取托尼关于今晚能否工作的意见。更为可喜的是，他还在进一步探讨这个问题。

“有些英国船已经在印度洋上连续作战十到十二个月了。一艘船在海上那么长时间没有大修，情况会变得很糟，不是吗？”

托尼一脸严肃，斟酌再三，然后大度地说："哦，是的，当然。我只是说说而已。我不怪他们，但你在他们的船上确实没法坐下。"

又有一名军官和两名水兵来到甲板上，远远地看着托尼和船长交谈，他慢慢意识到，他们一定已经等了他好几个小时，现在正想知道他的意见。

船长朝弯曲的滑轨点点头，问道："你怎么看？能修好吗？"

托尼转身看着受损的滑轨，但他的视线有些模糊。与船长友好相处的愉悦和自豪感，以及他在这个甲板上绝对的无可替代性，正在动摇他的观点。他努力让自己冷静下来，问船长能否把手电借他一用。

"哦，当然。"船长说着把手电递给他。

他把身子稍稍探出甲板边缘，用手电照着滑轨的弯曲处。那个拉皮条的该死的查理·马德！看看水里那些冰块——掉下去就永远说拜拜了。在他身后的摩天大楼里，战争每打一天，那些人的钱就会翻三倍，肉类供不应求，肉商们都发了大财，任何一个拥有车况良好的卡车的人都可以随口要价，而他这个上帝最初的替罪羊，天字第一号的傻瓜，却站在这里，没有一分钱不是他用双手按小时辛苦挣来的。

时间过去了一分多钟，他仍不肯放弃，直到想出对策为止，他继续用手电照着弯曲的滑轨，好像在研究如何修复它。一定会有出路的。但事情总是这样可恶——他从来没有在恰当的时刻想出过恰当的对策，因为他是个笨蛋，这是无法回避的事实，永远无法回避。

"你觉得怎么样？"

他觉得怎么样？他觉得应该把查理·马德的蛋吊起来。他转身面对船长，为了在风中听得更清楚，船长的脸靠得离他很近。天还会变得更冷吗？

"你来看这里，船长。我在尽力帮你，但这东西真是狗娘养的。

抱歉。你看。”

他指着滑轨上的那道弯。“我得锤打那处钢轨，明白吗？”

“哦？”

“但我站在哪里呢？它伸在水面上。除非有钩子从天上挂下来。这还不算完，我必须加热那根钢轨。这里风这么大，我不知道能否把它加热到足够的温度。”

“嗯。”

“你明白我的意思吗？我不想说假话骗你，但实际情况就是这样。”

他看着船长，船长看着变形的滑轨眨眨眼睛，眉毛紧紧地绞在一起。他看起来就像孩子一样单纯。黑暗的河流上不时响起雾角短促响亮的鸣声，作为天气的证明。托尼看到船长脸上露出失望难过的表情。他究竟是怎么回事？他现在有一个完美的借口，可以不必出海，不必让自己沉没。德国潜艇遍布泽西海岸，正在等待这些护航舰队，而面前的这个男人有一个绝佳的机会，可以在旅馆里躺上几天。托尼看到这个年轻人的双脚已经站在了出路的入口，需要他助他一臂之力。

“船长，听我说。请听我说。我有一个建议。”

船长面无表情地转向托尼。

“我同情你的处境。可是，为什么不打个电话说你今晚走不了呢？这又不是你的错。”

“舰队里有我一个位置。我必须就位。”

“我知道，船长，但请听我说。现在就离开这里，到船厂去；我们会搭建一个脚手架，明天中午，甚至上午十点之前，就能换上新的滑轨。那时你随时可以出发。”

“不，不，那就太迟了。你看——”船长用戴着皮手套的手指着钢轨弯曲的部分，“——你不用让它完全复原，只要把它大致弄直，可以投放深水炸弹就足够了。”

“听我说，船长，我愿意尽我所能，但……”一阵猛烈的寒风吹袭着托尼的脸颊。船长稳住身形，一只手抓住帽檐，另一只手握紧衣领，再次朝河的方向侧过头去。托尼听到他在寒风中艰难地呼吸。这些人到底怎么了？海军有无数艘驱逐舰，为什么非得要这艘，而且非得在今天晚上要？“我没说错，不是吗？他们不能为此指责你，对吧？无法执行任务就是无法执行任务，不是吗？谁能责怪你呢？是另一艘船在黑暗中撞了你。你当时是停着的，对吧？错的是他，不是你！”

船长瞥了他一眼，托尼从这一眼中看出了他的失望和他对自己的批评。他忍不住想为自己辩护，伸手碰了碰船长的手臂。“听我说，请听我说。考虑一下我的处境。我也是照章办事，船长，没有人能责备我。我不能在不安全的条件下工作。我本可以来这里看一下就给厂里打个电话，然后回去在甲板下面找个暖和的地方待着，因为如果不能保证安全，就不应该作业。这份工作，如果我能做到的话，我能想到的唯一方法就是我被绳子吊在船舷外面，把它敲直。如果我说我做不到，没有人能指责我。你明白我的意思吗？”

船长等待着托尼的结论，他的眼睛在风中流着泪，他的脸在狂风中皱得紧紧的。

“我想说的是，我想说……”他想说什么呢？站在与船长稚气未脱的脸近在咫尺的地方，他第一次意识到这张脸上没有半点责备。没有责备也没有命令。这个人只是不知所措，需要帮助。他还意识到，船长同样不会受到官方的任何指责。事情突然变得像他们周围冰冻的空气一样冷冽清晰——他们两人处境相同，他们都是自由的。

“如果你能做到，我会非常感激。我知道这有多难，但如果你能做到，我会非常感激。”

托尼把手凑到嘴边，朝手套上呵气，让热气向脸颊上扩散。船长在他的视野中变成了一个小点。有生以来，他第一次感觉自己有了一块可以自由活动的空间，似乎也是第一次可以完全自主地做出决定，如果他说不，不会受到惩罚，如果他说好，也不会得到奖励。得与失陡然失去了意义，余下的只是一个对任何人都无利可图的请求。船长看着他，等待他的回答。他感到羞愧，不是因为他一直迟疑着不愿尝试，而是因为他感觉自己毫无防备。他害怕事实证明这次修理工作不可能完成，而他将不得不收拾好他的工具，灰溜溜地回船厂去。

“坦白地讲，船长，我能问你个问题吗？”

“什么问题？”

“我只是随口一提——”他又找回了他那尖刻的语气，随着回忆的浮现，这种语气逐渐恢复了常态，“——因为有好多次人们跑来对我说：‘托尼，快，这艘船今晚就要出发。’于是我拼命赶工。等我第二天回来时，船还在原地，甚至两周后它还停在那里，你明白我的意思吗？”

“你的工作一结束，我们就会向河上进发，这一点你不用担心。”

“那咖啡呢？”托尼问，力求让这种疯狂带上几分交易的意味。

“咖啡管够。我会叫人去煮一些新鲜的。想要的时候跟哨兵说一声就行。”船长伸出手说，“非常感谢。”

托尼勉强把手伸过去。他感到自己的手被紧紧握住。“我需要一些绳子。”

“好的。”

他想说点什么，对船长的感谢做出对等的回应。但他不愿承认自己的内心起了变化。于是他说：“我什么也不保证。”语气中熟悉的生硬感觉让他感到安慰。

船长点点头，朝船身中部的舱室走去，一直在旁边观望的那名军官和两名水兵跟在后面。他会告诉他们……什么呢？他骗取了装配工的信任？

欣杜和卢伊·巴尔杜朝他走来。他同意了些什么呀！

“谈得怎么样？”欣杜笑嘻嘻地等着听托尼讲他如何智斗那个笨蛋船长的精彩细节。

“咱们把它修好。”托尼从欣杜旁边过去，欣杜一把抓住他的手臂。

“把什么修好？”

“我说了我们把它修好。”他看到欣杜眼中的怀疑，那种拒绝相信的狡黠之色，不由得怒火中烧，“找人要把木锯和锤子来，再问问他们有没有撬棍。”

“你到底要怎么——”

“别找我麻烦，欣杜。照我说的做，不然就滚下船去！”他对自己如此动怒感到惊讶。他到底在生什么气？他听到巴尔杜的声音在他身后叫着“我去拿！”，却兀自走下跳板，来到码头上。他现在已经无法理解任何事物，只有一种严肃的感觉占据着他的心，就像被侮辱的感觉，很快就要和人打斗、释放暴力的感觉。欣杜最好不要让他看起来像个混蛋。

过了几分钟，他才重新适应了码头上的黑暗，他在空旷的码头上到处走动，用手电随意向四下里照着，只看到光秃秃的瓦楞板墙壁。巴尔杜急匆匆地走下空空作响的跳板，拿着工具向他走来。又是一个白痴。狗娘养的，这些家伙到底在干什么，整天胡混不学无术，至少他在干每份工作时都学了点东西，虽然并没有什么意义。

手电光照在靠墙堆放的一大摞装载托盘上。托尼爬到十英尺高的托盘顶端。“这是做什么用的？”巴尔杜问，伸手接住托尼从堆垛边缘翻落的托盘。托尼没有回答，从上面下来，示意他把起钉撬棍拿来。巴尔杜把锯子锯条朝前递给他，托尼一巴掌把它拍开，伸手拿起锤子和撬棍，开始撬托盘上的木板，直到下面的两块五英尺乘五英尺的滑动垫木被解放出来。“你拿一块。”他说，然后走上跳板回到甲板上。

他测量了两根滑轨之间的距离，把垫木锯成合适的长度。现在肯定快十一点了，也许更晚，天还会变得更冷。他剪下两根绳子，命令巴尔杜把其中一根绳子的一端绑在他胸前，另一根绑在自己身上，然后解开巴尔杜打得松垮垮的绳结，把它重新系紧。他把两根绳子系在滑轨底部的钢架上，留出足够的长度，让他和巴尔杜爬到滑轨上。他拿着垫木的一端，巴尔杜拿着另一端，两个人趴在滑轨上一起向前移动，垫木夹在他们中间，越过开阔的水面。他叫巴尔杜把他那一端搭在滑轨内侧的L形转角上，扶着它，防止它松动落入水中，他把自己这一端也楔入滑轨内侧，就在那道弯的后面。他让巴尔杜慢慢退回甲板，让欣杜把大锤递给他。但大锤还在卡车上。他叫他们去卡车上把大锤、两个气瓶、焊枪和喷嘴拿来，不要受伤。

巴尔杜跑着离开了，欣杜故意走在后面。托尼蹲在地上研究滑轨。那个生病的哨兵梦游似的在他身后走来走去。该死的查理·马德，真恨不得把他的蛋吊在天花板上。

“嘿，晕船的。”哨兵走近时，他回头叫了一声，“能不能给我找块油布来，嗯？”

“油布？”

“油布，防水油布。快去。”

老天，这帮家伙一个比一个笨，什么都不懂，只会张着嘴胡说八道。船长现在在说什么？在做什么？自己真的被骗了吗？可是，除了冒着生命危险穿过泽西海域的那些潜艇，船长这样做又能得到什么呢？如果他被骗了，那就去他的，让这个混蛋等着瞧。等着瞧什么呢？

他的眼神有些茫然，他突然不明白自己为什么要自讨苦吃，即使他曾经知道。而且，大锤一旦抡起来，很可能会有人落水。

“来点咖啡吗？”

他转过身抬头看去。船长递给他一杯热气腾腾的咖啡，另一只手上还拿着两杯。

“谢谢。”

这时，巴尔杜和欣杜正丁零哐啷地把气瓶放在他们身后的甲板上。托尼喝着咖啡，呼吸着咖啡的香气。船长把那两杯咖啡递给他们。

“为什么不回去坐着呢，船长？去吧，暖和暖和。”

船长点点头离开了。

托尼放下杯子。哨兵拿着一块折叠着的防水油布回来了，油布的索眼里穿着四分之一英寸粗的绳子。托尼叫他放在甲板上。他又等了一分钟，让巴尔杜喝完咖啡，然后叫他爬到滑轨上去把垫木扶稳，托尼好用大锤敲打垫木的另一端，将它紧紧地揳入两根滑轨中间。他把大锤放在身前的滑轨上，推着它爬到水面上方。在他左边，巴尔杜已经再次绑好绳子，张大了眼睛爬了出来。托尼看出他害怕下方的河水。

巴尔杜慢慢爬到垫木那里，用两只手扶稳它，让它抵在L形转角上。托尼在滑轨上小心翼翼地站起来，弯腰拾起大锤，又侧身向外挪了挪，摆好姿势准备挥动大锤。在欣杜手中的手电光的照射下，河水黑魆魆的，河面上漂满了纸片。托尼小心翼翼地抡起大锤，一下又一下地砸在垫木上，直到它紧紧地卡入两根滑轨之间。他和巴尔杜退回甲板，拿起第二根垫木，又慢慢爬回来，紧贴着第一根垫木将它揳了进去。这样一来，在两根像悬臂一样伸出去的滑轨中间就有一个可以立足的地方了，尽管一个人能否在如此狭窄的地方使出足够的力量敲打弯曲的滑轨还有待观察。

他把防水油布展开，把一角递给巴尔杜，自己拿着另一角，两人再次爬上滑轨，将油布系在两根垫木上，这样它就挂在了那道弯的上风处，或许可以防止风将钢轨冷却。或许不能。他退回到半路上，叫欣杜把焊枪递给他，再拿一把大锤站在他刚架好的小桥上，准备敲打钢轨。

“别找我，老兄。”

“你，就是你。”

“这位海军上将不行吗？”欣杜指着巴尔杜问。

“我要你来。”

“真的不行，老兄，我恐高。”

托尼从滑轨上退回来，站在甲板上面对欣杜。

“别胡闹了，托尼。没人付钱让我到那上面去。我连游泳都游不好。”

他从欣杜嘲弄的眼神中看出他对规章制度有一定的了解。他挑起眉毛，眯着眼睛，露出他和对方摊牌时的典型表情，放在从前，他决不会容许一个人这样嘲笑他而不应战，但现在，连他自己都感到奇怪，他对欣杜只有蔑视，他明明有能力比瘦小的巴尔杜更胜任这项工作，却拒绝出力。他已经很久很久没有体会过被别人辜负的感觉了，因为他早已不再对任何人抱有任何期待。他转过身朝巴尔杜招招手，在等待巴尔杜过来的时候，托尼强烈地感受到自己积极推进这项工作的怪异之处，正如欣杜的态度证明的那样，这项工作只适合傻瓜来做，而且很可能无法完成，因为风冷却钢的速度和他们加热它的速度一样快。他俯身拾起细长的焊枪。

“你会用焊枪吗？”

“嗯，不大会用，不过……”

托尼转向欣杜，伸出手说：“把打火器给我。”欣杜从夹克口袋里拿出一个弹簧驱动的打火器交给托尼，托尼接过来，注意到欣杜嘴角的一抹笑意，忍不住说："去你的。"

"别客气。"欣杜说。

托尼打开焊枪上的两个阀门，用力捏了一下打火器。火焰刚一露头就在风中噗地一声熄灭了。他用身体挡住风，再次点火，这次火焰稳定了。他拉起巴尔杜的手，把焊枪交到他手里。"跟我来，我教你怎么做。"

巴尔杜忙不迭地点头，乌黑的大眼睛里闪动着为国效力的热忱。"好的，好的。"

托尼被巴尔杜的爽快吓了一跳，忙说："慢慢来，看好了再行动。"他走到被撞弯的滑轨前，小心翼翼地把大锤推到前面，然后慢慢地趴在滑轨上向水面上移动。来到那两根垫木旁边，挂在那里的油布在风中啪嗒作响，他收腿坐下，招手示意巴尔杜跟上。

巴尔杜趴在滑轨上，慢慢向托尼靠近，他左手拿着焊枪，被风吹歪的火焰朝向下方。但每向前一步，焊枪的火焰都会摆动到他的脸旁。"放开焊枪，巴尔杜，放松点。"托尼喊道。

巴尔杜停下，把管子抽出来一英尺，让焊枪吊在下面，然后继续前进，在他靠近时，托尼伸出一只手按在他头上。"停。"

巴尔杜停了下来。

"把焊枪拿在手上。"

巴尔杜把焊枪拉上来，握在手里。托尼用手指着那道弯。"把火对准这里。"巴尔杜把焊枪凑过去，焊枪的火焰在钢轨上分成了几瓣。托尼把巴尔杜的手从钢轨上移开一两英寸，教他做画圈的动作，然后放开手，巴尔杜继续移动火焰。"很好。"

现在肯定有十一点半了，也许更晚。托尼盯着钢轨。油漆变黑了，冒出了小泡。还行。他把防水油布拉高一些，以便更好地护住火焰。钢轨上开始泛出淡黄色的光亮。还不错。阵阵狂风推搡着他的肩膀。他看到眼泪从巴尔杜的眼中滴落，焊枪的火焰正在偏离钢轨。他脱下手套，伸过手去按住巴尔杜的眼皮，帮他擦去眼泪，火焰又回到了正确的位置。他看见欣杜笑嘻嘻地拿着手电站在甲板上，身后是正在巡逻的哨兵。

黄色的光亮不断加深。不错。钢轨上渐渐呈现出橙黄的色调。他握着巴尔杜的手画更大的圆圈，以扩大受热范围。他再次脱下手套，把巴尔杜的眼泪挤掉，又脱下另一只手套，两只手拢在火焰上取暖。

钢轨开始发红。他把手套塞进衣兜，抬起一只脚踩在钢轨上，身体靠向他建造的木桥，把另一只脚也提上来，然后慢慢站起来，慢慢弯腰拿起放在钢轨上的大锤，再直起身子。他叉开双腿，一只脚踏在垫木上，一只脚站在钢轨上，以极小的幅度调整好自己的姿势。他举起大锤，试着挥出一击，看自己能不能站稳，钢轨颤抖着，他的脚仍稳稳地站在上面。他把大锤举得更高，猛地砸向钢轨，同时留意着脚下的桥面，担心它会松动，让他掉进水里，但它仍搭在L形凸缘上，牢牢地卡在两根钢轨中间。巴尔杜用那只空着的手抱住钢轨，用脚腕将钢轨锁住。

托尼举起大锤用力砸了下去。钢轨铿然作响，巴尔杜被震得闷哼一声。他挥动大锤，使出全身的力气，钢轨铿然作响，巴尔杜好像胸口被击中一样咳嗽起来。托尼感觉风从领口灌进后背，把他的汗冻成了冰。真见鬼，可别得肺炎。他再次用力砸向钢轨，然后把大锤立在脚边。那道弯变直了一些，大概有半寸或一寸的样子。他的手臂因为血液涌入而突突直跳，他的大腿因为别扭拘谨的站姿而疼痛。他回头看一眼甲板上的欣杜。

“别看我，老兄。”

他感到很孤独。巴尔杜指望不上，他是个怪人，傻瓜，对什么事都信以为真，与此同时，每个人都在嘲笑他，他是个小丑而不自知，什么事都不能指望他，但他现在正壮着胆子趴在那里，所以也还好。

他喘息着，咳出胸口残留的烟草气。他低头看一眼鞋后不远处的钢轨，已经变成了深红色。他独自一人敲打着钢轨，然后再次停下来休息。钢轨大概又伸直了半英寸。他的呼吸越来越沉重，他的后背也变得紧绷起来，因为站在这样狭小的地方，他连脚都不敢动，只能尽量将身体的重心平衡地分配到大锤和双脚上。他孤独地站在水面上，手电的光束消失在他周围的夜色中。

他吐出一口痰，第三次停下来休息。这狗娘养的会变直的，如果他继续锤打，它会变直的。他不敢让巴尔杜接手——他笨手笨脚的，什么都做不好，肯定会掉进水里。不过他焊枪用得还不赖，尽管紧贴着他衣服的钢轨一定正把寒意传向他的身体。他低头看一眼巴尔杜，再次看到他脸上的恐惧，以及从下面仰望着他的河水。

他再次举起大锤。酸软无力的感觉沿着他的上臂蔓延开来。他必须深吸一口气，屏住呼吸，才能完成每一次敲击。查理·马德仿佛已远在万里之外，多拉的模样也变得模糊起来。如果他决定赴约，也只会在她的房间里睡着。这并不重要。他把大锤靠在脚边。现在真正的问题是他能否举起这把大锤。欣杜，他给过欣杜十几个电话号码，他现在却离他那样遥远。

托尼舔了舔嘴唇，他的舌头好像舔在了铁上。他握着锤柄的手似乎被永远雕刻成了环握的形状。风吹进他的鼻子，吹得他的头和喉咙失去了感觉。他举起大锤，感到右膝一阵痉挛，急忙把它挺直。这该死的铁，这顽固的、白痴的铁，弯曲着躺在那里，拒绝他的要求。回甲板上去，他想，躺下来歇一会儿。但是，现在钢轨已经加热了，如果中途停下，只能重新加热，因为他没法从巴尔杜身上过去，他要想回甲板，巴尔杜就必须先退回去；而且一旦停下，他的肌肉就会变僵，更难重新开始。他愤怒地抡起大锤，将全身的重量都倾注到上面，让他的脚见鬼去吧——如果他掉下去，绳子会拉住他，他们那么多人会把他拉上来的。

钢轨渐渐变直了，虽然仍会有一点凹痕，但只要他能让它与另一根钢轨拉开足够的距离，将深水炸弹投放到海里，该死的德国人就会尝到它的厉害，砰的一声，他看到潜艇外壳的钢板在海里炸开，船长注视着海面，寻找燃油上浮的迹象。他再次放下大锤。他感觉自己快要哭出来了，像个孩子一样为自己的力不从心哭泣，但如果他叫停，爬回甲板上，让欣杜小看他，让他们知道整件事都是白忙一场，那他就是个孬种。

他感到很孤独。欣杜对他而言算是什么人呢？一个可以和他交换女伴、在酒吧里称兄道弟的家伙，时机一到，就会为了自己的利益抛下他，就像托尼认识的所有男人和女人一样，甚至连老妈都不例外，如果不是她向外公告密，他根本不会被迫和玛格丽特结婚。他不顾一切地抡起大锤砸向钢轨，让他的动作彻底放开，去他的，落水就落水好了。

“看起来已经挺好了！”

他半举着大锤，一时间分辨不出声音来自何方，就像在梦中，从空中飘来的声音。

“我相信这样就够了，伙计！”

他小心地转过上半身，朝甲板看去。船长和另外两个人以及那名哨兵正在看着他。

“我想你已经完成任务了，回来吧，嗯？”

他想说点什么，但喉咙哽住了。巴尔杜趴在那里，抬头看着他，托尼点点头，巴尔杜关上阀门，火焰噗地熄灭了。巴尔杜沿着钢轨慢慢向后退。一名水兵从甲板边上伸手抓住他上衣的后背，直到他安全地滑到甲板上，然后扶着他站好。

托尼没有知觉地拎着大锤，一动不动地站在滑轨上，他想弯下膝盖，趴在滑轨上慢慢爬回甲板。他的大脑无法思考，身体也不听使唤了。慢慢地他意识到，他现在无论如何都不能趴下，否则他将不得不爬过那段可能依然滚烫到足以灼伤他的钢轨。他试着将一只脚沿着钢轨挪动了半英寸，却差点失去平衡，被他遗忘的大锤的重量拽着他的身体向右晃了一晃。他低头看一眼紧握锤柄的手，命令它张开。大锤径直落水，溅起一个水花，旋即消失在漆黑的河水中。船长、船员们和巴尔杜挤在一起，爱莫能助地看着这个小个子男人微微张开双臂站在伸出船外的钢脊上，拴在他胸前的绳子兜了一条弧线连接着甲板上的钢架。托尼低头看着自己的脚，侧着身子一英寸一英寸地向甲板走去。他欣喜地感觉到有一只手握住了他的手臂，当他从滑轨上回到甲板上时，紧张的感觉也随之消失了。他在落地时忽然膝盖发软，旁边的人忙抓住他，扶他站直。船长转过身去。两名水兵像架着醉汉一样架着他走了几步，他渐渐缓过来，摆脱了他们的搀扶。走在前面几码之外的船长放慢脚步回头看看，朝船身中部做了一个邀请的手势，随后被风推着走进了一个门洞。

他和巴尔杜、欣杜喝着咖啡，吃着面包。托尼看到水兵们充满敬意的真诚笑容，看到欣杜轻松自如地和他们开着玩笑，他还看到船长，他已经摘下帽子，露出一头金发，他友爱地看着托尼，不说什么，只亲自为他斟满咖啡，站在一旁礼貌性地听欣杜说笑。托尼站起身来，他的嘴唇暖和了过来，汗水也不再冰冷，大家互道晚安。托尼出门来到甲板上时，船长用手拍了拍他的肩膀。

等到欣杜和巴尔杜把气瓶和大锤全都装上卡车，托尼示意巴尔杜坐进驾驶室，助手爬到正在发动引擎的水兵旁边，挨着他坐下。托尼上车，拉上车门，透过眼角余光看到欣杜站在外面，横眉立目，一副受辱的表情。“现在刚到半夜，老弟，”托尼看也不看他一眼，“还有四个小时才下班。坐到后面去。”

欣杜眯着眼睛在那里站了二十秒钟，表达他的轻蔑和不满，然后爬上卡车敞开的车斗。

出了码头，水兵把车停下，左右扫视了一下路况，然后向市区驶去，托尼从侧窗看到水兵们正从驱逐舰的跳板上下来。他们已经要解缆启航了。卡车穿过寒冷空旷的街道，向钱伯斯街和布鲁克林大桥飞驰而去，把这里的一切都抛在了身后。半小时后，驱逐舰就会归队，停靠在河中排列成行的货船旁边。船长也将回到属于他的地方。斯蒂尔沃特。斯蒂尔沃特船长。他认识他。他现在感觉船长是他在这个世界上唯一认识的人。

回到船厂，托尼叫司机把他们送到他们之前工作的那艘巡洋舰停靠的干船坞。他没等欣杜从后面下来，就和巴尔杜一起上了船，找到查理·马德，把他叫醒，咒骂他派给自己的工作，拒绝听查理的感谢和解释，不等他许可就穿过船舱来到了轮机舱。头顶上仍有人在焊接，电弧依然离钢材太远，他竖起衣领挡住溅落的火花，爬上黑暗的过道，找到电缆通道，钻进去，摊开四肢躺在钢甲板上。他感觉身体打结了，得了风湿了。他身上的汗味很重。他回顾着自己为这份工作找到的解决方案，为自己想出从托盘上取下垫木的主意感到得意。这真是个好主意。巴尔杜也不错。他想象着滑轨上残留的那处凹痕，感到遗憾，希望能把它完全弄直，不过现在这样也没有问题。船长的脸在他紧闭的双眼后面浮现出来，那张脸上没有戴帽子，就像他们站在一起喝咖啡时那样，金色的头发闪着亮光，衣领仍然竖着，他给托尼倒咖啡时的眼神，他的亲切和他的沉默。那张明亮的脸独自悬挂在无尽的黑暗中。

一九六六年

寻找未来

我在哪里读到过，福克纳去世前不久在一家餐厅用餐时说：“味道都一样。”也许我正在死去。但我感觉很好。

我正在往脸上粘胡子。望着镜子，我回想起我这一生中粘过的所有胡子，这已经是第九副了。在我年轻一些的时候，我喜欢有胡子的角色，因为他们让我显得成熟，让我更自信。但随着年龄增长，我现在已经没有那么喜欢他们了。无论怎么努力，粘着胡子的我在舞台上总是表现得像个哲学家，而我这次的角色是一个粗声大气的农民。

那天晚上，我看着我的化妆罐、海绵、毛巾和眼线笔，突然有一种强烈的感觉：一直以来都是同样的瓶瓶罐罐，同样的海绵，同样的被湿粉饼染上斑斑粉色的毛巾，和现在这条毫无二致；我已经三十五年没有从这张梳妆台前起身了，我的整个人生就这样在开幕前的二十分钟，在一动不动的静坐中度过了。所有的一切都是一样的味道。其实我认为我是个乐观的人，但是在那个漫长的瞬间，我觉得自己除了为一个我从未扮演的角色化装之外，没有做过任何事情。之所以这样，我想，一方面是因为所有化装间都长得一样，另一方面是因为我一直在等待我父亲去世的消息。我并不是说我一直在想着他，但是当我听到电话铃声响起，我常想，来了，他们要告诉我那个消息了。

后台工作人员进来了，我以为他是来通知我离开场还有十分钟，但他说有人要见我。我吃了一惊。人们从不在演出前来访。我想也许是疗养院来人了。我心里很害怕。但我想马上知道答案，于是工作人员赶忙出去领访客进来。

我一直没有结婚，虽然我订过几次婚，但对象总是非犹太女孩，而我不想让母亲伤心。我后来发现我太依恋她了，不过我并不十分确定。我最爱的莫过于孩子和家庭生活。可是每到最后关头，总会有一个念头冒出来，在我的脑海中萦回不去。那就是，这桩婚姻并非绝对必要。这让我的心开始动摇，始终无法迈出那一步。我多少次希望自己出生在欧洲，在我父亲的村子里，那里实行包办婚姻，直到婚礼结束，你甚至连面纱下的新娘的脸都没有见过。我想我会是一个忠实的丈夫和称职的父亲。这是个无解之谜。我想念我从未拥有的妻子和孩子。

我惊讶地看到一个男孩走进来，虽然他可能已经二十二三岁了，但个子很矮，头发鬈曲，面色红润，看起来好像从来不用刮胡子。我想他也许是疗养院老板的儿子。他表情温和，眼睛闪闪发光。

“我只想提醒你一声，夜里别忘了。”他说。

夜里别忘了？夜里别忘了什么？我一头雾水。有那么一瞬间我甚至想，难道是我父亲已经去世，而我忘记了，今天夜里要按例举行个仪式什么的。

“集会。”他说。

我想起来了。那是在萨迪餐厅，我接受了唐纳德·弗罗斯特的挑战，同意出席一场名为“百老汇呼吁和平”的集会。我的服装师的侄子，一个二十一岁的音乐人，刚刚在越南的某个地方被射伤了双眼，我对此感到非常非常痛心。我还没有见到我的服装师罗伊·德尔坎波。事情发生后，他甚至没有给我打电话。我知道这几天晚上他迟早会露面，但目前为止仍不见他的影踪。说实话，我不知道这场战争谁对谁错，但我知道十年后没有人会记得这一切都是为了什么。就像我总是坐在梳妆台前——我现在就坐在这里写这篇文章，有时感觉我似乎从来没有上台表演过，而我演过四十三部戏，四十三场首演，谁还记得那些戏的演员阵容，记得我们在创作过程中争论过什么？更不要说那些评论和它们的标题了。我知道这是我的生计，如此而已。我甚至已难以记起我曾经向往成为的那种演员。我只知道不是现在这种。

我突然对这次集会感到有些紧张。我素来敬重那些有坚定信仰的演员，昔日那些左派人士等等。无论别人怎么说，那些男人和女人之间有着美好的友谊。但我从来不认为真的有必要把我的名字和任何政治活动联系在一起。无论我是否参与其中，我认为不会有任何区别。

此外，我对公开露面也感到紧张。我看着这个男孩，他也看着我，我仿佛又看到了我们这一代人年轻时的样子，这次集会不只是一次集会，而是要阻止世界走向毁灭。我不相信这些，但对他来说就不一样了，对他来说——我看得出他是个演员——每次演出都是一个新的开始。我能看得出来，他仍然记得发生在他身上的每一件事，他的人生路正在向上伸展。其实我很害怕这次集会，但我不忍心告诉他，无论我出席与否都不会有任何区别。于是我们握手，他甚至握了握我的手臂，就好像我们是在同一阵线，又好像是在表明，他为有年长者加入他们而感到特别高兴。大致就是诸如此类的感觉。

在他转身离去时，我看到他那件大衣的屁股后面磨旧了，颜色比其他地方浅得多——演员会留意到这种事情。这表示他经常穿着大衣坐在表面粗糙的地方，比如四十二街图书馆门前柱子的水泥基座，或者公园的长椅，又或是制片人办公室外间的坏了的椅子。而他现在正把时间花在集会上。我想象不出我会为了什么而静坐等待，我希望能有这样的东西。我最后有点为自己将要参加集会而高兴。究竟为什么，我也不知道。

我觉得那天晚上我演得比平时好，并不是说人们能看出其中的差别，而是我发现当我看着同台的演员时，真的有种恍如初见的感觉。突然间，我感到演戏这件事，这个让人能够忘却其余的一切，在舞台上真的生气，真的笑，真的把道具的茶水喝出苹果酒的味道，甚至被酒的苦涩呛咳的戏剧的整个概念是多么不同寻常。第二幕快结束时，第三排有个人起身走了出去，看到观众中途离场，我通常会感到沮丧，但这晚我却有这样一个想法——他是在扮演一个中途离场的角色，全场观众也都是在演戏；毕竟，这么多人坐在一起，面对同一个方向，不言不语，这就是一种表演。只是我们中的一些人很快就会真的死去。

就在那个人往外走时，我又想到，台下和台上唯一真正的区别是——死亡的一幕结束后，你不会再站起来。就连总统现在也开始为他的电视讲话化妆了。每个人，每天早上，都要穿上戏装粉墨登场。只是我每次都在最后一刻停下来，没有真正走入婚姻。

谢幕的时候我想，也许我不结婚的原因是婚姻会让我的生活变得真实，让我和舞台产生某种距离。

第二天上午，我去疗养院看望父亲。四五天前我刚去看过他，可是早上起床后我试着读了一会寄给我的剧本，又打了几个电话，心里却止不住地牵挂。于是我去看他。

那是十月里的一个大风天，纽约晴空万里。我父亲向来喜欢大风和寒冷天气。他会竖起大衣领子说“啊——”，很小的时候我就会模仿他的样子，大口呼气，畅快地迎着寒风。他会低头看着我笑。“今天不热，孩子。”

老爸活在一个笼子里。但笼子的栅栏离他的脸太近，他看不见它们，于是他不停地这边走走，那边走走。最后他终于明白——一天里第一百次明白，他是不自由的。但他不知道为什么。他觉得有人知道，无论那是谁，都对他抱有恶意。时间到了就会有事发生。有人把他关在这里一段时间，你也许会说，这是暂时的。

房间刚漆过，油漆味还在——浅蓝色的新漆覆盖在许多层旧漆上，因此光亮的墙面有些凹凸不平。天花板中间垂下一根绳子，绳子的末端有一个荧光的塑料吊穗。每当他在房间里走动，头都会碰在上面。黑夜里，他躺在床上入睡时，视网膜上仍残留着塑料吊穗发出的荧荧蓝光。下午，他可以拉动绳子，让天花板上的灯亮起来。他对机械装置总是不大放心，拉灯绳时他会抬头看着天花板，有些惊讶地看着灯光亮起。有时他的头碰到吊穗后，他会轻轻搔搔那个地方，就像刚刚有一只苍蝇落在他的皮肤上。“中风”这个词用得很对，大脑就像受到轻轻一击，这就够了。

疗养院是一栋经过改造的旧公寓大楼，但空间极为狭窄，每层楼的走廊都只有一人来宽。进门右手边是一间办公室，里面的一个胖女人总是在翻看一本厚厚的登记簿。左边是一部很慢的电梯。往上一层就是我父亲所在的楼层。走廊里总是立着一张床垫或一副弹簧——有人搬走了或是去世了。房间的门都开在走廊上，住的大多是老妇人。她们面对着床一动不动地坐着，有的在椅子上睡着了。这里悄无声息，老人们都在打瞌睡，就像在笼中憔悴的瘦弱的白发鸟儿。他们的眼睛看起来都很忧郁。

一进大楼，就能闻到空气中弥漫着一股动物园的味道，楼上味道更重。但这并不是肮脏的味道，而像是潮湿但无害的泥土的气息。第一次来时，这个味道就像阴沟味一样令我反感。但过了一会儿，如果你容许自己正常地深呼吸，你会发现这是泥土的气味，你会对它肃然起敬。

老爸的房间在走廊尽头。对面是一块加宽的空间，设有一个护士工作台。我打开他的房门时，护士们连头都没抬。没有人会来这里偷东西或者干坏事。老人们已是风烛残年，不会再有什么紧急情况。

无论我什么时间来，他通常都在床上睡着。我已经比他生我那年大了二十岁。我已经比当年在寒风中散步时我所仰视的那个男人年纪大了。我的两鬓已经花白。母亲已经去世了很久很久。他所有的兄弟姊妹，所有他认识的、和他一起打牌的人都不在了。我也已经失去了很多朋友。到头来，他并不比现在和未来的我年长多少。

我站在那里低头看着他，回忆起前一天夜里的集会。大约有十五个人和我一起坐在舞台上的一排椅子上。唐纳德·弗罗斯特是大会主席，他依次介绍了我们。不知为什么，当我站起来的时候，掌声似乎更热烈了一些，可能因为这是我第一次站出来参加这样的活动，也可能因为我在现在的这部戏里很受欢迎，人们认出了我的脸。但当我站起来，掌声继续时，唐纳德招手示意我到话筒那儿去。我担心我说的话会上报纸，而且我不知道该说些什么。我走到话筒前。全场鸦雀无声。剧院里挤满了人。据说外面也挤满了想进来的人。我弯腰对着话筒，听到自己的声音说："我认识的一个人失明了。"然后我意识到我其实并不认识那个失明的男孩，于是我停下来。我意识到这听起来很疯狂。我意识到我很害怕，害怕有一天会有人来调查，我可能会因为参加这样的集会而受到指责。我说："我希望战争停止。我不理解这场战争。"然后我回到自己的座位。全场掌声雷动。我不明白为什么。我不知道我究竟说了什么让他们反应如此热烈。这就像是在首演之夜，一句你之前并未怎么在意的台词引起了巨大反响。但我还是很高兴，不知为什么。也许只是因为那掌声，虽然我不理解，但我感到幸福，我突然想到，没结婚真是一个非常非常可怕的错误。

"爸？"我轻声呼唤，以免惊到他。他张开眼睛，抬起头，朝我眨着眼睛。

他现在被唤醒时总是面带微笑，长脸的下半部分向下牵拉，使眼睛睁得更大。看不出他在对你微笑时是否知道你是谁。我说话前总是先自报家门。“我是哈里。”我说，但我说得很随意，仿佛我这样说只是因为他没有戴眼镜。他的手指在下嘴唇上紧张地来回移动。我想他是在触摸自己，因为当每天都有他不知道自己是否认识的人突然出现和消失时，他不再确定什么是真实，什么是梦境。他立刻坚持要下床。毯子下面的他穿戴齐全，有时甚至还穿着鞋。不过今天他只穿了袜子。“我的拖鞋。”

我从金属柜橱里拿出他的拖鞋帮他穿上。他站在地板上，一边掖着衬衫，一边说“嗯，嗯”，好像在进行一场交谈。

这里没有无边的情感，只有看不见的暗流。他的腰有些弯了，膝盖僵硬；他扽扽自己的衣服，确认每一件都在身上。他为有人来看他而兴奋，虽然他知道这不会，绝对不会有任何结果。但不管怎样，他希望探视持续得久一些，说不定会发生点什么，让他获得自由。他害怕突然宣布探视结束，于是做每件事都尽量加快了速度。他叫你“坐下，坐下”，不仅是为了你的舒适，也是为了推迟结束的时间。然后他坐在唯一的一把扶手椅上，身后是太平梯和一片城市的天空，而我坐在床边，面对着他。

“我听说你今天和护士一起去散步了？”

“对，河边。坏天气，前天，但今天是好天。真是好天。”

“是啊，今天天气很好。”我重复着他的话，好让他知道我明白他在说什么，尽管这对他来说并没有多少分别。不过，有时他急于让别人听懂他的话，这时情况就会变得很糟糕。我不清楚他是否知道，他的话大都令人费解。

他的手朝床头柜的方向略微扬了扬：“我的眼镜。”我打开抽屉，从他放在里面的两副眼镜中拿了一副递给他。

“是这副吗？”

他戴上被他那双不灵便的手掰得弯曲变形的镜框。镜片上沾满了他的指纹。“对。”他说，眨着眼睛朝四周看看，然后说了声“不”，便在抽屉里翻找起来。我把另一副眼镜拿给他，他摘下头一副，打开第二副，又把头一副戴上，看着我。

我在他看着我的时候意识到，他感觉到了我们之间的情谊，他很高兴见到我，但他不能确定我是谁。“我是哈里。”我说。

他笑了。虽然他现在很瘦，但依然是个大个子，他的头很大，牙齿健康坚固，他的身体里散落着某种力量，某种至少尚未完全满足于这种房间和这种生活的人所具有的力量。对他来说，就像对我和其他所有人一样，这都是一种错误。他有未来。我想我仍然来看他就是为了这个缘故。

我以前从来没意识到他是招风耳。我想我总是只顾看他的眼睛，从来没留意过他的耳朵。因为不用再听他的话，也不用再怕他，我现在有时间好好打量他了。

他的左腿比我原先注意到的还要弯得厉害。他的手修长纤细，几乎像艺术家的手。他的脚又窄又长。他有类似斯拉夫人的高高的颧骨，从前他的脸颊较为丰满时，我从未注意到这一点。他的头顶和后颈都变得更平了。就在不到五年前，我第一次意识到他老了，上年纪了。那是一天下午，我碰巧在百老汇遇到他，走在他身边，我不得不把脚步放得很慢。迎面一阵微风就会让他眼泪直流。但我当时并不觉得这是很悲伤的事，我觉得他毕竟已经活了很长时间。

但这一天我的感受有所不同，因为他没有放弃他的未来。事实上，他比我更积极地追求自己的未来。他真的在渴望着什么。

“听了，我啊有事尼。很重要。”

“你想要什么吗？”

“不，不。我啊有事尼。”

他等着我回答。“我不明白你在说什么，但继续说，也许我会弄懂的。”

他伸手推推房门，检查它是否关好了。他一边说话，一边睁大眼睛望着外面的走廊，仿佛那里有不怀好意的人随时会闯进来。然后他愤怒地咬紧牙关，摇了摇头。“我一生从没有。从没有。”

“怎么了？”

“他唔浪我出呢。”

“他们不让你出去？”

他愤慨地点点头。“尼唔浪我出呢。”

“可是你和护士出去过了，不是吗？”

“听了。尼听了？”他不耐烦起来。

“是的，爸，我在听。你想要什么？”

再次开口之前，他露出一副精明的神色，好像在计算些什么。他正准备做一笔交易。他的嘴唇像黑猩猩那样快速而无声地弹进弹出，练习着他要说的重要消息。然后他跷着腿，从椅子的扶手上向我靠过来。

“不交我的钱。”

“你的钱？”

“不交。昨天她说好。今天，不交。”

“楼下的那位女士？”

“对。”

“她问你要钱？”

“不交我的钱。”

“她不把钱还给你？”

他点点头。“不交，五万块。”

“你问她要五万块？”

“我的钱。”

他跷着腿，上身朝我倾斜，就像我过去看到他在旅馆大厅或者普尔曼式车厢里跟人谈生意时一样，姿态优雅潇洒。他当然没有五万块，他已经一无所有，但我当时并没有意识到他心里到底在想什么，尽管他正在清楚地告诉我。

“可是，爸，你在这里不需要钱。”

他怀疑地看了我一眼，露出一丝狡黠的笑容。我也没有站在他那边。

“听了。”

“我在听。”

“我可以回家。”他突然口齿清晰地说。他已经没有家了，他的妻子已经去世八年了，就连他的旅馆房间也早都退掉了。“我不会出声。”他说。

“这里对你更好，爸。”

“更好！”他愤怒地看着我。

“你需要有人照顾。”我解释道。

他的眼睛不时看向门口，心不在焉地听我解释为什么他在这里比在家里好得多。但他不再愤怒了。他说：“我可以生活。”

我点点头。

“我可以生活。”他重复道。

我们都陷入了沉默，这总是最难挨的部分。我已经无话可说，他也不再有办法寻求我的帮助。或许他在期待我开始收拾他的东西，接他出去。此时的房间里只余下他那份淡淡的喜悦：有人来这里看他，虽然不清楚是谁，只知道是个熟人；而我仅仅是知道他的这种喜悦而已。

他时而朝我看看，表情变化不定。有时他会眯着眼睛打量我，好像要盘问些什么。然后他会再次眨眼看着前方，嗫嚅着嘴唇。过了一会儿，他又会笑容可掬地看着我，目光渐渐凝住。

最后他举起手指，好像要引起我这个陌生人的注意，然后他仰着头，像是在回忆似的说：“你去圣路易斯？”

“是的，我现在回来了。我去过那里，现在回来了。”九或十年前，我曾经在圣路易斯演出过。他的一家工厂四十年前就开在圣路易斯。

他露出愉快的笑容。他喜欢城市，他喜欢出入各个城市，享受旅馆里的周到服务；他喜欢回忆那些被拆除的建筑，那些企业和商业生涯的沉浮起落。我知道他在笑什么。他曾经从圣路易斯给我带回一辆玩具巴士，上面有一整支乐队，巴士一动，乐手的胳膊就会跟着动起来，车厢里的唱片随即开始播放《星条旗永不落》。他到家时，我刚从午睡中醒来。他怀里抱着礼物盒。除了这辆巴士，我记得还有一副送给我母亲的米色小山羊皮长筒手套。那时的他面庞红润，笑声清亮，每次回来总能给家里带来一阵清风。

“好了，爸，我得走了。”

“好，好。”

他急忙站起来，把裤子提到已不再突出的小腹上面，又正了正身上那件棕色毛衣。他甚至为我的告辞感到高兴，认为我有重要的工作、约会和别人无权插手的世界大事要去处理。我们握了握手。我打开门，他坚持要送我到电梯口。“这边，这边。”他用主人的口吻说，好像他忍不住要做主。他弯着腰在前面带路，走过狭窄的走廊，弯曲的左腿吃力很重，经过有老妇人一动不动地坐在里面的敞开的房间时，他总是背过脸去。他从来都不喜欢老女人。

外面的风刮得比之前更急，天却阴了下来。我还有时间，就步行了一会儿，一边想象着他怎样走回房间，躺在床上，可能已是精疲力尽，灯绳上的塑料吊穗在他的头顶上摇摆。

能够不一瘸一拐地走路真好。我再次决心戒烟。我的手和脚都很宽。我的体形完全不像他。我从河滨大道走到中央公园，搭公交车去哈莱姆区，我出生的地方。然而刚一下车我就知道，我已经没有了出发时的心情，不可能再有四十年前我年轻时在那里的感觉了。

只有一个地方吸引我驻足了片刻；我站在一家干洗店前，这里曾经是纽约最好的餐厅之一。星期天，老爸会带我和母亲来这里吃饭。餐厅有一个阳台，一个戴白色高帽的面包师在那里烤制新鲜的小面包，每当有顾客进来，他就会现烤一炉。透过莱诺克斯大道上的苯精的气味，我依然能闻到那些小面包的香气。我依然能看到那位餐厅经理，我们吃饭时他总会陪我们坐上一会儿。我想，他患有某种疾病，因为他的右脸肿胀得像个气球，但他永远翼领笔挺，打着白色领带，从未露出过病容。

一个留小胡子的黑人正隔着商店的窗户看着我。有那么一瞬间，我很想进去告诉他我回忆起的往事，为他讲述这条大道曾经的模样：那时的街上没有垃圾桶，戴姆勒、密涅瓦和锅驼机汽车在街上悠然驶过，街角的警察会把从一一四街的外场飞出的棒球抛回场内。我没有走进店里，也没有往家的方向走。时移物换，这里的一切早已不属于我。我回到闹市区，坐在化妆间里想要静下心来读点什么。

我正要打开粉饼盒的时候，想到了一件我仍然不能完全理解的事：老爸是唯一一个不是演员的人。我是，总统是，唐纳德·弗罗斯特也是，尽管他的信仰很真诚，但在昨晚的讲台上，我可以看出——可能因为我是一名演员——他在倾听自己的语调，他在按照自己的指令行事。但他还不够绝望，不像老爸那样绝望。老爸不懂得倾听自己的声音，也不懂得问自己该做些什么，他只是说出自己的心里话，他甚至已经失去了对语言的掌控，因此你可以说，他能发出的只有他心底的声音，那不是在演戏。我想到那个来提醒我开会的面色红润的年轻人，他是否也是在演戏呢。也许就他而言，面对随时被征召入伍的威胁，他也是真实的。

我开始粘上胡子，又想到了我没结婚这件事。就像现在所有这些纷扰，像我所见所知的一切，它们都缺少某种必要性。似乎没有什么事是一个人必须去做的，那些宣称他们必须做某件事，宣称那件事对他们绝对必要的人，或许只是些好演员。因为那正是一个好演员所做的事：他设法使他的感情成为必要，于是他立刻变得别无选择。他要么呐喊，要么死亡，要么大笑，要么死亡，要么哭出真实的泪水，要么死亡。与此同时，他知道自己并不会真的死去，这让他在呐喊或哭泣时感到愉快，而这或许也是令观众欣然落泪的原因。

那天晚上我正在卧室里脱衣服，电话响了。这些天每每听到电话铃声，我总是心头一惊。这一次真的是疗养院那个胖女人打来的，老爸逃跑了。我离开后不久，他就偷偷溜出来了。此时已近凌晨两点，警方已经发出失踪人员警报，但还没有见到他的踪影。最糟的是，他走的时候没有穿大衣，而现在外面正风雨大作。既然警方已经出动，就没有什么可做的了，但我再也无法入睡。我不禁为他感到骄傲，希望他们永远找不到他，希望他就这样消失。我一向钦佩他的执拗，钦佩他追求自己必须拥有的东西时的那股盲目的冲劲。我想，我还钦佩他不是演员，今晚他就不是在演戏，没有人会在那样的风雨中演戏。我睡不着，可又什么也做不了。时钟已慢慢指向三点。我穿上衣服走了出去。

刚走了一个街口，我就感到袜子湿了，我走进一个门洞，思考接下来怎么办。我们两人走在同一场雨中，这多少有些不可思议。他是在寻找谁吗？或是在寻找什么？我并不十分想找到他。事实上，我时而想象着他正渡河去西部，离开这个鬼地方，离开这个世界。但他怎么和人交谈呢？他会搭公交车吗？他身上有钱吗？想到最后，我自然还是很担心他。过了一会儿，我看到一辆出租车便坐了上去。

我平时会跟出租车司机开开玩笑，但从不和他们交谈，不过这一次，我不得不向他解释我要他在街上四处兜转的原因，我告诉司机我在找我父亲。出租车司机们似乎从不相信任何事，但他相信了我——我说的在他听来合情合理。也许这类事经常发生。我不记得他的样貌，甚至不记得他是白人还是黑人。我只记得雨从挡风玻璃和侧窗上倾盆而下，因为我一直在努力看着窗外。我回到家时已经快四点半了，雨势仍未停歇。我走进卧室，脱衣躺下，我望着窗户，只见雨水在窗上流淌。我觉得仿佛整个城市都在哭泣。

他们在第二天上午十点左右找到了他，警察给我打了电话。他们已经把他送回疗养院，于是我匆匆赶了过去。雨过天青，又是一个爽利晴朗的十月天。他裹着法兰绒睡袍在床上睡着。他的鼻子上贴着绷带，一只眼睛似乎有淤青。他的指关节擦破了，涂着红药水。他的胡子需要好好刮刮了。

我下楼去和办公室的胖女人谈话。她很警惕，因为他们可能会被起诉，但我最终还是从她口中问出了事情的原委。他是在哈莱姆区被找到的。他去一家饮食店点了些吃的，店员大概是察觉到他不大对劲，便要求他先付钱。老爸有一块钱，但不肯先付，于是店家就去找警察来处理。当他意识到他们在找警察时，起身想离开，结果一个踉跄摔在地上。

我回到楼上，坐在扶手椅上等他醒来。但过了一会儿，一个护士进来说，他们给他用了镇静剂，他会睡上几个小时。我离开了。演出开始前我回来时，他正坐在扶手椅上吃鸡肉。他抬头看着我，非常惊讶，手指在嘴唇上快速地摸索着。

我冲他笑笑，说："我是哈里。"

他看着我，好像没怎么认出我来，只是像之前那样仅仅知道我是他的旧相识。我坐在床上看着他吃。我滔滔不绝地讲着今天天气多么晴朗，昨夜雨势如何猛烈，心里盼望着，盼望着，哪怕有一个瞬间，他能清醒地看着我，对我笑笑——狡黠地会心一笑，庆祝他的出走。但他只是坐在那里，一边吃，一边带着几分温情又带着几分狐疑地看着我，最后我咧嘴笑笑，说："听说你昨晚出去散步了。"

他停止进食，吃惊地看着我，摇摇头："没，哦，没有。"

"你不记得那场雨了？"

"雨？"

"你去了哈莱姆，爸。你是要回家吗？"

他眼里闪过一道关注的亮光。"我嗯家……"他试图用这些声音说服我。他举起一根手指。

"你明天要回家？"

"对。"他瞥了一眼关着的房门，继续吃他的鸡肉。

每天晚上，坐在这里戴上胡子时，我总在等待着一通电话或者一个访客，一个陌生人，心里感到不安起来。

他想回家，回到多年前他曾无数次带着礼物回去的那个家。他有一个他们永远夺不走的未来。他会想着它，直到最后一次闭上眼睛。他不需要告诉自己，也不需要提醒自己。只要他还能走路，他们就难以阻止他去他想去和必须去的地方。

我不确定前路要如何继续，但我有一种强烈的渴望，想要过不同的生活。也许我还能发现表演的可敬之处，某种将我的灵魂重新放回身体的方法。我觉得我父亲——至少是他的机体——就像一个恋爱中的人。有时，仅仅是有时，我从中感受到了我刚开始做演员时的感觉，那时的我认为成为一个伟大的演员就像是为人们献上一份礼物。

一九六六年

其貌不扬女孩的一生

其貌不扬女孩的一生

I

她从沉睡中醒来时，觉得似乎有一阵冷风吹在身上。昨天的中央公园很暖和，而现在正是六月。她像往常一样睁开眼睛看向他，却见他的脸色异常苍白。虽然被她称作他的梦中微笑的笑容还在，上翘的嘴角也一如既往地暗示着幸福，他在床垫上却似乎比平时更重了。她立刻明白过来，惊恐地抬起手摸摸他的脸颊——一段漫长的故事走到了尽头。她的第一个念头，就像对错误提出的申诉：他还只有六十八岁啊！

害怕但没有眼泪，没有流在脸上。只有脖子后面的声声重击。那是生活的拳头。

“啊！”她大声哀叹着，合起手掌，手指抵着嘴唇。“哦！”她俯下身去，柔顺的秀发轻抚着他的面颊。但他已经不在了。“哦，查尔斯！”一丝愤怒很快就被理智，还有惊叹，驱散了。

她惊叹不已——她的人生终归还是有一点成就的，她得到了这个男人，这个从未见过她的男人。他现在躺在那里，令人肃然起敬。

哦，如果她能再和他说一次话，问他或者告诉他……什么呢？她要告诉他她心中的奇迹。在他们共同生活的十四年里，他爱她，却从未见过她。尽管如此，她身上始终有某种东西试图进入他的视线，仿佛只要看她一眼，他那双忽闪的眼睛就会从永恒的沉睡中苏醒过来。

现在的我怎么办？哦，查尔斯，亲爱的，今后我该何去何从？

有些事情还未结束。但我想，她对自己说，除了在电影院里，当灯光亮起，让你在人行道上眯起眼睛时，没有什么是完结的。

她再一次凑近去触摸他，但他已不在那里，不再属于她，不再属于这个世界，她缩回手，坐在那里，一条腿垂在床边。

她从小就讨厌自己的脸，但她知道她有格调，每天至少一次，她只能无奈地满足于她的格调、她纤巧紧实的身材和纤长的脖子。对了，还有她那讥诮的言辞。她是个自命不凡的人，这正合她心意。她知道如何在走路时巧妙地微微扭动臀部，虽然她并不会心存幻想，以为这样就能弥补她那长长的上唇和仿佛被明矾绷紧和拉长的脸的不足。有一次，她在高中课本上看到迪斯累里的照片，觉得自己有几分像他。她的额头太高了（她不愿放过自己的任何短处）。她想知道自己是不是在被拉出子宫的时候被拉长了，还是她的母亲受到过长颈鹿的惊吓。在聚会上，她不止一次注意到从她身后过来和她搭讪的男人在她转身面对他们时的一脸惊诧。不过，她已经学会了潇洒地甩甩光洁柔顺的浅褐色直发，自卫地冷笑一下，默默原谅他们在所难免的离去。她有迷人的风度，但这还不够——小时候，她的母亲曾经把《大都会》杂志上的象牙香皂广告举到她脸上，热情而充满爱意地赞叹道："这才是美！"仿佛只要使劲盯着它看，她就能变得和广告上的女孩一样漂亮。她当时觉得受到了责备。尽管如此，在十五岁那年，她相信自己从脚踝到胸部都和贝蒂·葛莱宝一样性感，至少相去无几。她还有一种轻柔撩人的咬舌音，对嘴巴感兴趣的男人似乎都很喜欢。十六岁那年，从埃及来访的艾达姨妈对她说："你长得像埃及人，埃及女人很性感。"回忆起这番怪论，她总是忍俊不禁，即使在查尔斯去世后，在她六十多岁时，仍能让她精神一振。

她的许多记忆都是关于一个周日早晨，她躺在床上，欣慰地听着外面隐约传来纽约的声音。“我在想，”有一次她在查尔斯耳边轻声说，“我和萨姆分居后，至少有一年的时间，我都不好意思说我们分居了。甚至在咱们结婚后，每当我不得不提到‘我的第一任丈夫’时，心里都会咯噔一下。好像很丢脸，很失败。咱们这一代人真是单纯！”

从模糊的阶级意义上说，萨姆的出身比她低，但在三十年代，这正是他的魅力之一，在那个年代，生而富贵是可耻的，注定无所作为虚度一生。她的同龄人当时正值二十出头风华正茂的年纪，都想做点有意义的事，他们每周在市中心的阁楼或西区大道支持者的客厅里参加几次紧急会议，为新成立的全国海员工会筹集资金，或是为西班牙共和军筹款购买救护车，他们对法西斯主义感到由衷的愤慨，那是一种家长制，是对思想的强奸；社会主义的希望则是属于他们这些年轻人的，家长们无不对它那具有颠覆力量的美感到恐惧。因此他们在家里通常避免谈论政治。反正她的家人都是些装腔作势无可救药的犹太傻瓜，他们顶着的这个滑稽的新姓氏是上个世纪的那些移民检查员给起的，因为他们的爱尔兰舌头发不出她曾祖父原本的俄语名字的发音。于是他们就姓了塞申斯。

萨姆的姓是芬克[①]，她喜欢把这当作对她父亲的一种嘲弄。她结婚时，父亲已鳏居多年且重病缠身，但仍作为公用事业领域的权威接受电话咨询；当他读到希特勒轻松进入维也纳时，已经病入膏肓。“他长不了，”从他生癌的喉咙里发出鄙夷的低语，“德国人不傻，不会任这个白痴摆布。”当然，她现在没有那么天真了，她知道一个世界正在终结，即使哪天晚上在百老汇看到帽带系在下巴的

① Fink，有告密者、工贼、卑鄙小人之意。

美国冲锋队，她也不会感到惊讶。在上东区的约克维尔附近散步已经变成一件可怕的事，德国人在夏天周六夜晚聚集在街角，骚扰犹太人，赞美希特勒。她长得并不特别像犹太人，但当她在八十六街与那些脖子粗壮的男人擦肩而过时，心里同样怀着身为猎物的恐惧。

十几岁时，她曾想过：我永远不会变美，也不会成为天才。那我还期待什么呢？她觉得自己被太多的空间包围，渴望有一堵墙让她翻越。

她的父亲是个很有派头的人，有着长而高贵的头颅和过时的思想，至少，正在为刚刚获得的革命性独立而兴奋的她是这样看的。在西区大道昏暗的公寓里，她抚摸着他冰冷的手，感谢自己的运气，或者更确切地说，感谢自己敏锐的洞察力，帮助她远离了这些笨重的欧式银器、臃肿暄软的椅子、巨大的东方地毯，还有那重得要死的茶具以及它曾展现出的可笑的自信。即使不美丽，她至少坚强，摆脱了父亲强大的幻想。但他现在如此虚弱，大部分时间都闭着眼睛，她终于向自己承认，她有着和他一样的傲慢作风，明明很关心，却假装毫不在乎，不像她母亲，总是大呼小叫地装作很在乎，其实却漠不关心。当然，父亲接受这个世界的不公，认为那就像树木一样自然。表面上他是个因循守旧的人，但他对那些墨守成规的人很不耐烦，这让她暗中将他引为知己。她喜欢他对千篇一律的隐晦的嘲讽，这助长了她对母亲的反叛。在他去世的前一天，他微笑着对她说："别担心，珍妮丝，你已经够漂亮了，你不会有事的，你很勇敢。"要是"不会有事"够用就好了。

拉比主持的简短的仪式一定是为这个破产的时代量身定制的；就连例行的告别仪式都草草收场，好让人们回去继续为他们的生计发愁。祈祷结束后，那个头发中分，看起来很像亨·路·门肯[①]的

① H. L. Menken（1880—1956），美国评论家，新闻记者。

殡仪馆工作人员拿起装骨灰的小纸盒，交给她的胖哥哥赫尔曼，赫尔曼惊讶地看着它，仿佛那是一个定时炸弹。他们来到烈日炎炎的街上，朝市中心走去。赫尔曼的妻子，小胖子埃德娜，一直落在后面，浏览沿途偶遇的鞋店的橱窗，那是空旷萧索的百老汇大街上仅存的几家店铺之一。半个纽约似乎都在招租，几乎每栋公寓的入口处都用螺栓常年固定着一块“空房”标牌。如今，大崩盘已经过去了八年，螺栓的头部已开始生锈。赫尔曼走路时像海豹一样双脚拍打着地面，费力地吸气。“看，这整片街区。”他挥挥手说。

“我现在对房地产没兴趣。”珍妮丝说。

“哦，对房地产没兴趣？对吃饭总有吧，父亲可是把你的一大笔钱都投在这里了，宝贝。”他们走进八十四街一间面向百老汇的昏暗的爱尔兰酒吧，坐在正对着电风扇的地方。“你听说了吗？罗斯福据说得了梅毒。”

“拜托，我正要喝东西呢。”她不顾礼制和资本主义迷信，穿着米色短裙和闪亮的白色丝绸衬衫，脚蹬棕褐色高跟鞋。萨姆为了竞拍一批正在拍卖的重要藏书不得不去了锡拉丘兹。“你一定是纽约最后一个犹太共和党人。”她说。

赫尔曼喘着粗气，心不在焉地拨弄着放在吧台上的小盒，就像拨弄输掉的棋局中最后一枚被围困的棋子，徒劳地朝一个方向移动三英寸，然后又换一个方向。他呷着啤酒，谈论着希特勒、那年夏天无情的高温和房地产。

“这些远道而来的难民正在买下阿姆斯特丹大街。”

“那又怎么样呢？”

“嗯，他们不是应该很落魄吗？”

“你还想让他们更落魄吗？你什么都不明白吗？现在佛朗哥赢了，希特勒要进攻俄国，大战就要打响了。你却满脑子都是房地产。”

“他进攻俄国又怎样？”

“天哪，我要回家了。”一阵厌恶涌上她的后背，她瞥了一眼那个小盒，飞快地喝下第二杯马提尼；多么不可思议，这个连几块松饼都放不下的四英寸乘六英寸的纸盒居然装下了一个人。

“如果你拿出一部分钱来跟我合股，咱们就能以极低的价格买楼。大萧条不会永远持续下去，总有一天咱们会发大财的。”

“你谈生意真会挑时间。”

“你读报了吗？俄克拉何马州没有降雨，又开始刮风了。”

他有一张娃娃脸和一双胖乎乎的手，他完全继承了父亲的贪婪，却没有父亲的魅力。她从凳子上滑下来，生气地笑着，用手包在他头上敲了一下以示警告，然后亲了亲埃德娜丰满的脸颊，踩着高跟鞋哒哒哒地走到街上，赫尔曼跟在后面，为他对房地产的兴趣辩护着。

在坐出租车回家的半路上，她忽然想起，他好像把父亲的骨灰留给她了。他离开酒吧时记得带上它了吗？她打电话给他。他很震惊，尖声叫道："你是说你把骨灰弄丢了？"她不等他说完就惊恐地挂断了电话。她把父亲忘在吧台上了。她被一些迷信的想法吓得大腿发软，不得不尽力将它们逐出脑海。毕竟，她想，肉体算得了什么呢，只有人的思想才最重要，父亲活在我心里。放洗澡水时，她在黄色马提尼的余醺中再次飘向超越和释然，然而当她在雾蒙蒙的镜子里瞥见自己那张不变的脸时，肉体重新变得重要起来。但同时又并不重要。她想从记忆中找出一位能够调和这两个真理的古典哲学家，却懒得费神。这时，她意识到自己几小时前才洗过澡，于是关上水龙头，重新穿上衣服。

她发现自己正在匆忙赶路，她知道她必须把骨灰拿回来；她做了件可怕的事，把骨灰留在那里，简直是罪过。有那么一瞬间，她仿佛看到父亲活了过来，愁眉苦脸地指责她。可是尽管如此，为什么整件事竟有种滑稽的感觉？她真是品位低下！

酒保是个手臂细长的瘦削男人，他不记得有这样一个盒子。他问她里面有没有什么值钱的东西，她说："哦，没有。"然后内疚像山羊一样抵撞着她。"我的父亲。他的骨灰。"

"天哪！"听到这个厄运的征兆，男人瞪大了眼睛。他激动的情绪惊得她流下了眼泪。这是父亲去世后她第一次流泪，她很感激他，同时也为他可能比她更关心父亲而感到羞愧。他用手扶着她的后背，把她带到后面那间昏暗的女洗手间，但环顾四周，她什么也没发现。这个男人身上没有气味，就像凡士林一样，有一瞬间她怀疑这一切是不是一场梦。她低头盯着马桶。上帝啊，要是有人把父亲撒在下面怎么办！回到酒吧里，她碰了碰那人满是文身的前臂。"没关系。"她安慰他说。他坚持要请她喝一杯，她喝了一杯马提尼，他们谈论了不同类型的死亡，猝然的和漫长的，青年人的和老年人的。她的眼眶红了。吧台前和他们相隔一段距离的两个煤气公司的工人神色凝重地听他们谈话。对她来说，和陌生的男人在一起总是比和不认识的女人在一起更放松。酒保绕过吧台送她到门口，她来不及多想就亲了亲他的面颊，说了声"谢谢"。这时她想到，萨姆从来没有真正追求过她，基本上是她把自己交给他的。走在百老汇大街上，她对他们的婚姻感到愤怒，然而走到街角时，她又爱他，或者至少是同情他了。

父亲就这样消失了。走过几个街区，她感到有些释然，因为她感觉到了悲伤的馈赠，那是一种与过去联系在一起的幻觉；然而多么不可思议，这种感受竟然是一个很可能是右翼天主教徒的爱尔兰人带给她的，这种人无疑是佛朗哥的支持者，而且无法容忍犹太人。一切都是感觉，没有什么是清晰的。但她立刻拒绝了这种想法。"如果感觉就是一切，我还不如安于做我母亲那样的人。"那太可怕了。不知为什么，在这突如其来的与酒保的直率的感情的意外碰撞中，她意识到自己必须停止等待变成另一个人：她永远是珍妮丝。这是一个多么令人兴奋的想法，如果她能坚持下去，也许就能开始脚踏实地的生活。这种对变化的无休止的等待就像这场大萧条本身——每个人都在等待它的结束，同时忘记了如何生活，但如果它永远不会结束呢？她必须开始生活！萨姆也必须在法西斯主义、组织工会和其他无休止地重复的激进议程之外开始考虑些其他的事情。但她不该这么想，她内疚地纠正自己。

她微笑着，故意任性地想到她新获得的解放。没有父母！我是个孤儿。几分钟后，她走在百老汇大街上，想到戴夫·塞申斯这样一个刻板挑剔的男人被丢在吧台上的一个盒子里，不觉有些好笑：她可以看到他被困在里面，渺小，愤怒，面红耳赤地敲打着盖子，想要被放出来。她突然产生了一个奇怪的念头——肉体比灵魂更抽象，因为灵魂永远不会消失。

萨姆·芬克有温暖的笑容和一个醒目的驼峰鼻——据他所说，多年来他一直在学着喜欢它。他的身高和五英尺七英寸的珍妮丝大致相当，和他面对面站着，有时会让她想起母亲经常重复的一句刺耳的警告："千万不要嫁给英俊的男人。"这不仅是对美男子爸爸的虚荣心的揶揄，也是对她女儿相貌的一种几乎不加掩饰的讽刺。但其貌不扬、对她一心一意的萨姆有一种别样的美，那是一种赤诚之美。他对共产主义的热情使她将目光转向了未来，远离了被她视为死敌的琐碎和资产阶级对物质的迷恋。

尽管如此，在美术馆和他一起看画还是很痛苦的——她在亨特学院主修过美术史，除了毕加索对党的皈依、提香画作中隐藏的反君主制密码，或者伦勃朗笔下的阶级斗争隐喻，再听不到他谈点别的什么。"当然，他们未必意识到了这一点，但伟大的人物总是在与统治阶级作斗争。"

"可是亲爱的，你说的这些都与绘画无关。"

他像教师对孩子那样温和而居高临下地对她笑笑，眼底潜藏着狂热的萌芽："这些都和绘画有关；是他们的信念让他们超越了其他的'画家'。你要记住，珍妮丝，信念很重要。"

她从他的声音中感受到了爱，于是对自己不大相信的东西打消了疑虑。她挽着他的胳膊和他一起走着，心想，大多数人结婚并不是因为爱得死去活来，而是为了在对方身上找到正当的理由，这又有何不可呢？她瞥了一眼他有力的鼻子和整洁的、近乎光秃的头，他的道德品质让她感到鼓舞，他的战斗精神让她感到安全。但她并不总能摆脱这样的幻觉：他们周围一片空旷，从这片无光的黑暗中，也许有一天会有什么可怕的东西突然向他们袭来。不知不觉中，她开始等待它的出现，等待从下面传来的撕裂一切的爆炸声。

是他对书的渊博的知识帮助她消除了疑虑。与其他书商不同，萨姆阅读或至少浏览过他出售的那些图书，他能随口说出从象棋到中国等几百个主题的权威著作的名字，在他向惊讶的顾客迅速报出书名时，他们原谅了他的傲慢，因为他为他们省却了做研究的麻烦。他知道纽约州、康涅狄格州、马萨诸塞州和新泽西州数十栋老宅的位置，那些行将解体的古老家族在最后一位旁系长辈或继承人去世后，仍有数量可观的藏书等待处理。每个月他都会开着他那辆绿色的纳什硬篷汽车去乡下几次，一待就是一两天，回来时，行李厢和后座上塞满了成套的吐温、费尼莫尔·库珀、爱默生、狄更斯、坡、萨克雷、梅尔维尔、霍桑和莎士比亚的文集，还有许多晦涩难懂、被老鼠啃过的杂书——《约翰·济慈的秘密》、一八六八年出版的《子宫文献概览》、一九〇五年的《中国珐琅器手册》、一八八四年的《爱尔兰传世旋律》，以及《眼科学年鉴》和《古埃及外科学初探》。珍妮丝会和萨姆一起坐在他们昏暗的东三十二街客厅的地板上，她想象着这些书的来处，想象着曾经拥有它们的人家在门罗县北部寂静封闭的生活，这些书一定曾经把外面广阔的大千世界的消息带到他们缀满紫丁香的门前。

看着他津津有味地翻阅他的收获，还有那无邪的光秃头顶，她觉得他就像一个不食人间烟火的可爱僧侣。是他纯粹的德行令她心烦意乱吗？她身子后仰，用手肘支撑着身体，一条腿蜷在下面，裙子撩到大腿上，他像个苦行僧似的假装没有注意到她想在地板上要他。当她看到他红着脸转而讲起当天的新闻时，一阵怒火在她心中一闪而逝，她为自己感到绝望。不过，在英国和法国与法西斯主义暗通款曲的当下，她很难要求他把她的欲望放在严肃的事情之前。

但他对书籍和工作的朴素的爱激起了她对他的爱意。他会带着作者特有的自我陶醉为她读一些精选段落，主要是特罗洛普或者亨利·詹姆斯、弗吉尼亚·伍尔夫、共产党人路易·阿拉贡和年轻的理查德·赖特的作品。他和她一样自命不凡，但和她不同的是，他否认这一点。

每周至少有两个晚上她都是独自度过的，萨姆去参加党员会议时，她一个人穿过死气沉沉的东区，走到贫民窟般的六街，那里有许多廉价公寓和开在高架铁道下面的尘土飞扬的爱尔兰酒吧，然后疲惫地回到家里，听着本尼·古德曼的唱片，一根接一根地抽切斯特菲尔德牌香烟，直到她的情绪越来越紧绷，对着墙壁生起气来。当萨姆回家来向她传达斯大林的最新讲话，说美好的社会主义未来正像海浪一样势不可挡地到来时，她几乎被自己的忘恩负义淹没了，只有在他和遍布世界各国的无名同志大军共同守护的正义的愿景中，她才暂时恢复了平静。

在另一个周日的早晨，她和查尔斯躺在床上，永远在努力审视自己的她说："我真不知道我当时是怎么了；那是在结婚大约四年后，我们通常会在欧文街看一场法国或俄国电影，然后回家睡觉，就是这样。这一次，我决定给自己调一杯马提尼，然后坐在沙发上听听唱片，本尼·古德曼的《火车》啦，比莉·哈乐黛、莱德贝特啦，或者当时崭露头角的伍迪·格思里，二十分钟后，萨姆穿着睡衣从卧室里出来。他真的很害羞，但他不是懦夫，他站在那里，这个可怜的人，带着紧张的笑容，像亨弗莱·鲍嘉那样靠在卧室的门框上，说：‘睡觉时间到。’”

“就在那时，我脱口而出：‘去他妈的未来。’我说。”

查尔斯忽闪着眼睛，和她一起笑了起来，他的手按在她的大腿内侧。

“他笑了，可是脸红了——你知道，我说了脏字。他问：‘这是什么意思？’”

“就是去他妈的未来。”她听到自己咯咯的笑声，她永远记得胸膛里那种自由落体的感觉。

“这话总要有个意思吧。”

“它的意思就是，现在一定正在发生着一些有趣的和值得思考的事情。而现在指的就是现在。”

“现在永远都是指的现在啊。”他用微笑掩饰着不安。

“不，它指的总是很快，或者有朝一日。但现在它指的就是今晚。”

他被激怒了，脸色涨得更红，红到了高高的额头上，红到了头发里。她打开深色的橡木橱柜，又调了一杯马提尼，被心里想到的某个笑话逗得咯咯地笑着上了床，喝干了杯中酒。感觉受到冷落的他只能继续保持着理想主义的笑容，勇敢地把胳膊肘支在枕头上，努力想跟上她那飞转的思绪。

“母亲去世后，我和父亲曾在葡萄牙的海滨别墅里住过一个月，我常看着我们请的乡下厨娘用篮子装着新鲜蔬菜和鱼从沙丘那边走过来，拿给我过目后，她就可以做给我们吃了。她要在沙地上跋涉很久才能走到我跟前，而她拿来的就只有一条鱼，一条身上还带着海水的鱼。”

“那怎么呢？”

“没怎么，就是这样——你等啊等，看着它过来，结果却是一条湿哒哒的鱼。”她近乎歇斯底里地笑个不停，然后在萨姆的手腕上草草地亲了一下，带着仿佛是胜利的微笑和他分开睡下了。

现在，她用一根手指轻轻抚摸着查尔斯的鼻子。“当时那些——左翼运动——对你有什么影响吗？”

“三十年代我正在学习音乐。”

“多好啊。只是在学习音乐。”

“我光是安排每天的学业就够忙了。但我一直很同情他们。可是我又能做什么呢？我的朋友有一次带我去哥大参加纠察队。我不记得是什么事了，但我对他们来说更像是一个累赘；我的狗讨厌走来走去。”他转过身来吻了吻她的鼻子，“你让这一切听起来像是个巨大的浪费。是这样吗，你认为？”

“我也不知道。当我想到那些曾经被我们认为那么重要的作家，如今已经没有人知道他们的名字了。我是说那些激进作家。那一类文学就这样消失，销声匿迹了。”

“那是一时之尚，不是吗？大多数时尚都会瓦解和消失的。”

“你认为那是为什么？”

“不好说。当特定的情境占据主导地位时，作品往往会随着情境的消失而消失。”

“那什么应当占主导地位呢？”

“特定的情境在艺术家心中激起的情感。我个人认为，艺术本身在艺术家身上唤起的东西才是有持久生命力的——我指的是创造其他声音的声音，或是产生新的乐句的乐句。巴赫写过一些非常优美的钢琴曲，原本是作为钢琴教材的，但我们现在聆听的是它们的精神特质，它们的创作背景已经被遗忘了。从某种意义上说，作品创造了自己的精神属性，而这种精神属性是永恒的。”

“你想告诉我什么？”她亲吻着他的耳垂问道。

“你似乎总是想取笑当时的自己。我觉得大可不必。每个人都有许多难堪的过往——假如他不是毫无感觉的话。”

“但你就不是这样。”

“哦，我也有很多这样的时刻。”

“让你感到羞愧的时刻？”

他犹豫了一下。“有一段时间，我努力装作视力正常的样子。很长时间我都拒绝承认。我做了一些粗鲁的事，尤其是对女人。非常糟糕。”

她觉得自己为他脸红了，不忍再追问下去。她不愿他的高贵形象受到损害。也许有一天他会告诉她。据她想象，他可能事实上利用自己的英俊和失明要挟了那些女孩，把自己当作她们欠下的债强加给她们。这肯定会让现在的他感到尴尬。事实上，她意识到她对他的过去几乎一无所知——就像他对她的脸同样知之甚少。“激进分子，”她说，“认为他们想要真理，其实他们真正渴望的是值得尊敬的高尚的人。”

“不仅是激进分子，珍妮丝。人们必须相信美德。”他兴奋时眼皮扑闪得更快，就像现在这样，像鸟儿在扑扇着翅膀。“大多数时候他们会失望，但每个人的信仰中都有天真的一面，即使最愤世嫉俗的人也是如此。回忆自己的天真幼稚总是痛苦的。但那又怎样？难道你宁愿从没有过任何信仰吗？”

她把脸埋在他的身上。她想，他对她的接纳就像潮水一样。她想，她这一生都在等待，而这等待如今已经结束，她心中不再有对未来的饥渴，因为她已身在其中，和一个从未见过她的男人一起。奇怪又美妙。

和查尔斯在一起时，她常常会惊奇地回想如今看来似乎长达三十年的等待。是战争让每个人的生活都陷入了停滞吗？如今似乎再也没有人提到未来了，而过去那曾经是人们的一切。永远刺痛她的回忆之一是那一天，她去三十四街买鞋，穿着新高跟鞋走在回家的路上，为它们使她的腿部线条愈加性感而感到愉悦，这时她的目光落在街角一家糖果店的报摊上，《纽约时报》头版的大幅标题赫然醒目：斯大林与希特勒达成协议。芬克通常会在晚上把报纸带回家，当她拿出三分钱递给报贩时，他说："萨姆今天早上买了一份。"

"我知道。我想要一份。"

那人和芬克有着同样的政治主张。"我以为他要晕倒了，"他向她透露，"他的脸都白了。"

她把装着旧鞋的盒子夹在腋下，沿着麦迪逊大街走到三十一街，停在人行道中间，一遍又一遍地读着那条令人难以置信的消息。简直无法想象。斯大林哪怕只是没有怒吼着说出希特勒的名字，都好像是一个神被人发现在地板上交媾或者放屁一样。然而，她觉得她必须想办法继续相信苏联，毕竟它仍然是唯一可以想象的西区大道、地毯、银器和其他东西的对立面。

"怎么会发生这种事？"在八街一家叫巴克莱的餐馆晚餐时，她问芬克。这里的一餐是九十美分，而隔壁的大学餐厅只要六十五美分。整个格林威治村都被消息震惊了。她在餐馆里就能感受到。餐馆老板巴德·戈夫通常会向芬克打听一些内部的政治消息，他相信党掌握着未来事件的秘密钥匙。但今晚他们进门时，他只点了点头，就像在守灵时一样。

芬克眨眨眼睛，狡黠地一笑，轻轻叩了叩鼻侧，但她知道他的精神有多沮丧。"别担心，斯大林知道自己在做什么；他不会帮助希特勒——他永远不会为德国提供物资的。"

"但我认为他正在这样做，不是吗？"

"他没有。他只是拒绝为法国和英国火中取栗而已。五年来，他一直恳求与他们缔结盟约，共同反对希特勒，他们却始终在拖延，希望希特勒能进攻俄国。好了，现在他把棋局扭转了。"

她迅速表示赞同；在她心底某个被风吹乱的秘密房间里，她感觉到她与萨姆的关系在某种程度上取决于她对苏联的信仰——他们让俄国摆脱了愚昧，为她点亮了光明。放弃革命就意味着放弃未来，意味着仅仅活在现在，这给人一种可怕的失落感。在那焦灼的一年半里，她看到萨姆·芬克竭力向她和他们的朋友证明条约的合理性。当俄国的小麦和石油被运往正在入侵法国的德国这一事实无法再被否认时，她内心的某种东西戛然而止，一动不动地站在她的眼睛后面。

不久后，就在法国向纳粹投降的那天，她正好在时代广场。一大群人停在百老汇大街上，站在时报大厦周围读着触动人心的头条新闻。羞耻感攫住了她的心。芬克解释过，这是一场帝国主义战争，德国现在是苏联的盟友，并不比法国更坏，她也曾努力把他的话记在心里，然而站在她旁边的一个人，一个六十多岁的圆胖中年男人，已经拿出手帕掩面哭泣起来。她失魂落魄地从他身边走开，走到四十二街和百老汇大街的交会处，路口的报摊上，一张头版照片仰面望着她，照片上，一个圆脸的中年男子站在香榭丽舍大街上，看着纳粹骑兵列队进入战败后的法国巴黎，眼里满是泪水，就像一个挨了打的孩子。

已经养成习惯，凡事往好处想的她把这些事放在一边，既不否认也不肯定。她生活在等待中，等待那个尚未宣布的判决。

突然之间，她再也等不下去了。一天晚上，她在晚餐时大胆地说："坦率地讲，有时我几乎羞于说我不反对苏联。"

"亲爱的，你根本不知道自己在说什么。"他父亲般地咧嘴笑笑。

"可是，萨姆，他们在帮助希特勒。"

"事情还没结束呢。"

二十五年后，她在回顾这段标志性对话时意识到，她当时就知道自己正在失去对萨姆的领导地位的尊重；而这一切的发生，竟然是因为万里之外的一纸协定，多么奇怪！

“但我们不该反对吗？你不该反对吗？”她问。

他的嘴角扬起一抹在她看来似乎是自鸣得意的微笑，带着不可动摇的怜悯摇了摇头。就在那时，她第一次对他产生了恨意，第一次感到人身受到了侮辱。当然，就像那个时代的人一样，她还是坚持住了，甚至假装——不仅对他，而且对她自己——又一次从他的远见卓识中受教了。

她感到麻木气馁。他们冷漠地上床睡觉，任由世界变幻的风云吹过他们的脸庞。他们知道那天晚上他们都不喜欢对方。可是，如果他肯承认他有多受伤，她会怎样地爱他啊！不过，也许婚姻更容易承受双方的谎言，而不是只有一方说谎。这一定是我们人生中一个新的篇章，她想。也许现在一切都会改变。她把手伸向他的肩膀，但他似乎很开心地睡着了。她闭上眼睛，邀请加里·格兰特俯在她身上，一边说着俏皮话，一边解开他那优雅至极的领结，褪去身上的衣衫。

一年半之后，当希特勒最终撕毁协定进攻俄国时，法西斯主义再次成为敌人，格林威治村的气氛重新轻松起来。俄国人成了英雄，珍妮丝感到自己重新成为美国的一部分，不再为与希特勒为伍而羞愧难当了。

珍珠港事件发生一周后，萨姆·芬克来到教堂街九十号的海军征兵办公室，但从他的名字和鼻子就知道，他不是海军军官的料——征兵官是一名金发碧眼的海军上尉，他那副嬉皮笑脸的模样及其在这场反法西斯战争中的讽刺意味没有逃过萨姆的眼睛，于是他转而报名参加了作风更为民主的陆军。海军对他的回绝虽然令人难堪，但在资本主义制度下并不出人意料，因为多年来已经有无数的犹太学生由于录取限额政策被美国院校拒之门外，只得去苏格兰和英国的医学院就读。萨姆先是在肯塔基州受训，后来又去了俄克拉何马州锡尔堡的军官学校，珍妮丝则在基地外炎热的木屋里等待。他们说，战争也许会持续十年八载。但考虑到遭受轰炸的伦敦和苦难中的南斯拉夫，她当然不能叫苦。她拼命地对抗着孤独，自学了速记和打字，以防万一无法得到她在那些因战争而减员的杂志社和出版社申请的编辑工作。

这一年她二十八岁了，心情不佳的夜晚，她那张百无聊赖的脸——她已经认定，那是一张修长的马儿的脸——几乎会令她落泪。这时她会拿出笔记本，尝试写下自己的感受。“并不是因为我觉得自己没有魅力——我不会为此纠结，而是因为它似乎使奇迹永远不会降临到我身上。”

随着对萨姆的爱日渐淡薄，时间变得支离破碎，她再也找不到做或不做任何事的理由。一个能拯救她的奇迹正在成为一个不再愚蠢的想法。“不知为什么，当我看着自己时，奇迹似乎变得越来越有可能了。还是说，这闷热的房间把我逼疯了？”在这深入美国腹地的俄克拉何马州，她明白在她内心深处，她不属于超出她自身这个可笑之人以外的任何事物。夜里，她被一队呼啸而过的坦克吵醒时，她会走到小屋的门廊上，向好像半人马一样从坦克顶部的舱口露出上半身的军官们挥手致意。一想到那些熟悉的面孔被炸得面目全非，她又一次感到震惊。她从未理解过生命，而现在是死亡令她感到困惑。她唯一确定的是，与邪恶作斗争的美国是美好的！当坦克驶过，留下一场在月光下闪闪发光的尘雨，她站在那里想道：“我们相互偎依是因为我们都感到不被需要吗？”这种可恨的自我贬低使她越来越频繁地借酒浇愁，几杯酒下肚，她会逼自己说出最刻薄的话：“他做爱就像把信投进邮筒。”然后她会把又一页被她称为“堕落笔记”的东西冲进一向与人方便的厕所。

她的愤怒，如同战时的一切，被暂时搁置了。醉酒后，她的视野更加开阔；她看到自己处在美国人的某种秘密共识中，这种共识旨在隐藏他们真实需求的卑劣。这个有着苹果般红润面颊的国家，难道是一个巨大的骗局吗？还是说，归根到底，只有那些不好看的人才是——不得不是——不快乐和充满仇恨的？回到小屋里，她坐在高低不平的床垫上，内疚地想到在潮湿的松林里露营的可怜的萨姆，在南方口音的重重包围中，他是个异类。“我真是个忘恩负义的坏女人。”她大声说。她倒在微湿的枕头上：“该死的希特勒！”她带着怒气沉入了梦乡。除了做个好人，她还有机会做别的什么吗？

Ⅱ

事后回忆起来，她与莱昂内尔·迈尔的碰撞虽然平淡得令人生厌，却让她飞离了旧日的生活轨道。他和妻子西尔维娅是他们相识多年的朋友，西尔维娅是报业公会的左翼组织者，他则极为凑巧地被派往萨姆所在的师担任新闻官。那年秋天，萨姆奉命外出宿营五天，他不再假装妻子在军营附近过得很开心，而是请求莱昂内尔邀请她去拉弗克共进晚餐。珍妮丝对这次约会隐约有些紧张，莱昂内尔有着浓密的黑色鬈发，有力的大手和浪荡的性感——他有演戏的野心，他似乎总能引起她的好奇；她注意到他看女人看得多么出神，让他为她表演他的那些放诞的故事和笑话也并非难事。渐渐地，她发现自己对他有某种控制力，这让她感到有趣。萨姆走后，他邀请她共进晚餐，她立刻明白他想向她求欢。这个想法令她倍感兴奋，同时也让她深感好奇，他是如何将他讲求原则的天性、他在妻子面前的羞涩和对她的火热的兴趣调和在一起的——直到她想到自己的所作所为。

她从没有在陌生的地方和他独处过，晚餐时他仿佛变了个人，握住她放在桌上的手，含情脉脉地看着她。她计算了一下风险，似乎还好；他显然和她一样不希望自己的婚姻破裂。

“你的眼睛是灰色的。”他说，语气中的渴望让她感觉既荒谬又必要。

“是的，两只都是。”

他大笑起来，松了口气，知道不再需要使用什么手段。从餐厅走回公交车站的路上，他们看到头顶上拉弗克赖斯旅馆的招牌，他拉起她的手，把她领进大厅。客房登记员是个矮胖的女人，正在听广播剧，吃用蜡纸包装的煮鸡蛋。她似乎认出了莱昂内尔，至少看见他进来并未感到惊讶，他们几乎没怎么交谈，她就心不在焉地递给他一把钥匙。在他的经验面前，珍妮丝的内心像沙子一样塌陷下去。她很高兴。如果她在和他一起走上宽阔的红木楼梯时被人认出来，那就认出来好了；她在麻木中下定决心，不去阻止这股推动她前进、将她带离一潭死水的生活的力量。莱昂内尔像海浪一样向她扑来，翻滚着她，侵袭着她，将她的过去捣得粉碎。她已经忘记了她的腹股沟里沉睡着怎样的快感的刺痛，忘记了会有怎样的感觉升腾起来淹没她的大脑。在他们休息时，一句话浮现在她的脑海："现在的关键永远是快乐。"回到小屋，回到她深陷的生活的深渊，她在浴室镜子里端详着自己满足的脸，发现自己其实是多么狡黠妩媚，多么阴郁虚伪，她悲欣交集地冲自己眨眨眼睛。她脑海里闪过一个念头：她再次感受到自由，就像父亲去世时一样。

萨姆·芬克启航前往英国的那天晚上，她和他吻别，看着他身上的制服、军衔和精致的双排扣风衣，她感到他从未像现在这样英俊。然而，他的脸上、他的眼中、他那充满男子气概的笑容里闪耀着的神圣事业的崇高光芒却让她悲哀地意识到，她不可能和他厮守终生；即使在他最好的时候，依然不能令她满意。她是一个真正卑鄙的人，一个十足的骗子。他坚持要她留在公寓里，不要送他上船。他的脸上露出前所未有的凝重表情："我知道我不适合你，可是……"

内疚像一记耳光打在她的脸上。"不，你适合，你适合！"在他可能走向死亡的时候，这句话是多么苍白！

“好吧，那就等我回来再说。”

“哦，我亲爱的……”她比以往任何时候都更紧地抱住他，他也前所未有地热烈地吻着她。

尽管这也许是他们共度的最后时刻，他仍然感到难以开口。“我不想让你觉得我不知道发生了什么。”他瞥了一眼墙壁以躲避她的目光，“我只是没有足够认真地对待我们的关系——我是说在某种意义上，我很后悔……”

“我明白。”

“也许并不尽然。”他直视着她，露出勇敢而温暖的笑容，“我想我一直把你当成了革命伙伴或者什么的，而忽略了，几乎忽略了其余的一切。因为我一心想着法西斯主义，它占据了我全部的心思。”不，亲爱的，造成这种局面的是对性的恐惧。“但现在，不仅是我们这些人，整个美国都行动起来了，希特勒要完蛋了。如果我能活着回来，我希望我们作为夫妇重新开始。我是说我想要开始倾听你的声音。”他咧嘴笑笑，脸红了，“一想到这个，我就兴奋极了。”她知道他们已经没有希望了——他虽然温柔可爱，但没有任何东西能够阻止他在余生中继续参加那些会议，而她已经受够了做一个好妻子，她想要活得精彩。她对自己的想法感到震惊。她把他的头搂到唇边，好像祝福似的吻了吻他的额头。在死亡的阴影下，我们在爱中道别，她心里想道。他放开她的手，朝门口走去，走到门口，他回过头最后看她一眼。多么浪漫！她站在门口看着他在走廊里等电梯。电梯门哐啷一声打开，她举起一只手，晃动着手指，用微笑和打趣为他送行。“为你骄傲，士兵！”他向她抛了个飞吻，倒退着走进电梯。他会死吗？她扑倒在他们的床上，眼睛干涩，在对这个高尚的男人充满爱意的同时，她不知道自己到底是谁。

他这一走也许一年，也许两年。没有人知道。她在亨特学院注册入读了艺术史研究生。这样很好。她的丈夫为了人类所能想象的最伟大的事业远赴沙场，她则在纽约而不是哪个被上帝遗忘的军营里听奥斯卡·卡尔科夫斯基教授讲课。

战事持续，看不到结束的一天。战争的持续冻结了人们的大多数决定，在和平到来之前，无法开始任何长期的规划，而人们现在认为，和平大概还有五六年才会到来。有了这个现成的借口，那些没有完成或迟迟未做的事——比如，在萨姆·芬克在德国作战，并且很可能被派往太平洋战场参加对日进攻的时候，向他提出离婚——带给人们的挫折感就减轻了许多。

但突然之间，原子弹解决了战争，所有人都要回家了。可是她去哪里才能找到勇气告诉萨姆·芬克，她不能再和他在一起了？她必须找到一份工作，一个可以应对他的独立的地位。她在曼哈顿不停地走着，紧张，愤怒，恐惧，试图为自己设想一个可能的职业，终于有一天，她去见了卡尔科夫斯基教授，不是谈艺术，而是谈她的生活。

几个月前，走累了的她来到第五大道南段的阿格西书店歇脚，顺便找几本新书看。她正在和店主的儿子、萨姆的顶头上司彼得·伯格说话，教授走了进来。他平静、自嘲的微笑和牵强附会的宿命论几乎立刻吸引了她，那种故作消沉的姿态明显带有挑逗意味，令她感到有趣。他的目光不停地瞟向她的小腿，她身上最美的部位。

一天下午，这个银灰色头发的温和的巨人按照欧洲的学术礼仪端坐在他的办公室里，他的两只大脚平放在地上，右手拿着一只闷燃的烟斗，两根被纳粹刑讯者折断而变形的手指向她诉说着那些在到达美国之前已经被大西洋净化了的残酷的事实。她确信他不仅被她吸引，而且并不考虑他们未来的关系；他机智的眼神和不苟言笑的嘴，他对她的无言而坚定的要求，还有他那天的温和的谈吐——这一切似乎都在庄严地掌控着她的身体。虽然他是个肌肉发达的大块头，却带有一点女子气，她想，这或许是因为与大多数男人不同，他对性显然并不畏惧。

“不是很复杂，芬克夫人。”她喜欢他尚未对她直呼其名，并且希望，如果他们做爱，他会在床上继续叫她芬克夫人。“经过这样的战争，有必要将两种相互矛盾的推动力结合起来。首先，如你所说，如何美化新社会中的合作模式；同时，将快乐伦理融入其中，在经历了如此多的匮乏之后，快乐伦理必将席卷全球。这意味着：来者不拒，主动索取，不要后悔。后悔是主要的问题；一旦你相信你选择了自己现在的样子，无论这看起来多么不可思议，你都不会后悔。我们一直是这场战争和法西斯主义的奴隶。如果共产主义被带到波兰和欧洲，它在文艺复兴的国度也不会长久。我们现在自由了，奴役已经结束，或者即将结束。我们必须学会如何选择自我，从而获得自由。”

她读过存在主义哲学，但从未受到诱惑，因为她是在她父亲生活过的声名狼藉的爵士时代结束后，在清教徒式的马克思主义的十年里成长和武装起来的。但还有一个吸引她的地方：欧洲人喜欢谈论潜在的相互关联的主题，而不仅仅是零散支离的事件本身，她喜欢这一点，认为只要能准确地概括，她或许就能了解自己。然而她并未如愿。她开始讲述自己的生活，就好像他们已经认识了很久——从她这方面说，的确如此。“我知道我的长相不合乎标准，可是……”他没有用虚假的赞美来安慰她，这表示他接受她真实的样子。这让她激动不已，立刻想到了各种可能性。“可是我……我忘记我要说什么了。”她笑了，眼前一片光明，承认自己渴望和他发生一些言语之外的事情。

“我想你的意思是，你认为自己在生活中从未真正做出过选择。”

没错！他是怎么知道的？她没有真正的目标，一直在浑噩度日……她忽然觉得头发乱了，伸手摸了摸。

他接着说：“我知道，因为我看到你怀有多少期望。”是的，就是这样！“只要是自己的选择，几乎任何痛苦都是可以忍受的。他们进攻波兰时，我在伦敦，但我知道我必须回去，同时我也知道这样做的危险。我的手指被折断时，我明白了教会为何如此强大——它是由那些选择为它受苦的人建立起来的。我的痛苦也是自己选择的，正是这一选择的维度使它富有意义；它没有白费，它不是毫无意义的。”

然后，他从椅子的扶手上伸手握住她的手，把她拉到身边，沉思着吻她的嘴唇，闭上眼睛，仿佛她对他和他睿智的欧洲人的苦难象征着什么。她立刻知道自己多年来的痛苦到底是什么了——那就是她从来没有真正选择过萨姆，和他在一起可以说是一种偶然，因为——是的，因为她从来没有像现在这样，把自己看作一个可以做出选择的有价值的女人。他把手伸进她的衣服，就连他的冷静专业中的玩世不恭也以其厚颜无忌得到了她的欢心。

她低头看着跪在地上的他，他的脸埋在她的大腿之间。“我喜欢知道自己在做什么，你呢？”她笑着说。

他的脸很宽很白，骨骼结实粗壮。他抬头看着她，苦笑着说：“战后时代开始了。”但那只是苦笑，而没有变成真正的笑容。她现在知道，她对他毫无意义，这是多么令人高兴啊！

Ⅲ

萨姆九月份回来后，她整整内疚了几个月才敢告诉他，她再也无法忍受和他在一起的生活了。事情是偶然发生的。

提出分手是件困难的事，因为他再次表现得好像他们之间从未出现过任何问题；而他在内心深处以消灭法西斯主义的大功臣自居同样对此没有助益。他那先知先觉的马克思主义在俄罗斯战后的强大实力和法西斯主义的灭亡中证明了自己，并使他自觉而勇敢地成为历史的参与者。一种新的、近乎傲慢的气息，一种她曾经希望他拥有的气质，如今却由于他们的离心离德而令她光火。但真正激怒她的是一天晚上他暗示说他强暴了一个在暴雨之夜为他提供住处的德国农妇。

她咧嘴笑笑，很感兴趣。“给我讲讲。她结婚了吗？”

“哦，当然。她丈夫走了，她认为他在斯大林格勒被俘或是被杀了。”

“她多大了——年轻吗？”

“大约三十、三十二岁。”

“漂亮吗？”

“嗯，有点胖。”从他粗鲁的笑声中，她看出他可能已经决定不再讨好她了。自从回来后，他做爱时明显变得专横，但仍和过去一样笨拙；他在对待她的身体方面有所进步，她的感受却似乎并未被他放在心上。

“发生了什么？说来听听。”

“好吧，那是在巴伐利亚……我们被困在这个被炸塌了一半的市政厅里，窗户四面透风，我得了感冒，难受得要死。进城时，我注意到离那儿半英里左右的路上有一栋房子，看上去很牢固，烟囱里还冒着烟。于是我去了那里。她给我盛了些汤喝。她真是笨，连挂在她丈夫相片上的纳粹旗都不知道藏起来。天晚了，我……”他可爱地噘起嘴唇，伸开双腿，双手抱在脑后。“你真的想听？”

“来吧，亲爱的，你知道你想讲出来。”

“好的。我说我想在这里过夜，她就带我去了厨房旁边一个又小又冷的房间。我说：‘听着，你这个纳粹婊子，我要睡这房子里最好的床……’”

她兴奋地笑了。“太好了。她怎么做？”

“哦，她把她和丈夫的卧室让给我了。”他讲到这里就打住了。

她察觉到了故事中脱漏的部分，咧嘴一笑。“然后呢？快说啊，后来发生了什么！”他脸红了，但很自豪。“她性感吗？说吧！她吸引你吗？”

“当然不，她是个真正的纳粹分子。”

“你是说你强奸了她？”

“我不知道你是否会称之为强奸。”他说，显然希望她会。

“那么，她想不想要呢？”

“有什么区别吗？又不是多坏的事。”

“你在她那儿待了多久？”

“就两个晚上，直到我们撤退。”

“她那时已经变得反对纳粹了？”她笑嘻嘻地看着他。

“我没问。”

他对这件事的自豪让她既惊讶又感到解脱。“她扎着金色的辫子，穿着阿尔卑斯村姑裙？”

“没穿那种裙子。”

“但扎着金色的辫子？”

“事实上，是的。”

“胸部很大？”

“怎么说呢，那是巴伐利亚啊。”他脱口而出，两个人都笑了起来。此时此刻，不知为什么，她突然感觉自己自由了，摆脱了他，摆脱了她的过去，从革命、从每一项勉为其难的义务中解放了出来。她感到幸福，起身走到他的椅旁，俯身亲吻他的头顶。他抬头看着她，眼神中满是爱和自豪，因为他克服了之前的顾虑，她则为他的笨拙感到痛苦，她知道这种笨拙将会伴随他终生。他已经完全定型了，不会再超越现在的界限。

“我要离开你了，萨姆。”她说，声音中仍带着一丝幽默。突然间，她不需要再去迁就他、支持他了。他会没事的。

在他的难以置信、震惊和愤怒过后，她说：“你会没事的，亲爱的。”她调了一杯马提尼，盘腿坐在沙发上，似乎想和他好好聊聊。不再需要任何人，不再感到被吸引或被排斥，这感觉真好；突然有时间真正地关注他了。

“但你要去哪里呢？”真的，好像有了她这样一张脸，他就是她在这个世界上唯一的港湾。

因为他并非有意为之，这种侮辱才更加伤人，她立刻为自己在他身上浪费的时间感到愤怒。她已经养成了一种受伤时的应对方式，她轻声笑着收拢下巴，扬起眉毛抬眼看着对手，然后像展开线轴一样展开她的讽刺。“好吧，既然你提到了，我去哪里都无所谓，因为事实上我现在也无处容身。”她等待了片刻，“你不这么认为吗，萨姆？”

Ⅳ

战争结束时，百老汇附近七十一街上有着年久失修的巴黎式华丽装饰的克罗斯比旅馆仍然是个相当体面的地方，而住进一个没有一件东西属于自己的房间实在是太好了。没有未来的感觉真好！又自由了。这有点让她想起三六年码头上的伏尔泰旅馆，父亲在隔壁房间轻轻敲墙叫她起床吃早餐。她大着胆子给莱昂内尔·迈尔打去电话——“我想知道你是否需要打字员”，然后像个十几岁的少女一样在电话里和他说笑，向他卖弄风情，一感到压力便立刻收敛；显然，没有了战争来指引他的生活，这个假扮成家长的极不快乐的年轻人和她一样迷失了方向，很快，她就坐在了打字机前，打他为《科利尔周刊》写的一篇关于他在菲律宾经历的文章，他则站在一旁，胯部紧贴着她的头。但她没有幻想，或者说只有当他和她在一起时，她才会有一点最无法避免的幻想，而当她独自一人时，她的空虚令她痛苦，她为自己感到恐惧，她已经年过三十，却还是形单影只。

一天下午，赫尔曼来看她。他瘦了一些。“不坐火车了，我现在坐飞机。我正在买进芝加哥的房产——用几个小钱就能拿下半个城市。”他坐在那里，不以为然地瞥一眼窗外的上百老汇。“这是个垃圾堆，妹妹；你真是挑了个好地方来浪费生命。萨姆有什么不好，太聪明了？你不是喜欢知识分子吗。来跟我合伙吧。咱们成立个公司，城里到处都是好买卖，付一成或一成半的定金就能买下一栋大楼，用抵押贷款装修一下，租金想涨多高就涨多高，轻轻松松就能赚到一半的利润。”

“那楼里的住户怎么办？”

“他们要么开始支付像样的租金，要么搬去他们住得起的地方。这是经济学，珍妮丝。国家已经摆脱了福利救济，我们正在进入有史以来最繁荣的时期，二十年代又回来了。跟我来吧，离开这个垃圾堆。”现在，在他记得的时候，他都会戴上眼镜。他戴给她看。“我就快三十六岁了，宝贝，但我感觉好极了。你呢？”

“我希望自己能感到幸福，但目前还不是很好。你不能用我的钱把人们赶到大街上。对不起，亲爱的。”她想换双长袜，虽然有新的尼龙袜，但她觉得它们黏腻腻的，所以仍然穿着丝袜。她正要打开旧衣橱的抽屉，却发现抽屉的拉手脱落在了她的手中。

“你怎么能住在这个垃圾堆里？所有东西都要散架了。”

“我喜欢所有东西都散架；这样当我开始散架的时候，竞争会少点。”

“对了，你一直没找到那些骨灰，是不是？”

“怎么想起问这个？”

“我不知道，我只是想起来了，因为刚过去的八月是他生日。”他挠了挠粗胖的腿，又瞥了一眼窗外。“他也会给你同样的建议。有头脑的人在未来五年里都会成为百万富翁。纽约的房地产价值被低估了，成千上万的人正在四处寻找像样的公寓。我需要一个信得过的人在身边。对了，你整天都在做什么？说真的，你的样子很奇怪，珍妮丝。你整个人看起来精神涣散。我说错了吗？”

她穿上一只长筒袜，小心地保持袜缝平整。“我不想让我的精神集中，我想让它接受周围的一切。这有什么奇怪和丢脸的吗？我想知道我要怎样做才能活得像个人。我读书，我读加缪和萨特等人的哲理小说，读艾米莉·狄金森和埃德娜·圣文森特·米莱这些已故诗人的作品，我还——”

“我看你好像没有朋友，是吗？”

“为什么？朋友会留下痕迹吗？也许我还没准备好交朋友。也许我还没有完全出生。印度教徒相信，你知道吗——他们认为我们一生都在不断地出生和重生，或者诸如此类的事情。生命对我来说很痛苦，赫尔曼。”

泪水涌上了她的眼眶。这个可笑的人是她的哥哥，是她在这个世界上最不愿意对其吐露心声的人，但她信任他超过信任她认识的其他任何人，尽管他依旧是那么可笑，那么肥胖。她坐在床上，借着从肮脏的窗户斜射进来的灰蒙蒙的阳光看着他，这个充满计划和贪婪的幸福的年轻的胖子。

“我爱这座城市，”她平静地说，“我知道这里有许多种幸福的方式，但我还没有找到。可我知道它们就在那里。”她走到另一扇窗前，拉开落满灰尘的蕾丝窗帘，俯瞰百老汇。她能闻到窗户上的煤烟味。天空下起了蒙蒙细雨。

“我打算买一辆新凯迪拉克。”

“那种车太大了吧，你开得了吗？”

“操作丝滑，平稳舒适。简直棒极了。我们准备再要一个孩子；我可不想让车颠着她的肚子。”

“你真的像看上去那么自信吗？”

“当然了。跟我一起干吧。”

“我觉得我不想那么有钱。”

“我觉得你还是个共产分子。”

“也许是吧。为钱而活是不对的。我不想走这条路。”

“至少把那些债券卖掉，进入股市。毫不夸张地说，你现在每小时都在亏钱。”

“是吗？我感觉不到，那就随它去吧。”

他费力地站起来，扣上蓝色夹克的纽扣，拉下领带，从椅背上取下外套。“我永远也搞不懂你，珍妮丝。”

“彼此彼此，赫尔曼。”

“你今天接下来打算做什么？就当是举个例子。”

“什么例子？”

“你每天都是怎么过的。”

“七十二街在放老电影，我也许会去看。好像有一部是嘉宝演的。”

“在工作日的中间。”

“我喜欢在外面下着小雨的时候待在影院里。”

“要不要跟我一起回家吃饭？”

“不，亲爱的。那可能会颠着她的肚子。”她笑了，然后马上吻了他一下，好让这句脱口而出的话不至于引起不快。但事实上，她不想要孩子，永远不想要。

“你想从生活中得到什么，你知道吗？”

“我当然知道。”

“什么？”

“美好的时光。”

他困惑地摇摇头。“不要惹上麻烦。”他离开时说。

V

她崇拜嘉宝，热爱她的每一部作品，即便是她表现最木讷的影片，她也能连看两场而没有一丝讥诮之意。她喜欢被这些老套做作的格劳斯塔克式浪漫故事、那些引人发笑的天鹅形状浴缸和鹰头水龙头、那些华丽欲滴的巴洛克式门窗和帷幔托起，漂浮在想象的海洋上。如今，它们那绚丽而堕落的品位令她欢欣鼓舞，甚至到了飘飘欲仙、欣喜若狂的地步，让她从她所受的全部教育中解脱出来，与她的祖国重归于好。当那位女演员从高贵的白色劳斯莱斯车里翩然走出，足跟一次也没有被她的薄纱长裙绊住时，她真想站在屋顶上，对着星空快乐地尖叫。在躺椅上慵懒地“放松”的嘉宝是多么无以言表地光彩照人，她在情绪低落地和男主角们争论时，那长久的停顿中的厌世之感是多么令人心动——珍妮丝有时不得不捂住脸，不去看嘉宝愉悦地合上她那陶瓷般的眼睑，接受巴里摩尔姗姗来迟的一吻。当然，嘉宝精致的颧骨、莹白的肌肤和雕塑般的面部轮廓——这个女人是上帝存在的证明。珍妮丝可以面朝天花板在旅馆的床上躺上半个小时，眼睛几乎一眨不眨地看着嘉宝的脸庞浮现在眼前。她可以站在梳妆台的镜子前，对着镜中映出的脖子以下的部分，认识到自己的身体出乎意料地成熟妩媚，充满活力，尤其是从侧面看，更能突显出她优美的大腿线条。

Ⅵ

一天下午，嘎吱作响的电梯门打开时，她看到门前站着一个四十多岁或者五十出头的英俊男子，一手拿着手杖，一手提着公文包。他的背部异常直挺地走进电梯，直到他在离她不到六英寸的地方停下，稍微抬脚而不是直接转身面对电梯门时，珍妮丝才意识到他是盲人。他的下巴上有一道剃须时割破的伤口。

“这是下行的电梯，是吗？”

“是的，下行的。”她的胸口抽动了一下。在他目不转睛地盯着她的脸的那个瞬间，她感到了近在咫尺的自由和席卷而来的解放。

到了大厅，他径直走出电梯，穿过铺着瓷砖的地面，走到通往街道的玻璃门前。她跟在他身后，紧走几步为他把门推开。“需要帮忙吗？”

“不用麻烦。不过还是多谢了。”

他走到街上，直接右转朝百老汇的方向走去，她急忙跟上他。“你是去地铁站吗？我是说，我也要去那里，如果愿意的话，我们可以一起走。”

“哦，好的，是的。谢谢你，不过我自己走就行。”

“但既然我也是同路……”

她走在他身旁，对他流畅的步伐感到惊讶。他忽闪的眼皮多么富有活力！和他走在一起就像和一个视力正常的人走在一起，但在他身边感受到的自由让她的眼中盈满幸福的泪水。她发现自己把所有的感情都倾注在了自己的声音里，那声音从她的口中飞扬而出，带着少女所有的纯真。

他的声音干巴巴的，好像不常使用似的。“你在旅馆住了很久吗？”

“从三月开始。”又毫不犹豫地补充道，“自从我离婚后。”他点点头。“你呢？”

“哦，我已经住了五年了。十二楼的墙壁几乎是隔音的，你知道。”

“你会演奏乐器？”

“钢琴。我在迪卡唱片公司古典部工作；我在家听很多唱片。”

“那很有趣。”她感到这种轻松的谈话令他愉快，她感到他对她的陪伴心怀感激。他一定很孤独。人们可能会避开他，或者在与他交往时带着过多的拘谨或歉意。但她从未像现在这样自信，从未像现在这样自由地与一个陌生人打交道，一时间，她为自己的直觉感到庆幸。

在地铁台阶的顶端，她轻轻抓住他的手臂，仿佛他是一只可能被吓跑的小鸟。他没有抗拒，在通过旋转闸门时，坚持用他准备好的一把五分硬币付了她的车费。她不知道他要去哪里，也不知道自己应该假装去哪里。

“你怎么知道在哪里下车？”

“我记着站数。”

“哦，对呀，我真笨。”

“我去五十七街。”

“我也去那儿。”

“你在那儿附近工作？”

“说实话，我还在适应中。但我正在努力找工作。”

“噢，你应该没问题的；你好像还很年轻。”

“其实我并不是真要去什么地方。我只是想帮你。”

“真的？”

“是的。”

“你叫什么名字？”

“珍妮丝·塞申斯。你呢？”

“查尔斯·巴克曼。”

她想问他结婚了没有，但显然他不可能，也一定没有结婚；他身上有一种自成一统的感觉，不受任何事或任何人的制约。

到了街上，他在面向上城区的路边停下脚步。“我去五十九街的运动俱乐部。”

“我可以和你一起走吗？”

“当然可以。我在上班前会锻炼一个小时。”

“你看起来非常健康。”

“你也应该试试。虽然我认为你也很健康。”

“你怎么知道？”

“从你走路时落脚的方式。”

“真的吗?！”

“是的，那能说明很多问题。把你的手给我。”

她立刻把左手交到他的右手上。他用食指和中指按了按她的手掌，又按了按她的拇指根部，然后放开她的手。“你的身体状况不错，如果能游泳就更好了；你的呼吸不是很好。”

她感觉他对她的超越常人的了解就像一个温暖的拥抱。“也许我会的。”她讨厌运动，但发誓会尽快开始。在运动俱乐部门口灰色的天篷下，他缓缓停下脚步面对着她，这时她才第一次可以较为长久地透过他那忽闪的眼睑直视他棕色的眼眸。她觉得自己会因为惊讶感激而窒息，因为他正微微笑着，似乎很高兴被人看到他在大庭广众之下如此亲密地看着她。她觉得自己比有生以来任何时候都站得更挺拔。

“如果你想上来喝一杯的话，我在 1214 房间。”

“我很愿意。”她笑自己答应得如此迅速。“我必须告诉你，”她有些害怕尴尬地听着自己的声音，但决心不在内心迸发的需求前退缩，“你让我感到非常幸福。”

“幸福？为什么？”

他脸红了。那张几乎没有表情的脸上竟然透出尴尬的神色，这让她感到惊讶。

“我不知道为什么。你就是让我感到幸福。我觉得你比任何人都了解我。对不起，我说了这么多傻话。”

“不，不。请你今晚一定要来。”

“哦，我会的。”

她觉得如果她踮起脚来亲吻他的嘴唇他也不会介意，因为她很美。或者说，她的手很美。

“如果你愿意，可以关灯。”

“我不知道。也许我更愿意开着灯。”

他脱下短裤，用小腿摸索着来到床的位置，在她身边躺下，她凝视着他失明的脸。他的手发现了她美好愉悦的身体。那是纯粹的触摸，超越语言的纯粹的真实，她的一切都像解冻的水一样在他的手掌中流动。她从过去的整个人生中解脱了出来，坚定而温柔地吻他，祈求有一位上帝能够让她和他在一起时不要犯错，她将他的手移到她希望的地方，主导着他，同时顺从于他的每一个最细微的动作。

在一次喘息中，他用手指抚摸着她的脸庞，她屏住呼吸，在他感知着她鼻子的弧度，她长长的上唇和额头，并轻轻按压她的颧骨时，她确信他发现它们缺少轮廓，埋在一张圆润而紧实的脸上——她听到他的呼吸停顿了。

“我不是美女。”比起陈述事实，她更像是在询问。

“对我来说，你很美。”

“你能想象出我的样子吗？”

“是的，很清晰。”

“真的没关系吗？”

“这对我来说又有什么区别呢？”他翻身压在她身上，嘴唇贴着她的嘴唇，然后吻遍她整个脸庞。他的快乐再次涌入她的身体。

“我会死在这里，我的心脏会在你身下停止跳动，因为我不再需要也无法忍受别的什么了。”

“我喜欢你的咬舌音。”

“是吗？听起来不幼稚吗？”

“幼稚，所以我喜欢。你的头发是什么颜色的？”

“你能想象颜色吗？”

“我想我能想象黑色。是黑色的吗？”

“不，是栗色的，略微发红的栗色，而且很直。几乎垂到肩膀。

我的头很大，嘴也大，而且有点突出。但我走路很好看，甚至算得上美丽，如果你问有些人的话。我喜欢性感地走路。”

“你的屁股形状很美。”

“是的，我忘了说了。”

“抱着它的感觉好极了。”

“我很高兴。”然后她补充道，“我真的感到受宠若惊。”

“我在你眼里是什么样子的？”

“我觉得你英俊极了。黝黑的皮肤，棕色的向左偏分的头发，还有一个漂亮结实的下巴。你的脸是长方形的，给人一种安心和沉静的感觉。你大约比我高三四英寸，身材修长但并不瘦弱。我觉得你长得很漂亮。”

他咯咯笑着从她身上翻身下来。她握住他的阴茎。“这个很完美。”他笑着轻轻吻了吻她。然后他安静地睡着了。她躺在他身边不敢动，害怕把他惊醒，让他面对生活中的诸般危险。

七十年代末，住在格林威治村的她在报纸上看到，克罗斯比旅馆正在被拆除，以建造一栋新的公寓楼。她现在是一个民权组织的志愿者，负责监督东西方的侵权行为，她决定午饭后多休息一个小时，在老旅馆消失之前，去上城区再看它一眼。此时她已年过六旬，查尔斯已于一年多前在睡梦中去世。她从地铁站出来，沿着小街走去，发现旅馆的顶层，十二层，已经不见了。事实上，它就那样滑稽地消失了；查尔斯曾经在里面仔细评判莫扎特、舒伯特和贝多芬唱片的那个小方格子如今已经成了一片敞开的蓝天。她靠在旅馆街对面的一栋建筑上，看着人们出奇轻松地撬开一面面砖墙。原来这些大楼几乎全是靠重力在支撑的！她可以看到房间内部，人们精心挑选了各种颜色来粉刷墙壁，为了选择合适的色调，他们花费了多少心思！随着每一块砖石的掉落，都会有一团灰尘翻滚着冲向空中。每一代人都会带走城市的一部分，就像蚂蚁拖走树木的嫩枝。他们就快拆到她以前的房间了。一阵茫然诧异渐渐袭上心头。在她六十一年的生命中，有过二十年的好时光。还不坏。

她回想着和他一起欣赏的几十场独奏会和音乐会，回想着和他在餐馆里共进的晚餐，回想着查尔斯对她的毫无保留的爱和依赖，她已经成了他的眼睛。从某种意义上讲，他彻底改变了她，使她看向外面的世界，而不是屏住呼吸等待这个世界向她投来不以为然的目光。她走近旅馆前门，站在街对面，捕捉着萦绕在这栋垂死的建筑上的冰冷的泥土气息，试图重温她第一次和他一起走到街上，然后下到地铁里的情景，那是她最后一个其貌不扬的日子。她买了一种新的香水，它穿透尘土飞扬的空气飘到她的鼻端，带给她一丝愉悦。

她转身回到百老汇大街，漫步走过水果摊和路边散落的碰撞碎片、街头食客们掉落的披萨饼皮碎渣、果皮果核、一只落单的靴子和一条破烂的领带、一个坐在人行道上梳头的女人和追着篮球大喊大叫的黑人少年，那些曾经裹挟着她而她如今已经没有勇气从迅速消失的过去唤回的各种主义、目标和突发事件齐上心头。还有查尔斯，头上端正地戴着帽子，脖子上整齐地裹着深红色围巾，用口哨轻柔有力地吹着《哈罗尔德在意大利》的非凡的主旋律，从容地和她手挽着手走过这一切。“哦，死亡，哦，死亡。”她在街角等红灯时几乎说出声来，一个十几岁的毒贩开着崭新的宝马缓缓驶过，车上的说唱音乐挑衅地在她面前轰响。绿灯亮起时，她穿过马路，为自己幸运地活到美丽而惊叹不已。

存　在

斗牛犬

他在报纸上看到一则小广告："黑色虎斑斗牛犬幼仔，每只三美元。"他从粉刷房子的工作中挣到了大约十块钱，还没有存入银行，但他们家从来没养过狗。当他萌生这个念头时，他的父亲正在睡午觉，他去询问母亲的意见，正在打桥牌的她心不在焉地耸耸肩，扔出一张牌。他在屋子里来回踱步，拿不定主意，他觉得自己最好抓紧时间，以免被别人抢先买走那只小狗。在他心目中，已经有一只专属于他的小狗了——那是他的小狗，小狗也知道这一点。他不知道虎斑斗牛犬长什么样子，但这名字听起来很威风。他拿得出这三块钱，尽管一想到要把它花掉他就感到心疼，因为他的父亲又破产了，他们一家正为钱操碎了心。广告上没有提及有多少只小狗。也许只有两三只，也许现在已经被人买走了。

卖家的地址在舍默霍恩街，他从没听说过那个地方。他打电话过去，一个声音沙哑的女人告诉他去那里的路怎么走，乘坐哪条线路。如果从米德伍德出发，乘坐卡尔弗高架线，他必须在教堂大道换乘。他把路线记下来，念了一遍给她听。谢天谢地，那些小狗还在她那儿。路上要走一个多小时，不过因为是星期天，列车上几乎空着，微风从敞开的木框车窗吹进来，比下面的街道上凉快。他看到下面的空地上有几个裹着红色印花头巾的意大利老妇人，正弯着腰把蒲公英装进围裙里。他学校里的意大利朋友说，它们可以用来酿酒和拌沙拉。他记得有一次他在家附近的空地上打左外野时曾经尝过一根，但那东西像眼泪一样又苦又咸。这辆几乎没有乘客的老式木制列车在炎热的午后轻轻地摇晃着，发出哐啷哐啷的轻响。他经过一个街区，那里的人们正站在车道上给他们的汽车浇水，就好像它们是一头头发热的大象。灰尘在空气中愉快地飘荡。

令他颇感意外的是，舍默霍恩街区与他所在的米德伍德街区完全不同。这里的房子是用褐砂石建造的，和他们那条街上的板条房没有丝毫相像之处，那些房子都是几年前才建起来的，最早的也是建于二十年代。这里的人行道看起来也很古老，铺的是大块的方形石头而不是水泥，石块的缝隙中长着星星点点的小草。他看得出犹太人不住在这里，也许因为这里太安静，太冷清，而且没有一个人坐在外面晒太阳。许多窗户大开着，人们面无表情地拄着胳膊凝视窗外，一些窗台上还有猫在伸懒腰，许多女人戴着胸罩，男人穿着内衣，试图吹到一点微风。汗滴从他的背上淌下来，不仅因为天热，还因为他现在意识到，家里只有他一个人想要这只狗，因为他的父母并没有发表意见，而他的哥哥说："你怎么了，疯了吗，把你的那几块钱花在小狗身上？谁知道它有什么用处？你拿什么喂它呢？"他想到了骨头，他那个一向明辨事理的哥哥喊道："骨头！它们还没长牙呢！"那就喂它喝汤，他喃喃自语着。"汤！你要喂小狗喝汤？"他忽然发现自己已经到了地方。站在那儿，他感到心往下沉，他知道这是个错误，就像他曾经愚蠢地尝试为之辩护的一个梦境或者谎言。他心跳加速，感觉自己脸红了，他又往前走了大约半个街区。空荡荡的街道上只有他一个人，一些窗户里的人在看着他。可是他已经走到这一步，怎么能就这么回家呢？一路过来他好像走了几个星期，甚至一年。就这样空着手回地铁站吗？也许他至少应该去看看那只小狗，如果那个女人允许的话。他在《知识全书》上查过，那上面有整整两页犬类图片，其中有一只前腿弯曲、牙齿从下颌突出的白色英国斗牛犬，还有一只黑白相间的小波士顿斗牛犬和一只长鼻子的比特犬，就是没有虎斑斗牛犬的图片。仔细想来，他对虎斑斗牛犬的全部了解就只有它们卖三块钱一只。但他至少要看一眼他的小狗，于是他折返回来，按照那个女人告诉他的那样按响了地下室的门铃。门铃声音很大，把他吓了一跳，但他觉得如果他跑开了，而她出来时刚好看到，那就更尴尬了，所以他站在那里，汗水从他的嘴唇上流下来。

门廊下的一扇内门打开了，一个女人走出来，隔着门上落满灰尘的铁栅栏看着他。她穿着浅粉色的丝绸长袍，用一只手拢着衣襟，黑色的长发披到肩上。他不敢直视她的脸，因此不知道她到底长什么样，但他能感觉到站在紧闭的大门后面的她的紧张。他感觉她无法想象他为什么要按她的门铃，于是赶紧问她是不是那个登广告的人。哦！她的态度马上就变了，她拉开插销，把门打开。她比他矮，身上有一股特别的气味，像是牛奶和沉滞的空气混合的味道。他跟着她走进公寓，屋里很黑，几乎什么都看不清，但能听到小狗尖锐的叫声。她不得不提高声音，问他住在哪里，多大岁数。当他说他十三岁时，她吃惊地用手捂住嘴，说以他的年龄而言，他长得真高，但他不明白为什么这似乎让她有些尴尬，除非她也像人们有时候那样，把他错认成十五岁了。他跟着她来到公寓后面的厨房，由于已经离开太阳地儿几分钟了，他现在终于能看到周围的环境。在一个被不均匀地裁去一截的大纸箱里，他看见三只小狗和它们的妈妈，它坐在那里抬头看着他，尾巴缓缓地来回摆动着。他觉得它不像斗牛犬，但不敢说出来。它就是一只棕色的狗，身上有黑色的斑点和一些条纹，小狗们也和它一样。他还挺喜欢它们耷拉着小耳朵的样子，但他对那个女人说，他想来看看小狗，不过还没有打定主意。他不知道接下来该怎么办，为了表示他并非不喜欢这些小狗，他问她是否介意让他抱一只看看。她说没问题，便从纸箱里拎出两只小狗，放在蓝色的油地毡上。它们和他看过的斗牛犬一点也不像，可他不好意思告诉她他不大想要它们。她拿起一只，说了声“给”，就把它放在了他的腿上。

他从来没有抱过狗，害怕它会滑下去，便将它抱在怀里。它热乎乎地贴着他的皮肤，非常柔软，有一种让人既兴奋又厌恶的感觉。它有一双像小纽扣似的灰色的眼睛。让他不安的是，《知识全书》里没有这种狗的图片。一头真正的斗牛犬应当是凶猛和危险的，但这些就只是棕色的狗而已。他坐在绿色软垫椅的扶手上，把小狗放在腿上，不知道下一步该做什么。与此同时，那个女人来到他身旁，似乎还拍了拍他的头发，但他不能确定，因为他的头发非常浓密。时间一秒一秒地过去，他越发没了主意。这时她问他要不要喝水，他说好，她就去水龙头那儿接水，他趁机站起来，把小狗放回箱子。她拿着杯子回来，他接过杯子时，她松手放开长袍，露出像半满的气球一样的乳房，说她不相信他只有十三岁。他大口把水喝完，正要把杯子还给她，她突然把他的头揽过去吻他。不知为什么，待了这么久他一直无法正视她的脸，而当他现在想看她时，却只能看到一片模糊和她的头发。她的身子朝他贴过来，他的腿后侧开始颤抖。这种颤栗感越来越强烈，感觉就像那次他在换灯泡时不小心触到带电的灯座边缘。他记不起自己是怎么来到地毯上的——感觉就像有瀑布砸在头顶上一样。他记得自己投入她的情热之中，头一下一下地撞在她的沙发腿上。快要到达换乘卡尔弗高架线的教堂大道时，他才意识到她没有收他的三块钱，他不记得他是否同意了，但他的腿上放着一个小纸箱，里面有一只小狗在呜呜叫，爪子刮擦纸板的声音让他后背发凉。他现在想起来了，那个女人在纸箱顶上开了两个洞，小狗不停地把鼻子从洞里伸出来。

他解开绳子，小狗兴奋地吠叫着顶开箱子爬出来，他的母亲吓得往后一躲。“它要干什么？”她大叫着，双手举在空中，好像就要受到攻击似的。这时他已经不再害怕小狗了，他把它抱在怀里，让它舔他的脸，看到这一幕，他的母亲稍微平静了些。“它饿了吗？”她问，在他把小狗放回地上时，她站在一旁，嘴巴微微张开，准备好应对一切突发状况。他说小狗可能饿了，但他认为它只能吃软的东西，尽管它小小的牙齿像大头针一样锋利。她拿出一些软的奶油奶酪，放了一小块在地板上，但小狗只是闻了闻，撒了一泡尿。“天哪！”她大叫着，赶紧找来一张报纸把地板擦干净。在她弯下腰的时候，他想到了那个女人热情的身体，羞愧地摇了摇头。她的名字突然浮现在他的脑海里——露西尔，这是他们在地板上的时候她告诉他的。就在他要进去的时候，她睁开眼睛说：“我叫露西尔。”他的母亲拿出一碗昨晚剩下的面条放在地上。小狗抬起小爪子把碗碰翻了，碗底的鸡汤洒了一些出来。它贪婪地舔食着油地毡上的鸡汤。“它喜欢鸡汤！”她高兴地喊道，并且立刻认定它很可能也喜欢吃鸡蛋，于是便开始烧水。小狗仿佛知道她是那个应该追随的人，跟在她后面，往返于炉子和冰箱之间。“它跟着我！”她开心地笑着说。

第二天放学回家的路上，他顺道去了趟五金店，花七十五美分买了一个小狗项圈，施韦克特先生还送了他一根晾衣绳作为狗绳。每晚入睡时，他都会像从秘密宝箱中取出宝物一样从记忆中将露西尔召唤出来，他问自己敢不敢给她打电话，也许还能再次和她在一起。他给小狗取名罗弗，它似乎每天都在明显地长大，但看上去仍然没有任何长得像斗牛犬的迹象。男孩的父亲认为罗弗应该住地下室，但那下面很孤独，它会一直叫个不停。“它想妈妈了。”他的母亲说。于是每天晚上，男孩会先把小狗放在地下室一个垫着破布的旧洗衣篮里，等它叫够了，男孩就获准把它带上来，让它睡在厨房里的一堆破布上，每个人都为这时的安静感到欣慰。他的母亲想牵着小狗在他们居住的安静的街道上散步，但它总是把绳子缠在她的脚踝上，由于担心它受伤，她只好跟着它左冲右拐，把自己累得筋疲力尽。这种情况并不总是发生，但有很多次，当男孩看着罗弗时，他会想起露西尔，几乎能再次感受到那份激情。他会坐在门廊的台阶上一边抚摸小狗，一边想着她，想着她的大腿内侧。他仍然无法想象她的脸，只能看到她乌黑的长发和结实的脖子。

一天，他的母亲烤了一个巧克力蛋糕，放在厨房桌子上晾凉。它至少有八英寸厚，他知道它一定很美味。那一阵子他经常画画，勺子、叉子、香烟盒，偶尔还有他母亲的龙纹中国花瓶，凡是形状有趣的东西他都画。他把蛋糕放在桌旁的椅子上画了一会儿，然后不知怎的，起身来到外面，看他前一年秋天种下、现在才刚刚出芽的那丛郁金香。然后，他决定去寻找去年夏天忘记放在哪里的一个几乎全新的棒球，他肯定，或者说相当肯定，它就在地下室的一个纸箱里。他从来没有真正翻到那个纸箱的底部，因为他总会在箱子里发现一些他早已遗忘的东西，从而分散了注意力。他从后门廊下面的外部入口走去地下室时，注意到他两年前种下的那棵梨树的一根纤细的枝条上好像开花了。他吃了一惊，感到自豪和成功的喜悦。他花三角五分在法院街买了这棵树，另花三角钱买了一棵苹果树，种在距梨树大约七英尺的地方，以便将来有一天能在两树之间挂一个吊床。它们现在还又细又小，但也许明年就可以了。他喜欢盯着这两棵小树看，因为是他亲手栽种的，他觉得它们似乎知道他在看着它们，甚至觉得它们也在看着他。后院的尽头是一道十英尺高的木栅栏，围住伊拉斯谟球场，像大卫之家和黑人扬基队这样的半职业和业余球队周末会来这里打球，还有萨奇·佩吉所在的球队，萨奇是美国最伟大的投手之一，但他是黑人，显然不能在大联盟打球。大卫之家的队员全都留着大胡子——他一直不明白为什么，不过也许他们是正统派犹太人，虽然看起来并不像。从球场的右外野飞出的超远的界外球会落在院子里，在这春和日暖的时节，他想起来要去寻找的那颗球就是这么来的。在地下室，他找到那个箱子，惊讶地发现他的冰刀是如此锋利，并且想起他曾经用虎钳把冰鞋并排夹住，这样就可以用一块磨刀石来磨冰刀。他拨开一只破损的外野棒球手套、一只落单的冰球守门员手套、几根铅笔头和一盒蜡笔，以及一个拉动绳子手臂就会上下摆动的木头小人。这时他听到头顶上传来小狗的叫声，但和平时不同，这次的叫声连续不断，非常尖锐响亮。他跑上楼，看到母亲正从二楼下到客厅，她的晨衣在身后飞扬，脸上露出不安的表情。他听到小狗的爪子在油地毡上刮擦的声音，急忙冲进厨房。小狗正尖叫着绕着圈子跑来跑去，男孩立刻看出它的肚子鼓起来了。蛋糕在地板上，大部分都不见了。“我的蛋糕！”他的母亲尖叫着，捡起蛋糕的剩余部分，举得高高的，好像要防止它落入小狗之口，尽管事实上已经几乎不剩什么了。男孩试图抓住罗弗，但它逃进了客厅。他的母亲在他身后大叫着“地毯！”，罗弗继续奔跑，因为有了更大的空间，它跑的圈子也更大了，它的嘴角泛起了白沫。“快报警！”他的母亲喊道。突然，小狗摔倒了，侧躺在地上大口喘息着，每一次呼吸都发出一阵短促的尖叫。他们从来没养过狗，对兽医一无所知，他在电话簿上找到防止虐待动物协会的号码，给他们打了电话。他现在不敢碰罗弗，因为他的手一靠近，它就张嘴去咬，嘴里还吐着白沫。厢式货车停在房子前面时，男孩从屋里出来，看见一个年轻人正从车厢里取出一个小笼子。男孩告诉他，小狗几乎吃下去一整个蛋糕，但那人对此毫无兴趣，他走进屋，站在那儿低头看了罗弗一会儿，罗弗发出轻微的叫声，仍然侧躺在地上。那人用网兜罩住它，被塞进笼子时，小狗挣扎着想站起来逃跑。“你觉得它出了什么问题？”他的母亲嫌恶地撇着嘴问道，男孩此时也有这种感觉。“它的问题就是它吃了一个蛋糕。”那人回答。他提着笼子出来，把它从后门塞进黑洞洞的车厢。“你要怎么处理它？”男孩问。“你还要它吗？”那人没好气地说。他的母亲这时正站在门廊上，听到了他们的对话。“我们不能把它留下。”她大声说，声音既惊恐又坚定。她走近那个年轻人：“我们不知道怎么养狗。也许哪个会养的人会愿意要它。”年轻人无所谓地点点头，坐上车开走了。

男孩和母亲目送厢式货车消失在拐角处。屋子里重新变得一片死寂。他再也不用担心罗弗弄脏地毯或者啃咬家具，也不用担心它是否有水喝、会不会挨饿了。他每天放学回家和早上醒来的第一件事就是去看罗弗，他总是担心它会做什么惹他父母生气的事。如今，所有的焦虑都烟消云散了，随之而去的还有快乐，房子里只留下一片寂静。

他回到厨房的桌子旁边，想找点东西来画。椅子上放着一张报纸，他打开报纸，看到一则萨克斯百货的长袜广告，广告上一个女人撩开长袍展示她的腿。他开始临摹这张图片，并再次想起露西尔。他想知道，他能否给她打个电话，再做一次他们做过的事？但她肯定会问起罗弗，而他除了对她撒谎没有别的办法。他记得她是如何亲热地把罗弗抱在怀里，甚至亲吻它的鼻子的。她真的很爱那只小狗。他怎么能告诉她它已经离开了呢？只是坐在那里想着她，他就像扫帚柄一样硬了起来，他突然想到，如果给她打电话，说他的家人打算再养一只小狗给罗弗做伴怎么样？但这样一来，他就得假装罗弗还在他这儿，而这就意味着他要撒两个谎，这让他有些害怕。令他生畏的与其说是谎言，不如说是得努力记住：第一，罗弗还在他这儿；第二，他当真想再养一只小狗；第三，也是最困难的一点，当他从露西尔身上起来时，他不得不说，很遗憾，他不能要第二只小狗了，因为……什么呢？这些谎言让他感到心力交瘁。他想象着再次进入她热情的身体，他感觉他的头都要炸了。他想到，事情结束后，她可能会坚持要他再带走一只小狗，硬要他收下。毕竟，上次她没有收他那三块钱，罗弗可以说是她送他的礼物。如果他拒绝接受另一只小狗，场面会很尴尬，尤其是他本该就是为了这个原因才回来找她的。他不敢经历这一切，便放弃了这个想法。然而接下来，她像上次那样在地板上摊开的身体再次浮现在他眼前，于是他又开始为专程从布鲁克林的另一边远道而来却没有买下他说要买的小狗寻找可以说出口的理由。他可以看到他拒绝收下小狗时她脸上的表情，困惑，甚至是愤怒。是的，她很可能会愤怒，并且看穿他的心思，意识到他来的目的只是为了她的身体，其余的都是胡说八道，她可能会觉得受到了侮辱，甚至可能会扇他耳光。那时他该怎么办？他不能和一个成年女人打架。这时他又想到，她的另外两只小狗很可能已经卖出去了，因为三块钱的价格相当便宜。那该怎么办呢？他想，假如他只是打电话给她，说他想再去看她，而不提小狗的事呢？那样他就只需要撒一个谎，说罗弗还在他这儿，他们全家都很爱它云云。这些话他不难记住。他走到钢琴前弹了几个和弦，以沉郁的低音和弦为主，让自己平静下来。他其实并不会弹琴，但他喜欢创作和弦，让那些振动在他的手臂上激荡。他弹着弹着，感觉自己的内心好像有什么东西松动了，甚至完全瓦解了。他和从前不一样了，他心里的某个地方不再空荡清澈，而是负载着秘密和谎言，有的已经说了，有的还未出口，但所有这些都足以令人厌恶，使他与家人稍许产生了距离，他现在可以看到它们，看到背负着它们的自己。他试着用右手弹出一段旋律，用左手找到与之匹配的和弦。纯粹是运气使然，他弹奏出一段优美的乐曲。他的和弦略有偏差，带有一些不和谐的音调，但仍在某种程度上与右手的旋律相呼应，这实在令人惊奇。他的母亲满怀惊喜地走进房间。“这是怎么了？”她高兴地大声问。她会弹琴和视奏，曾试着教他但没有成功，她认为那是因为他的耳朵太灵敏了，比起下功夫读乐谱，他更愿意弹奏他听到的声音。她来到钢琴旁，站在他身边看着他的手。她惊讶地笑了，一如既往地希望他会是个天才。“这是你作的曲子？”她几乎是大喊着说，仿佛他们正并肩坐在过山车上。他只能点点头，不敢说话，害怕失去那似乎是凭空撷取的灵感，他和她一起笑了，因为他为自己隐秘的变化感到无比喜悦，与此同时，他并不确定自己将来是否还能弹出和现在一样动人的旋律。

演　出

我见到哈罗德·梅的时候他大约三十五岁。他的金发从中间分开，戴一副角质边框眼镜，孩子气的眼睛圆溜溜的，很像同样戴着眼镜，一脸惊诧表情的著名的电影喜剧演员哈罗德·劳埃德。当我想起梅时，我的眼前浮现出一个面颊红润，身穿白色细条纹灰色西装，打着红蓝条纹领结的男人——一个身材修长、体态匀称、脚步轻盈的舞蹈演员，和许多舞蹈演员一样，被包裹在（可以说是被封闭在）他的艺术中。至少这是他给我的第一印象。我们见面的地点在市中心的一家药杂店里，在当时，四十年代，那一类店里设有桌子，人们可以坐在店里享用汽水和圣代冰淇淋，度过一段闲暇时光。梅要讲一个长而复杂的故事，我不知道他何以有此雅兴，但我逐渐意识到，这是为了引起我的兴趣，为他写一篇特写。我的老朋友拉尔夫·巴顿（原姓伯考维茨）把他介绍给我，觉得我也许能用上他的离奇故事，尽管他知道我那时已经离开新闻界，不再在药杂店和酒吧里闲坐，作为一个作家，我已经小有名气，承受着在餐馆或街上被陌生人搭讪的困扰。这次会面大概是在春天，战争结束仅两年后。

据哈罗德·梅当天下午所说，他创作的踢踏舞曾经在皇宫剧院演出过两次，不过在三十年代中期，他的工作并不稳定。虽然《综艺》杂志几乎总是对他赞誉有加，但他的忠实观众始终局限在皇后区、俄亥俄州托莱多和纽约州的伊利或托纳万达的那一小群人里。他说："那些知道如何组装东西的人往往喜欢看踢踏舞。"炼钢工人、机械工和吹玻璃工——几乎所有重视技能的人都特别喜欢他的节目，这让他很高兴。然而，到了一九三六年，哈罗德深信自己的头已经撞到了职业生涯的天花板，他非常沮丧，因此当有人邀请他去匈牙利演出时，他立刻就答应了，尽管他连那个国家在哪里都不清楚。他很快了解到，在布达佩斯、布加勒斯特、雅典和其他六七个东欧城市有一种所谓的巡回杂耍剧场，其中尤以维也纳的声名最著，可以为他带来大量的宣传。一旦被观众接受，一个节目几乎可以一年到头在那些俱乐部里反复演出。"他们喜欢变化不大的事物。"他说。不过，由美国南方黑人发明的踢踏舞完全是个新鲜事物，是欧洲人从未见识过的纯粹的美式舞蹈，许多欧洲人被他们从中感受到的那种活泼乐观的美国气息迷住了。

哈罗德隔着白色大理石桌面向我解释说，他在巡回剧场工作了大约六到八个月。"工作稳定，收入也不错，在有些地方，比如保加利亚，我们简直就像明星一样。我们参加过在城堡里举行的晚宴，那些女人对我们大献殷勤，此外还有美酒相伴。真是快活极了。"他说。

他的小舞蹈团由两男一女和他自己组成，演出时会临时雇用一个钢琴师或者小乐队为他们伴奏，他的业务机动灵活。他还年轻，尚未结婚，此前的短暂人生全都聚焦在他的双脚、舞鞋和坚持不懈的光荣梦想上，现在他却惊讶地发现，他喜欢在巡演的城市里观光，收获有关欧洲历史和艺术的零星知识。他只有一张伊万德蔡尔兹中学的高中文凭，除了下一场演出之外，从来没有时间思考太多，因此欧洲之行让他大开眼界，看到了一个几乎未曾想象过的过去。

一天晚上，他正心满意足地在布达佩斯巴巴鲁俱乐部老旧的化妆间里卸妆，一位身材高大衣冠楚楚的绅士忽然出现在门口，向他微微鞠了一躬，用带着德国口音的英语做了自我介绍，并恭敬地问梅能否占用他几分钟的宝贵时间。哈罗德请这位德国人在一张粉红色缎面已经碎成布条的椅子上落座。

这位德国人大约四十五岁，一头漂亮的银发闪闪发亮，身穿一套精致厚重的绿色西装，脚下一双黑色高统靴。他说他叫达米安·富格勒，以德国驻布达佩斯大使馆文化专员的官方身份前来拜访。他的英语虽然有口音，遣词用字却毫无瑕疵。

“我有幸观看了您的三场演出，”富格勒用抑扬顿挫的男中音说道，“首先，我希望向您这位优秀的艺术家表示敬意。”从来没有人称哈罗德为艺术家。

“哦，谢谢，”他磕磕巴巴地说，“谢谢您的夸奖。”我可以想象，这个从俄亥俄州伯里亚出来的面庞红润的年轻人听到这位穿着高统靴的优雅的欧洲人的称赞，一定会感到非常骄傲。

“我自己也曾在斯图加特歌剧院演出过，不过当然不是作为歌手，而是我们所说的‘跑龙套的’。那是很久以前的事了，那时我还年轻。”富格勒对自己年轻时的胡闹报以宽容的微笑，“我们还是言归正传吧——我受权邀请您，梅先生，到柏林演出。我的部门准备支付您的交通费和酒店费用。”

一个政府——任何一个政府——竟然对踢踏舞感兴趣，这个激动人心的消息远远超出了哈罗德的想象，他需要一点时间才能消化和相信。

“嗯，我真的不知道该说什么。比如在哪里演出，是俱乐部还是什么地方？”

“在新新俱乐部，您一定听说过吧？”

哈罗德听说过，新新俱乐部是柏林最高级的俱乐部之一。他的心怦怦直跳。但他丰富的演出经验提醒他不要立刻接受，而是再探探虚实。“一共演出多长时间？”

“很可能只演一场。”

“一场？”

“我们只需要您演一场，但您可以和经营者自由接洽，安排更多的演出，当然，前提是他们希望您继续演下去。我们愿意为一晚的演出付您两千美元，如果您觉得满意的话。”

一晚两千块！这几乎是他平常一年的收入。哈罗德有些晕头转向。他知道他应该再问些问题，可是问什么呢？“您？对不起，您是做什么的来着？”

富格勒从前胸口袋里掏出一个精美的黑色皮革名片夹，递给哈罗德一张名片，他正待细看，却一眼瞥见老鹰抓着纳粹党徽的清晰的压印图案，他的注意力再也无法集中，那个纳粹党徽像飞镖一样射进了他的大脑。

“我能明天答复您吗？”他问，但富格勒柔和的男中音立刻打断了他。

“恐怕您明天就得启程。我已经和这里的经理谈好了，把您从合同中解放出来，如果您同意的话。”

解除他的合同！“我感觉，”他隔着半空的巧克力饮品对我说，“在我不知情的情况下，某些身居高位的人一直在谈论我。这很恐怖，但你会不由自主地觉得自己很重要。”他像个淘气的少年人一样笑了。

“我能问一下为什么这么急吗？”他问富格勒。

“恐怕我无权透露更多，我只能告诉您，我的上级在周四之后就没有时间看您演出了，至少几周甚至几个月内都不会有时间。”那个人突然凑过来，越过哈罗德的膝盖，他的脸几乎碰到哈罗德的手，压低声音耳语道：“这也许会改变您的一生，梅先生。您不要犹豫不决。”

有两千块在他眼前晃来晃去，哈罗德听到自己说：“好吧。”这次意外会面实在诡异，他立即开始反悔，请求多给他一点时间做决定，但那个德国人已经走了。他看到自己手里拿着一张五百美元的钞票，依稀记得那个带着口音的男中音说："这是定金。柏林见！再会。"

"他甚至都没有给我一份合同，"哈罗德告诉我们，"只把钱留下了。"

那天晚上他几乎一夜无眠，不停地责备自己。"你以为你在自己的掌控之中，但这个富格勒就像一场飓风。"他说，令他尤为不安的是他同意了那场单独的演出。那究竟是怎么回事？"几个月来，我已经习惯了不去费心了解周围正在发生什么——我的意思是，我对匈牙利语、罗马尼亚语、保加利亚语和德语一窍不通——但只演一场？我想不明白这意味着什么。"

而且为何要如此匆忙？"我百思不解，"他说，"我真希望我没有收下那笔钱。可是同时，我又忍不住感到好奇。"

团员们对于离开巴尔干地区的欢欣和他把一部分定金拿来与他们分享的喜悦让他的心情多少轻松了一些，在北上的列车上，他们为生活和这场鲁莽的冒险感到既兴奋又忐忑。去柏林演出的前景就像去参加一场派对——柏林是仅次于巴黎的欧洲首都。哈罗德点了香槟和牛排，在同伴中间尽量让自己放松，缓解心中的焦虑。火车哐当哐当地向北方驶去，他将自己现在的运气与倘若留在纽约的可能处境进行了对比，纽约当时有许多人失业，美国经济正处在持续萧条中。

火车停在德国边境时，一名军官打开他的包厢门，与哈罗德同在一个包厢的除了跟他合作最久的本尼·沃思，还有两个罗马尼亚人，他们几乎睡了一路，只偶尔醒来，微笑一会儿便再次沉入梦乡。哈罗德感觉，那个军官在打开他的护照时对他皱了皱眉头。在这次旅行中，他已经不知多少次看到边防人员对他皱眉头了，但这个德国人阴沉的脸色触动了他身体深处的某些东西。这不仅是因为他突然想起自己是犹太人；他从来没有为自己的犹太身份感到过困扰，尤其是因为他的金发碧眼和快乐的天性从来没有为他招致那个年代人们对犹太人的通常反应。相反，到目前为止，他已经设法将大约一年前读到的关于年轻的德国政府策划反犹太人集会、将他们逐出商界和职场、关闭犹太教堂并迫使许多人移民国外的报道几乎完全从头脑中抹去了。另一方面，自称是共产党员并且知道从未出现在《纽约时报》等正规报纸上的各路消息的本尼·沃思曾经告诉他，纳粹今年一直在压制反犹活动，以免给奥运游客带来不好的观感。无论如何，这些都与他本人毫不相干。“我也听到过一些传闻，在罗马尼亚发生了一些不好的事情，但我从未亲眼看见，所以也不会记在心上。”他这样解释道。我可以理解，毕竟，他与观众没有任何语言交流，也看不懂当地报纸，因此，他演出过的那些城市里真实发生的事情对他而言始终显得遥远而隔膜。

事实上，他说，他对希特勒唯一的确切印象来自一部新闻短片，片中记录了几个月前，当黑人跑步运动员杰西·欧文斯登上领奖台接受他的第四枚金牌时，希特勒走出奥运会场的一幕。“那很没风度，”他说，“但实话实说，那种事在很多地方都可能发生。”事实是，哈罗德很难把注意力放在政治上。他的生活就是跳踢踏舞，完成他的下一场演出，让自己三餐得继，让舞蹈团不会解散——否则他还得为他的节目培训新人。当然，他的口袋里揣着美国护照，如果最坏的情况发生，他随时可以收拾东西离开，回巴尔干，或者回国。

他们于周二晚间抵达柏林，下火车时有两个人前来迎接他们，一个人穿着与富格勒类似的西装，但不是绿色而是蓝色，另一人穿着黑色制服，翻领边缘有白色滚边。“富格勒先生在等您。”穿制服的人说，哈罗德从中感受到自己的重要性，有些受宠若惊。他和团员们通常都是自己拖着沉重的皮箱走下火车，费力地操着鸟语似的外语指挥搬运工和叫出租车，还经常赶上下雨。而在这里，他们被请进一辆梅赛德斯牌汽车，庄严地驶向阿德隆酒店，这是柏林最好的酒店，也许是全欧洲最好的酒店。当哈罗德独自在房间里享用过晚餐的牡蛎、红烩牛膝、土豆煎饼和雷司令白葡萄酒时，他已经把此前的疑虑忘在一边，开始想象这笔新赚来的钱该怎么花了，他准备好去工作了。

第二天早上吃早餐时，富格勒出现了，在他的房间坐了几分钟。他说演出定在半夜十二点，在晚上八点的常规节目开始之前，他们都可以使用俱乐部的场地排练。富格勒显得比上次兴奋一些。“他看上去仿佛随时都会给我一个拥抱。”哈罗德说。

“我和富格勒相处融洽，”哈罗德说，“我想是时候问问我们的舞是跳给谁看了。但他只是笑笑，说出于安全考虑，他不能透露这方面的信息，希望我能理解。老实说，本尼·沃思曾经提到温莎公爵正在城里，所以我们想也许是他，因为他和希特勒关系很好。”

用罢早餐，他们由专车送到俱乐部，在那里他们见到了俱乐部的六人小乐队，乐队中唯一一个五十岁以下的成员是叙利亚钢琴师穆罕默德。他是一个漂亮的年轻人，奇长的棕色手指上戴满戒指，他懂一点英语，哈罗德的话便由他翻译给乐队的其他成员。一朝权在手，穆罕默德开始报复其他乐手，他们都是德国人，几个月来他一直试图让他们跟上节奏，但没有成功。他们知道《斯旺尼河》，哈罗德便让他们试着用这首曲子伴奏，但他们拖沓得简直无可救药，于是他尽量客气地打发走了小提琴手和手风琴手，用鼓和钢琴来伴奏，效果总算还过得去。中午时分，服务员和厨房帮工陆续到来，他们站在旁边一边擦拭银器，一边惊讶地看着他和团员们排练。在服务员的掌声中跳舞是一个全新的体验，他们都感到意气风发。他们在空旷的房间里享用了一顿烤鳟鱼午餐，佐以葡萄酒、新鲜出炉的硬面包、巧克力蛋糕和喷香的咖啡，这是又一个第一次；到下午两点半时，他们的脚下还很轻快，睡意却渐渐袭来。汽车送他们回阿德隆酒店休息。他们的晚餐也在俱乐部吃，当然是免费的。

哈罗德习惯在演出前洗一个热水澡，他在六英尺长的大理石浴缸里一动不动地躺了很久。“水龙头是镀金的，毛巾有好几码长。”服务员对他和团员们前所未有的近乎崇敬的态度使他不得不怀疑，今晚的观众一定是纳粹党内的某些高层人物。会是希特勒吗？但愿不是。当初没有坚持问出那人是谁，他觉得自己简直蠢到家了。在富格勒说只演一场的时候他就应该想到这个问题。哈罗德再一次对自己的怯弱感到失望——我想这种胆小怕事的性格一定是他的终身之累。他滑进浴缸，直到水没过头顶，他说他想淹死自己，但最后还是改变了主意。如果他们发现他是犹太人怎么办？那年早些时候他在报纸上看到的迫害犹太人的画面从他上了锁的内心深处一幕幕地涌现出来。但他们不可能把一个美国人怎么样。他怀着对那本护照的感激和一丝惶恐，浑身湿漉漉地从浴缸里出来，检查它是否还在他的上衣口袋里。长毛绒毛巾在皮肤上的豪华触感让他越发感到自己的荒谬，在重要的专场演出临近时，他竟然感到焦虑而不是愉快的期待。站在挂有丝缎窗帘的高大的窗前，一边系领结，一边俯瞰下面繁忙的大街，俯瞰这座非常摩登的城市，衣着考究的人们在商店橱窗前驻足，互相问候，脱帽打招呼，等待红绿灯变化，触目所及尽是一派祥和景象，他不由得感到自己处境之荒唐——他就像一只受惊的猫，被它瞥见的一个危险的鬼影追赶着爬到树上，而那所谓鬼影可能只是一张在风中啪嗒作响的雨篷。“不过，我记得本尼·沃思说过，纳粹的日子快要到头了，因为工人们很快就会把他们赶下台——所以希望并没有全部破灭。”

他决定把团员们叫到他的化妆间集合。保罗·加纳和本尼·沃思身着燕尾服，卡罗尔·康威穿着那身火红的薄纱舞裙，他们都有些紧张，因为哈罗德没有在演出前召集大家的先例。“我不敢保证，但我有种感觉，希特勒先生今晚要来看咱们演出。”成功的喜悦几乎使他们膨胀起来。天生具有团队精神的本尼·沃思握紧粗大的右拳，晃了晃手上那枚曾经不止一次打伤过闯入者的钻石戒指，在雪茄的烟雾中发出沙哑的声音：“不用担心那个狗娘养的。”

爱哭鼻子的卡罗尔眼泛泪光地看着哈罗德。“他们知道你是——”

“不，”他打断了她，“咱们明天就离开这里，回布达佩斯。我只是想让你们有个准备——万一看到他坐在下面，不至于惊慌失措。就像平时一样演出，明天咱们就坐火车回去。”

一盏巨大的枝形吊灯悬挂在夜总会的圆形舞台上方，闪耀的灯光让哈罗德心情烦躁，他不信任跳舞时头顶上悬着的任何东西。粉红色的墙壁上是摩尔风格的装饰图案，台面是草绿色的。他们从乐池后面的窥视孔里看到，半夜十二点整，经理比克斯先生叫停了乐队演奏，站在舞台中央，为中断舞会向满屋的客人道歉，感谢他们今晚光临，并宣布他有“责任”请大家离开。由于正常的营业时间是到夜里两点左右，人们都在猜测是否发生了什么紧急情况，而“责任”一词的使用暗示着这件事和当局有关，于是，数百名顾客只是惊讶地低声嘀咕了几句就收拾好东西，鱼贯而出走到街上去了。

一些人漫步离去，另一些人上了出租车，落在后面的人在路边停下，敬畏地看着那辆著名的加长版梅赛德斯汽车出现并拐进俱乐部旁边的小巷，在它的前后是三四辆坐满了人的黑色汽车。

哈罗德和团员们从窥视孔里惊讶地看到，大约二十名身穿制服的军官分散在元首周围，元首的桌子已经被移到离舞台不到十几英尺的地方。和他坐在一起的是非常好认的大胖子戈林、另一名军官和富格勒。“事实上，他们几乎都很魁梧，至少，他们穿制服时显得很魁梧。”哈罗德说。服务员正在往他们的杯子里倒水，这让同样几乎滴酒不沾的哈罗德想起，据说希特勒是素食主义者。一直在后台忙来忙去的俱乐部经理比克斯此时碰了碰哈罗德的肩膀。穆罕默德不再像往常那样软塌塌地趴在键盘上，而是坐得笔直，收到比克斯的信号后，在鼓手的伴奏下，他那戴满戒指的手指开始演奏《鸳鸯茶》，哈罗德随即上场。节目的编排非常简单，哈罗德先单独跳一段软鞋踢踏舞，再跳一段曳步舞，然后在第三段副歌处，沃思和加纳分别从左右两边跳阔步舞上场，卡罗尔最后出场，快乐的性感女郎灵活地周旋在几个舞者之间，他们组成一个队形，散开，继而再组成一个队形。演出开始还不到一分钟，哈罗德瞥见希特勒那张令人生畏的脸，惊讶地发现后者显然正处在某种极度震惊之中。他们开始跳顿足爵士舞，舞鞋有节奏地敲击着舞台地板，希特勒此时就像被定住了一般，沉浸在激昂的节奏中，两只紧握的拳头压在桌面上，脖子绷得紧紧的，嘴巴微微张开。“我觉得我们正在目睹一场高潮。”哈罗德说。而“看上去开始像个大胖娃娃”的戈林则用手掌轻轻拍打着桌子，神气十足地不时发出愉快的笑声。他们的随从看到上司对表演者的明确认可，自然也放开胆子大声叫好，竞相表现对节目的喜爱之情。哈罗德有些茫然地享受着自己的胜利，脚下感觉轻飘飘的。在惴惴不安了这么久之后，这出人意料此起彼伏的粗野的喝彩声驱散了他最后一丝拘谨，他的艺术的力量完全主宰了他的灵魂。

“你会情不自禁地感觉好极了，”哈罗德涨红的脸上浮现出尴尬和胜利的喜悦相互交织的奇怪表情，“我是说，一旦你看到希特勒那副痛苦的表情，他就像……怎么说呢……一个女孩。我知道这听起来很荒唐，但他看上去几乎有些娇弱，怪异可怕的那种。”我想他对这个解释并不满意，但他话锋一转，说：“总之，我们把他们全部拿下了，在被吓个半死之后，这种感觉简直棒极了。”他发出一阵我无法完全解意的空洞的笑声。

在情绪越来越投入的元首的命令下，节目重复了三次，演出将近两个小时才结束。演员们谢幕时，两眼放光的希特勒从椅子上站起来，向他们点头表示嘉许，然后威严地重新落座。他和富格勒开始低声交谈，房间里安静下来。谁都不知道该做什么。随从们无聊地拨弄着桌布，拿起杯子喝水，漫无目的地四下张望。演员们站在舞台上，两腿来回交替着。几分钟后，沃思转身便走，表示无声的反抗，比克斯急忙冲过去，把他拉回其他人身边。希特勒显然正在充满激情地对富格勒讲话，他一次次指向和团员们一起站在几英尺外等候的哈罗德。舞蹈演员们双手紧握在背后。卡罗尔·康威被吓坏了，她迎合地频频点头，朝那些穿制服的人卖弄风情地挑动着眉毛，他们则回报她以殷勤的笑容。

十多分钟过去了，富格勒朝哈罗德招招手，示意他过去和他们一起坐。富格勒的手在颤抖，嘴唇干裂，眼睛瞪得像梦游者一样；哈罗德从这个人今晚的巨大成功中看到了希特勒所拥有的火山般的强大力量，并再一次为自己驯服了这种力量感到既恐惧又自豪。“你可以从远处嘲笑他，”哈罗德谈到希特勒时说，“但在近处，告诉你吧，如果他喜欢你，你会感觉好过多了。”说完之后他笑了笑，在他那张少年人的脸上，我开始看到某种类似痛苦的东西。

富格勒清了清嗓子，面对哈罗德，他的态度显得特别正式。“我们明天早上再细谈，但希特勒先生希望向您提出……”富格勒停顿了一下，在头脑中仔细整理元首交代的信息。希特勒戴上柔软的棕色皮手套，目光热切地看着他。“原则上，他希望您在柏林开办一所学校，教德国人跳踢踏舞。按照他的设想，这所学校将隶属于一个新的政府部门，他希望由您掌管这个部门，直到培养出一个接班人来接替您的位置。您的舞蹈给他留下了深刻的印象。他相信，这种集活力健身、严格纪律和朴素作风于一身的舞蹈对人民的身心健康大有裨益。他预见到，在全国各地的会堂和体育场里，将会有成百上千的德国人同时跳舞。这是多么振奋人心的景象。它将加强德国人民团结的钢铁纽带，同时提高他们的健康水平。还有其他一些细节，但元首的主要意思就是这些。”

说罢，富格勒以军人的严肃态度向希特勒表示他已传达完毕，希特勒站起身，向哈罗德伸出一只戴手套的手，哈罗德慌忙站起来，紧张得什么也说不出来。希特勒已经迈出去了一步，又突然像鸟儿一样猛地转回头来，冲哈罗德抿嘴笑笑，这才离开，他的小队人马跟在他身后，靴子在木地板上踏出咚咚的响声。

当然，在讲述过程中，哈罗德·梅有时会哑然失笑，但还有一些时候，你可以看出他仍然没有完全忘怀故事中所暗示的那份昔日的殊荣。在他讲述这个故事的时候，希特勒才刚刚死去两年，他的威胁已经在我们所有人的头上笼罩了十余年，此时仍未完全消散。他的受害者可以说仍然尸骨未寒。尽管他令人憎恶，尽管我们所有人都对他的死心存感激，但他的存在就像一种我们不得不关注了太久的疾病，无法这么快就痊愈和消失。他也有人性，也曾忘情地观看哈罗德的演出，甚至也曾有过艺术抱负，这并不是一个令人愉快的想法，我有些不适地听哈罗德继续讲他的故事。他现在的样子和一开始不一样了，似乎在讲故事的过程中变老了。

“第二天吃早餐时，富格勒又来了，”哈罗德说，“他完全变了一个人。该死的元首给了我一个部门！而且是当面！我的一举成功让富格勒的地位也提升了几级，因为整个试演都是他的主意。我们俩由此一步登天，成了大人物。在我们讨论接下来的步骤时，他兴奋得几乎坐不住。由于我的权力直接来自高层，我可以在柏林自由选择建校的地址，稍后还会有其他部门的人前来讨论我的薪水，他认为我可能至少能拿到一万五的年薪。我差点从椅子上折下去。当时一辆凯迪拉克的价格在一千左右。一万五可是一笔巨款。我击出了一记漂亮的全垒打。”

随着拟议中的学校和高薪而来的是他进退两难的处境。他当然可以一走了之，离开这个国家。但那就意味着放弃一大笔钱，这笔钱足够他买房买车，也许他还会认真考虑找个女孩结婚。他现在开始试着进一步解释自己的行为。“我总是难以做出重大决定，”他对我说，“而且，希特勒上台才只有几年，关于集中营和其他事情的真相还没有公之于世，虽然人们知道的那些已经够糟了。我不是在为自己开脱，可是我实在无法简单地做出抉择。我的意思是，回巴尔干并不像去好莱坞那样诱人，而回到美国再次四处漂泊是我连想都不愿想的事。”

“你是说你接受了这份工作？”我尴尬地微笑着问。

“最初的几天我什么都没做，只是在城里长时间地漫步。没有人来打扰我。我的团员们正在享受柏林生活的乐趣，而我呢，我想我一直在思考自己究竟该何去何从。我是说，如果你当时走在柏林的街头，你会发现一切都风平浪静，除了更加干净，与伦敦或巴黎没有什么不同。也许你会注意到街上穿军装的人多了一些。”他直视着我，“我是说，当时的情况就是这样。”

“我明白。”我说。但希特勒是个过于可怕可憎的人物，哪怕最乖谬的人为他和他的柏林所吸引，我也无法理解。也许正是这个想法让我第一次问自己，哈罗德是否做了什么令人完全无法容忍的事，比如……爱上一个怪物？

哈罗德透过药杂店的窗户凝视着外面的街道。我觉得他尚未完全意识到这个故事听在别人耳中会是什么感觉。部分原因是四十年代末特殊的时代氛围；对一些人来说，但决不是对所有人，战时反法西斯英雄主义的余音仍然在空中回荡；在巴黎的街角，人们仍然在用水泥将石雕牌匾固定在建筑物上，纪念那些因反抗纳粹而被德国人当场枪杀的法兰西的英雄儿女。然而，大多数人，可能也包括哈罗德在内，对这些仪式及其道德和政治上的重要性全都无知无觉。

“接着讲啊，”我说，“接下来发生了什么？这个故事很精彩。”我尽可能热情地鼓励他。

我的接受似乎让他把心扉打开了一些。“好的，”他说，“大约四五天后，富格勒又来了。”

富格勒仍沉浸在喜悦中。他们继续讨论开办学校的相关事宜。“然后，”哈罗德说，“他轻描淡写地告诉我，按照惯例，所有担任文化行政职务的人都必须通过一个‘人种认证程序’。”哈罗德咧开嘴角讽刺地笑笑：“他们要测量我是不是雅利安人。”他要和富格勒一起前往马丁·齐格勒教授的实验室接受这项例行检查。

听到这个消息，哈罗德发现自己陷入了更加尴尬的境地。“这很难解释，事情到了这一步，我知道我不得不离开德国了。具体的时间和方式我还不确定，但接受检查似乎会让我陷入这样一种境地——我是在欺骗他们。我是说，他们可以以此为由，声称我是敌人，不管有没有护照，他们都必须对我采取行动。我已经闻到了空气中的暴力气息。”

但他没有逃走。我问他为什么，他回答说：“我不知道，我想我只是在等着看会发生什么。而且，我不否认，那笔钱已经钻进了我的脑袋。虽然——”他又一次突然打住了，对这个解释并不满意。

无论如何，当他坐上富格勒的车时，他开始担心，由于受到希特勒本人的垂青，他可能会更容易受到伤害。“这就像……我不知道，就像他在看着我一样。也许因为我们见过面，我还握过他的手。”他说，这表示他还隐约感觉自己欠了希特勒的人情，毕竟希特勒差点成为他的恩主，他却误导了他。

现在再看哈罗德，我发现事情变得简单了。他的内心无疑交织着各种令人困惑的矛盾的情感，但我想我看到了掩藏在其中的一条清晰的直线——希特勒如此发自真心地尊重他，从某种意义上说，希特勒对他，或者至少是对他的才华的热爱，是其他任何地方任何人都远远无法比拟的。我在想，那场演出是否就是他艺术的巅峰，乃至人生的巅峰，是他吞下的一个至今仍无法咳出的钓钩。毕竟他从未成为明星，而且也许再也不会感受到那神奇的光照在脸庞上的灼热感觉。

在去体检的路上，坐在富格勒身旁，透过车窗看着这座伟大的城市和人们在街上做的平凡的事情，哈罗德突然觉得他看到的每一样东西似乎都有意义，都像一幅画，都像在意味着什么。意味着什么呢？“你不得不好奇，”他说，“他们是否都有这样的感觉？好像他们都在一个鱼缸里，而上面有人在看着他们，关心着他们？”

我简直不敢相信自己的耳朵——希特勒关心他们？

哈罗德的眼睛闪着光。他说他看着惬意地坐在他身边抽着英国香烟的富格勒，然后看着街上的人们。“一切都正常得要命。也许这才是它的可怕之处。就像你在梦中溺水了，人们却在几码外的海滩上打牌。我的意思是，我正坐车去测量我的鼻子什么的，也许还要检查我的老二，而这也完全正常。我是说，这些人可不是什么该死的月球人，他们有冰箱！”

这似乎是他第一次表现出愤怒，但我想，他的愤怒并非特别针对德国人，而是针对某种超越定义和经验范围的东西。当然，他的鼻子不大，是个狮子鼻，而且包皮环切手术当时在德国人中已经很普遍了，所以体检对他来说并没有什么好怕的。他好像看出了我的心思，又补充道：“我不是害怕体检，而是……我不知道……我卷进了这种破事——”他又一次打住，大概还是对自己的解释不能满意吧。

优生学教授齐格勒的办公室位于一栋现代化建筑内，办公室里间的墙壁上摆满了厚厚的医学书籍，滑动玻璃后面的架子上放着中国人、非洲人和欧洲人的头部石膏模型。环顾四周，哈罗德感觉自己被死去的观众包围了。教授本人身材瘦小，是个眼睛近视、态度谄媚的学者，身高几乎不及哈罗德的腋下，他赶忙领他到椅子上坐下，富格勒则在办公室外间等候。教授在白色油毡地板上嗒嗒嗒地来回走动，找齐笔记本、铅笔和自来水笔，同时向哈罗德保证："只要几分钟就检查好了。真令人兴奋，你们的学校。"

教授在哈罗德对面的高脚凳上坐下，把笔记本放在腿上，他仔细查看了哈罗德那令人满意的金发碧眼，然后把他的手掌翻过来，显然在寻找什么蛛丝马迹，最后他宣布："我们来测量一下吧，请。"他从办公桌抽屉里拿出一把大号的黄铜卡尺，一端卡在哈罗德的下巴下面，另一端卡在他的头顶上，记下它们之间的距离，然后又用同样的方法测出他两颧的宽度、从鼻梁到额头的高度、嘴和下颌的宽度、鼻子和耳朵的长度，以及它们相对于鼻尖和头顶的位置。教授将每一段距离仔细标绘在一个皮革装订的笔记本上，坐在一旁的哈罗德则努力思考着如何在不被察觉的情况下拿到一份列车时刻表，以及如何为当晚必须前往巴黎编造一个让人无法拒绝的理由。

整个检查持续了大约一个小时，包括检查他的阴茎，虽然他割过包皮，但教授对此并不感兴趣，他挑剔地挑起一只眉毛，俯下身去查看了一会儿。"就像一只前面有虫子的鸟。"哈罗德笑了。最后，教授从桌上摊开的笔记中抬起头，带着对自己职业的自我欣赏，铿锵有力地宣布："我的结论是，您是雅利安人种中非常强壮和独特的类型，我愿向您致以最良好的祝愿，祝您成功。"

当然，富格勒对这一点从未有过任何怀疑，尤其是现在，当他被当局誉为创造这一惊人计划的功臣时。坐车回去的路上，哈罗德模仿富格勒柔和的腔调，说着他对于踢踏舞有望"将德国改造为一个不仅由生产者和士兵，而且由艺术家——人类最高尚最永恒的灵魂——组成的社会”感到多么欣喜若狂之类的话。富格勒转身对他说：“我必须告诉你——我现在可以叫你哈罗德吗？”

“当然可以。”

“哈罗德，这次冒险——如果我可以这样称呼它的话——取得如此成功的结果，使我联想到艺术家在完成一首乐曲或一幅绘画或任何艺术作品时的感受。他使自己得以永垂不朽。希望我这么说没有让你感到尴尬。”

“没有，没有。我明白你的意思。”哈罗德说，他的心思显然在别处。

回到酒店，哈罗德向聚集在他房间的团员们打招呼。他脸色苍白，惊魂未定。他让三个舞者坐下，说：“我们要离开这里。”

卡罗尔说：“你还好吗？你脸色很不好。”

“收拾东西。今晚五点有一班火车。咱们还有一个半小时的时间。我妈妈在巴黎病得很重。”

本尼·沃思眉毛一挑：“你妈妈在巴黎？”然后他看到哈罗德的表情，三个人站起来，一言不发地匆匆回房收拾行李去了。

不出哈罗德所料，富格勒并不打算轻易放弃。“一定是酒店前台给他打了电话，”哈罗德说，“因为我们刚把钥匙交回去，他就来了，看着我们的行李，一脸大祸临头的表情。”

“你在干什么？你们不能走，”富格勒说，“出什么事了？元首很可能要与你们共进晚餐。这是不能拒绝的！”

卡罗尔此时恰好站在附近，她走到富格勒面前。恐惧使她的声音升高了半个八度。“您没看到吗？他害怕母亲去世。她还不很老，所以一定是发生了什么可怕的事。”

“我可以给巴黎大使馆打电话。他们会派人去的。你必须留下！怎么会发生这种事！她的地址是哪里？求你了，你一定要告诉我她的地址，我会让医生去照顾她。你不能走，梅先生！希特勒先生一生中还从未表达过这样的……”

“我是犹太人。”哈罗德说。

“他怎么说？”我惊讶地问。

听到我兴奋的声音，哈罗德抬起头。我当时想，是否这才是故事的重点——描述他不仅逃离了德国，而且逃离了与希特勒的关系，愉快的笑容在他孩子气的脸上荡漾开来，一直漾到他头发中间的分缝。

“富格勒说：‘你好！’”

“你好？”我几乎大叫起来，感到大惑不解。

“他就是这么说的。‘你好！’他向后退了半步，就像被一发压缩空气击中了胸口，他说‘你好！’，然后伸出手来。他的嘴大张着，脸色煞白。我觉得他就快晕倒或者失禁了。我有点为他感到可惜……我甚至跟他握了握手。我看出他很害怕，就像见了鬼一样。”

“他说‘你好！’是什么意思？”我问他。

“我一直不确定，”哈罗德说，他现在变得严肃起来，“我想了很久。他当时的表情就像我是从天花板上突然掉下来的一样。他被吓坏了。绝对吓坏了。我是说吓得魂飞魄散。我能理解，因为他把一个犹太人带到希特勒面前。犹太人对他们来说就像一种疾病，这一点直到后来我才真正明白。但我觉得让他害怕的也许还有别的什么。”

他停顿了片刻，盯着他的空杯子。隔着窗户，我看到下班族开始拥上人行道，这一天就要结束了。“回想我们在布达佩斯相遇的情景和之后的种种，我想，也许他已经，你知道，感觉和我很亲近了。我说的不是性，我说的是我就像是他与希特勒会面的入场券，那是只有重要人物才有的机会，除此之外，我知道他还在新学校里给自己留了个好位置。我是说，我已经在某种程度上掌握了权力，当我被带到教授那里去接受认证时，我开始注意到这一点，在车上，富格勒开始把我当作他的上级一样对待。当教授出来告诉他我检查合格时，他已经变成了另一个人，就像他在我手下一样。这有点可悲。”

“请注意，”哈罗德接着说，“这是在我们对集中营和其他那些事情还不大了解的时候。”他停了下来。

“你的意思是？”我问。

“没什么。我只是……”他又打住了。过了一会儿，他看着我说：“说实话，富格勒其实并不是坏人。他只是疯了，疯得厉害。他们都是。整个国家都是。坦率地讲，也许所有国家都是。多多少少。看着柏林如今被炸成一片废墟，满地狼藉，我还记得当初人行道上干净得连一张糖纸都没有，你问自己，怎么会这样？是什么让他们落到这般田地？一定有某种原因。是什么？”

他又顿了顿。“我决不是在为他们开脱，可是当他像从未见过我那样对我说‘你好！’时，我想，这些人完全生活在梦里。而突然之间，出现了这样一个曾被他视为同类的犹太人。我想你可以说这是一场害死了四千万人的梦，但它依然是一个梦。说实话，我认为我们全都——活在梦里。自从离开德国，我一直在想这个问题。回国已经十多年了，我仍然为此感到困惑。我是说，没有人像德国人那样注重细节。他们是一丝不苟的实干家，却依然用一场白日梦将自己葬送在了这片瓦砾中。”

他瞥了一眼外面的街道。“走在城市里，你忍不住会想，我们有什么不同吗？也许我们同样陷入了某种梦境。”他指着街上的人群说，“他们头脑中的东西，他们相信的东西。谁知道有多少是真实的？在我看来，我们现在就像行走的歌曲，行走的小说，只有在有人杀人的时候才显得真实。”我们沉默了片刻，然后我问：“那么你们顺利脱身了？”

“哦，没问题。他们大概也乐于看到我们在事情闹大之前离开。我们回到布达佩斯，继续在巡回剧场演出，后来德国人进军布拉格，我们就回国了。”他往后靠了靠，准备站起来。我突然意识到，半小时前我们初次见面时，他看起来是多么年轻和未经沧桑，就像一个刚从玉米地带出来的乡下人，而那其实是个假象，实际上，失败已经让他眼睛周围的皮肉起了皱纹。他伸出手，我握了握。“这故事你想用就用吧，”他说，“我希望人们知道。也许你会想明白的——请随意。”然后他起身走到街上。

我再也没有见过他，但在过去的五十年里，这个故事在我的脑海中浮现过上百次，出于某种原因，我总是把它再次压回心底。也许我更愿意去想一些积极的、予人希望的事物。当然，这可能同样是一种做梦的方式。尽管如此，我还是愿意相信，许多美好的事物都是由做梦产生的。

河　狸

平日里静如杯水的池塘在他走近时忽然泼刺一声，荡起一个涟漪。一个远比青蛙或跃起的鱼所能荡起的更大的涟漪。随后水波渐平，水面重又像往常一样平滑如镜。男子等待着，但再无动静。他沿着岸边巡视，时而静立倾听。他看到了池塘对岸的树桩。他走过去，发现那棵倒下的杨树的树梢和树桩都有啃噬过的痕迹。这里有河狸了，那些扰人清静的闯入者。扫视岸边，他数出一夜之间已有六棵树遭殃。再过二十四小时，池塘上方的山坡就会开始变得狼藉。再过几天，这片与池塘相依相伴多年的可爱的树林就会像被推土机推过一样变成一片荒地。很久以前，惠特尔西家的树林被毁的景象曾经让他惊讶不已，至少有十英亩林地看起来就像在一战中遭到炮击的阿尔贡森林。他要守护自己身后的这片绿色森林。

回到水边，他刚好看到一只啮齿动物的扁平的头在水面移动。他一动不动地看着它游到池塘狭窄的一端，它那扁平的革质的尾巴最后拍打了一下水面，朝天空一晃，便潜入水中消失不见了。走近岸边，就在倒映着天空的清澈的水面下，他辨认出了河狸巢穴的轮廓。真是不可思议。这一定是它连夜建造的，因为前一天他就在那里游泳，当时还什么都没有。惊愕之余，他感到脊背发凉，这是纯粹的侵占行为。他记得很久以前读到过，河狸的粪便有毒。他和路易莎再也不能像三十年来那样在这里游泳，欢快地享受池水的纯净了。这里的水在向上涌流的过程中经过沙子和黏土的净化，经过检测是可以饮用的。

他急忙回家，找出猎枪和一盒子弹，又匆匆下山回来，绕过池塘来到河狸的巢穴。太阳比刚才低了一些，他现在可以看出它的构造，外墙是用河狸从伐倒的树上咬下的细枝编织而成的，上面厚厚地涂抹着塘底的淤泥。这只河狸很可能正在里面的架子上休息。他举枪瞄准，小心地避开河狸的巢穴，朝水面开了一枪，水面上回荡着低沉的枪声，闪动着点点波光。他等待着。几分钟后，那个小脑袋露出了水面。他预计会有一场对峙，于是重新装弹等待，他希望不用杀死这只野兽，而是带给它足够的不安全感，让它离开这里。他又开了一枪。河狸扁平的尾巴向上划出一道弧线，再次潜入水中。他等待着。过了几分钟，那个小脑袋又出现了。河狸径直朝池塘对岸距离岸边五六英尺处的一根十四英寸钢制溢流管游去，它也许有些担心，但还是表现出充分的自信。在那里，它挑衅地——抑或是其他什么情绪？——拔下岸边的一丛榛子，叼着它游到溢流管旁边，直起身子，把它整个塞了进去。然后潜入水中，抱着一团草和淤泥再次浮出水面，把它们也塞进水管，盖在榛树丛的上面。它想要阻止池水外流。它想提高池塘的水位。

他在池塘对岸困惑地看着这番紧张的工作，蹲下身去思考眼前的谜题。传统的分析认为，河狸筑坝的目的是为了拦住一条小溪以形成一个池塘，供它在里面筑巢养家并免受捕食者的侵害。这项工程需要消耗大片森林，为它提供筑巢用的树枝和赖以维生的纤维素。可是这家伙已经有了一个很深的池塘，足以供它筑巢了。事实上，它已经建好了一个。为什么还要堵住水管阻止溢流，提高池塘水位呢？它的施工技术固然令人钦佩，但在目前的情况下，它的全部努力毫无意义。看着它忙碌的工作，他意识到自己对正在目睹的一幕感到不满，几分钟后他问自己，他是否已经在某种程度上将大自然视为稳定的逻辑和秩序的终极源泉，只有无知的人类才会以他们的贪婪和轻浮的愚蠢背叛它。这只河狸的行为就像一个白痴，自以为正在建造一个池塘，而这里已经有一个完美的池塘了。为了再次提醒这只野兽它在此地不受欢迎，他瞄准它的旁边开了一枪，它的尾巴立起来，拍打着水面，然后这个白痴就不见了。过了几分钟，它又浮出水面，继续往管子里塞东西。在这种与他自己犹疑不决、三心两意的性格迥然不同的执着和专心致志面前，他感到了自己的无力。他需要一些专家的建议；无论如何，它必须离开。

药剂师的儿子卡尔·梅伦坎普就是他要找的人。他在卡尔幼年时就认识他了，看着他长高长大。如今卡尔年近三十，身高超过六英尺，体重两百多磅，走起路来摇摇晃晃，有着弓箭手的粗大拳头和泥瓦匠的沉稳目光，一顶至少戴了十年的帽檐上卷的草帽，无论酷暑还是风雪，都向左歪戴在头上。卡尔以砌石墙、安装阳台、铺设花园小径、用枪或弓打猎为生。当卡尔开着白色道奇卡车于傍晚时分来到时，男子感到那份沉重的责任从他的肩上转移到了卡尔的肩上。

卡尔拿上步枪，和他一起先去检查溢流管。透过澄澈的池水，他们惊奇地发现，那只野兽已经在管子周围堆起了一个直达管口的圆锥形泥堆。“它打算把管子结结实实地封住。”

“可它为什么要这么做呢？它已经有一个池塘了。”他说。

“你下次见到它时可以问问它。我们得杀了它。还有它老婆。”

他站在坝顶上摇摇头。“就没有什么办法把它吓跑吗？……而且我也没见过它老婆。”

“它就在附近，”卡尔说，“它们还未成年，很可能是从惠特尔西家池塘的部落里被赶出来的。也许两三岁大。它们离开家去建立新的家庭。它们打算留在这里。”他朝池塘尽头男子四十年前亲手栽下的一片松树林挥了挥手，说：“你可以和那边的很多树说再见了。”

“我不愿杀死它们。”他说。

“我也不喜欢那样，”卡尔站在那里眯着眼睛看着池水，然后直起身来说，“让我撒泡尿试试。”

太阳快落山了，长长的影子伸向池塘，天空的蓝色渐渐暗了下来。卡尔沿着堤坝走到河狸的巢穴所在的地方，在附近的地面上撒了一泡尿。然后回到男子身边，站在那儿直摇头。“我看未必有用。它们在那上面投入了太多。”他们听到溅起的水花声，看到在池塘尽头，那只野兽——或者说是其中的一只——正从水里爬上来，在离卡尔撒尿的地方几英尺远的地方走过去，丝毫没有被人类的气味吓住。

“就这样吧，”卡尔低声说，“我想等它上岸后再解决它，好吗？”

他点点头。感受着杀戮的那种可憎而锐利的快感。“顺便问一句，”他苦笑着说，“这么做合法吗？”

“从今年开始，”卡尔说，“他们终于把它们认定为有害生物了。”

“活捉它们怎么样？”

“我没有捕兽夹。而且怎么处理它们呢？没有人想要它们。我知道有个人愿意收毛皮，但它们已经不再受保护了。”

“那，好吧。”他同意了。

“别动。”卡尔低声说，然后单膝跪地，把步枪举到肩上，扳起扳机，瞄准从堤坝的一侧往上爬的河狸。它突然转身，冲下它刚刚爬过的斜坡，钻入水中。卡尔站起身来。

“它怎么会知道？”他问。

“哦，它们知道。”卡尔的语气中带着几分猎人对河狸的智力的奇异的自豪，“待在这儿，尽量别动。”他轻声谋划着，“我不想在水里射杀它，万一它沉下去，我们就再也找不到它了。”然后他沿着堤坝朝对面河狸的巢穴走去，他把脚放平，以免踢到石头惊动它们，步枪在他手中轻轻摆动着。

正对着河狸的巢穴，水边有一丛茂密的芦苇，其中一些扎根在水下。卡尔小心翼翼地钻进芦苇丛中蹲下，枪托枕在膝上。男子站在五十码外的堤坝中央观望，纳闷卡尔怎么知道那只野兽会出现。但他很高兴知道，卡尔并不真的想杀死它。

几分钟过去了。他看到芦苇丛中的卡尔缓缓举起枪。一声枪响回荡在池塘上。卡尔迅速走进浅水，抓住河狸的尾巴把它从芦苇丛中拎了起来。他赶忙过去。卡尔右手拿着步枪，左手举起那只死去的家伙给他看，而后突然把它扔在草地上，转身回到池塘边，举起枪朝对岸开了一枪。“那是那位女士。”他把枪递给男子，匆匆走下堤坝，绕过池塘的一角来到对岸的中段，伸手将河狸的伴侣从水里捞了上来。

在车道上，两只死去的河狸静静地躺在卡车的车斗里，男子看着卡尔用手轻抚其中一只的皮毛。“我的朋友会用它们做点什么。它们很漂亮。”

“我不明白它们在想什么，你呢？”

卡尔喜欢有个倚靠的地方，他把一只脚搭在后轮的轮毂上，摘下心爱的草帽，挠了挠出汗的头皮。“我想，它们有自己的想法。就和人一样，你知道。动物也有想象力。它们大概抱着某种幻想。”

“它已经有一个池塘了。为什么还要这么做呢？”他问。

卡尔对这个问题好像不大感兴趣。他似乎并不认为这个问题应该由他来解答。

男子继续追问：“我想知道那是否只是它对管子里的流水声做出的反应。”

卡尔被逗乐了，他说：“嘿，有可能。”但他显然并不相信。

“换句话说，”男子说，“也许堵塞管子和提高池塘水位没有任何关系。”

“有可能，”卡尔认真地说，“尤其是它已经筑好了一个窝。这确实不寻常。”

“也许流水声让它们烦躁。它们不喜欢这个声音。也许它们觉得刺耳。”

“那就有趣了，不是吗？我们还以为它们这么做是有目的的。”他开始接受这个想法。

“也许它们没有任何目的，”男子为他的设想感到兴奋，“它们只是让这个声音停止，然后回过头来看到水在上涨。但在它们的头脑中，这件事和那件事之间毫无关联。它们只是看到池水升高了，然后想到要在池塘里筑一个窝。”

“也许它们只是闲来无事，就去把管子堵上了。”

“没错。”两人都笑了。

“它们做了一件事，”卡尔说，“这件事又引导它们去做下一件事。”

“对。”

“我觉得挺有道理。”卡尔说，然后打开车门，拖着庞大的身躯爬上驾驶室。他透过侧窗看着车下的男子。“我的人生故事，”他笑着说，“我一开始是想当老师的，你知道。”

“我记得。”他说。

“然后我爱上了水泥。接下来就开始到处搬石头了。”

他笑了。卡尔隔着车窗向后挥挥手，驾车离开了。在卡车的车斗里，两只河狸的身体在皮毛下面摇颤着。

他回到池塘边。这个无人打扰的宁静的池塘又是他的了。月光像一层淡淡的油膏铺满沉静的水面。明天他得想办法把那些破烂从溢流管里掏出来，再找人用一台机臂足够长的挖掘机从岸边把固定在水底淤泥上的河狸的巢穴挖出来。

他在小沙滩旁边那张他很久以前搭建的木制长椅上坐下，他们经常从那里下水游泳。他能听到水从溢流管的边沿涓涓流过河狸塞在管子里的那些杂物的声音。

它到底在想什么？这个问题就像一个恼人的倒刺。它有思想吗？还是说这一切仅仅是因为它的耳膜受到了刺激？如果它有思想，它就能想象未来。在它往管子里塞东西，想象自己的努力将会导致水位上升时，它可能会有愉快的感觉，会有成就感。

但这是多么无用、多么愚蠢的工作啊！这似乎违背了自然界的经济法则，因为自然界容不下愚蠢，就像牧师、拉比、总统或教皇一样——这些人不会花时间去跳踢踏舞或者吹口哨。他认为，大自然是严肃的，既不滑稽也不好笑。毕竟，一个足够深的池塘已经在那里了。这只河狸怎么会对此视而不见呢？他想知道，为什么这个问题让他如此不安，是因为他感觉到这与人类的愚蠢如此相似吗？他越想就越觉得这只野兽有情感，有个性，甚至有想法，而不仅仅是盲目的压倒一切的本能驱使它做出了完全失去意义的行为。

会不会，这里有某种隐藏的逻辑，只是他过于缺乏想象力而无法理解？这只河狸会不会有与提高水位完全不同的冲动？如果有，那会是什么呢？

会不会，它其实什么都没想，只是单纯地为自己的年轻力壮，为自己能够轻而易举地完成千百万年的岁月训练它的头脑去做的事情而感到快乐？他知道，河狸是非常社会化的动物。在把水管堵住后，它可能会想要回去告诉正在家里睡觉的伴侣，它让水位上升了。它可能会表示感激。因为那是它一直希望从它那里得到的更好的安全保障。它和它一样不会想到水已经足够深了。重要的是这份心意。也许就是爱的心意。动物也有爱情。它会不会是为了爱才把管子堵住的？毕竟，真正的爱除了自身别无所求。

又或者，这一切都要简单得多：它会不会只是在某个早晨醒来，怀着无限的喜悦开始在清澈的池水中游泳，偶然间听到池塘溢流的潺潺声，于是便游过去，满心渴望捕捉住那美妙的水声，因为它爱水胜过一切，希望以某种方式成为它的一部分，哪怕只是捕捉到那叮咚的水声？

结果，迎接它的是未曾预见的死亡。它不相信自己会死。朝水里开枪并没有把它吓跑，它只是潜入水中，几分钟后再次浮出水面。它还年轻，它以为自己会永远活着。

男子怏怏地在水边徘徊，对这场两难的抉择感到厌倦。他的树林不会遭到破坏，他的池塘也不会被河狸有毒的粪便污染了，这让他松了一口气。虽然令人遗憾，虽然这些动物复杂而美丽，但他知道他并不后悔这场杀戮。如果他能弄清它阻塞水流究竟为了什么，他的心情会舒畅许多。现在这似乎已经不可能了，那个秘密已经随着河狸一起消失，这让他感到苦恼。他想象着，假如这里原本不是一个池塘，而是一条蜿蜒流淌的小溪，河狸用它的智慧筑起水坝，拦出一个足够深的宽阔的池塘建造它的巢穴，那么事情的结局也许会令人愉快得多。由于整件事的实用价值为它的行为增添了某种合理性，你甚至会或多或少地以一种平静的心情看待周围树木的不可避免的破坏，而对它的惋惜似乎也会直接得多，即使在你安排射杀它的时候。那样的话，是否至少会感觉事情结束了，完全理解了，因而似乎更容易释怀了？

赤裸的手稿

卡罗尔·蒙特趴在书桌上，用两肘支撑着，读《你》上的一篇烹饪文章。她有六英尺高，一百六十磅筋骨肌肉组成的健壮体格，只有小腹略微凸出。在萨斯喀彻温省，她的身材并不突出，但是在纽约这里就另当别论了。她挪了挪身子以减轻骨盆上的压力。克莱门特说了声“请别”，她就定住不动了。她能听到他在她脑后呼吸加速的声音，不时夹杂着一声轻轻的嗅吸。

“你现在可以坐起来了。”克莱门特说。她翻身坐起来，双腿垂在桌边。“我需要几分钟时间，”他说，又开玩笑地补充道，“我必须消化一下。”他温柔地笑了。他走到他的红色皮革扶手椅旁，椅子正对着老虎窗，从那里往城外的方向可以一直看到二十三街。他叹了口气，舒适地坐在椅子上，凝视着窗外洒满阳光的屋顶。在这排由老旧改建仓库和新公寓大楼组成的房屋里，这栋房子是最后的一栋褐砂石建筑。卡罗尔低着头休息，感觉在这种时候不能说话，便悄悄溜下书桌，屁股从木头上离开时发出嗞的一声轻响，她穿过宽敞的书房走进狭小的浴室，坐在那里研究时报上一份肉糕的食谱。三四分钟后，她隔着薄薄的浴室门听到一声“好了！”，便匆忙回到书桌前，平展着身子趴好，这次她将面颊枕在一只手背上，闭上了眼睛。不一会儿，她感觉到记号笔在她的大腿后面轻轻移动，她试着猜想它写下的文字。他从她的左臀开始，不时发出的短促的呼噜声传达着他愈益兴奋的情绪，她保持身体一动不动，以免他分心，仿佛他正在给她做手术。他下笔越来越快，句号和字母i上面的点深深地点进她的肉里。他的呼吸声更大了，再次提醒她以这种方式为天才服务，为作家效劳是多么荣幸，依照他书上的护封所言，这位作家不到三十岁便获奖无数，而且他可能很有钱，尽管屋里的家具并不匹配，看起来也很旧。她感觉他的才华就像压在她背上的那只大手，就像一个有重量和大小的实在之物，她感到光荣和成就，庆幸自己大胆回应了他的广告。

克莱门特现在正在她的小腿肚上写字。“如果你愿意，可以读点什么。”他低声说。

“我只是在休息。一切都好吗？”

“是的，很好。不要动。”

记号笔停下来的时候，他正俯身在她的脚踝附近。“请翻过身来。”他说。

她翻身躺在桌上，抬头看着他。

他低头盯视着她的身体，注意到她脸上一丝尴尬的微笑。“你觉得这样没关系吗？”

“哦，是的。”她说，不由自主地大笑起来，平躺的姿势让她的笑声几乎噎住。

“很好。你帮了我的大忙。我从这里开始，好吗？”他碰了碰她丰满坚实的双乳下方。

“随便哪里。”她说。

克莱门特向上推了推他的金丝边框眼镜。他比这位女巨人矮半个头，她温暖而粗野的大笑在他看来是她掩藏羞涩的方式。但她那空洞的乐观主义和那中西部好人的无私善意的该死的折磨令他不快，尤其当它来自一个女人——那使她像个男人。他尊敬果断的女人，但敬而远之，他更喜欢那种含蓄的类型，像他妻子莉娜那样。或者更确切地说，像莉娜曾经的那样。他很想叫他书桌上的这个女人放松，让她迷惘的一面展现出来，因为在她提到她在老家有自己的来复枪，最爱跟她的兄弟沃利和乔治一起猎鹿的时候，他对她假小子的经历和她的约会困境就已经有了大致的了解。如今，随着三十岁的脚步越来越近，笑话已经结束，那掩饰的大笑却遗留了下来，就像被哪个动物丢弃的一只空壳。

他用左手轻轻抚平她乳房下面的皮肤，以便记号笔在上面顺畅地滑行，他的触摸使她扬起眉毛，露出一个略带惊讶的微笑。人是一种可悲的东西。此时，一种初生的、朦胧的喜悦在他体内悄悄滋长；自他的第一部小说之后，他在写作中再未体验过这种挥洒自如的感觉，那是他最好的作品，完全是自行写就，并使他一举成名。某种暌违多年的事情正在他身上发生：他在用腹股沟写作。

自我意识侵蚀了他早期的抒情性。他最主要的怀疑是，他正在消逝的青春带走了他的才华。他年轻了很长时间。即便是现在，保持年轻几乎就是他的职业，因此年轻成了他既鄙夷又不可或缺的东西。或许他再也找不到自己的风格了，因为他心存恐惧，于是他无奈地写着那些千人一面的空洞模仿的句子，而不是勇敢地写下真正属于他自己的大胆新颖的句子。很久以前，他想象出来的人物栩栩如生，几乎可以触摸得到，但渐渐地，他们被某种好似冰冷闪亮的花岗石或涂着石膏底料的画布一样苍白空洞的形象取代了。他常常感觉自己失去了一种天赋，一种近乎神圣的东西。二十二岁时，作为尼曼-费尔克奖得主，不久又获得了波士顿奖，他静静地享受着某种事实上使他永远不会变老的神选的殊遇和其他的祝福。结婚大约十年后，他开始暗中摸索，从女人的陪伴中，有时从她们的身体上寻找这种祝福。他孩子气的举止、满头的秀发、结实的体格和常挂在脸上的笑容，更主要的是他不具威胁性的暧昧态度，打动了某些女人，将他收留一晚，一周，有时是几个月，直到他或者她们分心了，走散了。性使他恢复了活力，然而当他的目光落在空白的稿纸上时，这份活力便再次归于死寂。

为了挽救婚姻，莉娜叫他去做心理分析治疗，但他出于艺术家对窥探自己的内心、对冒险用平凡的常识取代他神奇的愚昧的反感，拒绝接受治疗。不过，在莉娜的坚持下，他逐渐接受了她的观点——她获得的是社会心理学学位，即他父亲对他的伤害可能远比他敢于承认的要深得多。麦克斯·佐恩是哈得孙河畔皮克斯基尔附近一个萧条地区的鸡农，对于管教自己的儿子和四个女儿有种狂热的需求。克莱门特九岁那年，由于在关门时意外夹掉了一只鸡的脑袋，他被锁在一间没有窗户的马铃薯窖里关了一整夜，从此他余生都无法在不开灯的情况下入睡。而且他每晚还要起夜两三次，这无疑是他害怕在黑暗中尿在马铃薯上的结果。当他头顶着开阔的蓝天来到晨光中请求父亲的原谅时，他父亲满是胡茬的脸上露出微笑，看到克莱门特尿在了裤子里，他放声大笑。克莱门特跑进树林，在那个温暖的春日早晨，他冷得浑身发抖，牙齿打战。他在暖阳下一个散开的干草捆上躺下，用秸秆盖住自己。他的小妹妹玛吉也经历过和他大致相似的遭遇，玛吉十多岁时开始违逆父亲，在外面待到半夜才回家。有一天夜里约会回来，她在门厅里伸手去拉垂在顶灯下方的灯绳，却握住了一只仍然温热的死老鼠，那是她父亲挂上去的，为了给她一个教训。

但这些都没有写进克莱门特的第一篇故事——他的标志性小说即由它扩展而成。相反，书中描写了他很少伪装的母亲对他的崇拜，将他的父亲描绘为一个虽然糟糕却大体上用意良好的人，拙于表达感情，如此而已。总的来说，克莱门特总是感到难以提出责难，莉娜认为对他而言，提出责难本身就是一种与父亲当面对峙并象征性地招致第二次掩埋的挑战。因此，他的写作是浪漫左翼的，始终有一个伤感的抗议的音符在某处颤动，如果说这种纯真的品质在他的第一本书里是有吸引力的，那么此后它似乎就成了毫无新意的俗套。事实上，他会倍感欣慰地加入六十年代针对形式的无政府主义反叛，是因为他已经对结构本身感到绝望并将其视为诗意之敌；但莉娜告诉他，艺术中的结构暗示着必然性，而这种必然性预示着他将走向谋杀，这是对他父亲的可怕罪行的合乎逻辑的回应。这个消息太过令人不快，当不得真，所以到头来他依然是一个感情丰富、开朗可爱的人，尽管他私下里对自己的完全无害感到不满。

莉娜理解他；这并不难，因为她有着和他同样的特质。“我们是折翼协会的创始会员。”有一天深夜，她在一次聚会结束后打扫卫生时说道。在他们二三十岁的时候，有一个时期，他们在布鲁克林高地的客厅里几乎每周末都会举办一场聚会。人们不请自来，在这里他们可以随意抽烟（莉娜总是剪去香烟的过滤嘴），可以随便地坐在地毯上或是懒散地摊坐在旧家具上，一边喝他们带来的酒一边谈论新近的戏剧、电影、小说或诗歌；他们为艾森豪威尔溃不成章的语法，为广播和电影界的作家被列入黑名单，为黑人对他们的传统盟友犹太人的令人费解的新的敌意，为国务院吊销激进嫌疑分子的护照，为他们所感受到的在这个国内新保守主义势力到处清除这个国家关于前三十年、关于大萧条和新政的记忆，甚至将战争中的纳粹敌人变成对抗我们从前的盟友俄国人的功臣的时代，笼罩着这个国家的令人困惑的非理性的沉默而哀叹。有些人被佐恩夫妇的热情款待所振奋，或是和新认识的人一起，或是独自待到深夜，但不论是哪种情况，他们都受到了那个失去勇气的落寞时期的影响：在这个对世界革命茫然无知是天赐之福，挣钱变得越来越容易，精神分析学家是终极权威，独善其身为最高道德的国家里，他们将自己视为清醒的少数派。

终于有一天，除了自身的迷惘之外对一切都不确定的莉娜适时地分析了事态，发现她就像他的句子一样已经不再是他的了，而他们的生活也已像他口中他的写作那样，变成了一种模仿。他们继续生活在一起，住在曼哈顿下城区一栋褐砂石房屋里，这是由一个继承了钢铁财富的同性恋永久出借给他们的，他相信克莱门特是另一个济慈。不过这些天来克莱门特常常睡在三楼，莉娜睡在一楼。这栋房子只是别人送给他们的众多礼物中最大的一件：一个医生朋友送给他一件驼毛大衣，因为他发现自己需要更大的尺码；一对每年夏天去欧洲的夫妇年复一年地将他们科德角的别墅和一辆保养良好的旧别克车借给他们使用。命运同样有所馈赠。一天晚上，走在一条昏暗街道上的克莱门特踢到了一个金属物品，原来是一个凤尾鱼罐头。他把它带回家，发现需要一种特制的开罐器才能打开，便将它放在了橱柜里。一个多月后，他又在另一条街上踢到金属——正是那个开罐器。同为凤尾鱼爱好者的他和莉娜立刻找出一些饼干，坐下来将那盒罐头吃光了。

他们在一起时仍然有欢笑，但更多的时候，两人共同感受着一种谁都没有勇气挑明的低度的痛苦，两人都觉得自己令对方失望了。“我们甚至可以模仿离婚。”她说，他笑着表示赞同，不管怎么说，他们的生活仍在继续，除了她剪去了一头波浪般的金色长发并找了一份儿童辅导员的工作，什么都没有改变。尽管他们一直没能决定要孩子，她对孩子却有一种本能的理解，他有些沮丧地看到，她的工作令她快乐。至少有一段时间，她似乎因为某种自我发现而振作起来，这使他有了被抛在后面的危险。然而不到一年她就辞职了，声称“我就是没办法每天去同一个地方”。昔日那个热情奔放的疯狂的莉娜又回来了，这让他很高兴，尽管失去她的那份工资令他感到忧虑。随着他的作品销量几乎跌至零点，他挣的钱开始不敷使用了。至于性，她很难回忆起它什么时候对她非常重要过。渐渐地，那变成了至多一年四到五次的迁就。他的那些风流韵事——她虽然怀疑但拒绝证实——为她减轻了负担，尽管它们咬噬着她剩余的自尊。他的观点是，男人勃起时必须去某个地方，而女人认为她就在某个地方。一个很大的区别。但在一个残酷的时刻，他向自己承认，她太不快乐了，无法快乐地做爱，他把这种情况归咎于她的背景。

一个夏日的午后，他正在别人借给他们的海滨小屋摇摇晃晃的台阶上抽烟斗，看见一个女孩独自在海边散步，她似乎完全沉浸在自己的思绪中，阳光在她的臀部闪耀，他想象着如果能让她赤裸身体并在她身上写字，会是怎样的感觉。他的心活跃起来。他已经很久很久没有对自己产生过如此令人愉悦的想象了。他在一个女人身体上写字的画面，似乎就像他拿着一块新鲜的面包一样健康有益。

如果不是莉娜最终的爆发，他也许永远不会登那则广告。他正在三楼的工作室里读梅尔维尔，净化自己的心灵，忽然听到楼下传来歇斯底里的尖叫。当他冲进客厅，莉娜正坐在长沙发上撕心裂肺地喊叫。他把她抱在怀里，直到她力气耗尽。不需要交谈，她只是开始对自己的生活，对持续的拮据，对他未能提供某种引领感到怒不可遏。他握着她的手，不忍看她饱受摧残的憔悴面容。

她安静下来。他给她拿来一杯水。他们并肩坐在沙发上，没有任何期待。她从咖啡桌上的烟盒里取出一根切斯特菲尔德牌香烟，用指甲掐去过滤嘴，不顾萨尔茨医生的两次严肃警告，靠在沙发背上挑衅似的吸了起来。她与切斯特菲尔德香烟有染，克莱门特想到。

“我正在考虑写一本自传体小说。”他说，语气中暗示着这会带来一笔收入。

“我母亲……”她沉默了，失神地张大着眼睛。

“哦？”

这样莫名地提到她母亲使他想起她第一次向他坦露她的内疚的情景。他们坐在莉娜宿舍的窗前，俯瞰着一条美丽的街道，街道两旁的树木枝繁叶茂，学生们步履悠闲，中西部校园的宁静安谧将他们与现实世界隔绝开来。在家乡康涅狄格州，她说，她的母亲每天清晨不到五点就要起床，搭头一班电车去皮尔利斯蒸汽洗衣店开始一天八小时的工作。想象一下！高贵的克丽斯塔·瓦涅茨基在给陌生人熨烫衬衫，好为女儿寄去每月二十美元的膳宿费，同时拒绝让女儿像大多数学生那样出去打工。莉娜只有闭上眼睛才能勉强不去想，她不值得母亲为她付出这么多。为了让母亲高兴，她必须成功，成功会治愈一切——也许她应该在市政部门找一份社会心理学专业的工作。

她穿着她的白色安哥拉羊毛衫。“这件羊毛衫让你在这美妙的光线中像精灵一样耀眼。”克莱门特说。他们出去散步，手牵着手走在弯弯曲曲的小路上，穿过漆黑得仿佛凝固了的阴影。在那个无风的夜晚，澄澈的月光使月亮显得特别近，近得让人心慌。“它肯定比平时近，还是怎么的。”他眯起眼睛抬头看着月光说。他爱科学中的诗意，但那些细节太过数学化了。在耀眼的月光下，他的颧骨更加突出，充满男子气概的下颌棱角分明。他们的身高完全一样。她一直知道他爱慕她，但此时和他独处，她能感觉到他身体的需求。他突然拉着她来到一处灌木丛下的空地，轻轻地把她拖到地上。他们亲吻了，他抚摸着她的乳房，然后展开身体压在她身上，让她张开双腿。她感觉到他的强硬，因害怕尴尬而紧张。“不行，克莱门特。”她说，歉意地吻了吻他。她从来没有把如此多的自己给予其他任何人，她希望他忘记她的礼物。

“总有一天我们必须做。”他从她身上滚下来。

“为什么！”她紧张地笑起来。

“因为！看我买了什么。”

他举起一个避孕套给她看。她从他手上接过去，用拇指感受着光滑的橡胶。她试着不去想他为她写的那些诗——十四行诗、维拉内拉诗[1]和俳句——都只不过是要她为这个可笑的橡胶气球做好准备的手段。她把它像单片眼镜一样举到眼前，抬头望着天空。“我几乎可以透过它看见月亮。”

“你在干吗呢！”他笑着坐起来。“疯子瓦涅茨基。”她咯咯笑着坐起来，把避孕套还给他。“怎么回事，因为你母亲？”他问。

她非常严肃。“也许你应该去找别人。咱们还可以做朋友。”她又加了一句，“我真的不明白我为什么活着。”克莱门特总是为这些快速的情绪变化所打动——他称之为“波兰人的深沉”。她与大西洋彼岸欧洲中部黑暗的波兰土地上的某种神秘事物有着难解的关系，虽然他和她都没有去过那个地方。

“有写这种事的诗吗？”

“哪种事？”

“一个不清楚自己想法的女孩。”

“艾米莉·狄金森也许写过，但我想不出具体哪一首。我知道的每一首爱情诗都以光荣或死亡作为结束。”

他双臂环抱着蜷起的膝盖，仰头凝望月亮。“我从没见过它像今晚这样。一定就是这种月亮引得狼群嚎叫的。”

“而且让女人发疯，”她补充道，“为什么被月亮逼疯的总是女人呢？”

“嗯，她们在这方面占有先机。”

她探身向前，拨开一根遮挡视线的树枝，眯起眼睛凝视耀眼的月光。“我真的认为它会让我发疯。”她对疯狂的确有一种隐约的恐惧。父亲发疯而死的记忆始终未曾远离她。“它看起来可真近啊，就像天堂里的一只眼睛。我知道它让人害怕。这么亮，你会认为月

---

① villanelle，一种源于法国的传统诗歌形式，通常由十九行组成，包括五个三行诗节和一个四行诗节。

光是温暖的，但它是冷光，不是吗？就像死亡之光。”她那可爱的孩子般的好奇心激起了他对她身体的期待，他仍希望有一天能够拥有她。她那里也是金色毛发吗？与此同时，她圣洁而罕有。唯一的美中不足是她的颧骨略嫌突出，但并不致命，还有就是那个过宽的波兰式的鼻子。但他已经过了将她和完美两相比照的阶段。他张开她的手，将她的掌心紧贴在他的唇上。“胡里痕的凯瑟琳，伊丽莎白·巴雷特·布朗宁，麦布女王”——他引得她同情地咯咯笑了——“贝蒂·葛莱宝……还有呢？”

“卡拉马佐夫的女人？”

“啊，是的，格鲁申卡。还有谁？彼得·保罗·芒兹①，贝比·鲁斯，克娄巴特拉……”她搂住他的头，把嘴压在他的嘴上。她讨厌这样让他失望，但她越是尝试和他亲热越是没有感觉。也许如果他们真的做了，她体内的某根发条就会松开。他确实温柔可爱，如果有谁会在她找到丈夫前得到她，那不妨是克莱门特。也许不然。她什么都不确定。她任由他的舌头在她的舌上滑动。她愉快接受的嘴出乎他的意料，他把她翻倒在地上，伏在她身上开始上下压动，但她从他身下溜走，起身走到了小路上，他追上她向她道歉，却见她面色凝重。她令人泄气的情绪变化就像悬在婴儿床上的色彩鲜艳的玩具一样在他心上悬荡。他们在近乎悲伤的沉默中走上大路，走到她的宿舍楼下，站在维多利亚式的深门廊下，明亮的月光将他们巨大的墨色剪影铺展在草地上。

“我不知道该怎么做。”

“我可以教你。”

“我会难为情的。”

“只消一两分钟就好，很简单。”他们全都大笑起来。他想吻她

---

① Mounds 是一种巧克力棒，Peter Paul 是生产厂家的名字。

笑着的嘴。她用指尖碰碰他的嘴唇。

他站在人行道上看着她曼妙的身姿沿着小路向房子走去——浑圆的臀部，丰满的大腿。她在门口转身，挥挥手就不见了。

他必须和她结婚，尽管听来疯狂。但怎么结？他一无所有，前途渺茫，除非他能再得一次奖或者被聘为助教。可是有数百个学历比他高的人都在找工作呢。他很可能会失去她。距离她正在宽衣的地方百尺之遥，他站在洒满月光的人行道上，春潮澎湃。

“你为什么要为她费神呢？”瓦涅茨基太太问克莱门特。一只黑白相间的杂种狗，克莱德，正舒展着身子躺在阴凉处，在她脚边打盹。这是工业城镇一个炎热的周日午后，春假的最后一天。就连从房子下面流过的奔腾的温希普河也显得平滑而温暖，在河岸边的铁道上方，一列早已离去的火车的几缕残烟悬浮在静止的空气中。

“我不知道，”克莱门特说，“我想也许有朝一日她会发财。”

“她？哈！”为了克莱门特的到访，瓦涅茨基太太穿了一条精心熨烫过的衣领镶有花边的蓝色棉布连衣裙和一双白色牛津鞋。浅红色的头发梳拢在头顶上的一个白色发梳上，既凸显了她的身高——她比女儿高半头——又使她的两颧和额头显得更宽。在她挑衅的戏谑之下，克莱门特感受到悲壮的失败者的可怕力量，某种与他的期望不能调和的东西。客厅里一张镶框的着色照片展示着她十年前的样子，她骄傲地站在丈夫身边，他系着一条拜伦式的印花软绸围巾，长发飘逸，手里拿着一顶浅顶软呢帽。那时的他还没有因为误解了美国对外来事物的时而致命的轻蔑而患上偏执狂，被绑在担架上，对着救护车的四壁用波兰话咆哮，咒骂他的妻子是娼妇，人类都是谋杀犯。现在的她只剩下莉娜了。有责任心的那一个，“唯一一个有脑子的”。莉娜的妹妹，老二帕齐，曾经为不同的男人堕过两次胎，她承认她不知道其中一人的姓氏。她有一个狂野的大嗓门，眼神迷乱慌张。其实她是个可爱的姑娘，心地宽厚，只是头脑空空。帕齐有一次强烈暗示克莱门特，她知道莉娜没有让他进入，她不介意“替她几次”。这个提议不是出于妒忌，也没有恶意，只是就事论事，不管他怎么决定都不要紧。“嘿，克莱门特，如果她不愿意，我怎么样？”当然是在开玩笑，除了她眼中无可否认的亮光。

还有史蒂夫，最小的孩子，但在她眼里他几乎不能算数。他木讷、温柔，动作笨拙，是家里的农民。史蒂夫和帕齐一样，就像池塘底部的鲤鱼一样游来游去，但至少他不是性爱狂。令人惊讶的是，汉密尔顿螺旋桨公司喜欢他。他们知道他是个认真的工人，他在那里工作了六个月，他们就提拔他做标定技术员——史蒂夫只有十九岁，仅上过两年高中。他不会有事的，尽管他最近的胡闹让她感到不安。

“你知道吗，史蒂夫经常梦游，最近。”瓦涅茨基太太对莉娜说这件事，为的是听听受过大学教育的她的解释。

“也许他需要个女朋友。”莉娜大胆表示。她竟然如此轻松地提到性，这其中的讽刺意味让克莱门特既惊讶又好笑。

“问题是这个镇上没有妓女，”瓦涅茨基太太挠着肚子说，“帕齐总是叫他去哈特福德度一次周末，可他不明白她在说什么。你怎么样，克莱门特？”

“我？”克莱门特脸红了，以为她接下来就要问他是否跟莉娜发生过关系。

“也许你可以给他讲讲基本的性知识。我想他不知道这种事。”莉娜和克莱门特笑了，瓦涅茨基太太也忍不住咧嘴一笑。“我真的认为他连听都没听说过，可是能怎么办呢？”

“哎，总得有人去教教他！”莉娜喊道，为弟弟的晚熟担忧。克莱门特感到困惑，她这样起劲地敦促家人面对他们的难题的同时，却在逃避自己的难题。

“他好像把帕齐的旧自行车弄弯了。”瓦涅茨基太太困惑不解地说。

“弄弯了她的自行车！”

“在我们睡着的时候。他似乎在夜里梦游的时候走出去了，用手掰弯了车的前叉。他可真有劲儿。”她转向克莱门特，“也许你可以跟他谈谈周末去哈特福德的事。”

但还不等克莱门特回答，瓦涅茨基太太就摆摆手止住了他。“唉，你们男人啊，碰到实际问题永远不知道该怎么办。”

莉娜马上为他辩护。“他愿意去跟史蒂夫谈。是不是，克莱门特？”

“当然，我很乐意跟他谈谈。”

“可是你了解性吗？”

“妈妈！”莉娜红着脸大笑起来，但她的母亲没有笑。

“哦，略知一二。”克莱门特试图拂去这个女人对他的令人困惑的近乎蔑视的态度。

“喏，妈妈，你要对克莱门特好点。”莉娜说着，走过去挨着母亲坐在摆动式长椅上。

“哦，他不会生气的。我不过是说说。”但她已经给他打上了无法胜任的标签。她用脚跟蹬着地面，让长椅摆动起来。

没有人说话。长椅亲昵地嘎吱作响。门廊外的街道寂静无声。瓦涅茨基太太终于转过头来对着克莱门特。“最能毁掉人们生活的就是性。”

“噢，拜托——即使你爱那个人？我爱这个疯狂的女孩。”克莱门特说。

“啊，爱。”

莉娜在香烟的烟雾中神经质地咯咯笑起来。

“难道没有这样东西吗？”克莱门特问。

“谁不现实，美国就杀死谁，”瓦涅茨基太太说，“你是个受过教育的年轻人。你很英俊。我女儿是个头脑糊涂的人。她永远不会改变。没有人会改变。只是越来越多的东西显露出来，就像线团一点点地展开，如此而已。我奉劝你一句——忘了她，或者跟她做朋友，可是不要结婚。你应该找一个头脑清醒、想法务实的聪明女人。结婚是一辈子的事，务实的妻子才是好妻子。这个女孩完全不知道什么叫务实。她是个梦想家，就像她可怜的父亲一样。那个男人来到这个国家，期望得到一些尊重，至少要尊重他的名字。没有人尊重波兰佬。他们对可以追溯到立陶宛大公的瓦涅茨基家族了解多少？这个受过工程师培训的人，渴望获得一点尊重。他们老是想跟他交朋友，在来美国之前，他根本不会和那种人说话，除非是叫他们给他擦鞋。所以他去了阿克伦和底特律，然后又来到这里，想找一个有文化的圈子。这就是莉娜父亲的禀性。他不知道在这里你要么是成功者，要么是失败者，唯独不是一个有名有姓的人。于是他胡言乱语着死去了。别谈结婚的事。为你们两个人好，由着她一个人去吧，好吗？我们家帕齐——她倒是应该结婚。只有婚姻能拯救她，虽然我看也未必。但这个不行。”她转头看着大女儿，后者在她说话时一直在娇羞地咯咯傻笑，“你有没有告诉他你有多迷惘？”

“是的，”莉娜说，有些不自在，“他知道。”

瓦涅茨基太太叹了口气，一只手按着出汗的面颊，身子微微左右摇晃。她知道时间会带给她什么，克莱门特想，他被她天性中的这种超越性所打动，尽管对于他的品味而言，这过于可悲了。

“你打算以什么为生？因为我现在就可以告诉你，她永远不会在金钱上取得任何成功。”

“妈妈！”莉娜抗议道，为母亲的坦率中暗含的女性的反抗感到高兴，“哦，妈妈，我没有那么差！”

“嗯，就快差不多了。”瓦涅茨基太太说。她对克莱门特重复了她的问题。“你打算靠什么生活？”

“嗯，我还没想好。”

“没想好？你不知道每天都要花钱吗？‘没想好’？经济不会等着你‘想好’。你必须知道自己将来靠什么生活。不过我看你和她一样——这个世界对你来说也是不真实的。莎士比亚里是怎么说的？”

“莎士比亚？”克莱门特问。

“你告诉我一切都在莎士比亚里。告诉我一个没有希望的漂亮姑娘应该嫁给一个没有工作的诗人。上帝啊，你们真是太幼稚了！”她笑了，无奈地摇着头。克莱门特和莉娜见她不再批评他们，松了一口气，也跟着笑起来，为她和他们共同面对这荒唐人生中的困境而高兴。

“不过这是以后的事了，妈妈。我必须先毕业，然后如果我能找到一份工作……”

“她会找到工作的——她成绩很好。”克莱门特把握十足地说。

“你呢？有给诗人准备的工作吗？你为什么不努力让自己出名呢？美国有出名的诗人吗？”

“当然，美国有著名的诗人，不过你可能没听说过他们。”

“这就是你所谓的著名，没人听说过的人？”

“他们在诗人和对诗歌感兴趣的人里很有名。”

“写一篇好小说——到那时你就出名了。诗歌不行。说不定他们还会把你的小说拍成电影。”

“他不写那种东西，妈妈。”

“我知道，不用你告诉我。”

帕齐穿着胸罩和内裤出现在纱门后面。“妈，你看见我那件胸罩了吗？”她一副受到迫害的语气。

“挂在浴室里呢。你为什么不偶尔自己找找，而不是‘妈，妈，妈’地叫唤。”

“我找过了。”

“那就睁大眼睛再找找。还有，你什么时候能自己洗衣服？”

帕齐打开纱门，赤脚来到门廊上，

考虑到克莱门特在场，她双手交叉抱在丰满的胸前。一条毛巾像缠头巾一样裹着她的湿头发。在渐暗的日光中，他从她强壮的大腿、宽阔的后背和厚实的胸膛中看到了庄严的力量。帕齐突然心血来潮，双手抱住母亲的脸吻她：“我爱你，妈妈！”

“这里还有个男人，你就这样光着身子走来走去的？快进去，你这个疯丫头！”

“不过是克莱门特，克莱门特不会介意的！”她转身背对着母亲和姐姐，面朝克莱门特，看到她被尺码过小的胸罩勉强罩住的高耸的胸脯，克莱门特心潮涌动。她挑逗地笑着问他：“你介意吗，克莱门特？”

“不，我不介意。”

瓦涅茨基太太探身向前，手掌重重地拍了女儿的屁股一下，然后大笑起来。

“啊唷！你弄疼我了！”帕齐捂着屁股跑进屋去。

天快黑了。一列货运列车在不远处当啷当啷地驶过。莉娜点燃一根香烟，靠在长椅的靠垫上。

“他打算写一部舞台剧，妈。”

“他？”

“他能行。”

“那好呀。”瓦涅茨基太太说，仿佛那是个笑话。面对她令人沮丧的怀疑态度，所有人都陷入了沉默。

晚些时候，他们出去散步。这是一个由平房和四层木质公寓楼组成的工人住宅区。

“我想她是对的。”克莱门特说，希望莉娜能反驳他。

“关于结婚的事？”

“那对咱们来说是件傻事。”

“也许吧。”她表示赞同，如释重负。果断推迟一个决定和作出一个决定同样令人欣慰，受到将这种不确定的事确定下来的鼓舞，她握住了他的手。

他无法鼓起勇气刊登广告。他开始怀疑人们会不会将它视为变态。但那似乎渐渐变成了他对自己应尽的义务。一天，他买了一份《村声》，站在王子街和百老汇大街的拐角处浏览上面的私人广告栏：一页又一页的色情挑逗，结伴请求，提供心灵发现、改善肉体健康的承诺——宛如一片冰原，他想，人们从深深的冰隙中发出呼救声。但丁。他把报纸拿回家，放在他那张贫瘠的书桌上，尝试想出一些广告策略，最后他决定直截了当：“诚征一名高大女性参与无害实验，年龄不限，皮肤务必紧致。有意者请附照。”

在经历了五次出师不利——应征的照片上尽是些从两端拍摄的肥胖至极的裸体女人——之后，在看到卡罗尔·蒙特照片的那一刻，他知道她就是那个完美人选：她的头向后仰着，仿佛正在大笑。当她出现在他的门口——身穿黄色迷你裙，黑色衬衫，头戴白色贝雷帽，比他高六英寸，羞涩而无畏的灿烂笑容有一种动人的乡野气息——他立即确信她将验证他的设想，他想张开双臂拥抱她。他终于为走出空虚迈出了一步。

舒适地蜷进他的扶手椅里，她随手将裙角往下拉了拉，同时努力做出不好惹的样子，仿佛他们是酒吧里的陌生人。她把沉甸甸的手镯和项链弄得叮当作响，并且发出马嘶一般的笑声，刺激着他敏感的听觉。事实上，她身上有一种处女般的纯洁气质，她可能正在努力掩饰，说不定是特纯，就像最好的橄榄油一样，他决定记住这句俏皮话留待日后使用。“这是什么工作？我还够宽吗？”她问。

“工作很简单。我是个小说家。”

“嗯哼。”她疑惑地点点头。

他从书架上取下一本他写的书递给她。她瞥了一眼护封上他的照片，怀疑顿时消散。“那么，现在，那个……”

“当然，你必须脱光衣服。”

“啊哈。”她显得很兴奋，似乎在下定决心迎接挑战。

他继续说下去。“我希望能在你身体上的任何部位写字，因为你看，我想到的那个故事会占用你身上的全部空间。虽然我可能高估它的篇幅了。我还不确定，但那也许会是一部小说的开端。”他接下来解释了他的写作障碍，以及他希望通过在她的肌肤上写作来摆脱它的控制。她听得入迷，同情地睁大了眼睛，他看出她为成为他的知己而自豪。“这也许行不通——我不知道……”

“不过，值得一试，对吧？我是说，不尝试怎么会成功。”

为了争取时间，他从书桌上移走了一小盒回形针和一个皮革镶边的记事簿，那是很久以前莉娜送给他的圣诞礼物。要如何叫她脱去衣服呢？这个计划之疯狂如海浪般向他呼啸而来，威胁着要将他抛回无能的境地。他挣扎着说：“脱下衣服，好吗？”——这是他从未真正敢于对女人说的话，至少不是站着的时候。她似乎只是耸了耸肩，扭了扭身子，就已经赤裸地站在他面前，身上只剩下一条白色内裤。他的目光落在上面，她问：“内裤也要脱？”

“嗯，如果可以的话，脱掉好吗？脱了——怎么说呢——刺激性会小一些，你知道吗？而且我要用到那块地方。”

她利索地脱下内裤，坐在书桌上。“朝哪个方向？”她问。显然，她一直有所顾虑，而在克服这些顾虑的过程中，她感到无所适从，这几乎也正是他现在的精神状态。他们的亲近感由此加深了。

“先俯卧。需不需要一条床单？”

“这样就好。”她说着，俯身趴在了桌面上。她那晒黑的宽阔的背部和白皙浑圆的臀部与他的书桌之前的枯燥冷清形成了强烈的对比。一只刻有铭文的银瓮是他早年的奖品之一，里面放着一打记号笔，其中的一支他正拿在手上。他心里的某个地方因恐惧而颤抖。他在做什么？他终于失去理智了吗？

“你还好吗？”她问。

“很好！我正在思考。”

有一个故事——那是几个月前，或许是一年前的事了——他曾经几次尝试动笔。然后，突然之间，他意识到他已经江郎才尽，他不再相信自己了。而现在，一个血肉之躯正在他的手下等待，他决定再相信自己一次。

“你真的没事吗？”她再次问道。

那并不是个很棒的故事，甚至算不上很好，但其中包含了他和妻子初次邂逅的画面。当时，一个大浪将他们两人拍倒，浪涛翻卷着将他们冲上海滩。他站起来，用力提上险些脱落的泳裤，她也在同一时间踉踉跄跄地站起来，一边把泳衣往上拉，遮住在翻腾的海水里露出来的一侧乳房，他把他们的相遇看作命中注定，就像某个关于溺亡和重生的神话中那些从大海中复活的希腊人。

那时的他是一个天真的诗人，而她崇拜艾米莉·狄金森并且非常忙碌。“大海想夺走你的衣服，”他说，“弥诺陶洛斯。”他看到她的双眼呆滞无神，这让他欣喜，因为茫然的人令他安心，而很快他就发现她正是这样的人。“海口”逃生——在后来的许多年里他这样看待当时的一幕，他们本能地在彼此身上看到了同样的痛苦，同样的逃离确定性的渴望。他要写下，“死于确定性”，一首将雾奉为创造之力的赞歌。

此时，他右手握着黑色记号笔，左手放在卡罗尔的肩头。她紧实的皮肤的温暖触感令他心头一震。他的幻想很少成真，而她愿意为他这个陌生人做这样的事，这让他几乎感动落泪。人性的善良。他感觉到她需要鼓起全部的勇气来回应他的广告，但他并没有过多地探究她的生活。只要她不疯就好。她有些古怪，也许吧，但谁不是呢？“谢谢你，卡罗尔。”

“没关系。慢慢来。”

他感到自己开始膨胀，就像很久很久以前他写作时常发生的那样。男人用它，他那命名贴切的器官，来写作，似乎有一加仑额外的血液偾张他的血脉。他的左手此时更自信地压住卡罗尔的肩膀，他俯向她的后背，缓缓写道：“在沙洲向下坠入深渊的地方，海浪越聚越高，这对素不相识的男女正奋力游出席卷他们的水下潜流，游向他们的命运。”惊愕之中，他清晰地看到了他的青春岁月中的一些片断，而恍如一道彩虹般高悬其上的，是他对生活的毫无保留的信仰和生活对他的几乎完全被遗忘的承诺。在卡罗尔对他的手的按压作出反应时，他可以闻到她身体的味道，一种绿色的丰饶的海水的气息，仿佛在嘲笑他业已枯竭的力量。如何来形容他此时心中的痛楚呢？

莉娜的面庞浮现在他眼前，是她二十多年前的样子，她的眼睛由于进了海水而微微充血，鬈曲的金发凌乱地紧贴着她的笑脸，在她走上沙滩，上气不接下气地大笑着倒下时，他已经爱上了她年轻丰满的身体，在共同遭遇了海浪的冲击之后，两个人似乎自然而然毫无戒心地亲近起来。这好像是他许多年来第一次看到这样生动的画面。他的笔顺着卡罗尔的背部移动到她的臀部，接下来移过她的左大腿和右大腿，然后，他让她翻过身，继续在她的胸部和腹部书写，接着又顺着她的大腿写到她的脚踝，神奇的是，这个关于他第一次背叛妻子的几乎不加掩饰的故事恰好在这里画上了圆满的句号。他对自己将实情向这个女人的肉体袒露感到不可思议。但这究竟是一篇独立的故事还是一部小说的开篇？奇怪的是，这并不重要，但他必须立刻把它拿给他的编辑看。

“我在你的脚踝上写完了！”他欢呼着，惊讶于自己声音中的孩子气。

“太好了！接下来呢？”她坐起来，孩子似的将两只手张开在空中，以免蹭花身上的字迹。

他突然想到，这是多么不可思议，她就像一张纸一样对写在她身上的东西一无所知。“我可以把你身上的字扫描下来，但我没有扫描仪。要不，我可以把它誊在我的手提电脑上，但那需要一点时间——我打字很慢。我事先完全没有考虑到这点……除非我让出租车送你去见我的出版商，”他开玩笑说，“但这只是说笑而已。他也许会砍掉一些地方。”

他们解决这个问题的办法是：让他站在后面大声读出她背后的文字，由她坐着将它们输入他的手提电脑。他们在这个过程中不时爆发出笑声。至于她身体正面的文字，她想借助一面大穿衣镜来读，但那样一来字就都反过来了。于是她把电脑放在腿上，他坐在她面前打字。当他读至她大腿处时，她不得不站起来以便他继续，直到他趴在地板上去读她小腿和脚踝上的段落。

然后他站起来，他们第一次深深地注视对方的眼睛。或许是因为如此未加思索地做了如此亲密的事，他们不知道接下来该做什么，两个人咯咯地傻笑起来，随后便一发不可收拾，一场传染性的歇斯底里上下掀动他们的膈膜，使他们狂笑不止，直到他们不得不将额头靠在桌沿，不去看对方。终于，他能开口说道：“如果愿意的话，你可以去洗个澡。”不知为什么，这句话再次令他们尖声大笑起来，直笑得前仰后合全身无力。

他们气喘吁吁地瘫软在地板上，笑声平息了下来。他们并排躺着，彼此之间充满着某种意想不到的孩子气的认识。现在他们安静了，依然喘息着，面对面地躺在他的东方地毯上。

“我想我该走了，是吗？”她问。

“你要怎么把它洗掉？”他问，感到一种难以理解的焦虑。

“泡个澡，我想。”

“但你的后背……”

“我认识一个人可以帮我洗掉。”

“谁？一个男人？”

“不，是同楼道的一个女孩。”

“可是我还不想让别人读到它。我还不确定它是否可以发表，你知道，或是让谁看到。我是说……”他犹豫着，想找个理由来抵挡这个为她擦背的陌生女友的好奇心；又或者是为了保护他的作品的隐私——天晓得为什么，但他认为她的身体仍然太过私人，不能给外人看。他用一只胳膊肘支起身子。她的头发披散在地毯上。就像他们刚做过爱一样。“我不能让你这样离开。”他说。

“你什么意思？”她的声音带着期望的语气。

“认识我们的人会从里面认出我妻子的一些事情。我还没有为此做好准备。”

“那你为什么要写它？”

“我只是先写个初稿，然后再做修改。你不能这样走。我和你一起洗澡，给你擦背，好吗？”

“当然可以。但我并没打算让任何人读它。”她说。

“我知道，但把它洗掉我会更安心。”

在狭小的金属淋浴间里，她就像个巨人，他用擦背刷给她擦洗了几分钟就开始累了。卡罗尔自己洗前面，他洗她的大腿、小腿和脚踝的背面。现在她洗干净了，水从她的肩膀上淋下来，他把她拉近他。她的身体坚实有力。

“现在安心了吗？”她问。他对着这个女人出了神，他大脑的最后一点残余部分从他的颅骨滑落到了腹股沟。

事后，他感到好奇，为什么在水流下和她做爱是如此容易和直接，而先前，在她的身体为他的文字所覆盖时，单是想到这件事就像是在穿过茂密的灌木和荆棘。他真希望能跟莉娜讨论一下这个谜题。但那当然是不可能的，尽管他并不能完全确定。

他帮助卡罗尔擦干身体，她麻利地穿好内裤、胸罩和衬衫，提上裙子，而他则坐在书桌旁，打开抽屉取出一本支票簿。但她立刻碰了碰他的手腕。

“不用。”她说。她湿漉漉的头发说明了他们的亲密关系，他改变了她的这个事实。

“但我想付钱给你。”

“这次不用。”或许是因为无意中暗示了她希望再次前来，她的脸上掠过一抹羞涩。“也许下次吧，如果你还需要我。”随后她似乎为一个新的想法所惊扰，“你会吗？我是说，你已经做了，不是吗？”她先前的粗鲁劲儿又回来了。“我想你不可能有两次第一次，对吧？”她轻轻地笑了，她的眼睛却在哀求。

他起身走过去和她吻别，但她微微转过头去，他亲在了她的面颊上。“我想你是对的。”他说。

她的脸上现在露出有些生硬的表情。“那，这样，也许我还是把钱收下的好。”

“好的。”他说。现实总是令人如释重负，他想，但为什么一定要伴随着愤怒？他坐下来写了一张支票，带着一分愧疚递给了她。

她把支票折起来塞进钱包。“今天很有收获，不是吗！”她大叫着说，发出一声马嘶般的笑声，吓了他一跳，因为在他们最初的陌生阶段结束之后她就不再那样笑了。她现在又变回了那个猎鹿人，他想，在苔原上艰难地跋涉。在自信地从隐蔽处向外偷偷张望片刻之后，她又匆匆躲了回去。

卡罗尔走后，他坐在书桌前，面前放着他的手稿。十八页。他放空的目光，刚洗过的身体和消耗的体力似乎使他得到了净化和提升。他把手掌放在那沓纸上，想道，我已经把脚尖探过了理智的边界，所以最好不要让我失望。他揉揉眼睛，开始读他的小说，这时他听到楼下远远地传来前门砰地关闭的声音。莉娜回来了。带着她好像脱水的过熟辣椒一样皱巴巴的脸，带着她下垂的嘴角，带着她干瘪的胸脯，带着她呼吸中那股可憎的棕色尼古丁的气味回来了。他又开始愤怒了，对她固执的自我毁灭充满了憎恶。

他转向他的故事，读了又读，无比惊讶地发现，其中泛滥着的对她的爱与同情的甜蜜的洪流时至今日依旧在他的心底涌动，它几乎就像是由一个非常年轻的没有标签的人，一个被囚禁在他体内的人，一个灵魂如海浪般真实和令人信服的自由歌唱的诗人写就的故事。如果他试着将这篇故事改写为一曲献给从前的她的赞歌会怎样——她会认出她自己并与之和解吗？他读着，意识到在他尘封的心灵深处，她依然是多么完美无瑕充满诗意，他想起曾几何时，仅仅是早晨和她一起醒来就让他的人生充满幸福和意义。他从手稿上抬眼望着窗外空落落的屋顶，心头为卡罗尔感到一阵刺痛，她那澎湃的青春气息仍然在房间里回荡，他想要她再回来一次，让他在她紧致的肌肤上再次书写，也许他可以发掘出其他一些在他心底的黑暗中瑟瑟发抖的纯真的事物，一点爱的残余，它惊恐地躲藏着不敢出来，以至于就像消失了一样——带着他的艺术一起。

松节油蒸馏器

I

五十年代初的那个冬天，纽约异常寒冷，至少在莱文看来是这样。除非像他私下里喜欢认为的那样，三十九岁的他已经过早地衰老了。平生第一次，他十分渴望离开这里，前往一块阳光普照之地，因此当吉米·P. 从海地晒得黝黑地回来，兴高采烈地报告说，一股民主的新风吹遍了那个国家时，他所抱有的就不单是社会学方面的兴趣了。莱文的思想相当超前，他已经开始怀疑政治是否真的能够改善人类的行为，在生意之外，他已经把心思转到了他的音乐和少数堪称典范的书籍上。不过，即使在他对政治更感兴趣的过去，他也从未完全信任过吉米的热情，尽管吉米天真的尊重令他感到温暖。吉米曾经是科尔盖特大学的摔跤运动员，他鼻子扁平，肩膀倾斜，口齿不清，是个感情用事的共产主义者，他崇拜有才华的人，并为其中的一些人担当宣传员，他崇拜斯大林和所有藐视现行规则的人。对吉米而言，叛逆是一种诗意。在他七岁生日那天，他那位英雄的父亲亲吻了他的头顶便离家前往玻利维亚参加革命去了，除了几次为期几周的意外归来，他再也没有真正回来过，直到永远消失。但在吉米心中，也许始终潜藏着对父亲再次出现的一丝固执的期待，滋养着他的偶像崇拜倾向。他钦佩马克·莱文的勇气，莱文不愿按上面的要求在社论中发表新的反俄好战言论，因而辞去《论坛报》的工作，接手了父亲枯燥无味的皮革生意。但事实上，莱文辞职的原因是他把心思都放在了马塞尔·普鲁斯特身上。在过去的一年左右的时间里，除了他的音乐，他珍爱的好斗的妻子阿黛尔和那令人宽慰的疑病症，普鲁斯特的书几乎占据了他全部的思绪。

对莱文和阿黛尔来说，海地就像月球的黑暗面。除了伏都教，他们对这个地方的了解都是从牙医那里的《国家地理》杂志和狂欢节的照片中点滴得来的，照片上那些在街上跳舞的女人充满野性，其中的一些人非常漂亮。但据吉米说，一场原因不明却引人瞩目的绘画和写作运动像一股久被压抑的自然力量，正在这个世代为刀枪所统治的国家爆发。吉米的老朋友，搬去和侨居海地的母亲同住的《纽约邮报》前专栏作家莉莉·奥德怀尔会热切地欢迎莱文夫妇；她交游广阔，认识所有人，尤其是那些试图在被谋杀或驱逐出境之前潜移默化地进行左派民主改革的新晋的年轻画家兼知识分子。在上次选举中，反对党候选人、他的妻子和四个孩子在自家临街的客厅里被不明身份的人暗杀了。

莱文夫妇迫不及待想要出发。上一个冬天他们在加勒比海滩上度过的漫长的五天假期让他们发誓不再这样愚蠢地自我放纵，但这一次可能会有所不同。莱文夫妇是严肃的人，在外国电影尚未在纽约上映的年代，他们加入了一个专门在客厅里放映这些电影的协会，马克尤其对法国和意大利电影充满热情。他和妻子都是出色的古典钢琴演奏者，事实上，他们第一次见面就是在钢琴老师家，他正要离开时，她来上课，他们立刻被对方不寻常的身高吸引了。马克身高六英尺四英寸，阿黛尔身高六英尺整，他们的相遇使得两人原本感觉反常的身高变得正常了，尽管他们在谈话中仍不时为此自嘲。马克会说："我终于找到一个不用坐下就能看清她眼睛的女孩。"

“是的，”她会补充说，“总有一天他会决定看我一眼。”

阿黛尔的刘海短发下面的脸庞颇有几分东方色彩，宽大的颧骨使她的黑眼睛带着一种乜斜的神态；马克有着长长的马脸、浓密的鬈发和羞涩的笑声，在疑病症发作的那些日子，他会绝望地喃喃自语，再次相信自己的胃已经不幸地下垂，或者心脏已经略微移向了胸腔的中间。尽管表现出戒备和嘲讽的态度，他们的内心仍然足够天真，或多或少地会被卷入这样或那样的理想主义的社会改良计划中。在长岛市的办公室里吃午饭时，他会阅读《新共和》周刊，偶尔也会尽责地看一眼《新群众》杂志，有时他会一边喝牛奶一边浏览《追忆似水年华》，他对这本法文书的喜爱仅稍逊于他对音乐的喜爱。两人都抵挡住了这次旅行注定会为他们的一连串错误再添一笔的不祥预感，乘坐泛美航空的星座客机，在轰鸣的机舱里飞往了太子港。

前一年完工的奥德怀尔家的房子像一个布局零乱的混凝土巢穴，悬踞在太子港的港口上方。这座房子是帕特·奥德怀尔夫人和女婿文森特·布里德按照她对弗兰克·劳埃德·赖特的建筑精神的理解设计的，微风可以从宽大的房间和窗户中自由吹过。帕特夫人此刻正聚精会神地与圣公会主教塔纳尔、停泊在港口中部的美国重型巡洋舰指挥官班兹和警察局长亨利·拉德伦玩扑克。一块巨大的东方地毯从他们周围一直铺展到白色的墙边，墙上挂着一幅克莱的画、一幅莱热的画，以及半打色彩明艳的海地绘画，后者证明了帕特夫人的品味和眼光，早在海地画家的作品开始畅销之前她就买下了这些画作，自那之后它们的价格已经飙升。她很快就喜欢上了阿黛尔，因为她同样对右翼国会议员和共和党人普遍感到愤怒，不仅在于目前这场由他们煽动的在政府中猎捕赤色分子的运动在她看来是对开明的新政派的似是而非的诽谤，而且因为共和党是臭名昭著的麦卡锡参议员所在的政党。

吉米·P. 在莱文夫妇离开纽约之前就已经向他们大致介绍了帕特夫人的情况。她起初是罗得岛普罗维登斯的一名社会工作者，她很早就得出结论，以天主教徒为主的救济对象最需要的是避孕套，而在那个年代，避孕套虽然不违法，却只能在私下交易。她通过寄售方式从纽约购买了一箱箱避孕套运回当地，然后逐渐成为一名分销商，最后开办了一家生产避孕套的工厂，并最终获得了巨大的财富。在海地度假时，她发现这里对她的产品有更大的需求，于是又开办了一家工厂，这次将大部分产品捐赠给了非营利组织。年近八旬的帕特夫人俊美依然，一头飘逸的银发，一双碧蓝的眼睛，目光像潭水一样平静，她的一生都在努力让人们抓住生活的重点。对天主教失去耐心的她皈依了基督教科学派，她将其解释为一种对自力更生的信仰，以此表达她个人的创业精神以及建立一个社会主义的、充满关爱的社会的更为宏大的目标。

她的女儿莉莉躺在牌桌旁的躺椅上，读着三天前出版的《纽约时报》，她说："让·库尔昨天在街上看见夏尔·勒贝了。"减重失败的莉莉穿着宽松的白色长袍和睡衣，当地制作的锡手镯在她的手臂上叮当作响。她看见十一岁的彼得走进房间，他是她在第一段婚姻中和她那酗酒的纽约剧评人丈夫所生的孩子，看着他，她不禁感到他身上有着他父亲那种令人生畏的爱尔兰人的阴郁和英俊优雅。彼得穿着脏兮兮的棕黄色短裤，光着脚，正把水果盘里的樱桃往嘴里塞，对她的问候不理不睬，她想，这是在责怪她剥夺了他本应享有的父爱。

帕特夫人的目光几乎没有从手上移开。"看见勒贝专员了？"

"是的。"

"但我以为他大约一周前就死了。"

"是的。"牌局停了下来。文森特和莱文从阳台进来听他们讲话，打牌的人全都转向莉莉。"库尔看见他躺在棺材里，还参加了葬礼。”

“他怎么知道那是勒贝？”

“他从小就认识他。他说在街上遇见了他，但他直接从他身边走了过去。他说他已经变成了僵尸。”

“僵尸是什么？”阿黛尔转头问文森特，作为一个牙买加黑人，他很可能知道。

文森特说：“一种奴隶。他们声称能让死人复活并摄走他的灵魂，这样他就会完全听命于他们。”

“但它究竟是什么呢？”莱文问，他站在牌桌旁，用食指摸着颈动脉，测试自己的脉搏。

“我不知道，我想他们可能给受害者下了药，然后假装把他埋葬了……”

“库尔发誓说看见他入土了。”莉莉说。

“他也许看见棺材入土了，亲爱的，可是……”文森特说。

“的确会发生一些非常奇怪的事。”主教插话说。大家都把目光投向他，因为他和海地人打交道的经验最丰富，不仅推动了这个国家新的绘画和写作风潮，还使一些人改换了信仰。在他的大教堂里，粉刷过的墙壁上挂满了新鲜的画作。他那张甜瓜形状的红扑扑的圆脸给人一种和蔼而无能的感觉，但他曾庇护过革命者，而且骗过了带枪搜捕他们的人。“我不确定这是否和药物有关，”他说，“他们有一种抓住事物核心的本领，你知道。我是说，那更像是一种深度催眠，让他们直达一个人的内心。”

“但他们不可能真的埋了那个人，”班兹指挥官说，“他会窒息的。”班兹一头黑发，有着完美的侧影，白色海军制服的立领完美地贴合着他的颈部，他看起来比那位超重的主教更像一位激进的教士。本着爱国之心，班兹反对帕特夫人对于美国的帝国主义阴谋的一切看法，但他发现她是一位卓越的女性，一个优雅的待解之谜。

不管怎么说，这座房子是整个岛上唯一让他感到受欢迎的地方。

“除非他们有办法减慢他的新陈代谢，”文森特说，“但我根本不相信这种事。”

拉德伦局长是房间里唯一一个海地人，他身材矮胖，体重两百九十磅，下巴下面几乎就是肚子。他心满意足地笑着说：“那都是胡说八道。很多人都长得很像。伏都教和其他所有宗教一样，只是魔法的成分多一些罢了。不过请想想五饼二鱼和水上行走的故事。”

话题转到了魔法上，牌局重新开始，莉莉继续读她的报纸。文森特和莱文回到阳台上，面对着海港并排坐着。文森特是莱文自从大学时代下午打篮球的时光结束以来唯一有机会交谈的黑人，给他留下了深刻的印象。他此时已经知道，这个出身贫困、体格健壮的牙买加人拥有牛津大学和一所瑞典大学的学位，是联合国在加勒比地区重新造林机构的负责人。文森特对他和他对普鲁斯特的迷恋表现出了相当的兴趣，这让莱文感到非常愉快。

“伏都教是当真的吗？”莱文问。

“噢，你知道有一个说法——海地人百分之九十信天主教，百分之百信伏都教。在我看来它很讨厌，但我认为所有宗教本质上都是一种社会控制的手段，所以我不能对它的精神层面太过认真。这个国家需要的是科学家和清醒的思考者，不是魔术师。但我想，和其他所有东西一样，它也有它的好处。事实上，我自己就利用过它。”他总是轻声笑笑，为自己的武断道歉。

他解释说，由于木炭是当地的主要燃料，他曾经安排种植过数千棵速生树。不到一年，这些小树苗就被砍光，运回去烧火了。“愤怒过后，”他说，“有一天我碰巧在理发师那儿，他建议我去拜访当地的伏都教祭司，也许他能帮忙。我找到那个人，捐了一笔钱，他举行了一场仪式，把植树区变成了圣地。一大群人前来观看我们种树，在接下来的三年里，再没有人来打扰那些神圣的树木，直到它们得到妥善采伐。我得说，我讨厌这个主意，但它确实奏效了。”沉默片刻后，他问：“你为什么对海地感兴趣？”

“说不上感兴趣，”莱文说，“但这里有某种吸引人的氛围，也许是某种神秘感。我也说不清楚。”

在客厅里的黄色灯光的映照下，他看着这个黑人的脸，远处港口漆黑的海水和脚下这座贫穷城市的稀疏灯光使他顿觉身处此地的陌生感以及随之而来的恐惧，就像发现自己在没顶的海水中游泳一样。他享受安稳的生活，同时又向往艺术家的冒险，不愿把日子都浪费在日常的生意当中。“我一只脚稳稳地向前跳，另一只脚悬在悬崖上。”有一次，在他们弹完舒伯特的一首几乎令他感动落泪的二重奏后，他这样对阿黛尔说。

“你和夫人想多看看这个国家吗？我明天要去山上的松树林。”文森特面对着他，这个三十多岁、肩膀厚实的男人在这个黑人的国度里有着无限的自信和从容。

莱文渴望了解这块陌生的土地，他立刻答应了，他几乎忘却的那种期待的兴奋仍然存在于他心里，这让他感到惊讶。普鲁斯特那张心爱的面庞浮现在他眼前，像一朵凋谢的花，他想。

Ⅱ

当阿黛尔在古斯塔夫森酒店的车道上看到那辆小小的奥斯汀汽车时，她婉言谢绝了出行的邀请，她宁愿在城里观光，也不愿在后座上侧身坐上几个小时。事实上，她打算在酒店周围闲逛一会儿；酒店原汁原味的法国殖民风格使她联想起一个沉没的遗迹。透过高高的挂着薄纱窗帘的窗户，她可以想象约瑟夫·康拉德从窗前走过，或是坐在大厅里一把巨大的藤椅上，而且这里一定有一些马克没有耐心陪她逛的商店。她高兴地朝离去的小汽车挥挥手。

在那辆奥斯汀汽车从她身边驶过时，初升的太阳还很低，阳光照亮了她黑色宽檐草帽下的愉悦的脸庞，柔和的光似乎将她托起在半空中，莱文责备自己没有更经常地对她示爱。上一次是什么时候，一个星期前？也许更久。他心里响起了无声的警报。你来我往的讥诮的言语和睿智的评论并不能代替他在生意上的角力冲突，他决心试着重新认识阿黛尔。结婚七年，他们对彼此失去了很多好奇。他必须停止隐藏自己。他必须重新开始倾听。

文森特驾车穿行在城市的主要街道上，绕过垂挂着断线的电线杆，有的电线杆就像后来胡乱加上去的似的，立在马路中间或者离路边几英尺的地方，有的立在人行道上。向前探出的二楼遮挡了临街店铺室内的阳光，大多数店铺里的人似乎都在修补盆盆罐罐、汽车挡泥板和破损的家具。街角的一家大商店出售轮胎、炉灶、冰箱、肉、鱼、服装、靴子、煤油和汽油。银行的窗户一尘不染，透过窗户，莱文看到年轻的女出纳员身穿浆洗过的白衬衫，庄严地从事着无疑是城里最好的工作。几个衣着整洁、不苟言笑的商人站在人行道上，庄重地握手致意。一日之始，一切都来得及。

文森特在转弯时费力地拉动着方向盘。“英国的驾驶舵，”他笑着说，“很紧但是很精准。这东西造出来就是为了磨炼人的意志——我想我推车的时间比开车的时间还多。如果传言说远处有雾，它就不会启动。”

沿途的建筑逐渐稀疏起来，平整得出人意料的柏油路蜿蜒穿过一簇簇棚屋和小花园，在园里干活的几乎都是女人，男人则坐在旁边和她或朋友聊天。“男人们似乎不怎么做事。”莱文评论道。

“在非洲，”文森特说，“男人打猎，女人负责家务和种地。当然，这里已经没法打猎了。他们中的一些人确实在努力工作，但他们需要接受教育。情况很绝望。这个国家还没有站稳脚跟。”

“他们有什么可以出口的吗？”莱文问。每一组棚屋似乎都有一个手写的广告牌，上面写着“修理车胎”。“除了修理之外？”

“铝土矿。用来提炼铝的矿石。以前还有黄金，但不多，而且早就没了。”

莱文发现自己正在努力想象如何改善这里的情况。“接受了更多的教育之后，他们能做什么？除了移民之外？”

“首先是建立一个像样的政府。这很重要。”文森特严肃地沉声说道。他突然停止了说笑，这让莱文吃了一惊。他记起了很久以前自己在大学时代的那些狂热的政治辩论。

汽车已经爬了半个小时的山路，行驶在越来越密的松林中，此时的空气闻起来凉爽而清新。“这片林子是谁的？”

“国家。但政客们正在把它偷走。”

“怎么偷？”

“在账目上做手脚。”

“他们补种上新的树了吗？”

“没有。那正是我在努力做的事。整个森林注定在劫难逃，但公职就是行窃的执照。”

莱文的身体绷紧了，但他立刻意识到自己这种战斗的姿态很可笑——这不是他的森林，而且不管怎么说，他又能做什么呢？

一个女人突然从森林里走出来，手里牵着一头倔强的山羊。她身材修长，走起路来像足不点地的梦中人一样轻盈，她的头上裹着一条长长的深红色头巾，头巾的一角像一道伤口垂在她的胸前。她姿势优美地摆动着一只手臂来保持平衡，优雅得如同一位舞者。

“她们中的很多人都很漂亮。”莱文说。

“是的，这就是让人遗憾的地方。”

道路变得平坦了，在一块空地上，莱文看到了一座阿尔卑斯风格的原木小屋，屋顶陡峭，屋檐很深，而这里从不下雪。

“我得去跟经理打个招呼。”文森特说着下了车，走进木屋。莱文下车，踮起脚尖舒展了一下筋骨。寂静仿佛在轻轻抚摸着他的肉体。此时此刻，站在地球上这个特别的地方，他感到有些不可思议。他来这里做什么？在车上的时候，文森特提到他今天必须和一个人谈谈。他笑着说，那个人曾经在麦迪逊大道担任广告公司的高管，现在却成了这里的原住民。他还说了些什么，但变速器发出的噪音使他没有听清。这时，文森特和一个黑人一起笑着从木屋里走了出来，后者停下脚步向他挥手告别。

“一个小号的窃贼。”文森特说着启动了车子。几分钟后，他们离开公路，沿着一条土路穿过树林。这里的树木要高大得多，比森林外围的树木更难到达和采伐。他们很快来到一间简易的原木平房前。一扇破碎的窗户用报纸堵着，一辆破旧的红色福特皮卡停在旁边。杂草丛生的空地上散落着一些机器的金属部件、几个坏掉的轮胎、一个大遮阳篷、几个窗框和一个锈迹斑斑的手泵，一个户外厕所孤零零地斜倚在树上。这里的一切似乎都有些东倒西歪。门廊的台阶已经变形。一根晾衣绳横在两棵树之间，上面挂着一件胸罩。文森特熄了火，但仍坐在方向盘后面。他不再说笑调侃，莱文觉得他的眼神有些紧张。

“这是谁来着？我刚才没听清……”

“道格拉斯。问题很棘手，”他说，第一次露出没有把握的表情，“我真不该让自己卷进来，但当时我没想到他能走到这一步。”

“你把我弄糊涂了。你在说什么？”文森特显然忘记了不是所有人都了解情况。

他靠回椅背上，眼睛盯着那所房子，只偶尔看莱文一眼。“我喜欢这个人，但他是个怪人。心肠很好，你知道，但是……嗯，我想你可以说他傻。几年前，他辞去麦迪逊大道 BBD&O 公司的重要职务，和家人乘坐一艘海军售出的冗余船只四处航行，在各个岛屿上给人们放电影。”他笑了，但脸上那份紧张的神情并未消失，“他真的以为靠卖票给当地人就能维生！可是，在加勒比地区，口袋里有两角五分闲钱的顾客并没有那么多。于是他来到这里，我想，他大概是想用他的船找点事做。然后——天知道这个想法是从哪来的，这一点我始终没搞明白——但我想，也许就是从他在停靠的码头附近看到这个巨大的槽罐开始的。它可能是从某个失事的大船上脱落的。它的容量，我不知道，大概有几千加仑。它就那样闲置在那里。他和家人就住在附近的船上，那个罐子让他感到非常沮丧。”

“因为它没派上任何用场。”

“是的，没错！”他又笑了，“我们总是想着拯救海地。你好像也有这种感觉。”

“嗯，也不尽然，不过我想我能理解。也许是因为这里的人，他们看起来非常……”

“可爱，是的。而且充满想象力。”他用牙买加式的轻快语调说出这个词。“总之，他听说了这片森林。有一天他来到这里，突然想到，这里有这么多松树，他可以收集松脂，用蒸馏的方法制作松节油。松节油在海地可是个好东西，他们用它治疗风湿、胸痛、性方面的问题和十几种其他疾病。于是他那个罐子突然就可以派上大用途了。”他突然笑出声来，但他的眼睛仍满含忧虑。“不仅让那个罐子有了用武之地，还有助于保护森林，也许还能为人们创造几十个好的工作岗位。这是个一举多得的好事，就像松节油一样，好处多多。”

他停顿了一下，仍然盯着那所房子。他舔了舔发干的嘴唇。“我真的不是有意的，但我想我无意中鼓励了他。我是周围唯一一个稍微有点科学背景的人，而他真正需要的是工程方面的建议。他让广告公司的朋友给他寄来有关蒸馏技术的资料，还不断向我请教那些我几乎已经忘光的化学知识，然后他就开始工作了。首先，他了解到罐体必须以一个特定的角度放置——我忘记具体是多少度了，他找来一些勘测工具，在这里四处寻找，终于找到一个坡度完全符合需要的斜坡，然后雇了几个人，架起混凝土枕来支撑那个罐子。可是它个头太大了，没法用卡车运上山来，于是我很不幸地在港口给他找了一个我认识的焊工，他叫焊工把罐子切割成几段，用他的皮卡一段一段地运上来，然后重新焊接成型。整件事如此荒诞，我简直……”他顿了一下，样子极为严肃。“我想我多少有点责任，虽然我试图劝阻他。即便如此……”他又停顿了一下，表情有些迷茫。“我不知道，也许我同时也鼓励了他，因为我很高兴有人对这个国家的未来充满热情。我只是——我不知道，我想我应该更严肃地对待这件事。我是说，这样做的风险。”

“他在这件事上花了多长时间了？”

“至少八个月了，也许一年。这太疯狂了——这里和港口之间什么都没有，哪怕你需要的只是一根钉子，为了一个最不起眼的东西，他和妻子也只能山上山下来回跑。”

“可是你在担心什么呢？整件事看起来并没有什么害处啊。”莱文说。

“他准备点火了。”

“然后呢？”

“那个罐子会充满蒸汽。他在罐子顶端安了一个减压阀，可是老天，我不知道型号对不对；那只是他在港口捡来的一个玩意。这类阀门有不同的承压能力，我对它们一无所知，他也一样。”他神经质地尖声笑笑，“蒸汽压力将会达到每平方英寸一百七十磅左右，而他的全部设备要么是旧的，要么是临时拼凑的。对于那些经过重新焊接，焊点连着焊点，而且被胡乱摆弄过的设备来说，这个压力是很大的。天晓得，弄不好他会把这座山的山顶炸平，把这片森林化为火海，让自己葬身其中。”

“他准备什么时候点火？”

“今天。”

“你最好偷走他的火柴，然后带着我赶快离开这里。”两个人哈哈大笑起来，“你打算怎么办？”

“当然还是尽量劝他放弃。他需要听取一些工程方面的专业意见。”

“按说他应该早就这么做了。”

突然，莱文用眼角的余光看到，一张脸正从他那边的车窗往里张望，但他刚转过头去那张脸就不见了。那好像是一个孩子的脸。

“那是卡蒂。”文森特说着，起身离开了驾驶座。他们朝房子走去时，他继续说：“还有一个理查德，我想他是七岁吧，她大概是九岁。听着，”他停下脚步，面对着莱文，“我希望你能问问他孩子们在哪里上学。因为我觉得他们来这里这么久都没上过学，他们只是和当地的孩子一起到处乱跑。他不听我的，认为我是那种过于保守的老黑。你能问问他吗？”

一个女人出现在狭窄的门廊上，一只手臂上吊着白色的绷带。“文森特！太好了！”她小心翼翼地低头看一眼破损的台阶，匆匆穿过杂草向他们走来，伸出那只没有受伤的手，就像午餐会上优雅的女主人一样。德妮丝四十多岁，身材娇小，活泼可爱。她热切的眼神中闪动着狂乱不安，金色的秀发缠绕打结，莱文想，这大概是她没法用一只手洗头的缘故。她始终面带微笑，但“请求救援”就像一个点亮的灯牌悬在她的头上。

“出什么事了？”文森特指着绷带问道。

“哦，文森特，”她抓住他的上臂，不仅是为了获得身体上的支撑，她的脸上露出憔悴之色，“我正在卸一个五十五加仑的汽油桶，它滑倒了，砸到了我。我现在好多了，但当时简直糟透了，卡车发动不起来，孩子们不知跑到哪儿去了，道格拉斯去了罐子那边。我只能用另一只手托着它走……”

莱文看得出来，文森特显然是她的救星，是她摆脱目前这种迫使一位明显属于上流社会的女性与五十五加仑的汽油桶角力的不堪处境的唯一希望。在她的骨头被砸断之前，她一定觉得这一切都是梦境。“来，快进来，他会很高兴见到你的。”他们进屋时，莱文才被介绍给她认识，但她几乎没有看他，她的注意力全都集中在文森特身上。

他们进入的房间有一股潮湿的味道。一面墙上有一个用圆石砌成的巨大壁炉，壁炉架上立着四五本破旧的书。房间里没有桌椅，只零散地放着几个木箱，其中一个木箱上放着饭后尚未收拾的餐具。靠墙立着一架落满灰尘的有金丝花边装饰的风琴，一个汗流浃背的男人坐在箱子上，他穿着工作靴、破牛仔裤和T恤衫，戴着油渍斑斑的洋基队棒球帽，舌头伸在嘴唇中间，正在研究摊在腿上和地面上的图纸。他那副小巧的金丝眼镜的一个镜片裂了，变形的镜框少了一条眼镜腿，取而代之的是一根绕在耳朵上的白色细绳。长了几天的胡须被剃得斑斑驳驳，好像心不在焉似的，留下了花白的胡茬。尽管天气晴朗，房间里还是一片昏暗；宽阔的屋檐下，从高高地嵌在墙上的窗户中透进来的似乎是阴影而不是光亮。

“文森特来了，亲爱的！”他们一进门，女人便尖声喊道。

道格拉斯花了足足半分钟才从全神贯注的状态中反应过来。他一跃而起，抱住文森特，手里还抓着图纸，他看也没看莱文就匆匆和他握了握手。他那沾满油污的手像砂纸一样粗糙。道格拉斯身材高大，礼貌性地躬着身子，他一开口，莱文就听出了他常春藤名校的出身。

“你这家伙跑哪儿去了，我等了你一个星期！”纱门外面闪过两白一黑三个小孩的身影，像小鹿一样一晃就不见了。

“出发前要不要喝杯茶？”他的手臂仍然搭在文森特的肩头，这种同志般的亲切姿态似乎让文森特有些退缩。“咱们还有茶吧，是不是，亲爱的？”他环顾四周寻找他的妻子，但她已经不见了，他朝屋后喊道，“亲爱的，有茶吗？”

见没有回音，文森特建议道：“要不我们先坐下待一会儿，道格[①]？”

“当然，好的，对不起。”道格拉斯跳了起来，拉过另一个箱子，他的步态摇摇晃晃，像熊一样。这时，文森特意识到道格拉斯并未真正注意到莱文的存在，便再次为他做了介绍；道格拉斯惊讶地转头看着莱文，仿佛他是从天花板上掉下来的一样。“嗨！很高兴见到你。抱歉这里条件简陋。”他笑了笑，转回头去，文森特此时已经面对着他坐下。他的妻子再次出现，坐在一个箱子上，用那只好手护住手臂上打的石膏。她把头发梳理了一下，换上了干净的牛仔裤和一件勾勒出胸部曲线的桃红色短上衣，她让自己的外表焕然一新的努力打动了莱文。从她高度紧张的情绪中，他感觉到一场斗争即将迎来高潮，而她已下定决心争取让文森特站在自己一边。

但道格拉斯似乎浑然不觉。“我从上周末就准备好了。”他虽然面带微笑，语气中却有一丝埋怨的意味。“出什么事了？你去哪儿了？”

文森特沉吟了一两秒钟，说：“我一直很忙。但我真的要提醒你，道格，我从来没有自命为……我是说，我觉得我对这件事并没有什么特别的责任。”

“那是当然，我从来没那么想过。但我确实认为你对这件事有兴趣。”

“我是有兴趣，但我不妨坦率地告诉你，道格，我对整个生产过程真的没有信心。至少就我的理解而言。我上次来的时候跟你说过，我已经四处打听过，关于我们这里的树的品种——”

“我知道。”道格拉斯打断了他的话。

“欧洲赤松才是正确的品种——”

---

① Doug，道格拉斯（Douglass）的昵称。

“嗯，那是最好的品种，没错，但这些松树也有很多松脂。”

“道格，请你听我说。”文森特提高了嗓音，莱文第一次惊讶地发现他的声音如此坚定有力。道格拉斯安静下来，但显然并不情愿。“熔解器里的流通蒸汽的温度显然需要达到一百摄氏度左右——”

“八十五到一百。”

“那显然取决于松脂的质量，而你这里的松脂质量很差。道格，我想说的是，你的罐子是重新焊接的，而且我注意到上面有些锈迹——”

“那完全是表面现象。”

“可是你有多大的把握？压力可能会达到一百五十磅每平方英寸，温度可能会达到一百七十度。道格，我想告诉你的是——”

“这东西绝对安全！”道格拉斯站了起来，“你的信息是从哪里得来的？”

“我和班兹指挥官谈过。”

“那个巡洋舰指挥官？他哪里会懂什么松节油？”

“他来自亚拉巴马州。他们那里出产很多松节油，他的家庭也从事——”

“老天啊！”道格拉斯仰望上苍，上天却对他的呼声充耳不闻，“一个海军大谈特谈松节油！”他像个受挫的孩子，顿着脚走来走去，用帽子拍打着大腿。“我当过指挥官，文森特，你知道的。在一艘该死的铁皮驱逐舰上待了十六个月，我在这里告诉你，那些海军对松节油懂个屁。他想的是他那该死的锅炉，那完全是另一码事。”

莱文好不容易才保持住脸上严肃的表情。不过，在道格拉斯的痛苦中，他感受到了某种真诚，这是一种他从未见过的真实的呐喊，至少在一个有教养的人身上没有见过。他突然意识到，无论是他还是他认识的任何人，都从未如此在乎过，从未在乎得如此坦诚。但这一切都是为了松节油吗？莱文不相信金钱是这背后的原因——松节油太便宜了，他想。那么又是为了什么呢？

“亲爱的，你至少要听听文森特怎么说。”德妮丝说。

“好吧，你有什么建议吗？”道格拉斯问。

文森特停顿了一下，然后说：“道格，我对你在这里所做的一切努力深感敬佩——”

“看在上帝的分上，文斯[1]，人们会在这里找到工作，他们终于可以获得自尊，这里会有人工作，防止这些盗窃行为。这个国家危在旦夕了，文森特！”

他的眼里充满了痛苦，这让莱文很反感，但他立刻为自己的麻木不仁而自责。当那两人和德妮丝同意开车去蒸馏器那里看一下情况时，一种莫名的厌恶在他的心头挥之不去。莱文感到难以置信的是，尽管存在着种种不确定性，道格拉斯显然仍决心启动生产。

文森特和莱文坐上那辆奥斯汀，道格拉斯和德妮丝开着皮卡跟在后面。文森特的脾气上来了，他不停地加速向前冲，然后踩下刹车。“这真的不关我的事，你知道。”不知为什么，他向莱文表示歉意，而莱文自己也感觉到了某种难以名状的责任，至于为什么，为了什么，他自己也说不清楚。

“他收集了一堆垃圾。都是垃圾！如果他要点火，我肯定不会待在附近。”

“他们的孩子怎么办呢？”

“我不知道。我真的不知道。”

莱文看到一些树干上挂着钢杯，文森特解释说，它们是用来接从上面的切口流出来的松脂的。这里的空气几近寒冷，像北欧一样。奇怪的是，山下几英里外就是温暖的海洋。“当然，这些松树的品种不对。但别问我为什么。这不是我的专业。”

---

① Vince，文森特（Vincent）的昵称。

“他是怎么了？”莱文问，“为了虚荣？我是说他不可能指望靠这个赚大钱吧，还是说有可能？”

“如果他有很多蒸馏器的话，有可能，但他只有这一个。可我不确定这是不是虚荣心作祟。他确实爱这个国家，不过我觉得他妻子可能快要受够了。”

“我忘了问他孩子上学的事了。”

“没关系，我知道他会怎么回答。他会指着壁炉架上的那些书：一本二五年还是什么时候出版的世界历史，一本一〇年左右的化学课本，一本吉卜林短篇小说集，还有一本我想不起来了……噢，对了，是世界地图册。地图上印度的颜色还是英国的粉红色。”

“她呢？她不担心吗？”

“你看见他有多固执了。”他停顿了片刻，“你看，他恋爱了。”

“恋爱？”

“我不知道该怎么说。也许他爱上了这个想法……”他努力搜寻着合适的字眼，随后又放弃了。“要知道，战争期间他在这个地区追踪德国潜艇，然后就爱上了这里。爱上了这里的阳光和美丽的大海。当然，那是在游客和所谓的技术文明到来之前。他曾对我说，当时的港口里还行驶着马车，海滩就像处女一样纯洁。到处都很穷，但还没有遭到破坏。于是他梦想着住在这里，并想出了在船上放电影的主意。我有时想，也许这一切其实很简单——他只是想开创一番事业。我想我们都是这样，但对有些人来说，这是绝对必要的。成为发起者，成为发明者和首创者。我这么说是因为他在纽约有一份很好的工作，在格林威治有一所房子，还有很多钱。但他并没有开创什么。我猜，从某种意义上说，他寻求的是一场奋斗。”他笑着摇摇头，“如果那就是你想要的，这里是个好地方。”

“你认为他想做好事？”

“哦，是的，当然，但我现在觉得这也许不是最主要的。”

“他想自我塑造，创造一些东西。”

“我想是的。”

莱文凝视着前方的土路，那些坑洞和巨石。他没有孩子，而且已经开始相信他的精子数量低是一种幸运。他只是不适合做父亲，何况他现在已年近四十。没有孩子的好处之一是，他有足够的时间弹钢琴，阿黛尔也是。他并不感到遗憾。她会同意他的看法吗？他在狭小的汽车里颠簸着，膝盖顶在仪表板上，他想知道阿黛尔是否真的像她表现出来的那样，满足于没有孩子的生活。他想到了那些痛苦的暗示和举动，想到他曾注意到她望着朋友幼子的摇篮时眼中噙着的泪水。回忆起这些，他的内心隐隐作痛。他在海地做什么，在这个他一无所知的对他毫无意义的地方做什么？他感到孤寂，感到自己被抛弃了，他突然想知道阿黛尔是否爱他，甚至想知道她今天迅速决定留在城里是否另有目的。这想法太荒谬了，她决不会背叛他。但他忍不住这样想。这个想法瞬间绽放开来：她一直等到最后一刻，他已经来不及取消这趟行程，只能让她一个人自由地进入那个不可知的城市，一个白人妇女独自一人……

他们在公路上走了不到半英里，文森特又拐上了一条小路，一片空地赫然出现在眼前：一个黑色的罐子像一头休憩的巨兽斜靠在山边，通过一堆错杂的管道与放置在它旁边和上面不同高度的几个较小的罐子相连。旁边堆着足有两人高的一大堆松木，一台水泥搅拌机、一些木桶和钢桶，空地上几条狗正在睡觉，六七个男人有的在喝水，有的在一起说笑，有的在发呆。

德妮丝走近时，莱文下了车。文森特和道格拉斯朝那些罐子走去，道格拉斯一边走一边解释着什么。德妮丝颇为神秘地悄声说：“我们有一架风琴，你知道吗？”

“是的，我注意到了。”

“也许你能为我们弹一首曲子。”

“哦，那么……”她怎么知道他会弹琴？没有答案的问题让他感到疲惫。他甚至不确定自己是否告诉过文森特他和阿黛尔会弹琴。这时，文森特的声音将他的注意力转向了罐子那边。

“你必须听我说，道格拉斯！”文森特大声喊道。道格拉斯仰头顿足，痛苦地扭动着身体，试图打断他的朋友。“我知道这对你意味着什么，道格拉斯，但这完全是一个错误，没有经过专业的检查，你不能启动生产。”

“你——”

“不行！”文森特喊道，语气中带着恳求，“我无能为力，我已经告诉你一百遍了，我不会负这个责任——”

“但压力并没有——”

“我不知道，你也不知道！我请你等一等！看在上帝的分上，再等一等，直到你能找到一个——”

“我等不了了。”道格拉斯平静地说。

莱文永远记得，就在这一瞬间，当道格拉斯停止喊叫，安静下来的时候，远处的一把链锯也安静了下来。仿佛整个世界都在倾听。

“你为什么不能等了？”文森特问，好奇心压倒了他的愤怒。

“我病了。”道格拉斯说。

“这是什么意思？”

“我得了癌症。”

文森特本能地伸出手握住朋友的手腕。工人们此时都站在听不到他们对话的地方，等待道格拉斯的命令。“在我走以前，我必须看到它投入运行。”道格拉斯说。

“是的。”文森特同意道。德妮丝走到丈夫身边，紧紧地挽住他的胳膊。莱文看到了他们的鹣鲽情深，她如此不适合这种生活，甚至牺牲了子女的教育，只为让道格拉斯实现他必须实现的梦想。“我今天下午回港口。让我打几个电话。”文森特说，“如果需要的话，我相信我能从我们的迈阿密办事处找到帮手。那里肯定有人知道应该找谁过来，给咱们提供专家意见。”“咱们”二字似乎软化了道格拉斯坚定的防御姿态；他们终于要在这件事上一起合作，至少在某种程度上认可了他的梦想，使它得以成真。道格拉斯搂住文森特的脖子，把他拉到身边；德妮丝探过身去，亲吻文森特的脸颊。文森特脸上流露出的欣慰之情让莱文大吃一惊，他庆幸两个朋友之间没有爆发什么可怕的冲突，但与文森特不同，他并没有完全被大家突然迸发的充满希望的情绪所感染。毕竟，关于那些罐子和生产流程的问题一个都没有得到解决，不祥的气氛依然笼罩着这个项目。除了他们三人共同沉浸在相互和解的热烈气氛中之外，什么都没有改变。

几个人回到平房，文森特倒车拐上小路时，道格拉斯和德妮丝站在一旁向他们挥手道别。他们非常快乐，莱文想，心平气和，而就在几小时前，这里还是一副剑拔弩张的局面。汽车在坑洞和巨石间穿行。莱文想知道自己究竟错过了什么，它可以解释为什么一切都发生了变化，尤其是文森特。他所能想到的只有一个显而易见的事实——无论多么不经意，通过主动提出从国外引进专家意见，文森特最终还是接受了这个项目，即使不是负起责任，至少也是参与其中。从这个意义上说，他已经认同了道格拉斯的梦想。

“你会给迈阿密打电话吗？”莱文问，声音中难掩讥诮。

文森特瞥了他一眼。“当然。为什么这么问？”他似乎被莱文的语气冒犯了。

“只是……”莱文没有说下去。整件事在他的头脑中乱作一团，抓不到一点头绪。“我不知道，你好像突然相信这件事可行了。我一直以为你完全不相信。”

“我想我并没说过我不相信，不过我现在也不知道我到底信还是不信。我只是很高兴他表示愿意推迟点火。”

“我明白了。”莱文说。

他们陷入了沉默。换句话说，莱文推断，为了和睦相处，文森特假装相信这套流程的可行性，而道格拉斯同样也在假装，除了他之外，还有一个人也在分担可能发生的灾难性结局的责任。他们两个创造了一种共同信念的幻象。莱文感到心中升起了某种快感，一种豁然开朗的快感，他的思绪照例又转向了普鲁斯特。但现在他对这位伟大的作家有了不同的看法；他对自己说，普鲁斯特也是一个伪装者。他假装细致入微地描述城镇、街道、气味和人物，但归根结底他所描述的只是他的幻想。

他们在山上逗留的时间比莱文以为的要久。他们在路边吃了文森特带来的三明治，作为迟到的午餐，当他们到达森林的下缘时，天已经黑了。莱文接过方向盘，换下了文森特，莱文一边聊天，一边费力地辨认着蜿蜒倾斜的山路。他发现前灯对黑暗的穿透力越来越弱，直到突然熄灭，引擎也熄火了。他让车滑行到路边，踢了踢地板上的启动按钮，但没有任何效果。“电池没电了。”他说。文森特在贮物箱里找到一个手电筒，他们下车，打开引擎盖。莱文扭动了一下电池线，再次尝试启动，依然毫无反应。两个人站在一片漆黑中，四周寂静无声。

“现在怎么办？”莱文问，“你觉得附近有人吗？”

“他们正在看着我们。”

“在哪儿？”莱文转身朝向路边。

“无处不在。”

“为什么？”

“等着看会发生什么。”文森特得意地笑了。

“你是说他们真的坐在外面的黑暗中？”

“是的。”文森特坐在前保险杠上，身体前倾。

莱文朝漆黑的路边竖起耳朵。“听不到他们的声音。”

“你听不到的。”文森特咯咯地笑了。

“你说他们是什么心情？”

“好奇。”

莱文坐在文森特旁边的保险杠上。他能听到朋友的呼吸声，但在没有任何夜光的情况下，他几乎无法确定他的头在哪里。就连天上也没有一丝光亮。黑暗中会有人在看着吗？他们在想什么？他们会决定抢劫我们吗？抑或我们就像两个表演者，他想，他们喜欢在丛林剧场里观看我们的表演？

“能不能让车顺着山坡向下滑行？我们也许能找到一个村庄，你觉得呢？”

“嘘。”

莱文侧耳倾听，很快就听到远处传来的马达声。两个人站起身，朝声音的方向望去，朝他们来时的山顶望去。车灯在远处的山上移动，不一会儿，一辆卡车从夜幕中驶来，这是一辆敞篷的平板车，后面的车厢里站满了人。文森特和莱文挥手示意卡车停下，文森特用克里奥尔语向司机解释说，他们的电池没电了。司机打开车门跳了下来。他很年轻，身材修长，英语说得出人意料地好。“我想我这儿可能有能帮上你们的东西。”他边说边走到卡车后面，放下后挡板，大声叫乘客们跳下来。他们毫无怨言地从卡车上一拥而下。他们觉得这很有意思。司机跳上车厢，从一堆轮廓模糊的杂物上用力扯下一块防水油布，他全程都在说英语，无疑是为了给两个白人留下好印象。“我相信在这儿可能有……哈！”他雀跃着从车上跳下来，将一个汽车蓄电池递给莱文，他的乘客和他一起爆发出胜利的笑声。他匆匆绕到卡车的驾驶室，从座位下面拿出几把扳手，然后来到小车跟前，卸下旧的电池，把新电池放进去，接好电线。莱文钻进汽车，转动钥匙，引擎尖叫着发动起来，前灯也亮了。他从车上下来，同司机和高兴的文森特一起站在那里开怀大笑。

“让我们付钱给你，”他用法语说，“请收下，可以吗……”他在奥斯汀令人欣慰的明亮光束前掏出钱包。

“不——不。”司机伸出手掌推辞道。然后他对文森特说起了克里奥尔语，文森特为莱文作了翻译。

“他说我们只要在这几天把电池还给他就行。”

“他的地址是什么？”莱文问。司机此时已经爬上了他的卡车。

“他只说把电池送到码头，找约瑟夫。他说每个人都认识他。”

“送到哪个码头？”

“我不知道。”文森特说，他们回到车上，向山下开去。

莱文驾驶着汽车，对他们的获救和司机的信任与慷慨感到惊奇。更令人费解的是，那些旁观者没有表现出丝毫的惊讶。在漆黑的公路上突然出现这些白人，从防水油布下冒出这个电池，这一切难道只是他们充满奇幻色彩的生活中的另一个场景？这块电池的大小怎么会刚好适合这辆奥斯汀车？而且还充了电？

“你认为他们是怎么看待这一切的？”莱文问。

“对于刚才发生的事情？”

“是的。我们突然出现在那里，而他刚好有电池什么的。”

文森特笑着说：“天晓得。也许他们认为这都是命中注定的，就像其他所有事一样。”

“他们不会觉得奇怪吗？他连钱都没要，而且相信我们会把电池还给他。”

“我想他们不会觉得很奇怪。因为从某种意义上说，所有事都很奇怪。我想，这不过是又多了一件而已。他们经历的大多数事情都不好解释。他们的生活就像一股洪流……一股时间的洪流，我想。”他沉默了，除了指示莱文在街道上哪里转弯之外，不再出声。城市在黑暗中沉睡，只偶尔有一间小店还醒着，说是小店，其实不过是一个面向街道的柜台，人们坐在橘黄色的灯光下喝着汽水，孩子们在黑暗的边缘玩耍，一头拴着的驴子在垃圾堆里大嚼着什么。

Ⅲ

三十年过去了。确切地说是三十三年，因为马克·莱文在时间问题上力求准确，“最后的一批库存”，他这样称呼正在流逝的时日。他开始痴迷于时间，他告诉自己，这未必是件好事。年过七旬的他正在把郁金香球茎投进他在自家门前的小花园里挖的洞里，就像很久以前每年秋天阿黛尔都让他做的那样，不过这一次，他思忖着他是否还能看到它们开花。现在的一切，就像在一些梦里一样，要花很长时间才能完成。他能听到不远处翻腾的海浪声，对大海的存在有些空茫的感激。网兜空了，他在种下的球茎上盖上薄薄的一层砂土，用脚踩实，将挖掘工具拿到车库，然后穿过地下室，上楼来到厨房。未曾翻动过的《纽约时报》平整地放在厨房桌子上，上面的新闻已经过时，他不知道自己这一生读过多少吨《纽约时报》，也不知道这是否真的有任何意义。周边城镇放映的为数不多的几部好电影他都看过了，对电视他不感兴趣。他已经两个多月没有碰过钢琴了，它在阴郁的沉默中向他发出抗议。外面的沙质街道上，光线很快就暗了下来。除了面对和抵御自怜自哀的情绪之外，他要如何度过即将到来的漫漫长夜呢？

在阿黛尔去世后的六年间，他弹琴的次数越来越少，他逐渐意识到，至少在一定程度上，他是为了得到她的赞许而演奏的，因此它现在已经失去了一部分意义。无论如何，他终于对自己承认，他永远也无法达到他曾经梦想达到的水平，他一个人肯定不行。他坐在厨房的流理台旁。他的身体很健康，无病无痛，但那训练有素的内在的眼光仍在监督着他的心脏跳动和胃的位置。他对自己说，摆在他面前的问题是，要不要起来，为什么起来，以及到哪里去：客厅，卧室，客房，或者到空荡荡的街道上散散步。他是自由的。但事实证明，没有约束的自由是另一回事。在这种静滞的状态中，他的思绪通常会转向那些逝者，他的那一小圈朋友，最后的一个最近也先他而去，这让他有些自豪地想，为什么他如此受上帝的垂爱。但最重要的问题总是无解的。

给玛丽打电话？和那个可爱的人来一场情人般的对话？可是拨打她的号码不会让情况发生任何改变，他的年龄仍然是她的两倍多，他仍然并永远只是她的普通朋友。成为自己所爱之人的朋友是多么愚蠢，多么可怕。“如果我和你谈恋爱，”她曾说过，“我和其他人就会隔绝开了。”是的，和那些与她同辈的人。又是这样。但他内心深处那个自私的混蛋咆哮了一通才满意地沉默下来。最好不要给她打电话，而是去做些自己能做到的事。在他跪地屈服之前，他都是自由的。

他的思绪像一只盘旋的鸟儿，照例又落在了阿黛尔身上，就这样一次又一次地回顾着他从奥斯汀车上看到的那幅久远但依然迷人的画面，她戴着黑色宽檐草帽站在古斯塔夫森酒店前，早晨低悬的太阳将她托起在淡黄色的阳光中，并将她永远定格在那里。她当时看起来是多么美丽啊！他多么希望能向她表达更多的爱意！但或许他已经表达过了，谁知道呢？他站起身来，穿上挂在门边的一件薄外套，走到街上，秋日的凉意令他振奋。

太阳就要落山了。他迈着比过去小的步子沿着街道走到海边，站在沙滩上看着太阳滑向地平线。他僵硬地弯腰坐在凉丝丝的沙子上。轻柔的海浪中偶尔翻起一波大浪。十月即将来临，海滩上空荡荡的，他身后的大多数房子也是如此。他想到了山上松林里的道格拉斯。他现在可能已经不在了。就像可怜的文森特，在他们短暂相识的第二年，当地的医生给他打错了针，他就此撒手人寰。

他想知道，除了他之外，还有谁记得文森特吗？（这些回忆历历在目，怎么会已经过去了三十三年？）凝望着海浪，莱文现在想起来，同样已经过世的吉米·P. 有一次提到过，那个松节油蒸馏器始终未曾点火。莱文思忖着，这是出于担忧还是出于商业上的考虑？会不会是吉米搞错了？但那些最重要的问题总是没有答案的。

他痛恨他的孤独，孤独就像一个气味难闻的壁橱，一条湿答答的毛巾，一双不跟脚的鞋子。那为什么不向那个姑娘求婚，让她成为他的继承人？但钱对她毫无意义，他所能许诺的生活又缺少活力。可是行将在他面前展开的这一连串望不到头的空虚寂寥的日子让他无法忍受。为什么不去一趟海地呢？去看看那里变成了什么样。这个想法虽然看似荒唐，却令他精神一振，驱散了心中的倦意。可是他去找谁呢？帕特夫人肯定已经不在了，她的女儿可能也去世了。也许世上只有他一个人心里还记得这些人的模样，这种感觉太奇特了。要不是他一直将他们鲜活地保存在他颅骨下方的那团软组织里，他们或许就不存在了。在他们所有人中，莱文对道格拉斯的记忆最为生动，特别是他那顶洋基队棒球帽和那低沉的声音；他仍然能听到他的呼喊："这个国家危在旦夕了，文森特！"他是那样痛苦！他一定渴望着……什么呢？他究竟想干什么？

望着灰蒙蒙的大海和渐渐暗下来的天空，莱文突然明白了，对道格拉斯来说，那个松节油蒸馏器一定是件艺术品。道格拉斯牺牲了自己，牺牲了事业，牺牲了他的妻子和孩子，只为创造出心中的美好愿景。他不像我，莱文对自己说，不像大多数人，他们永远无法截获那道能够激发他们对新事物的想象的无形的光束。所以真正有意义的是创造，他想，创造那些尚不存在的事物。"这是我永远做不到的。"他大声说，他感到身上冷了起来，激动地踏着沙滩向他的房子走去。

他在客厅中央静静地站了一会儿，突然想到一个问题，那个男孩——他叫什么来着？就是那个谁的儿子——她叫什么来着？对了，莉莉·奥德怀尔。彼得！对，他叫彼得。他还在当地吗？他现在应该只有四十几岁。记忆中第一次，莱文感到活力再次涌入他的体内。活在世上，笔直地站立在大地上，自由思考，驰骋想象，这种感觉多么美妙！他双手一拍，很快在电话下面的抽屉里找到阿黛尔的旧通讯簿，并查到了旅行社的电话号码。肯德尔旅行社。肯德尔夫人，是的。一位非常乐于助人的女士。

“肯德尔旅行社，有什么可以为您效劳吗？”

她还健在！他认出了她的声音。想到这次去海地只有他孤身一人，一阵自怜将他吞没。随即又是一阵丧妻之痛。在飞机上，他问自己为什么要这样做，为什么要去一个据说已经陷入深渊的国家？他想知道背后的原因是什么？难道仅仅因为他是一个需要找点事做的无所事事的老人？

彼得·奥德怀尔还记得他，这让莱文吃了一惊，尽管他刚一走进码头上那间杂乱的小办公室就认出了对方。两扇预制的金属窗俯瞰着港口，那里有几艘半沉的废弃船只和一艘甲板上毫无生机的生锈的货轮。十几个黑人工人正在瓦楞钢板仓库里组装和打包椅子，莱文就是从那儿过来的。

彼得仍然是莱文记忆中那个皮肤黝黑、打着赤脚、在他们第一次见面的晚上嘴里塞满樱桃的男孩，只是现在长大了，几乎和他一样高，身材魁梧。他的脸上有一种近乎刻薄的神情，或许那只是强硬，很难说，但他有一双不同寻常的水灰色眼睛，像魏玛猎犬一样。

“我们生产椅子用来出口，酒椰编织的椅子，”彼得回答着莱文的问题，“您怎么会来海地的？怎么知道来找我？”

“古斯塔夫森酒店的经理告诉我的。”

“哦，菲尔。我能为您做点什么呢？”他的眼神里有种受到惩罚的意味。

“我不会耽误你的时间——”

“我记得那天晚上您和您妻子弹了一首二重奏。”

“我不记得了。”

“那是第一次有人在那架钢琴上弹奏出像样的音乐。”

“我好多年没想过这些事了。不过，既然你现在提到了，我想那是一首舒伯特的作品。”

“我不懂这种音乐，但那首曲子真的美极了。”彼得的当面赞美让莱文感到惊喜，并让他重新振作起来。“您现在还弹琴吗？”

“不，不那么上心了。一方面是因为我妻子去世了。”

“哦，很遗憾。那么，我能为您做点什么呢？”他重复了一遍，这次多了一分坚持。

“我想知道山上松林里的那个松节油蒸馏器怎么样了。”

“什么？”

“道格拉斯在山上组装的那个蒸馏装置。他是文森特的好朋友。”

“文森特死了，您知道吗？”

“我听说了。你不认识道格拉斯？”

彼得摇摇头。

莱文感到进退两难；他原以为在这个白人寥寥无几的小地方，他们对彼此的事情全都了如指掌。他有些慌张，看着彼得坦诚而茫然的表情，一个疑问掠过他的心头，道格拉斯这个人是否真的存在过。

莱文笑了笑，轻描淡写地谈到道格拉斯：“他是个怪人。他和家人一起住在山上森林里的一间破平房里。”

彼得摇摇头。“从来没听说过他。我母亲认识他吗？”

“我想不认识，但我相信她知道他的事。她……”

“她去世了。外婆也是。”

“真是遗憾。”

“您找他有事吗？”彼得的兴趣至少被提起来了，但面对如此直白的问题，莱文有些不知所措。他找道格拉斯干什么？“我想……嗯，我很好奇他是否启动过那套装置。因为文森特非常担心它会爆炸。”莱文觉得这个解释听起来很可笑。他现在到这里来难道就是为了一场三十年前的爆炸？为了让事情听起来真实可信，他试着站在务实的角度。“他打算利用那些松树的树脂。他认为松节油在这里有很大的市场。”

令他惊讶的是，彼得的表情变成了同情和好奇。“从那些松树上，真的吗？”显然有什么东西吸引了他的想象力。

莱文松了一口气，他没有被当成疯子，他进一步谈到现实的问题。“据文森特说，这不是最好的松脂，不过已经足够好了。但那整套设备都是七拼八凑起来的，而它需要承受的压力非常高。我一直在想它是不是爆炸了。”

“这就是您来这里的原因？”彼得问，语气中的好奇多于批评，这给了莱文一种感觉，也许他们有某种共同的需求、观点或感觉，虽然尚不明确。带着忏悔者的轻松心情，他笑着说：“我想找个办法回山上看看，虽然它可能已经不在那里了。但也许还在。”

“您打算怎么上去？”

“我不知道。我想我会租一辆车，如果还能租到的话。我知道这里现在很乱。”

“我可以送您上去。”

“真的吗？那太好了。我随时都可以出发。”

“明天怎么样？我得先把这边的事处理一下。”彼得站了起来。莱文站起身，感激地伸出手来，彼得用力地握了握他的手，这让他感觉自己仿佛从水里来到了陆地上。

路虎皮卡坐起来不大舒服，柴油发动机的声音听起来像一个轴承滚筒。彼得穿着棕黄色衬衫和白色帆布裤，脚下是一双穿旧了的厚实的工作靴，头上戴着印有德士古商标的棒球帽。他的衬衫袖子整齐地卷了起来，露出壮实黝黑的前臂，像马的脸颊一样紧实。前座后面放着一张大的单人床垫，上面盖着一条红色格子毯，前头放着两个枕头。古斯塔夫森酒店的经理在酒店门口和莱文闲聊时看到这辆车停下，咧嘴露出一个坏笑，说了些“那张床垫上住过很多人”之类的话。彼得相貌英俊，脸庞端正黝黑。他的态度似乎有些热切，不像昨天见面时那样戒备。在他们驶离城市，向山上的松林进发时，他听起来很高兴，好像很欢迎这次郊游。“我长大后就没来过这里。”他说。

“有另一条上山的路吗？”

“没有。怎么了？”

“这条路好像和我记忆中的不一样。这里过去不是森林吗？”

“也许吧。”

上坡时，彼得从四挡换到了三挡，在有些地方还不得不降到二挡。道路两旁，裸露的土壤化为尘沙，一直延伸到远方。莱文的记忆中仍然保留着森林的画面。他们面前是一片米白色的基岩，路面在这里消失了。

“离山顶还有多远？”

“至少一小时，走这种路也许要更久。”

“文森特说他们在盗伐森林。”

“是的，他们什么都偷。”彼得说。

“我简直不敢相信。”莱文挥手指着山上被毁的风景。

彼得只是点点头。看不出他在想什么。他把车刹住，打量了一下横在路上的一条几英尺深的冲沟，然后把车开进去，再爬出来，皮卡结实的车架发出吱嘎的呻吟声。

“天哪，我记得这里是一条好路。”

“水土流失。树都没了，最近的几场飓风把所有东西都摧毁了。”

“看来永远也找不回来了。”

彼得微微点了点头。

“就像他们吃掉这个国家，然后把它拉了出来。”

彼得瞥了他一眼，莱文后悔自己不该发火，但这里的一切如此残破，让人不由得义愤填膺。

事实上，莱文的愤慨让彼得想起了他从小认识的那些人。他的父亲、外婆和母亲也曾发出过这样的声音，好像有什么事需要去做一样。这个想法让他隐隐觉得有趣，就像旧时的爵士乐。他喜欢它的节奏，但那些歌词全都显得傻气和过时了。

这里的基岩是倾斜的。彼得不得不抓牢车门把手，以免摔倒在紧紧抓住仪表板的莱文身上。莱文不记得有这样的地方。这时，他们看见右边有人，地上好像还摆着一些桌子。彼得开车穿过岩石密布的荒地，把车停下。在那些桌子后面聚集着一些棚屋，这是一个小村落。眼前的一幕对彼得和他自己而言都是新奇的，莱文想。

那些人大多是衣衫褴褛的妇女，每个人守在自己的桌子旁边，桌上摆放着各自的商品，在这个见不到任何买家的地方显得很不协调。彼得和莱文走在桌子中间，向那些几乎不理会他们问候的妇女点头致意。桌上摆放的有旧梳子、不配套的餐具、刀子、勺子和叉子——有的已经生锈了，在一张桌子上放着饱经日晒雨淋已经变得不透明的旧汽水瓶、瓶盖、铅笔、铅笔头和破旧的鞋子。到处是饥肠辘辘的孩子，有的还不到一岁，嘴里满是尘土。彼得拿起一把刻有模糊字迹的小勺子，付了钱。最后他们停下脚步，环顾四周。人们假装没在看着他们。

“她们为什么要这么做，顾客从哪里来？”

彼得耸耸肩，似乎对这个问题感到不快，好像莱文是在坟墓边大声喧哗一样。他们回到车上。

一段几英尺长的被剪断的防护缆索标示着公路曾经的位置。

“是我弄错了吗？”莱文问，“这里原来都是森林，不是吗？”

“我不知道，也许吧。但一百年前，这座岛上百分之八十的面积都是森林，现在只有不到百分之三了。”过了一会儿，他说，“您说您见过这个叫道格拉斯的人？”

“是的，短暂地见过一面。我在这里只待了一天。”

“他想干什么？”

“很难说清。他几乎处在狂热之中。文森特认为他有些疯狂，但他想为这个国家和他自己做点事。创办一个小产业，创造一些就业机会，给人们一些尊严。我听他这么说过。”

“这就是您感兴趣的原因？”彼得的声音中没有讥诮的语调，没有嘲弄的意味。

“我不知道，”莱文说，“从某种意义上说，我想是的。”

“从哪种意义上？”

“我不知道该怎么说。我猜是他的信念打动了我。我认为，他在以他疯狂的方式爱着这个地方。”

彼得猛地转头看看莱文，然后回过头去看着前面的路。“他爱这里什么？”他问。这个问题似乎对他很重要。

“嗯，你这么问的话，”莱文笑着说，“我也不知道。”过了一会儿，他说：“你完全没听说过道格拉斯？”皮卡剧烈地左右摇晃着。

“没有。当时我整天到处乱跑，没怎么停下来听他们谈话。”片刻之后，他有些迟疑地问：“您大老远跑来就是为了这个？”

莱文有些尴尬。“嗯，我没有什么事可做。我的妻子去世了，我的朋友也差不多都不在了。我不知道为什么，但那个人总是出现在我的记忆中。我常常想起他。坦率地说，”他努力笑笑，“有时候那就像是我做的一场梦。现在，我来到这里，”他现在笑出来了，“却连一个见证人都没有了！”

彼得默默地开车，小心地从边上绕过那些大洞。路边开始出现幸存的小片松林，空气也变得凉爽起来。莱文继续说："老实跟你说，我真的不知道自己为什么来这儿。但是我觉得我非来不可。这个问题事关——"他又笑了，"我的神志是否正常。"

彼得看了他一眼。

"如果可能的话，我真的很想找到那个蒸馏器。我只想再看看它。"

"我明白，"彼得说，然后他补充了一句，"我也想看看它。"

卡车吱嘎作响地驶出一片洼地，来到上面，他们看到前方一百码处的荒地上停着另一辆路虎，周围坐着六七个人。彼得停车下去，莱文跟着他走到那辆车旁，那是一辆出租车，明显歪向右边。一个人躺在车底下——莱文推测，那是司机正在修车。围观的人是一个奇怪的组合：一个穿着红色短裙、黑色网眼袜和高跟鞋，戴着黄铜大耳环、头发高高盘起的郁郁不乐的年轻女人坐在铺在干地上的一张报纸上；在她旁边坐着一个大腹便便的矮个男人，腰上挎着一把手枪，不时注视着她，就像一只狗在守护一只绵羊；一个骨瘦如柴的女人坐在一块平整的石头上，手里抱着一个婴儿；一对年轻的农民站在一旁抽烟；一个年轻人坐在地上，头埋在膝盖中间。

彼得弯腰看向底盘下面时，没有人说话。他没有和这些人打招呼，没有留意他们。他用克里奥尔语和出租车司机交谈，司机停下工作，语气柔和地回答了彼得的问题。莱文听到身后传来哒哒的声响，回头看时，只见一个人骑着一匹前额有白斑的棕马穿过荒地朝他疾驰而来。这匹马个头不大，但体型优美，长着好像阿拉伯马的头和细长有力的腿，在它被骑马人勒停时，它的腿始终不肯安定下来，蹄子不停地哒哒敲打着松动的石头。一根粗如缆绳的绳子从马脖子上整齐地绕到马的下颌。骑马人披着一头细长的发辫，面带自信的笑容。"上帝保佑你们！"他兴高采烈地叫道，"想想世间的苦难，感谢上天赐予你们健康和愉快的心情！我向你们问好，兄弟姐妹们，带着世间所有的美好愿望！”

众人转过头去听他说话，但没有任何反应。彼得站起身，走到骑马人身边说：“他们遇到麻烦了。”

“是的，我看到了，”骑马人说，“但毋庸置疑，情况可能会更糟。”

“我想买这根绳子。”彼得指着缠绕在马脖子上的绳子。

“哦，抱歉，这可不行。我得拴住它，否则我一下来它就会跑掉。”

“我会付钱的，你可以另找一根绳子。”

“可是那时候我怎么下来呢？”

“你买绳子的时候可以找人帮你牵着它。”

“不，不。”

“我付你一美元买这根绳子。”

“不，不。”

“那就两美元。”

“买这根绳子？”他似乎在重新考虑。

“是的。”

“不，不。”骑马人说。那匹马转动着眼睛，突然跳起来转了一个圈，再次面对彼得。不知什么缘故，骑马人解开绳结，取下绳子，让它落在彼得手中。彼得回手去拿钱包，但骑马人奋力想要抓住缰绳，为了继续面对彼得和众人，不得不左右转动着身子，他举起一只手臂喊道：“记得上帝！”然后伏低身子在马上坐稳，马儿飞奔而去，马蹄把松动的石头踢下光秃秃的山坡，发出哗啦啦的响声。

莱文脑海中浮现出三十年前意外获赠的那块电池，不由得后背发凉。彼得蹲在车旁，指导司机把千斤顶放在车架下面合适的位置上。一个U形螺栓的断裂导致弹簧从车架的连杆上松开了。他的命令有些简单粗暴，缺乏耐心，有时还带点轻蔑。“不对！往左，左边，你分不出左右吗？把它固定住，然后压上去。很好，你现在出来。”司机从车下面扭动着退出来，彼得躺在地上，拿着绳子钻了进去。众人饶有兴趣地观看着，但都置身事外，不发表任何意见。彼得工作的时候，大家静静地等待着。很快，他从车下钻了出来，点头——不完全是感谢，而是无声的认可。接过那个带枪的人递过来给他擦手的一块蓝色印花大手帕，疲惫不堪瘦骨嶙峋的司机站在彼得面前向他行礼。

彼得说：“慢点儿开。它撑不了多久。开得很慢才行。”

众人鱼贯上车。莱文掸去彼得衬衫后面的泥土。带手枪的男人护送红裙女人上车，一只手在她腰间徘徊。那人不停地向彼得讨好地点头，彼得把手帕还给他，又指了指他腰上的左轮手枪。

“你在这里需要这个吗？”

“坏人开始从林子里出来了。”那人说。

“这里没有军队吗？宪兵队呢？”

那人仰起头，无声地笑笑，然后行了个礼，跟在他的女人后面上了那辆路虎。

彼得继续开车，一句话也不说，像是生气了。莱文觉得自己要为他被弄脏的衬衫负责，为这趟很可能毫无意义的出行负责，甚至要为他们不得不经过的这片荒地的丑陋负责。

“真奇怪，他把那根绳子免费送给你了。”他说，想让彼得高兴起来。然后他告诉彼得，三十年前，差不多就在同一个地方，一个人把电池借给了他们。

“那怎么了？”彼得问。

“我不知道，我只是觉得很不寻常。还是说他们通常都会这样帮助陌生人？”

彼得思索了片刻。“我不这样认为。不过反正我也不了解人们是怎么想的。我猜他只是想这么做吧。”

莱文突然想到，彼得停车下来修理那辆出租车时，并没有想过要让自己得到什么回报。他感到羞愧，然后又觉得自己愚蠢，因为他怎么都无法理解身边的这个人，就像他无法理解骑马人的馈赠，也无法理解多年前那位皮卡司机的慷慨。也许最令人困惑的是，彼得对他帮助的人没有丝毫的感情和热情。他对司机发号施令的语气甚至近乎轻蔑。那他为什么还要费事帮助他们呢？

道路两旁出现了稀稀落落的松树，其中夹杂着不少树桩。路又变回了黑色的柏油路。彼得瞥了莱文一眼，说：“我们应该离得不远了。您认出什么来了吗？”

“他们住在一条岔道上的平房里。我记得离经理办公室不远。那条岔道在右边，我想，但树都没了，很难认出来了。”

“我想再往前一点就是办公室了，也许我们可以去那里问问。”但莱文突然认出了右边一条土路旁边的一堆白色的石头。“就是这儿！”他喊道，彼得掉转车头拐进一条小路。前方一百码外就是那座平房。

莱文说：“我上次看到它还是三十三年前。”彼得把车停在门廊前面。纱门被撕开了，门敞开着，窗户也破了，整个地方看起来有些阴郁。莱文下车，走到空荡回声的门廊上，彼得跟在他身后，他停下脚步，环顾着依然散落在院子里的杂物、杂草和枯死的灌木。这一切终究不是一场梦。他看到道格拉斯在研究他的图纸，喊着要茶，他的妻子穿着粉红色上衣走出来，手上吊着绷带。他们想要打败现存体制，在海上巡游放映电影，晚上躺在甲板上舔星星。然后是松节油，他们想做对人们有益的人，想做一些有意义的事。他走进客厅。那四本行将散架的书还放在壁炉架上，壁炉里两根烧了一半的炭化的木柴早已冷却。风琴仍然靠墙立着。道格拉斯的妻子曾经邀请他弹奏一曲，现在他永远也无法知道她是怎么知道他会弹琴的了。他朝风琴走去。他的脚步好像带着回响。白色琴键上的象牙已经被抠走了。他坐在一个箱子上，踩下风琴的踏板鼓风，但朽坏的风箱呼哧呼哧地喘着粗气。他记得她穿着粉红色的上衣走出来，用一只手护着石膏。他环顾四周。房间一如他记忆中的模样。这里没有任何可偷的东西，他们的梦想和他们的好奇心都随他们一起消失了。成为有用的人，他想，这个想法俘获了他们和文森特，但最终获胜的却是别的什么。

“我有一种感觉，我能找到那个蒸馏器。那天我们就是从这里开车过去的。”他们往外走时，莱文说。彼得的态度似乎变得温和了。“这里以前也是这样吗？”他问。这场寻找之旅的浪漫色彩感染了他，他喜欢这种感觉；莱文判断，可能是这一切的无利可图吸引了他，逝去的事物对浪漫的人有着天然的吸引力。莱文猜测，也许是因为他的母亲选择了一个新的男人代替他的父亲。和他自己一样，彼得似乎也有一只脚跨过了边缘，寻找他可以站在上面的云彩。

彼得把卡车开上铺好的公路，慢慢向前行驶，莱文留神观察着路边丛生的藤蔓和灌木，寻找路标。经过阿尔卑斯风格的经理办公室时，彼得放慢了车速，但屋前没有停放汽车，里面可能也没有人。“不管怎么说，最好还是不要把政府牵扯进来。”莱文说。自从阿黛尔去世后，他从未像现在这样感受到她的缺席。他希望她现在就在车里，他看到了在她去世四十年前，她二十几岁时的样子，肉体紧实，丰满的手臂环抱着他。*我想我也在寻找逝去的东西*，他想，这个想法似乎解释了他回到这里的原因。这让他露出了笑容——*那么我是来寻找她的？*他几乎说出声来，然后他想，*好吧，这是一个很好的理由*。

他们继续往前开了半英里。莱文说他不记得那个蒸馏器离办公室这么远，他们把车停下，立即听到附近有开动链锯的声音。他们从车上下来，找到一条进入树丛的小径，走不多远，就看到四个人正在劈砍一棵倒下的松树，旁边的空地上堆着一堆树干。看见陌生人过来，这些人立刻停下手里的活儿，等待白人开口。他们都是二十几岁的年轻人，只有一个弯腰驼背的银发老者，穿着破破烂烂的外套，一手拎着大砍刀，一手拿着一根树枝作为拐杖。他正在喘息。彼得朝他走去，轻触帽檐，相当正式地轻声问候了一句，然后问他是否在这一带工作了很长时间。老人说他在这里工作了一辈子。其他几个人看着他们，像非法闯入者一样警觉。

“曾经有一个白人带着妻子和两个孩子住在那边的平房里，他有一台制造松节油的机器。你听说过他吗？”

“我年轻的时候为他工作过。”老人说。

“那台机器还在吗？”

“在那边。”老人说着指了指彼得和莱文来的方向。

他们沿着来时的路往回开，那个名叫奥克塔沃斯的老人坐在他们中间。他把砍刀刀尖朝下夹在两腿之间。他的眼睛很小，面部扁平，身上一股潮乎乎的老年人的味道弥漫在驾驶室里。“他闻起来像老的铁器，如果那东西有味道的话。”彼得对莱文说。然后他用克里奥尔语问奥克塔沃斯：“老爹，我们离那里还远不远？”

“不远，不远了。”老人指着前方说。

“‘不远’可能意味着几英里。”彼得说。就在这时，老人用手指指着灌木丛，哇哇叫着说：“那儿，在那儿。”笑得就像他们在做一个游戏。

奥克塔沃斯身体僵硬，不得不像块木板一样从座位上滑着下车。彼得抓着他的胳膊肘，他蹒跚地走进灌木丛，一面用砍刀开路，一面直起身子护住自己的脸。他走路时的样子就像是在劈开大海，莱文想。带刺的藤蔓抓住他们的衬衫和裤子，像是在捍卫自己的地盘。莱文从后面赶上来时感到呼吸困难，他想到了这里的海拔，还是说，这就是他期待已久的心脏病发作？他用力呼吸着，想起吉米·P. 断裂的鼻梁，每当他用力时，都会像拳击手一样哼着鼻子。这个画面让他想起来，吉米过世一定已经有二十五年了。吉米对俄国人、对工人阶级的固有美德、对历史必然走向仁慈的社会主义的可悲的信仰怎么样了呢？如此深邃的信仰几乎值得拥有足以被单独埋葬的体量和分量；也许不妨设立一个全国性假日，让人们可以凭吊他们死去的信仰。奇怪的是，为什么比起他的激情和交织其中的所有的爱与复仇，吉米本人从尘世上消失反而更容易让人接受？还有什么比奉献成空，徒留被误导的人们行将消失的足迹更令人沮丧的呢？还是说，所有的努力都还有其他的意义？

他们走进一片布满树桩和杂草的空地。老人停下脚步，彼得仍然扶着他的胳膊肘，以备他摔倒时拉住他。老人指着右边一个低矮的山丘，山丘下长着密密麻麻的带刺的藤蔓。三个人走过去，透过藤蔓往里看，等他们的眼睛适应了藤蔓丛的昏暗后，他们看到在它的深处有一个高大的深色物体，一个大约六英尺宽、十五英尺高的黑色管状物，倾斜成一个角度，头靠在山丘上，好像一个精疲力尽的人正在休息。

“见鬼，”彼得轻声说，“他真的做到了。”他嘲笑它的荒唐，他的眼神却很严肃。

“令人惊叹，是不是？”莱文说，他很高兴彼得找到了一些令人兴奋的东西来弥补旅途中遇到的麻烦，同时也为那东西是真实的而感到欣慰。“这是他从港口一路拉上来的！”他笑了，高兴之余，他忍不住向彼得坦承，“你知道吗，我已经到了不能确定整件事是否只是我的一场梦的地步了，就像是我臆想出了某种执念。我真的松了口气，虽然我还是无法理解。”

“好吧，眼见为实。我得仔细看看。”彼得说，他借来奥克塔沃斯的大砍刀，朝遮挡罐子的藤蔓砍去。莱文也来帮忙，把砍下来的藤蔓拖走。“这就像豹子的藏身处。”他气喘吁吁地说，“我和我妻子，我们在非洲见过一只。豹子非常隐蔽，住在荆棘丛中，和这里很像。”在他们拔走一棵茂密的桉树后，主罐和几排用管道相连的较小的罐子得以重见天光。有些原本应该连接其他罐子的管道被截断了，就那样断在半空中。整个装置像一个蛇臂神一样矗立在他们面前，莱文想，这是一个存在，一个要求被读懂的无声的意图。它比最初看起来要大得多，可能有二十英尺高，八到十英尺宽。

“天哪！”彼得轻声感叹道，“运了这么多东西上来！他是真的想做成这件事。”

“我想知道他到底有没有点火。”莱文说。

彼得转向奥克塔沃斯，用克里奥尔语问他们是否开动过这套蒸馏设备。老人叹了口气，低身坐在树桩上。彼得利落地往地上一坐，为他当起了翻译。莱文弯腰蹲下，身子向后坠着坐在地上。老人的声音粗嗄嘶哑。

道格拉斯先生点了火，奥克塔沃斯和另外三个工人采集了松脂，他记得那个牙买加人文森特，他只来监督了一天就再也没回来过。他们从松树中提取出了松节油，这简直就是一个奇迹，每个人都从第一批产品中分到了一升；一桶桶的松节油被卡车运往港口。然后生病的人开始上门了，但他们没有钱买，于是道格拉斯先生会送给他们中的一些人一两杯松节油，治疗他们的肠道和皮肤问题、口腔溃疡和婴儿的病，到了最后，有些日子会有成群结队的人前来求药，希望能治好他们的病。道格拉斯甚至会像医生一样为他们检查，他的妻子则成了护士。“有的人会用一点山羊肉或菜豆付账，但据我了解，他需要更多的钱来维持经营，”奥克塔沃斯说，“因为我家一直经营商店，所以我懂一点生意。于是道格拉斯先生去了港口的银行，他们派人上来查看，然后说松树的种类不对，他们什么都不会给他。”

“我们就这样干了五六个月，”奥克塔沃斯接着说，“直到一天早上，我们正要开始干活，他过来叫我们停下，说他没钱付给我们了。我们全都坐下来讨论这件事，可是谁也想不出办法，于是我们就离开了，再也没有回来。但我家就住在附近，所以每隔几天我都会顺道过来看看，看他是不是又要开工了。一天早上，我发现他弯着腰趴在主罐前面的地上，像是在祈祷，但一动不动，于是我碰了碰他，他抬起头来看着我，他的脸已经瘦得皮包骨了。我应该提一下，他妻子的手臂肿起来了，她回美国去做手术，把孩子们也带走了，我们再也没见过她。道格拉斯握着我的手，我们在地上一起坐了很久。他的克里奥尔语说得很好，所以我记得很清楚。他说他现在快死了，还说他感谢我的工作——我从不允许在工作上偷懒，你知道，我比其他人都负责任。他说我现在就是这里的主人了，他从衬衫口袋里拿出一张纸交给我，写的是英文，我看不懂。但神父看得懂，上面写着，我是继承人。可是我哪里有钱给工人发工资呢？事情就这样结束了。”

“那是你最后一次见他吗？”彼得问。

“不，过了一阵，我去家里看他，因为我知道他病得很重，他一个人在那里，一个老妇人在给他喂羊奶之类的东西。他很高兴再次见到我，握着我的手，随后在纸上写了一些字交给我。我一直保存着这张纸，因为那是我最后一次见到活着的他。”

他从腋下摸出一个破旧的小山羊皮袋，拿出一张泛黄的信纸，信纸顶端考究地印着道格拉斯的名字。彼得读过之后递给莱文。如果想法消失了，且由它去吧，但如果你能保有它，那就坚持下去，总有一天它会让你得到提升。下面的签名是：道格拉斯·布朗。

彼得热切地注视着老人，问：“他指的是什么想法？”莱文听出了彼得语气中的渴望。

老人的头长得方方正正；曾几何时他一定非常强壮。他严肃地摇摇头，说："我不知道。我从来没弄明白。那些罐子……"

他停下来，转向那些罐子，盯着它们看了好久，好像在努力回忆着什么。莱文想，这么多年过去了，这一切对他来说一定也像是一场梦。老人似乎正要开口，又放弃了，他摇摇头，小眼睛眨了眨，莱文想，现在这一切都将渐渐湮没，所有的生命、所有的关切和所有的希冀，全都殊途同归。

他们朝公路走去时，莱文看到杂草中躺着一个闪闪发光的螺栓。他把它捡起来放进口袋，好奇什么金属能在这么多年后依然保持光泽。莱文刚一上车，就看到老人脸上感动和欣慰的表情。"他看起来比之前开心了。"他说。

"嗯，他把故事传递下去了。"彼得说。

路虎车在无情的弹簧上颠簸摇晃，砰砰作响，轧轧地碾过几乎已经消失的路床上的沟沟壑壑，从满目疮痍的山上向山下驶去。莱文凝视着窗外说："他们真的把整座山都毁了。我真不敢相信会发生这种事。你知道，这里原本有一条很好的路。"

彼得只是点点头。莱文现在理解了，彼得的沉默是对某种远比他自己的生命更重要的东西的一种哀悼；整个国家被令人窒息的贪婪包围着，在他无望改变任何东西的情况下，这种贪婪是不可言喻的。在他们两人的沉默中，莱文再次回忆起多年前他和如今已经去世的文森特下山回到帕特夫人家的情形，那天晚上他向阿黛尔讲述了当天的所有奇遇，他甚至回忆起那天夜里他们是如何在流泻进酒店房间的明亮月光下重新发现彼此的身体的，而她已经不在了，去哪里都找不到了，这再次让他感到不可思议。他们在床上就像两个巨人，四只脚都露在被子外面。他喜欢依偎着她的身体，在她身上有时会感到自己的渺小。一切已成往事。他在没有衬垫的车门和彼得的肩膀之间来回摇晃着，无孔不入的孤独使他感到惊讶。他看到道格拉斯被希望，被他对于这座山的希望逼疯了，即使在三十年前，这座山的生命也已经在一点点被夺走，逐渐变成死寂的石头。谁还能再触摸到那份希望的质地呢？还是说那只是幻觉？但什么不是呢？在这里，他又一次嗅到了它的气息。鲁莽的道格拉斯可能触摸到了某种近乎神圣的东西，这个来自麦迪逊大道的人想让自己的人生过得有意义，却不知道该怎么做，除了做下如此荒诞的事。也许这就是为什么虽然只有一面之缘，他的形象却一直留在我的脑海中，莱文想。现在看来，它似乎永远不会离开他，即使他只能部分地理解它与自己的联系。

他转向彼得，毕竟，他在彼得还是一个往嘴里塞满樱桃的男孩时就认识他了。“你怎么看，彼得？”他问。

“看什么？”

“这一切，”莱文指了指窗外，“所有这一切。”

“您是在纽约认识我母亲的吗？”

“你母亲？不，我们是在这里认识的。怎么了？”

彼得耸了耸肩，但还是决定继续说下去。“他们都以为自己在这里找到了答案。政治上的答案。您也这么想吗？”

“我吗？你指的是实行某种社会主义？”

“是的。”

“有一段时间我是这么想的。”

“后来呢？”

“后来嘛，一方面是因为俄国人。劳改营和落后等问题让人们对它感到失望。另一方面是因为美国的繁荣。”

“所以一切都结束了。”

“看起来是这样，是的。”

他们在沉默中往前开了一会儿。不时可以看到一个满面灰尘的人站在空地上，惊讶地望着他们驶过。“这就是这里的结局，您知道。”

虽然他的语气平淡克制，莱文还是听出了他心中深深的失落。“你打算无限期地留在这里，还是……？”意识到彼得一定很爱这个国家，他没有说下去，何必刺痛他离乡的痛苦呢？

“我可能会去美国，但我实在没想好。我女朋友想结婚，不过我真的不知道。”

“我很好奇，彼得——你对道格拉斯有什么看法？”

“我不知道。我想，他是个大傻瓜。”

“因为什么？”

“嗯，在进一步行动之前，他本该调查一下这里松树的品种。而且他没有提前准备技术资料，天哪，这太愚蠢了。”他思考了片刻，“不过无论你怎么做，跟这些人一起工作都很困难。”

“为什么，他们有什么问题吗？”

“他们总是心不在焉。他们能看到我们看不到的东西，听到我们听不到的东西。”

“你有海地朋友？”

“哦，当然，我是在这里长大的。但他们中的大多数人迟早都会把事情搞砸。”

“可是他们似乎都很温柔。”莱文想到了奥克塔沃斯。

“哦，是的。有些是这样。”过了一会儿，他说，“现在有一些非常坏的人，他们是武装分子。据说有中情局资助。杀人事件时有发生。”

“那你怎么办？”

“我看他们不会找我麻烦。如果他们找来了，可能是因为他们想从我的生意中分一杯羹。如果他们要得太多，我就只能关门大吉了。”

他们再次经过那些挤在一起的棚屋和小花园。莱文在心里把问题反复思考了几分钟，最后说：“我觉得你让那辆出租车重新跑起来的做法非常了不起，彼得。”

“我只是把弹簧绑回去了而已。”

“我必须承认，你停车去帮助他们让我很惊讶。”

彼得皱起眉头，似乎不大喜欢这个话题。“我认识那个人。”

“那个司机？”

“嗯哼。”

“从你们说话的样子看不出你们认识。”

“他是个笨蛋。他就不应该开车。他根本不会开车，甚至连千斤顶放在哪里都不知道。他想把车抬高，而不是把弹簧抬高，完全搞反了。他是个白痴。为我工作过一段时间，后来我不得不把他解雇了。”

“我明白了。”莱文说。那么，彼得的动机并不是出于无私的同情或者高贵的骑士精神，而是出于对愚笨的司机的不耐烦和对自己修理能力的自豪？因此，这次救援并不像他想象的那样高尚？除非骑士们也有自我需要安抚。莱文唯一能确定的是，换作他自己，即使知道如何修理出租车弹簧，很可能也不会停车帮忙。是因为他缺乏彼得对这些人的爱吗？还是他没有成为任何人的领主老爷的愿望？

他对自己笑笑，心想：不过，在那个司机笨手笨脚地修车，人们又渴又饿地等待救援时，如果那片荒地上有一架钢琴，我想我会很乐意坐下来为他们演奏的。每个人都有他的自我。但接下来他又想到了那个蒸馏器，那个巨大的主罐以及把它，外加焊工和他的发电机，从港口运到山林深处所需付出的劳动，然后又想到道格拉斯对文森特发出的急切的恳求，他那破碎肮脏的眼镜歪架在鼻子上，他大声疾呼着：“这个国家危在旦夕了，文森特！”

彼得把他送回酒店，说晚上会过来接他吃饭，显然很高兴有了一个新的伙伴。莱文向他挥手道别，回到自己的房间。洗完澡后，他赤身躺在床上，也许就是他和阿黛尔当年睡过的那张床。一阵汽车喇叭声透过百叶窗飘进房间，他记得阿黛尔很喜欢这些百叶窗，随后街上又传来一阵叽叽喳喳的儿语，然后是一辆呼啸而过的摩托车。他又想到了那个罐子，它看起来依然完好，只在焊缝上有一点锈迹。它也许能在那里留存一千年。从某种意义上说，它就像一件艺术品，超越了制作者的渺小，甚至超越了他的自负和愚蠢。他为这次故地重游感到高兴。倒不是因为此行有什么特殊意义，而是他无意中向道格拉斯的抱负表达了某种敬意，那种抱负，那种信念，他感觉已经从现在的世界，至少是从他所熟悉的世界消失了。他爱道格拉斯，希望自己也能像道格拉斯一样不以自身为念。他渴望与阿黛尔一起弹奏舒伯特的作品。他渐渐入睡。酒店里可能有一架钢琴，他可以想象她就在他的身边与他合奏，他一定要去问问工作人员。他能闻到她的香气。奇怪的是，她永远也不会看到那个罐子了。

存 在

六点差一刻时他醒了，阳光洒在他的脸上，他还在为人们批评他为女性做得不够而耿耿于怀。他朝她裸露的手臂看了一眼，穿上短裤和凉鞋，怀着对晨雾的渴望走到冷冽的室外，在袅袅薄雾中向海滩路走去。朦胧的阳光抚摸着他的后背，为他带来些许暖意，让他心存感激。凉鞋踩在地上沙沙作响。他走过一排沉睡的海滨别墅和停在路边打盹的汽车，寻找通往海滩的小路，最后在这排房屋的尽头找到了。在下坡之前，他在小路的顶端停下脚步，第一次望向纯净的大海，那远在孩提时代便在他心目中有着神圣地位的故乡的大海，那抚爱过他也惊吓过他的大海，海面上波光粼粼，泛着白色的泡沫，幽暗的海洋深处依然有生命存在。六七岁时，他险些淹死在海里。他在泛着灰白的摇摇晃晃的木板路上又往下走了一步，忽然看到下面高高的针茅草丛中一个白色的身体，一个穿着黑色T恤的男人正在与人交合。他驻足观看，只见一个晒成古铜色的年轻紧实的身体正跪在地上缓缓地前后移动，而那个蹲伏的女人几乎完全被沙丘和草丛遮住了。他下意识地沿着小路往回走，不知所措地停在路边。去海滩别无他路，他只能等待。他穿着松塌塌的凉鞋走过那些海滨别墅，对自己没有被唤起欲望并不怎么惊讶。也许是因为这种无声且有节制的交合给人一种疏离感，也许是因为他的自我压抑，不管怎样，他只感到一种礼貌的克制。但这种感觉很快就被让人挡住去路的怨恨取代了。在离公共道路十英尺的地方做这种事，亏他们想得出来！虽然说他们预料不到有人会在这个时候过来，可这总是难免的吧。想必他们已经完事了，他回到小路上，再次往下走，一边故意咳嗽着以示提醒，相信他们这时已经并排躺下，可能还盖好了毯子。在沙丘之上，他停下脚步，看到下面的男人仍未停歇，只是速度更快了一些，在要求，在支配，就像潘神在与大地交媾。看到这一幕，他生出一丝近乎敬畏的感觉，在这种力量中蕴含着一种神圣的东西，一种以支配换取服从的原始的交换。男人无声地控制着身体，加大了动作的速度和幅度。他心慌意乱地转过身，在叫喊声即将爆发之前向来路走去，他害怕了，他不想见证那荒诞而神圣的雷声，仿佛他的观看会使它变得下流，又或者，那里有一些他宁愿拒绝的挑战。

他又去转了一圈，这次转得更久，几乎走过了整排房屋，来到了他和妻子做客的那栋房子，然后折回来，最后一次尝试进入海滩，他登上沙丘，向下面的沙滩走去。晨雾已经散去，大西洋上碧空如洗。在小路旁边，那个男人像一只幼虫一样裹在卡其色睡袋里，女人已经不见了。大海平静地翻滚着细浪，扇形的泡沫冲刷着平缓紧实的米黄色沙坡。处子般纯净的海里空无一人，在右边很远的地方，一个身穿黑短裤白 T 恤的女人站在后退的海浪边缘齐脚踝深的海水中，弯着腰用张开的双手拍打着不停翻滚的浪花。他从远处看不清她的长相，只能看出她的大腿丰腴美丽，她的头发却好像又硬又卷，乱蓬蓬地立着。他看着她凝望大海，看着她爬上斜坡，走向柔软的沙滩。她看到他了，但她的目光并未停留，她步履艰难地走回他们的沙丘，展开一条毯子，坐在蜷着身子侧卧的男人身边，和他隔开一两英尺的距离。她转头看看身边那个像蛹一样的形状，然后又看着大海。她在毯子上把手擦干，似乎叹了口气，屈膝躺下了。过了一会儿，她翻了个身，背对着睡袋。

他走到海边，发现他一直听到的咝咝声是大海的呼吸。他沿着水边信步走着，远离那对男女。大海的心思深沉缜密，搅动着他的思绪，世上再没有什么像大海温柔的抚摸那样充满感情，那样狡黠，那样令人愉悦，同时又暗藏杀机。该吃早餐了，他转身往回走，走了几步，看见躺在几百英尺外的那个蛹壳和蜷曲着身体背对着它的女人，他停下脚步，坐在沙滩上注视着他们。他想知道，为什么他会想当然地认为她现在一定经受着被抛弃的痛苦？为什么那个男人就不能是一个她不想再与之有任何瓜葛的种马？也许是她穷追不舍得到了他，现在正以胜利者的姿态躺在那里，为下一次征服养精蓄锐。他们就像猿猴一样默不作声，他想，两个人沉默而餍足地共处一笼。在阳光下。海浪是地球自转的表现。年轻女人坐起来，在对死亡极尽嘲弄之后，男人仍然在他的裹尸布里一动不动。她凝望着大海，长长的海滩上依然空无一人。他们昨晚肯定在这里过夜了，刚才可能是他们第二次做爱。她慢慢转过来，透过阳光看着他。他温顺地低下头，似乎在为自己知道她的事而内疚，然后他下定决心回应她的目光。她站起身朝他走过来。当她走近时，他看到她个子不高，有着浑圆的臀部和丰满的胸脯。当她走得更近一些，他发现她那硬而鬈曲的头发只是雾和阳光带给他的错觉，事实上，她有一头浓密的棕色齐颈短发，圆圆的脸颊和深棕色的眼睛。她的发际有一个美人尖，橘红色的珊瑚耳环有半美元硬币大小。她的左手拇指上贴着创可贴，也许是被海滩上的碎瓶子和碎木头划破的。她停下脚步，站在盘腿坐着的他面前。

“现在几点了？”

“不知道，不过大概六点半吧。”

“谢谢。”

她迟疑地看一眼他身后的大海。“你在这里有房子？”

“不，我是来度周末的。”

“哦。”她像个哲学家似的深沉地点点头，但不管是不是自作多情，他觉得她把自己纳入了她的视野，无论那意味着什么。她似乎把他坐在那里看作一种必然，除了她和她的爱人，海滩上只有他一个人。她安闲地站着，把创可贴翘起来的边缘重新压紧，然后将注意力转向他。她歪着头打量了他一会儿，绽开一个温和慵懒的微笑，似乎在期待他的认可。他觉得自己脸红了。她平静地叹口气，再次望向大海，仰起的下巴为她增添了几分高贵。他现在意识到自己想法的荒谬，是她在掌管着这个海滩。

事情就这样发生了。虽然不明所以，但他不安地意识到自己已经与他人建立了联系，不再是独自一人了，于是他决心如非必要不再说话。三十年前他也在这片海滩上做过爱。那时这里的房子还不多。也许就是在同一个沙丘的草丛中，尽管他记忆中的那个沙丘似乎更高一些。她已经去世了，已经化作一把枯骨了吧，他想。但他们不是在完全的静默中做的，而且当时是黑天，他记得月光映在水面上，像一条银光闪闪的路，那粼粼的波光一直照进她乌黑的头发。

她不打算说话吗？他抬头看着她，努力做出愉快的样子，内心却夹杂着恐惧。他匆匆瞥了一眼，发现那个睡袋还是没有动静，仿佛她的伙伴已经去了另一个世界。但她没有一点睡意。也许她仍处在兴奋中。思绪掠过她的眉梢和低垂的双眼。从他的角度看，她的双腿就像从沙滩上升起的柱子。

“你在看着我们。”

他的呼吸停滞了一拍，但他还是为自己辩解道：“我不知道你们在那里……”

“我知道，我看见你了。”

“真的吗？我没看见你。你被草丛遮住了。”

“但我能看见你。我们看起来很棒吗？”

“非常棒。”

她转过头去朝睡袋瞥了一眼，摇摇头，好像在感叹着什么。但在沙滩上坐下时，她又回头看了看，显然是在确定男人暂时还不会起来。她把脚踝收拢到大腿下面，后背挺直，几乎正对着他坐成一个半莲花坐。她的脸现在看起来就像一个东方人，圆圆的脸颊把她的眼睛挤成了两条细缝。

“你回来过一次，是不是？”

“嗯，我以为你们已经结束了。”

“我并没有真的看到你，你知道吗，但我感觉你就在那里。”

“这是什么意思？”

“有些人有一种存在感。”

她静静地坐在那里凝视着他，似乎在等待某些双方一致同意的事情发生。他不想言行失当，让自己尴尬或者不得不走开。他转过身去看了一会儿大海，假装放松，不需要说话，因为沉默是这样地使人安心。她身姿矫捷地站起来，走到几码外的海水里。他脸红了，为失去她而遗憾，然后他决定跟随她走进海里，尽管他想起兜里那把精致的袖珍折刀——那是妻子送他的生日礼物——会被海水泡坏。她滑入轻柔的波浪。海水冷得让人想要退缩，但他还是跳进水里，游到她身旁。他们面对面地踩着水，她漂到他身边，把一只手搭在他肩上。他搂住她的腰，把她拉近自己，感觉她张开双腿环住了他。一个浪头拍打在他们头上，他们咳嗽着，大笑着，她抓住他的髋部，把他拉过来吻他，她的嘴唇冰凉，然后她从他身边游走，回到沙滩上，朝仍然一动不动地躺在那里的爱人走去。

回到岸上，他从兜里掏出折刀，打开四个刀片，用湿漉漉的手指擦拭了一下，吹干隔层里的水汽，然后在沙滩上坐下。他没有毛巾，不过太阳已经暖和起来了。清新的空气沁入肺腑，他有些头晕目眩，他闭上眼睛仰起头，放松地吸收着一切。他肯定应该做些什么。他转头望向沙滩的另一边，发现她正坐在毯子上望着他，两人视线交会，就像有一根长长的丝线将他们的目光牵系在两端。他要失去她了。他的髋部开始传来熟悉的疼痛。他舒展着身体，带着触摸到她的身体和灵魂的小小的胜利感仰面躺下，闭上眼睛。令他惊讶的是，睡眠的手指开始爬进他紧闭的双眼；有时在海里游个泳会让他感觉像做过爱一样松弛，他觉得只要他愿意，他现在就能盹着。他恍恍惚惚地来到梦境边缘，但阳光越来越强，可能会把他晒伤，于是他坐起来，准备起身。他朝海滩那边她所在的沙丘又看了一眼，心里顿时凉了半截。他们已经走了。他震惊得胃里一阵搅动，有些想呕吐。怎么可能这么快？他们得把她的毯子和那个男人的睡袋叠好，还得把散落在四周的其他一些东西打包带走。他快步走到他们待过的地方，但沙丘上空荡荡的，而且这里的沙子太过松散，连一个脚印都没有留下。恐惧感涌上他的心头，他四处张望，目之所及只有大海和空旷的沙滩。他急忙跑到木板小路上，希望能在他们消失之前赶到街上。这时他看到一件白色 T 恤挂在针茅草尖上，他停下脚步，俯身将它拿在手里，感觉棉线中仍残留着一丝体温。又或者，它是被以前的情侣们遗落在这里的，这丝温热不过是来自阳光的照射？他害怕自己越过了某种边界，陷入彻底的失落。但就在这一黑暗的时刻，一股巨大的喜悦涌入他的心田，这种喜悦与一切都不再相干。他爬上通往街道的小路，拐上大路，朝他住的房子走去。多么不可思议啊，他想，如果他看到的一切让他如此愉快，那么他们是否真的来过这里就不再重要了。